불모지대

FUMO CHITAI (Vol ②) by TOYOKO YAMASAKI

Copyright ⓒ 1976 by TOYOKO YAMASAKI
Original Japanese edition published by Shincho-Sha Co., Ltd.
Korean translation rights arranged with Shincho-Sha Co., Ltd.
through Shinwon Agency Co.
Korean translaton copy rights ⓒ 2010 by CHUNGJOSA publishing Co.

불모지대

❷ 풍운

야마사키 도요코 / 박재희 옮김

국립중앙도서관 출판시도서목록(CIP)

불모지대 : 야마사키 도요코 대하소설. 2, 풍운 / 야마사키 도요코 [지음]
; 박재희 옮김. -- 서울 : 청조사, 2010
    p. ;   cm

원표제: 不毛地帶
원저자명: 山崎豊子
일본어 원작을 한국어로 번역
ISBN 978-89-7322-314-5 04830 :₩12800

일본 현대소설[日本現代小說]
833.6-KDC5
895.635-DDC21   CIP2010004480

원작 _ 야마사키 도요코(山崎豊子)
  일본 오사카 출생 / 교토여자전문학교 졸업
  마이니치(毎日) 신문사 학예부 입사
  「상막」으로 문단에 데뷔 이후 「지참금」「꽃상막」 등을 발표
  나오키상(直木賞) 받음
  주요 작품 : 「하얀거탑」「화려한 일족」「大地의 아들」 등이 있음

번역 _ 박재희(朴在姬)
  대구에서 출생
  경북여고, 만주 신경여자사범대학 일본문학과 수학
  주요 번역서 : 「하얀거탑」「화려한 일족」「大地의 아들」「설국」「대망」 등이 있음

불모지대 ❷

초판 발행일 | 1983년 1월 10일
개정3판 2쇄 발행일 | 2013년 5월 10일

원작 | 야마사키 도요코
번역 | 박재희
펴낸이 | 송성헌
주소 | 서울 성북구 안암동 4가 41-3
등록 | 1976년 9월 27일 (제 1-419호)

전화 | 02.922.3931~5
팩스 | 02.926.7264
이메일 | chungjosa@hanmail.net
홈페이지 | www.chungjosa.co.kr

* 값은 커버에 표시되어 있습니다.
* 잘못 만들어진 책은 구입한 서점에서 바꾸어 드립니다.

이 작품은 국제 저작권법에 의해 보호받으므로
어떤 형태로든 전재 · 복제 · 표절할 수 없습니다.

차례

인재의 값　007
아메리카　035
풍운　109
두 개의 날개　176
인간의 취약성　239
록히드　270
신생　315
수에즈운하　386

주요 등장인물

이키 다다시 전 대본영 작전참모. 시베리아 귀환 포로. 다이몬 이치조에게 픽업되어 깅키상사에 들어가 제2의 인생을 시작.

다이몬 이치조 깅키상사의 사장. 과감한 결단력과 투지의 소유자.

사토이 깅키상사의 부사장. 천부적인 상재(商才)를 지님.

효도 싱이치로 일본 육사 출신의 깅키상사 사원. 이키의 심복.

가이베 가나메 깅키상사 사원.

하나와 시로 깅키상사 사원.

다부치 석유 이권에 개입된 자유당 간사장.

우에스기 이쓰비시상사 테헤란 주재원. 깅키상사와 석유 개발권에 경합.

요시코 이키의 아내.

나오코 이키의 딸. 사메지마 아들과 결혼

마코토 이키의 아들.

아키츠 지사토 전 육군장성의 딸. 이키를 사모하는 여성 도예가.

아키츠 세이키 지사토의 오빠. 종전 후 군기를 불태우고 입산.

하마다 교코 전 대장의 딸. 클럽 르보아의 주인.

후아 베니코 교코의 딸. 인도네시아 화교 재벌의 둘째 부인.

사메지마 다쓰조 도쿄상사의 상무. 이키의 라이벌.

사메지마 도모아쓰 사메지마 상무의 아들. 나오코의 남편.

인재의 값

맑게 갠 5월의 빌딩숲 하늘을 쳐다보며 가네코 면사부장은 얼핏 보기엔 평소와 다름없는 표정으로 여사원이 따라주는 따끈한 차를 마시고 있었으나, 머릿속으론 드디어 다가온 30번수 면사에 대한 마지막 투기전략을 짜고 있었다.

지난달 말에 방해가 되는 송사리떼 투기꾼들은 모두 제거했다. 5월 6일, 연휴가 끝나자 그때까지 쓰던 값이 오르면 이득만을 취하고 싸지면 많이 사들이던 전술을 변경하여, 오로지 사들이기만 하는 쪽으로 밀고 나갔다. 면사값은 전후 두 번째로 높은 가격인 270엔 이상으로 끌어올려졌다. 그러나 이 높은 가격을 7일 뒤인 28일의 납회(納會)때까지 유지시켜, 주쿄방적회사 사장 기토 간스케의 대량 매각을 두고 보느냐 마느냐가 금년 초부터 시작해 온 투기전략의 승패를 가늠하게 된다.

가네코 면사부장은 위장약을 평소보다 3알 더 넣고 차와 함께 삼켰다. 그는 1931년 상고를 졸업한 후 깅키상사에 입사하여 주식거래만을 전문적으로 해 온 베테랑 중의 베테랑이다. 하지만 다른 분야의 일과는 달리 다른 사람들과의 충분한 합의 끝에 일을 결정하는 것이 아니다. 몇억 엔 단위의 매매를 혼자서 초단위로 결정해야 한다. 그러니 심신의 피로가 격심했다. 면사부장이 된 뒤로는 정확한 시세 판단을 그르치지 않기 위해 술담배를 끊었지만, 만성 위통은 좀처럼 낫지 않아 거래담당자 특유의 여윈 몸과 검푸른 얼굴을 하고 있다.

"부장님, 너무 오래 빌려 보았습니다."

하는 말소리에 고개를 들자, 이키가 예의 바르게 두 권의 책을 책상 위에 놓았다. 한 달쯤 전에 '증권거래에 대해 초보자도 알 수 있는 책은 없습니까?' 하는 질문을 받고, 마침 갖고 있던 입문서와 투기사 열전 두 권을 빌려주었던 것이다.

"아니, 괜찮소. 그런데 이키 씨는 공부를 많이 하는군요. 무슨 일이건 그렇게 철저히 하는 건 육사나 육군대학의 교육방식이오?"

상업용어에서부터 대차대조표 보는 법, 어음서식, 원단 식별법, 상업영어까지 자기보다 어린 사원한테 배우며 공부하는 이키의 모습을 보고, 가네코는 보통사람으로서는 흉내낼 수 없는 학구적인 태도라고 생각했다.

"그렇게 말씀하시면 부끄럽습니다. 제 나름으론 공부를 한 셈인데, 막상 실제 업무를 접하게 되면 당황스럽답니다. 실은 지난달 20일경, 30번수가 245엔이 되었을 때, '모처럼 이렇게 올랐으니 이럴 때 팔면 좋을 텐데' 하고 이시하라에게 말했다가 웃음만 샀습니다. 증권시세를 조작하고 있는 장본인이 값이 올랐다고 당장 팔려고 한다면 아무도 살 사람이 없을 뿐만 아니라 스스로 시세를 무너뜨리게 된다고……"

그렇게 말했을 때, 가까이 있는 상평 거래소 가격표 앞에, 3시 15분부터의 후장(後場) 최종 거래에 대비하는 면사부원들의 움직임이 있어 이키는 자기 자리로 되돌아갔다.

3시 15분, 가네코는 두 개의 수화기를 들고 20번수 거래 지명을 시작했다. 아무런 변화도 없는 통상적인 진행으로 순식간에 10월까지의 선물매매가 성립되고, 그 10분 뒤 마침내 30번수 차례가 다가왔다.

후장 막판에서 깅키상사는 3백 매를 매입할 생각이었고 매입할 양은 언제나 단골로 이용하는 5개 중개 기간회사에 이미 연락이 끝나 있었다. 한 번의 거래량이 지난 5, 6일 동안 평균 43개 회사의 손짓으로 5백 매가 이루어졌으므로 깅키상사 한 회사에서 3백 매를 매입하는 것은 매출쪽 주역회사인 주쿄방적에게 집중포화를 퍼붓는 셈이 된다.

가네코는 다시 두 개의 수화기를 들었다. 하나는 주력 기간회사인 다이마쓰상점에서 입회하고 있는 중개인에게, 또 하나는 두 번째 기간회사인 나니와상점의 중개인에게 연결되어 있다.

가네코는 우선 다이마쓰 상점에 나가 있는 중개인에게,

"거래장 분위기는 어때?"

하고 물었다.

"오와리(眉張)의 움직임이 아무래도 수상합니다."

사냥개처럼 예민한 후각을 지닌 젊은 중개인의 목소리가 수화기를 통해 들렸다. 오와리는 주쿄방적의 주력 기간회사였다. 가네코는 저도 모르게 수화기를 귀에 바짝 대고 물었다.

"오와리의 어디가 수상해?"

"어디라고 꼭 집어 말할 수는 없지만…… 육감이죠. 뭔가 심상치 않은 냄새가 나는데요."

그때 수화기에서 거래소의 소란스러운 소음과 거래 3분 전을 알리는 벨소리가 들렸다. 가네코는 다이마쓰의 입회인에게 빠른 말로,

"좋아, 그렇다면 오와리의 동태를 탐지하기 위해 첫 당월한거래에서 매출명령을 낼 테니 반응을 살펴주게."

라고 말하고, 또 다른 수화기로 나니와상점 담당자에게 말했다.

"오와리가 수상하다는 정보를 들었는데, 자네 편은 예정대로 나갈 테니까 그렇게 알고……"

하고 말했을 때, 마침내 30번수 입회개시를 선언하는 딱다기 소리가 울리고 270엔부터 호가가 시작되었다. 가네코는 주쿄방적의 기선을 제압하듯이 다이마쓰에게,

"50매 매출……"

하고 매출명령을 냈다. 나니와에겐 110매의 매입지령을 내리고 잠시 수화기를 통해 들려오는 거래소의 매매상황에 귀를 기울였다.

"다이마쓰 50매 매출, 히로시 10매 매입, 오오시마 5매 매출, 히요시 30매 매입, 나니와 110매 매입, 다카이 20매 매입!"

깅키상사의 시험 매출에도 불구하고 매입 열기는 식지 않고 273엔으로 올라 주쿄방적을 대행하는 오와리의 '수상한 기색'은 단순한 기우에 불과했다고 생각했다. 바로 그때였다.

"히로시 10매 매출, 마루야마 30매 매출, 미야코 10매 매출, 오와리 2백 매 매출."

눈사태처럼 갑자기 매출이 쇄도하여 가격은 시시각각 10센씩 하락했다. 마지막에 생긴 50매의 매출도 여기! 하는 소리와 함께 오와리가 차지하고 딱 하는 딱다기 소리와 함께 당월한 최종가는 265엔으로 7엔이나 하락했다.

다음의 6월한이 개장되자 매입은 깅키상사 하나뿐이었다.

"오와리 150매 매출, 고키 1백 매 매출."

주쿄방적의 지령을 받은 중개상이 계속 대량 매출로 나왔다. 가네코는 수화기를 통해 들려오는 해일과 같은 매출을 조금도 주저하지 않고 다이마쓰와 나니와에게 지령하여 모조리 매입함으로써 260엔 대가 무너지는 것을 필사적으로 막았다.

이미 그 수량은 다이몬 사장과 협의된 소정량의 2배가 넘었으나 여기서 망설이면 하한가를 면치 못한다. 가네코는 두 대의 전화기를 귀에 대고,

"다이마쓰 2백 매, 나니와 1백 매……"

하고 여전히 가격 지탱을 위한 매입지령을 계속하면서 위가 송곳으로 쑤시듯이 아픈 것을 참고 있었다.

30번수 시장의 물건은 4월 납회에서 상당량을 매점했으니까 이달에 들어서도 매출은 거의 공매(空賣)가 많을 것이라고 생각하면서도 납회일에 만약 이만한 현물이 깅키상사로 건네진다면 하고 생각하니 등골이 오싹해지는 공방전이었다.

그러나 팔면 그 자리에서 매입하는 깅키상사의 대담성에 주쿄방적 이외의 매출은 주춤하여 당월한보다 3엔이 싼 262엔으로 마감했다. 그렇지만 선물매매인 10월한까지는 190엔에서 180엔의 실세를 나타내고 있어 그 거꾸로 된 가격차는 현재의 투기전이 얼마나 치열한가를 여실히 말해주고 있었다.

30번수에 이어 40번수의 거래가 끝나자, 가네코 부장은 자기도 모르게 깊은 한숨을 내쉬었다. 오늘은 주쿄방적을 밀어낼 수 있었지만 내일, 모레, 글피에도 이런 식으로 매출을 내세우면 상당한 자금을 조달해야 한다. 그렇지 못하면 거래소에 납부할 추가보증금의 지불만도 막대한 액수가 된다.

금방이라도 다이몬 사장에게 결제를 받고 싶었으나, 다이몬은 오후 3시 비행기로 후쿠오카(福岡)로 출장가서 밤이 아니면 연락이 되지 않는다. 가네코는 다이마쓰 상점에 전화하여 전무인 무라코시를 호출했다.

다이마쓰 상점의 무라코시 전무는 가네코가 전화를 끊고 채 10분도

되기 전에 약간 등이 굽은 모습을 나타냈다. 깅키상사에서 가깝기도 했지만 중요한 고객의 호출이라면 1초라도 서둘러 달려오는 것이 중개인들의 습성이었다.

가네코가 눈으로 응접실을 가리키자, 무라코시는 남의 눈에 띄지 않게 살짝 응접실로 들어갔다. 그는 가네코와 마주앉자마자,

"아까 후장 막판에서 근래에 없던 큰 장사를 하셨더군요. 덕분에 굉장히 오랜만에 흥분을 했습니다."

하고 눈을 반짝였다. 그러나 가네코는 표정도 바꾸지 않고,

"이달 납회일에 주고받을 현물 예측인데 우리한테 몇 장이나 건너올 것이라고 생각하시오?"

하고 물었다. 다이마쓰 상점한테는 깅키상사의 면사 매매의 절반 이상을 취급시키고 있는 관계로 다섯 개 중개점 중에서도 가장 신뢰할 수 있는 상대이며, 더구나 전무인 무라코시와는 서로 마음이 통하는 사이였다.

"글쎄요, 다른 네 회사의 예측은 들으셨습니까?"

"음, 그저께부터 한두 회사씩 불러 매물 정보를 들어 집계해 보니까 우리가 매입한 5천 매 중에서 실제로 현물이 건너올 것은 약 2천 5백 매로 나머지는 공매가 되는 셈이야."

그러자 무라코시는 영민해 보이는 눈을 번뜩이며,

"지난달부터 조업단축으로 시장에서 면사는 품귀상태가 되었으니 매출의 절반은 공매라고 보는 게 타당하겠죠……"

하고 잠깐 입을 다물었다. 만일 그 예측대로 매물의 절반이 공매라면 납회에서 깅키상사가 현물을 요구하면 면사도 없이 시세만 올리던 패들은 싫든 좋든 비싼 면사를 되사서 인도해야 할 판이니까, 작전대로 깅키상사에게 유리하도록 비싼 값에 결말짓게 된다.

"그런데 오늘 주쿄방적의 매출 태도는 좀 이상하던데요. 만일 그것이 모두 현물이라면 납회에서 받을 매수는 신중을 기해서 3천 매로 예측하고 자금조달을 해두는 편이 안전할 겁니다. 나는 이제부터 주쿄방적의 매물이 실탄인지 껍데기인지 탐색하고 오겠어요."

말을 마치자 무라코시는 절을 꾸벅 하고 방을 빠져나갔다. 그 뒷모습을 보면서 가네코는 자기도 단골 방적회사나 면사점 등 관계방면에 전화를 걸어 주쿄방적의 동태를 탐색해 빈틈없이 이 일전을 승리로 이끌어야겠다는 승부욕에 불타올랐다.

5월 28일, 오사카 상핑 거래소의 납회일이었다. 오늘이 30번수 투기전의 승패를 가르는 날이라고 긴장하고 있던 깅키상사 면사부는 가네코 면사부장을 비롯하여 10명의 부하가 아침 7시 30분에 이미 전원 출근하여 매출의 최후의 표읽기를 완료하고 9시 15분부터의 거래에 임할 태세를 갖추었다.

가네코 면사부장은 섬유담당인 이치마루 상무가 출근하여 섬유부 정면 중앙의 커다란 책상 앞에 앉자, 오늘의 납회에 임할 방침을 보고했다. 이치마루 상무는 검고 위엄 있는 얼굴로,

"우리 회사의 매입 1만 상자에 대해 매출 총수는 8천 상자, 그 내역은 약 5천 상자가 주쿄방적이고 3천 상자가 다른 방적이나 상사라는 셈인가…… 4, 5일 전의 예측에선 주쿄방적의 매물이 3천 상자라고 했는데 30번수의 월 생산량이 1만 상자인 주쿄방적이 그 절반을 통째로 우리 회사에 매출한다는 건 확실한 정보인가?"

하고 반신반의하듯 물었다.

"십중팔구는 틀림없습니다. 주쿄방적의 5천 상자라는 매물은 당사의 기간 중개상으로부터의 정보를 기초로 주력 기간회사 5개 상점과

다이마쓰의 무라코시 전무를 불러 상세하게 분석해서 얻은 숫자입니다. 저 자신도 그것을 확인하기 위해 센슈, 호쿠리쿠의 직물회사에 전화를 걸어 주쿄방적의 입하상황을 탐색한 결과 예측대로 각 직물회사마다 30번수의 입하는 보름, 한 달씩 늦는 것이 보통이고 개중에는 이 달엔 30번수의 생산이 없으니 40번수로 참아달라고 일방적으로 번수가 틀린 실을 보내와서 울상을 짓고 있는 업자도 적지 않습니다."

그러자 이치마루 상무는,

"허어, 주쿄방적은 직물회사에 보내는 원사까지 중지시키고 정기시장에 내놓아 우리 회사의 매입을 교란시키려는 속셈인가. 기토 사장도 이번만큼은 단단히 마음먹은 모양이구먼."

하고 천장 한 모퉁이를 노려보듯 하며 말했다.

"그럼 주쿄방적 이외의 매물 3천 상자 중에서 알 만한 곳은 어딘가?"

"마루후지상사, 데이코쿠방적, 도요면사, 텐슈직물의 기타 나미오(北波男), 기타하마의 다마루 상점주인 다마루 젠타로의 매물이 3분의 2를 차지하고, 나머지 3분의 1은 작은 직물회사나 전문이 아닌 계통의 것입니다."

상사, 방적회사, 직물회사 그리고 이름있는 상품 투기사 이름을 대고 있는데 가격표 근처에서 웅성대는 소리가 났다. 다이몬 사장이 모습을 나타낸 것이다.

"어떤가, 전망은?"

이치마루 상무가 자리에서 일어나 대답했다.

"지금 가네코 부장에게서 정세를 들었습니다만, 기토 사장의 실탄은 대단하더군요."

그러나 다이몬은 끄떡도 안했다.

"산지 출하까지 중지하면서 도전해오다니, 기토 간스케의 밑천도 이젠 바닥이 났다는 증거야. 그보다도 엉뚱한 곳에서 기토에 업혀오는 빨판상어들은 소탕했겠지?"

가네코 쪽을 향해서 물었다. 빨판상어라는 것은, 원사를 실제로 다루는 방적이나 상사와는 달리 투기만을 목적으로, 대형회사의 매출 또는 매입에 붙어서 차액으로 이득을 보는 중소 투기사를 가리키는 것이다. 가네코 부장이 대답했다.

"여전히 비싼 값으로 거래하고 있으니까 깅키상사가 유리하다고 예측하여 그다지 걱정할 정도의 움직임을 보이지 않으리라 생각합니다. 다만 주쿄방적이나 마루후지상사, 도요면사 등의 조직표는 잘못 예측하는 일이 없다고 자신합니다만, 부동표만은 선거와 마찬가지여서 좀처럼 정확한 예상을 할 수 없습니다. 예비금으로 현재 승인해주신 1천 상자분 외에 5백 이나 1천 상자분의 추가 자금을 승인해 주시면 마음 든든하겠습니다만……"

가네코는 조업단축이라는 매입측에 유리한 환경에 덧붙여 지난 10년 이래 면사 거래 중에서도 좀처럼 없는 대규모 작전이니만큼 어떻게 해서든지 이겨야겠다는 자신만만한 투지가 온몸에 용솟음치고 있었다.

다이몬 사장은 눈썹이 치켜올라간 정력적인 눈으로 가네코를 뚫어지게 바라보다가,

"알겠네, 곧 2천 상자분의 예비금을 내가 경리에게 말해두지."

하고 굵은 목소리로 승낙했다.

"그렇지만 사장님 그건 좀……"

섬유 전반을 맡고 있는 이치마루 상무로서는 선뜻 승복할 수가 없었다.

"상관없어! 이번 거래를 여기까지 이끌고 지탱해온 건 가네코의 역량이니까 예측은 틀리지 않을 거야. 마음대로 해봐, 그러나 무리는 하지 말고."

다이몬은 가네코에게 말하고 성큼성큼 걸어가다가 갑자기 걸음을 멈추었다. 섬유수출과 책상에서 다이몬과 가네코가 주고받은 말을 열심히 지켜보고 있는 이키를 본 것이다. 거리는 꽤 멀었지만,

"오늘은 도서관에 가지 않나!"

하고 큰 목소리로 거리낌 없이 말했다.

"네에, 오늘은……"

이키도 무의식중에 큰소리로 대답하면서 시선을 거래가격표 쪽으로 돌리자 다이몬은 거래전(戰)의 마지막 결판장을 지켜보려는 이키의 심중을 알아차리고 기분좋은 웃음을 띠며 훌쩍 섬유부를 나가버렸다.

9시 15분, 오전 제1장이 개시되었다.

가네코는 미리 세워두었던 전법대로 오사카 상평 거래소에 거래원으로 나가 있는 다이마쓰의 중개인에게 매입지령을 내리고 있었다.

다이마쓰의 중개인으로부터 수화기를 통해 들어오는 주쿄방적의 동태도 기분 나쁠 만큼 조용해서, 제2장의 총결산을 앞두고 깊이 잠적한 기색이었다. 불과 5분 동안에 끝난 제1장의 30번수는 예측과 1엔도 틀리지 않는 273엔으로 마감되어 계획한 대로의 시세 움직임에 가네코는 일종의 승리감을 느꼈다. 부하직원들의 표정도 2시간 후에 킹키상사가 손아귀에 거머쥘 대승리에 얼굴이 상기되어 있었다.

오전 11시 마침내 제2장, 당월한의 납회시간이 박두했다. 가네코는 지난 5개월간 자기의 손발이 되고 그림자가 되어 정보수집에 동분서주한 다이마쓰의 무라코시 전무에게 전화를 걸었다.

"가네코야…… 그 뒤 다른 움직임은 없나?"

"273엔의 시세에 홀려 이때 한밑천 잡자고 직물회사가 움직일는지는 몰라도 천장은 아직 멀었다는 게 중론이니까 걱정 없습니다."

"음, 그럼 나중에……"

가네코는 전화를 끊자 바지 허리띠를 다시 조르고, 거래소로 통하는 두 대의 전화기를 양쪽 귀에 댔다.

가네코는 두근거리는 가슴으로 수화기에 귀를 대고, 매입할 매수를 머릿속에서 기억하고 있었다.

"다이마쓰 890매 매입, 나니와 7백 매 매입, 오와리 520매 매출, 구키 485매 매출, 히요시 3백 매 매입……"

매매의 매수가 1,2분 동안 살기를 띠고 눈부시게 왕래하는 속에서 가네코는 별안간 자기 귀를 의심했다.

"마루야마 2백 매 매출, 미야코 367매 매출, 도키징 105매 매출, 야마나카 98매 매출, 교오에이 57매 매출, 다쓰미 21매 매출……"

거래소에 가입한 43개사의 중개점이 일제히 매출로 나선 것이다. 가네코는 가슴의 고동이 딱 멈추고 온몸에서 핏기가 가시는 것을 느꼈다.

"스즈키 57매 매출, 오바야시 71매 매출, 아즈마 45매 매출, 사누키 105매 매출, 오와리 210매 매출……"

처음에 매입으로 돌았던 사람도 정세 불리의 냄새를 맡자 매출로 몰려들어 매입의 목소리는 한마디도 나오지 않았다. 가네코의 무릎이 덜덜 떨리고 수화기를 든 손이 떨리기 시작했다.

"가, 가네코 부장님……"

전혀 예기치 못한 역전에 다이마쓰의 젊은 중개인이 흥분한 목소리로 불렀으나 가네코는 목이 타는 것처럼 바싹 말라 대답조차 할 수 없었다. 손은 더욱 심하게 떨리고 있었다. 43개 회사가 앞을 다투어 매출을 내세우는 것은 대회사의 매출뿐만 아니라 원사를 가지고 있는 군소 직물업자까지도 직물용으로 소유한 것을 한 장이건 두 장이건 모조리 매출한다는 뜻이며, 깅키상사는 전국의 방적회사, 상사직물회사에 이르기까지 몽땅 적으로 돌린 셈이 된다. 가네코는 머리가 깨지는 듯한 느낌으로 거래소의 전달원이 매매 집계의 매출초과를 전하는 소리를 기다리고 있었다.

"매출초과량 1,557매!"

그 순간 가네코는 으음 하고 신음했다. 깅키상사의 매입분 1만 상자, 즉 5천 매분에 대해 매출은 8천 상자, 4천 매로 예측하고 있었으나 실제로는 7천 매나 되는 매출이 쏟아져 나온 것이다.

"매매 시초가 273엔!"

거래소의 전달원이 위세있게 소리쳤으나 사는 사람은 아무도 없었다. 이 얼음과 같이 차가운 고요가 가네코의 귀엔 비정할 따름이었다. 깅키상사가 매출초과량을 취하지 않는다면 시세는 나락으로 굴러 떨어지듯 폭락할 수밖에 없다.

그러나 273엔으로 즉시 인수해야 할지 아니면 좀 더 시세가 떨어졌을 때 인수하는 것이 좋을지 가네코는 침착한 판단력을 상실하고 있었다.

"매매 시초가 272엔 90센, 80센, 70센, 60센, 50센……"

전달원이 10센 단위로 값을 내리며 매입자를 물색했으나 장내는 기침 소리 하나 없이 조용할 뿐이었다. 빠르게 10센씩 내려 부르는 전달원의 목소리가 가네코에겐 악마의 목소리처럼 울리고 1초가 10분 20분처럼 길게 생각되어 수화기를 든 손가락 사이로 진땀이 배어 나왔다.

"매매 시초가 252엔 30센, 20센, 10센, 251엔……"

이젠 더 이상 주저할 수 없다.

"매입……"

가네코는 눈을 감고 벼랑을 향해 돌진하는 기분으로 다이마쓰의 중개인에게 매입지령을 내렸다. 그러자 1초도 안돼서 딱하고 딱다기가 울리고 매매가 성립되었다.

끝난 순간 가네코는 온몸의 피와 힘이 쑥 빠져 머리를 떨구었다. 참패였다. 차장 이하 부원들도 넋이 빠져 멍청하게 서 있고, 섬유부는 일순간 진공상태에 빠진 것처럼 조용해졌다. 그때 이치마루 상무가 비장한 표정으로 가네코 옆으로 걸어와,

"40번수는 차장한테 맡기라구……"

하며 차장을 불러 가네코와 교대시켰다.

납회에서 1천 5백 매가 넘는 매출초과가 나와 깅키상사 이외에는 인수자가 없고 더구나 20엔 싼값으로밖에 살 수 없었다는 뉴스는 순식간에 전국의 업자와 상품투기사들에게 퍼져, 오후 1시 15분부터의 후장 제1장의 6개월한 이후의 거래는 작전에 패한 깅키상사의 약점을 보고 철저하게 매출이 쏟아져 나왔다. 5개월에 걸쳐 추진해온 깅키상사의 투기전은 일찍이 예를 볼 수 없는 깊은 상처를 입고 패배한 것이다.

사원식당은 12시 반을 넘었어도 차례를 기다리는 사원들로 자리가 메워져, 사람들의 말소리, 식기 부딪치는 소리, 중국 우동을 먹는 소리, 포크나 나이프를 사용하는 소리 등이 천장에 울려 마치 거대한 밥통과 같이 활기에 차 있었다.

이키는 가운데쯤의 테이블에 앉아, 혼자 카레라이스를 먹으면서 바로 옆 사원들이 1주일 전에 참패한 투기전 이야기를 하는 것을 듣고

있었다.

"여보게, 일전에 주쿄방적에게 당한 참패는 정말 굉장한 상처인 모양이야."

입사 5,6년 정도의 젊은 사원이 말했다.

"들리는 바에 의하면 5억 엔가량의 손해라더군. 우리 회사 상반기 순이익이 12억 엔이니까 일개 부처에서만 5억 엔의 손실이란 굉장히 큰 거지. 물론 가네코 부장의 목은 달아난 거야, 불쌍하게도. 차기 이사 후보 서열 1순위였는데, 이것으로 1막은 끝이란 말이지."

또 한 사람이 아는 체하며 말했다.

"게다가 섬유담당인 이치마루 상무도 감봉감이라더군. 몇 할이나 깎일까?"

인사에 관한 소문만큼 재미있는 건 없었으므로 잡화부의 젊은 사원들은 카레라이스나 덮밥을 먹으며 이야기에 열중하고 있었다.

"그렇지만 아무리 목이 잘리거나 감봉이 되어도 살아있을 때 이야기지, 6,7년 전에 생사부장이었던 사람은 생사 투기전에서 당시 돈으로 3억 엔 가까이 손해를 입혔다는군. 게다가 노이로제에 걸려 몸까지 망가진 상태로 퇴사했다는 거야."

"흐음, 같은 조직 안에서 똑같은 월급을 받으면서 면사나 생사, 모사 등 투기전에 관련된 부서로 돌려진 사람은 재수없게 됐다고 체념할 수밖에 없지. 그러고 보니 다소 그늘진 부서지만 우리들처럼 고무신 수출이나 하고 있는 게 편안한 셈이군."

누군가 이렇게 말하며 가벼운 웃음소리를 냈지만 이키는 섬뜩했다.

혼잡한 식당 한구석, 간부석 테이블에 가네코 부장이 혼자 앉아 있는 것이 눈에 띄었다. 그곳은 바쁜 부장들에게 점심 때도 외부에서 전화가 걸려오거나 긴급연락이 있을 경우 바로 호출할 수 있도록 마련된 자리로, 십여 명의 부장이 함께 식사를 하고 있었다. 하지만 가네코 부장은 혼자서 남의 눈에 띄지 않는 맨 끝자리에 앉아 화식 정식을 앞에 놓고 한두 입 먹는 둥 마는 둥하다가 입맛이 없는지 젓가락을 놓고 생각에 잠겨 있었다.

불과 1주일 사이에 완전히 인상이 바뀌고 얼굴빛도 달라져 있었다. 주쿄방적과의 투기전에 참패한 그날의 후장과 다음 날은 차장과 교대했으나, 다시 그 다음 날부터는 두 개의 수화기를 귀에 대고 거래도 계속해야 되고 투기전에 패한 30번수는 실물시장에서 매각 처분해야 하기 때문에 가네코 부장의 지친 모습은 차마 눈뜨고 못 볼 만큼 비참했다.

이키 옆에서 가네코 부장의 뒷공론을 하고 있던 젊은 사원들 목소리가 갑자기 끊겼다. 가네코 부장의 모습을 본 듯 슬금슬금 자리에서 일어나 나갔으나, 이키는 여전히 가네코 쪽을 바라보고 있었다. 가네코는 다시 젓가락을 들어 두세 번 밥을 뜨다가 곧 젓가락을 놓고 국물만 마시더니 슬그머니 자리에서 일어나 약간 휘청거리는 걸음으로 식당에서 나갔다.

이키도 자리에서 일어나 식당을 나섰다. 가네코는 엘리베이터를 타지 않고 2층 섬유부를 지나쳐, 도중에 몇 번이나 가쁜 숨을 가다듬으며 위로 올라갔다. 이키는 잠자코 그 뒤를 따랐다.

7층까지 올라간 가네코는 뒤따라오는 이키의 발소리도 알아차리지 못하고 더욱 휘청거리는 걸음으로 옥상으로 나가는 좁은 계단을 올라갔다.

옥상에서는 젊은 사원들이 배구를 하거나 여기저기서 즐겁게 담소하고 있었으나, 가네코는 그쪽에는 등을 돌린 채 사람들이 없는 옥상 끝으로 걸어갔다.

그곳은 급수탑(給水塔)으로 그늘이 져 있어 남의 눈에 띄지 않는 곳이었다. 가네코는 거기에 우두커니 서서 넋잃은 사람처럼 빌딩의 골짜기를 내려다보고 있었다. 승리를 믿고 싸워오다가 생각지도 않은 패배를 맛본 자의 타격받은 모습이었다.

이키는 잠시 동안 가네코의 뒷모습을 지켜보다가,

"가네코 씨……"

하고 말을 걸었다. 가네코는 깜짝 놀라 제정신이 드는 듯 뒤돌아보았다.

"아, 이키 씨였군요……"

그는 놀란 듯이 말을 끊었다.

"매우 피곤하시겠어요……"

이키가 일부러 아무렇지도 않은 듯 말했다.

"네, 두 손 바짝 들었습니다. 형편없는 참패니까요."

"그렇지만 잘 싸우셨어요."

상업상의 싸움이라고 해도 가네코의 지난 수개월의 긴장감과 체력 소모는 진짜 전쟁처럼 처절했다. 그러던 것이 지금, 밝고 상쾌한 6월의 햇살 밑에 서 있는 가네코는 힘도 자신도 잃어 초여름 바람에 날려갈 것 같은 불안한 모습이었다.

"가네코 씨, 평범한 말이지만 '승패는 병가(兵家)의 상사(常事)'라는 명언이 있습니다."

그러자 가네코는 힘없이 고개를 끄덕였다.

"어떻습니까? 담배 피우시지 않겠어요?"

이키는 우연히 사장실에서 가네코 부장이 거래에서의 육감을 흐리지 않으려고 담배를 끊었다는 말을 들었으나, 긴장을 풀어주기 위해 권했다. 가네코는 서슴지 않고 손을 내밀어 한 개비를 빼어 입에 물었다. 이키는 조심스럽게 불을 대어주었다.

"맛있군요. 1년 만에 피우는 담배입니다."

가네코는 맛있게 연기를 내뿜었다.

"이키 씨는 아이가 몇이나 됩니까?"

"둘입니다. 고교생인 딸과 중학생인 아들이죠."

"그래요. 나는 오랫동안 군대에 가 있어서 50대에 고교생을 맏이로 3명이라 장남이나 졸업했으면 좋았을 텐데……"

가네코의 상의 안주머니엔 이미 사표가 들어 있는 모양이었다.

"가네코 씨, 설마……"

하고 말하자, 가네코는 미묘한 표정으로 얼굴을 돌리며 신음하듯 말했다.

"이키 씨, 기업에서 일하는 샐러리맨은 회사를 위해 돈을 벌어야 합니다. 그런데 나는 손해를 끼쳤습니다. 그것도 5억 엔이나 되는 손해를."

이키는 할 말이 없었다.

"그럼, 저 먼저……"

이키는 혼자 있고 싶어 하는 듯한 가네코의 마음을 짐작하고 그곳을 떠났다.

엘리베이터로 2층에 내려와 섬유부의 자기 자리로 돌아오자 책상 위에 연락 메모가 있었다.

'사장님으로부터 급한 호출이 있으니, 자리에 돌아오는 즉시 비서과로 와주시기 바랍니다.'

이키는 무슨 일일까 몹시 의아해하면서 곧 발길을 돌려 비서과로 향했다.

사장실 문을 노크하고 문을 열자 방문객이 방금 돌아갔는지 응접테

이불 재떨이 속의 꽁초가 아직도 연기를 내고 있었다.

다이몬 이치조는 이키 쪽으로 눈을 돌리더니,

"자네 어딜 갔었나? 도서관은 오전 중에만 다닌다는 약속이었잖아."

하고 다짜고짜 불쾌한 듯이 말했다. 지금까지의 다이몬에게선 보지 못했던 노기에 이키는 놀랐으나, 피로에 지친 초조한 표정을 보고 이해가 갔다. 주쿄방적과의 투기전은 다이몬 자신이 가네코 면사부장과 긴밀한 연락을 취하면서 지휘했던 일이니만큼 5억 엔이나 되는 손해에 대한 경영자로서의 책임과, 희대의 투기사로 불리는 주쿄방적 사장인 기토 간스케에게 한방 먹은 울분으로 이를 갈며 신경을 곤두세우고 있는 것이다.

"잠깐 자리를 비웠기 때문에 늦었습니다……"

옥상에서 가네코 부장과 나눈 이야기는 덮어두고 그렇게 말하자, 다이몬은 힐끗 이키를 흘겨보았다.

"자네의 미국행 비자를 받는데 몹시 까다로웠어."

"네, 그렇습니까……"

"네, 그렇습니까가 뭐야! 자네처럼 언제까지나 전형적인 군인 말투로 말해서는 곤란해. 어째서 미국이 자네에게 비자를 내주지 않는 건지 생각나는 점 없나?"

다이몬은 더욱 짜증스러운 듯이 말했으나, 이키로선 그 말뜻을 이해할 수가 없었다.

"그 이유는 자네는 얼핏 보아 순수한 일본인으로 보이지만, 사실은 시베리아에서 세뇌 받은 소련의 끄나풀이라고 의심하는 사람들이 있기 때문이야. 뭔가 그런 사실이라도 있나?"

다이몬은 이키의 조그만 변화라도 놓치지 않으려는 듯이 날카로운 눈으로 질문했다. 이키는 화가 나기보다는 어이가 없어서 대답할 마음조차 일지 않았다. 그러자 다이몬의 눈초리도 부드러워졌다.

"물론 나는 자네를 믿고 있지만, 현실적으로 자네 비자는 정상루트를 통해서는 나오지 않아. 그래서 사토이 상무가 뉴욕 지사장에게 연락을 해서 주미영사가 국무성의 일본과에 이야기를 했네. 사토이 상무의 특별주선으로 겨우 나왔다는 연락이 도쿄에서 들어왔어."

아무리 시베리아에서 귀환했다 해도 전직 군인인 자신의 비자가 그렇게까지 곤란했다고 하니, 새삼스럽게 미·소 냉전의 치열함을 눈앞에 보는 느낌이었다.

그러자 그렇게까지 하며 자기를 미국에 데리고 가는 이유가 아무리 생각해도 납득이 가지 않았다.

"사장님, 제가 미국에 수행하는 것은 그럴 만한 용건이 있어서입니까?"

이키는 가슴에 품었던 궁금한 일을 직설적으로 물었다.

"있고말고, 상사원이 미국을 모르고 어떻게 장사를 생각할 수 있겠나? 태평양전쟁에서 패전한 이유도 자네 같은 작전참모가 미국에 가본 일이 없었다는 게 원인이었네."

다이몬은 거침없는 말투로 그렇게 말하며 담뱃불을 붙였다.

"그건 그렇고, 자네는 이번 투기전을 쭉 지켜보았을 텐데, 참패를 당한 뒤 제일 먼저 무엇을 생각했나?"

갑작스런 질문에 이키는 어리둥절했으나 곧 대답했다.

"투기전의 내막을 모르는 저로서는 이런 경우 회사는 당사자에게 어떤 조치를 취하나 하는 것이 최대의 관심사입니다. 군대와 민간회사는 상벌의 방법도 서로 다르리라 생각합니다만……"

"과연 머리가 잘 도는군. 사람이 재산이라는 점에서는 군대도 상사도 본질적으론 비슷하니까 그 인재를 살리는 것도 죽이는 것도 상벌의 방법 하나에 달렸다고 하겠지. 하지만 인재의 값이 다르니까, 상은 어찌됐든, 벌에서는 당연히 달라질 거야."

"인재의 값……"

"그렇지. 군대는 한 사람당 1센 5리에 모아올 수 있으니까 실패한 녀석은 할복을 시키든가 계급을 박탈하면 되겠지. 얼마든지 새로운 인력으로 보충할 수 있으니까. 하지만 기업은 한정된 자금과 부양가족까지 덧붙인 인재를 최대한 이용하여 돈을 벌지 않으면 지탱을 못해. 한두 번 실패했다고 해서 목을 자르면 효율은 저하되고 다른 사원들도 같이 위축되고 말지."

"그렇다면 가네코 부장의 처우는……"

이키는 마음에 걸리던 것을 물었다.

"틀림없이 가네코는 벌써 사표를 안주머니 속에 넣어뒀겠지. 하지만 나는 받지 않을 거야. 한 장의 사표로써 일이 끝났다고 생각하는 것은 너무도 안이한 생각이야. 어떻게 하면 손해를 본 만큼 복구할 수 있나, 하는 것이야말로 이제부터 해야 할 피눈물 나는 일이지. 날만 새면 양쪽 귀에 댄 전화로 폭락일로의 시세를 들으면서 현물을 처분해야 하는 4, 5개월은 생지옥 같은 괴로움이겠지. 그렇지만 그것을 해내고, 다음엔 회사가 벌도록 하면 가네코의 이사 승진은 보증하겠어. 기업에서는 깨끗한 옥쇄(玉碎) 같은 건 허용되지 않아."

힘찬 목소리로 잘라 말했다.

'기업에선 옥쇄가 허용되지 않는다'는 다이몬의 말이 바위처럼 무겁게 이키의 가슴을 짓눌렀다.

사장실을 나와 인사부의 도항과에 들렀다가 2층 섬유부의 자기 자리로 되돌아오자, 이시하라 신지가 도미 수속에 필요한 서류 기입법을 가르쳐주었다.

대강 기입이 끝나자 이시하라는,

"이키 씨, 첫 번째 해외여행이라면 소지품 일람표를 적어드려야겠군요."

하고 재빨리 양복에서 내의에 이르기까지 리스트를 만들었다.

"그리고 중요한 것은 약입니다. 만일 이키 씨가 복용하는 약이나 필요한 약이 있으시면 빠짐없이 준비해 가지고 가야 해요. 그쪽에선 의사 처방전 없이는 약을 팔지 않으니까요. 그리고 안경, 이키 씨가 서류를 보실 때 쓰는 안경을 예비로 갖고 가지 않으면 이것 역시 의사의 까다로운 검안이 필요하니까 곤란하게 됩니다."

이시하라는 말을 하다가 갑자기 목소리를 낮추었다.

"출장비는 하루 25달러라고 하지만 먹고 자는 것까지니까, 이키 씨처럼 계산이 서투르면 단번에 손들게 되니 잘 계산해야 합니다. 그렇지 않으면 모처럼 미국까지 가서도 스트립쇼 한번 못 보게 됩니다."

"뭐? 스트립쇼……"

"그래요, 아직 일본엔 없지만 일전에 뉴욕에서 돌아온 녀석의 말을 들으니, 뉴욕 뒷골목 극장에 가면 완전 스트립쇼를 한다고 하더군요."

이시하라가 신이 나서 최신 정보를 귓전에 속삭이자, 이키의 얼굴이 빨개졌다.

"그 나이에 얼굴이 빨개지다니…… 나까지 묘한 기분이 드는군요."

이시하라는 어이없다는 얼굴로 그렇게 말하고 자리를 떴다. 이키는 면사부장 쪽으로 시선을 돌렸다. 후장 제2장이 시작된 모양인지 가네코 부장은 몹시 수척한 얼굴로 두 대의 수화기를 귀에다 대고 괴로운 매출지령을 내리고 있었다.

미국 출장을 하루 앞두고, 이키는 아내 요시코가 트렁크에 챙겨 넣은 짐을 조사하고 있었다. 책상이나 서랍을 치운다 해도 좁은 방에 트렁크를 벌려놓으니 방 안엔 발 들여놓을 틈도 없을 정도였다.

"아버지, 정리하기 쉽게 빈 상자를 가져왔어요. 필요 없는 건 왼쪽, 필요한 건 오른쪽 상자에 넣을 테니까 일러주세요."

고교생인 나오코는 빈 양복 상자를 두 개 들고 와서 이키의 좌우에 놓았다.

"눈치가 빠르구나. 그럼 와이셔츠와 내의는 한 벌씩 트렁크에서 꺼내 필요 없는 쪽으로, 나오코 뒤에 있는 두 권의 책은 오른쪽 필요한 상자에 넣어라."

그렇게 말하면서 비타민제와 위장약을 휴대용 백에 넣고 있으려니 부엌에서 저녁준비를 하고 있던 아내가 손을 닦으면서 들어왔다.

"여보, 그 셔츠하고 내의는 왜 트렁크에서 꺼내죠?"

"필요 없을 것 같아. 군대시절엔 이렇게 많은 짐을 들고 다닌 적이 없잖아."

전쟁 중 외교관 신분으로 가장하고 모스크바에 외교문서 전달사로 갔을 때도, 전황 시찰차 남방에 갔을 때도 언제나 간단한 짐만 가지고 출장 갔던 이키는 와이셔츠 5장, 내의 3벌, 넥타이 5개라는 많은 의류에 입을 벌렸다.

"그렇지만 이번엔 상사원으로 해외에 가시는 거예요. 더구나 다이몬 사장의 수행원으로 가는 한, 너무 추해 보이는 것은 실례가 돼요. 당신이 회사 분한테서 받은 메모에도 그렇게 적혀 있었어요."

그때 현관문이 드르륵 열리며,

"아무도 없냐? 나다."

하고 쉰 목소리가 들렸다.

"어머, 할아버지다!"

나오코가 눈을 반짝이며 바로 옆 작은 방에 툇마루가 붙어 있는 현관으로 달려갔고 아내 요시코도 맞으러 나갔다.

전쟁 후 도쿄에서 오사카의 데이쓰카 산으로 은거한 장인이 저녁에 방문한 것을 의아하게 생각하며 이키도 일어서려 했다.

67세의 노인으로 낡은 양복을 입고 있었으나 검은 베레모를 쓴 아내의 아버지 사카노 사토유키는 이미 싱글벙글 웃으며 들어와 방 안을 둘러보았다.

"여, 이거 대단하군!"

"좁은 방이 온통 어질러져 있어서…… 오시느라고 불편하진 않으셨습니까?"

장인인 동시에 육대 시절의 교관이기도 했던 분이라서 이키는 반가운 중에도 새삼 인사를 드렸다.

"아직 이렇게 건강하잖나. 요시코한테서 자네가 미국에 출장 간다는 말을 듣고, 오사카에 왔다가 돌아가는 길에 들렀네. 이건 약소하지만……"

상의 안주머니에서 봉투를 내놓았다.

"장인어른, 천만의 말씀입니다. 회사 출장이라서 이런 건……"

그러자 지금은 조상의 땅인 가와치 나가노에 은거하며 공민관의 관장일을 하고 있지만, 30세부터 3년간 주영 일본대사관 무관을 지낸 장인은,

"어디를 가든지 해외에 나가면 1달러는 고사하고 10센트라도 더 몸에 지니고 있어야 해. 하물며 자네의 경우는 아무리 해외에 지사가 있다 해도 모르는 사람뿐이니까, 사소한 일로 창피를 당하는 건 좋지 않아."

하고 중년이 되어 처음으로 미국에 출장가는 사위에게 세심한 배려를 해주었다.

"그럼 감사하게 받겠습니다. 출장기간은 3주일이니까 아무 일도 없으리라 생각하지만, 제가 없는 동안 잘 부탁드립니다."

차를 가져온 아내를 돌아보며 말하자 요시코는,

"11년간이나 집을 지켰는데…… 걱정하실 것 없어요. 그보다도 미국에선 시베리아 억류자에게 몹시 신경을 곤두세운다고 들었는데, 당신한테 무슨 일이나 일어나지 않을까 걱정이 돼요. 차라리 출장을 취소했으면 하는 기분이에요."

하고 두 아이에게 들리지 않도록 낮은 목소리로 말했다. 이키는 다이몬 사장으로부터 자기의 비자가 나오는데 무척 까다로웠다는 말을 들었으므로 문득 불안한 생각이 들었으나, 그런 내색은 하지 않았다.

"혼자 간다면 몰라도 다이몬 사장의 수행으로 가는 거니까 이상한 일은 생기지 않을 거야. 그보다 가장 걱정되는 건 언어장애야. 사장에게 방해나 되지 않을까 걱정스럽군."

"확실히 미국에선 전쟁 전에 우리들이 쓰던 영어는 통하지 않는 모양이야. 더욱이 저쪽 말은 상당히 회화에 능숙치 않고는 절반 정도밖에 알아듣지 못한다는군. 귀국하면 어떤 에피소드가 튀어나올지 지금부터 기대가 되는군."

장인이 맞장구치듯이 말하자, 요시코는 겨우 안도의 표정을 지었다.

"아버지, 오랜만에 함께 저녁 드시고 가세요. 애들도 무척 기뻐할 테니까요……"

요시코가 급히 부엌으로 가려 하자,

"아니, 오늘밤엔 공민관 회합이 있어 곧 가야 한다."

하며 장인은 베레모를 들고 일어섰다.

"아니 할아버지! 벌써 가시는 거예요?"

놀러갔다가 방금 돌아온 마코토가 낙심한 듯 말하자 장인은 웃으면서 말했다.

"곧 또 오마."

장인은 현관에서 구두를 신더니 역까지 배웅하려는 나오코와 마코토에게 말했다.

"미국에 가는 아버지하고 할 말이 있으니까 다음번 왔을 때 배웅해 다오."

그리하여 이키와 단둘이 시영주택이 늘어선 길을 빠져나가 도로로 나갔다.

아직 희미하게 저녁 빛이 남아 있어, 만조 때의 야마토 강은 가운데의 사주(沙州)를 제외하고 1백 미터의 강폭 가득 강물을 드러내 보이고 있었다.

이키는 노령에도 불구하고 베레모를 쓰고 허리를 쭉 펴고 걷는 장인 사카노 사토유키의 걸음에 맞추면서, 새삼스럽게 세월의 빠름을 느꼈다.

1937년, 엄격한 시험에 합격하고 이키가 육군대학에 입학했을 때, 이키 등 52기생 담당교관의 한 사람이었던 사카노 사토유키는 육대교관으로 갓 부임한 중좌였으나, 동서고금의 전사(戰史)에 통달한 권위자였다. 특히 노·일 전쟁의 전략전술 강의는 피를 끓게 하는 생동감과 함께 격조가 높아 장차 장군의 막료가 되려는 이키 같은 학생들의 열의를 더해주었다.

육대 교육에는 시험이 없다. 교관이 주제를 내고, 그 해답을 각자가 자유로이 고찰하여 결론과 그 이유를 논문으로 제출케 한다. 다음에 견해가 다른 사람끼리 토론을 시켜 마지막으로 교관의 해답이 피력된 뒤 다음의 연구과제로 넘어가는 것이 기본방침이었다. 3년간 그러한 교육을 받은 사람은 독자적인 신념이 배양되는 동시에 표현력, 설득력이 몸에 배게 된다.

교관 중에는 육대의 그러한 교육 방침을 망각하고 자기와 다른 설을 주장하는 학생을 싫어하는 사람도 있었다. 그러나 사카노 사토유키는 공정하여 뛰어난 해답자에겐 '교관이 미치지 못했던 점까지 생각하고 있다'고 거침없이 말했다. 그 넓은 도량이 학생들로 하여금 보다 열심히 하게 했다. 그는 학생들이 자택까지 몰려가도 스스럼없이 어울리는 타입이었다.

따라서 오기쿠보에 있던 사카노 사토유키의 집은 일요일이 되면 그 날만은 기숙사에서 해방되는 학생들의 토론장이 되었으나, 학생들의 또 다른 목적은 교관의 외동딸인 요시코에게 있었다. 다과를 가져오는 외에 학생들이 진치고 있는 방에는 좀처럼 모습을 보이지 않았으나 이키는 복도나 현관에서 요시코와 정면으로 얼굴이 마주치면 가슴이 울렁거리고 남몰래 얼굴이 붉어지는 일이 적지 않았다.

사카노 사토유키는 어느 학생에게나 공평하게 대하여 이키 한 사람을 특별히 보아주는 일은 없었으나, 천황의 행차가 있는 졸업식에서 수석인 이키가 어전강연을 하게 되자, 그 지도 교관을 사카노 사토유키가 맡았던 관계로 사제 간의 정이 깊어졌다. 그리하여 이키는 자신의 장래를 보고 고향의 야마가타 연대장을 통해 청혼해온 다케다 대장의 딸보다는 은사의 딸인 요시코를 택한 것이다.

강변에 붙어 있는 도로가 국도 26호선과 교차되는 지점에서 10미터쯤 떨어진 곳에 왔을 때, 장인은 걸음을 멈추고 물었다.

"방위청의 하라다 마사루(原田勝)가 드디어 차기선거에 출마하기로 결정한 모양인데, 알고 있나?"

이키도 무의식중에 걸음을 멈추고 대답했다.

"언젠가 선거에 출마한다는 소문은 들었습니다만, 결정했다는 말은 처음 듣습니다."

이키는 일찍이 미·일 전쟁의 서전이 되었던 진주만 공격 작전을 짤 때 해군의 명참모라고 일컫는 하라다를 중심으로 하는 작전회의에 참가하여 그의 높은 식견, 세심하면서도 호담한 전략전술 발상에 존경심을 품었던 일을 떠올렸다. 하라다 참모는 현재 방위청의 항공막료감부(航空幕僚監部) 막료장의 요직에 있었다.

"장인어른은 하라다 씨가 입후보한다는 말을 어디서 들으셨습니까?"

"내가 위원으로 있는 군인연금연맹 오사카 지부에 선거지원체제를 시급히 만들어달라는 전달이 왔어. 하라다는 훌륭한 인물이고 신망도 두터우니 강력한 지원체제를 구축할 수 있으리라 생각하네. 자네도 지금은 아니더라도 장차 나라를 위해 정치를 할 생각은 없나?"

이키가 방위청에 들어가지 않은 것은 차치하더라도 하필이면 고르고 골라 상사에 들어간 일에 대해 장인이 불만을 품고 있다는 것은 전부터 느끼고 있었다. 그런 만큼 이키는 대답이 궁해 야마토 강에 걸려 있는 철교 쪽으로 시선을 돌렸다.

"나이는 달라도 일찍이 바다에는 하라다, 육지에는 이키라고 불리던 호적수가 아닌가. 나는 자네가 상사에 들어가, 집에 돌아와서까지 아이들이 입고 있는 옷을 만지며 순모니 화학섬유니 하고 공부한다는 말을 듣고 한심한 생각이 들었지…… 요시코는 11년간의 고생이 골수에 맺혀 앞으로는 가정의 행복을 바래 자네가 정치가를 지망하는 것을 반대하는 모양이지만, 제2의 인생을 옛날의 자네답게 생각해 볼 수 없겠나……"

장인 사카노 사토유키는 자신의 꿈을 의탁하듯이 차분한 목소리로 말했다. 장인이 그 일을 아내나 아이들과 멀리 떨어진 미국에서 생각해보기를 원한다고 생각하니, 이키는 이번 미국 출장이 한층 부담스러워졌다.

아메리카

앵커리지 경유 뉴욕 직행기인 노스웨스트 138편은 거의 정시대로 비행을 계속하여 2시간 후인 오후 10시 55분에 뉴욕 국제공항에 도착할 예정이었다.

저녁식사가 끝나자 스튜어디스가 커피, 홍차를 제공하러 돌아다니다가 이키 일행의 자리에서 수레를 세우고 생긋이 웃으며 홍차를 따랐다. 사장 다이몬 이치조는 앞쪽 일등석에, 수행원인 외국부장 요사노(與謝野)와 사장 비서 야나기(柳) 그리고 이키는 3인용 의자에 나란히 앉아 있었다. 통로 쪽에 앉아 있는 야나기는 홍차를 마시면서,

"이키 씨, 피곤하시죠."

하고 가운데 자리에 앉은 이키를 염려하듯이 말했다. 이키는 수면부족의 얼굴로 대꾸했다.

"역시 긴장을 하고 있으니까…… 야나기 씨나 요사노 부장처럼 익숙하지 않아서."

그렇게 말하자 요사노 외국부장은,

"빈자리가 있으면 의자 팔걸이를 젖히고 옆으로 누울 수가 있는데, 뉴욕행은 노스웨스트뿐이니까 아무래도 만원이 된단 말이야."

하고 7할 이상 차 있는 좌석을 둘러보며 미안한 듯이 말했다.

요사노는 곧 무릎 위의 가방에서, 다이몬 사장이 뉴욕에서 만날 거래선의 리스트와 리셉션에서 행할 연설 초고를 꺼내 빨간 볼펜으로 적어 넣기 시작했다. 비서인 야나기는 다이몬이 있는 일등석으로 갔다.

이키는 의자 등받이를 뒤로 제치고 요사노 외국부장의 정력적인 사무 처리에 방해가 되지 않도록 옆에서 바라보았다. 주위의 승객은 거의 모두 모포를 덮고 자는데 요사노의 좌석만이 작은 리딩 라이트가 켜지고 볼펜이 움직이고 있다.

사장 비서인 야나기도 그동안 몇 번이나 다이몬에게 왔다 갔다 했다. 그는 잠시 후 돌아오더니 말했다.

"이키 씨, 사장님께서 부르십니다."

이키는 슬리퍼를 구두로 바꿔 신고 일등석으로 갔다. 절반 이상이 빈자리로 다이몬은 두 사람용인 넓은 의자에 몸을 기대고 앉아 브랜디를 마시고 있었다.

"뭐, 볼일이라도……"

바로 뒤에서 자고 있는 미국인 노부부에게 조심하면서 말하자,

"아니, 피곤할 테니까 브랜디라도 마시라고."

하며 옆 자리를 권하고는 스튜어디스에게 브랜디를 가져오게 했다.

"어때? 자네 시대의 전투기와 이 DC-8 제트기의 탑승감이."

전혀 피곤한 기색이 보이지 않는, 회사에 있을 때와 똑같이 정력적인 눈으로 물었다. 이키는 브랜디를 두 손으로 데우면서 대답했다.

"상상 이상으로 조용하고 동요가 적은 데 놀랐습니다. 그러나……"

그 다음 말을 이키는 브랜디와 함께 조용히 목구멍으로 넘겨버렸다. 귀환 후 처음으로 비행기를 탄 이키는 시베리아 억류 중 극동 군사재

판의 소련측 증인으로 일본에 왔다가 다시 시베리아로 연행되었을 때의 일이 생각나 가슴에 치미는 것이 있었다.

이키가 가슴의 응어리를 떨어버리듯이,

"뉴욕…… 한시라도 빨리 보고 싶은데요."

하고 짐짓 명랑한 말투로 말하자 다이몬은 웃었다.

"그처럼 미국 출장을 마음 내켜하지 않던 자네가 그런 말을 하다니. 나도 전쟁 전에 중국 대륙, 동남아시아 등지를 실컷 돌아다녔지만, 7년 전 상무 시절 처음 뉴욕에 갔을 때는 가슴이 두근두근했었지."

"그랬습니까, 그럼 맨 처음 감상은 어땠습니까?"

"맨 처음 생각한 것은 이처럼 거대하고 자원도 풍족한 나라를 상대로 어째서 전쟁을 했을까 하는 일이야. 우리들 장사꾼의 계산으로 따지면 전혀 밸런스가 맞지 않는 일이니까."

다이몬은 훌쩍 브랜디를 마셨다.

"그렇지만 자네는 자네 나름대로의 견해가 있겠지. 자네한테 장사를 배우라고 데려온 것은 아니니까 마음대로 보고 싶은 것을 보고 견문만 넓히면 되는 거야. 요사노 군에게 어떤 무리한 청이라도 다 들어주라고 지시해놨어."

"호의를 감사히 받겠습니다."

이키는 브랜디를 마시고 나서, 인사를 하고 자기 자리로 돌아왔다. 요사노 부장은 아직도 서류를 펼쳐들고 있었고, 야나기는 붉은 줄이 쳐진 초고를 카피하고 있었는데 벨트 착용 신호가 있자 서류를 급히 가방에 챙겼다.

계속해서 고도가 낮아져 뉴욕의 불빛이 빨강, 파랑, 녹색, 노랑 등 저마다 반짝거리며 확대되었다. 곧 전방에 잉크블루의 표지등이 줄지어 있는 공항이 보이는가 했더니, 덜컹 하고 바퀴가 땅에 닿는 울림이 몸에 전해졌다. 뉴욕 아이들 와일드 공항에 착륙한 것이다. 이키는 일찍이 본 일 없는 대공항과 활주로에 죽 늘어서 있는 대형 여객기에 눈길을 보내고 있었다.

"이키 씨, 도착했어요……"

요사노는 헝클어진 머리를 어느새 단정하게 빗질하고 상의를 입고 있었으며, 야나기는 다이몬한테로 간 모양인지 옆에 없었다. 이키가 서둘러 자기 가방을 들고 트랩을 내려오니 다이몬은 야나기를 데리고 훨씬 앞쪽을 걷고 있었다.

"사장은 성질이 급하니까 우물쭈물하고 있으면 벼락이 떨어져요."

요사노는 이키를 재촉하듯 걸음을 빨리하여 세관 앞에서 다이몬 사장을 따라붙었다.

통관수속을 끝마치고 포터에게 짐을 들려 밖으로 나온 순간 6, 7명의 뉴욕 지사 사원이 일렬로 늘어서서 다이몬을 맞이했다.

"사장님, 기다리고 있었습니다."

"수고하네, 마사오카(正岡) 군. 언제나 잘해주는군."

다이몬은 기분이 좋아 키가 큰 뉴욕 지사장을 위로했다. 키 큰 것이 눈에 띄는 뉴욕 지사장은 황송함과 기쁨의 빛을 드러내며 몸을 굽혀 절을 했다.

"미력합니다만 주야로 노력하고 있습니다. 자아, 이쪽으로 오시죠. 곧 출발하실 수 있도록 주차장에서 차를 꺼내 대기시켜 놓았습니다."

밤의 어둠 속에서 대하처럼 넓은 하이웨이에 대형의 고급 승용차가 화살 같은 속도로 흐르듯이 달리고 있었다. 이키로서는 상상도 못할 완비된 도로였으며 굉장한 자동차 수였다. 차가 이스트 강으로 다가가 야트막한 언덕 위에 이르렀을 때, 눈앞에 빛의 숲과도 같은 휘황한 고층빌딩 거리가 펼쳐졌다. 맨해턴에 들어찬 빌딩의 불빛이었다. 유달리 높이 솟아 있는 것이 102층의 엠파이어스테이트 빌딩이었다.

뉴욕의 첫날밤을 월도프 아스토리아호텔의 클래식한 독방에서 푹 자고난 이키는 늦은 아침식사 후, 뉴욕 지사로 가기 위해 아래층으로 내려가, 현관에서 비서인 야나기와 마주쳤다.

"이키 씨, 제대로 돌봐드리지 못해 죄송합니다. 아침부터 사장님 방에 거래처 방문객이 두 패나 있어, 지금 막 전송을 한 참입니다."

그러면서 야나기는 설명해주었다.

"이 호텔은 세계 국가원수나 저명인이 숙박하는 격조 높은 호텔로 그날 묵고 있는 손님 중 최고 귀빈의 나라 국기를 정면 현관 위 국기대에 게양하는 관습이 있습니다. 지금 게양되고 있는 건 이디오피아 국기로, 어제부터 이디오피아 황제가 묵고 있다고 합니다."

이키는 이디오피아 국기를 쳐다보고 대꾸했다.

"과연, 좋은 풍습이로군요…… 그럼 나는 지금부터 뉴욕 지사에 갔다 오겠습니다."

"그럼 조심해 다녀오십시오. 이제부터 나도 사장님을 따라나가 호텔에 없을 겁니다. 우리 회사가 주최하는 파티는 6시부터니까 그때까지는 돌아오십시오."

이렇게 말하고 야나기는 호텔로 들어갔고, 이키는 5번가로 향했다.

뉴욕 지사는 5번가 동쪽 50블럭에 있는 낡은 20층 빌딩의 8층에 있었다. 엘리베이터를 탄 사람들의 다양한 인종분포에 뉴욕답다고 느끼면서 8층에서 내려 오른쪽 문을 여니까 정면 접수석 벽면에 깅키상사의 휘장이 걸려 있고 국화를 꽂아놓은 책상 앞에 젊은 금발 미인이 앉아 있었다. 이키는 남의 회사에 온 것 같은 긴장감을 느끼면서 자기가

아메리카 39

들어도 어색한 영어 발음으로 말했다.

"저는 이키라고 합니다. 가이베 씨를 뵙고 싶은데요."

"죄송합니다. 성함이 뭐라고 하셨나요?"

접수처 직원은 미소 지으며 되물었으나 말끝의 '왓쯔므'의 뜻을 몰라 머리를 갸웃거리자 접수처 직원은 다시 한 번 천천히 물어보았다. 그제서야 '왓쯔므'란 '왓츠 유어 네임'이라는 것을 알아차리고 자기 이름을 다시 일러주었다.

"가이베 씨와 약속이 있었습니까?"

"네, 그렇습니다."

접수처 직원은 사무실로 들어가는 문을 가리켰다.

유리문을 열자 약 5백 평의 사무실에 1백 명쯤이라고 들었던 사원들 책상이 각 부문별로 줄지어 있었다. 일본인들은 부지런히 일하고 있었으나 현지에서 채용한 미국인들은 껌을 씹으면서 명랑한 목소리로 전화를 걸거나, 타이프를 치고 있었다.

이키는 통로 한구석에 일본에서 보내온 듯한 고무 슬리퍼나 자전거가 놓여 있는 것을 보고 놀라면서 원단 견본을 쌓아놓은 섬유부 카운터로 가서 인사를 했다.

"뭐요? 당신 정말 오사카 섬유부에서 왔습니까? 여긴 무슨 일로 오셨죠? 우린 통 연락을 못 받았는데."

의아스럽다는 듯이 이키를 보았다.

"실은 곡물부의 가이베 가나메(海部要) 씨를 찾아왔는데요."

"섬유부인 당신이 곡물부의 가이베 씨를? 여기서 20미터쯤 저편 안쪽에서 타이프를 치고 있는 게 그 사람이지만, 지금 증권시장의 거래 시간이니까 기다려야 할 겁니다."

하고 말하며 방 한구석의 책상을 가리켰다. 이키는 가이베 가나메의 옆에 앉아 있는 미국 여성에게 온 뜻을 전하고, 방해가 되지 않게 의자에 앉아 가이베의 근무 모습을 살펴보기로 했다.

나이는 서른 두셋쯤으로 와이셔츠 소매를 걷어 올리고 정면 벽 위의 기다란 스크린 위로 흐르는 'SB N 240 1/8'이라는 기호와 숫자를 쳐다보며 수화기를 귀에 대고 양손으로 바쁘게 타이프를 치고 있었다. 구체적인 내용은 모르겠으나 소맥, 대두, 옥수수 등 곡물의 국제시세와 씨름하고 있는 것만은 이키도 알 수 있었다. 가이베 가나메를 방문한 것은, 그 사람이라면 오사카의 섬유부 출신으로 젊긴 하지만 능력 있는 상사원이니까 이키가 뉴욕 지사 일이나 주재원 생활을 배우기엔 적임자라고 뉴욕 지사장이 말했기 때문이다.

20분쯤 지나자 급하게 하던 일이 마무리된 모양인지 가이베 가나메는 크게 기지개를 켜고 담배에 불을 붙이더니 회전의자를 빙그르르 돌렸다. 하얀 얼굴에 로이드 안경을 써서 얼핏 보면 교만한 느낌이었으나 이키와 시선이 마주치자,

"이키 씨죠, 오래 기다리셨습니다."

하고 밝은 목소리로 소탈하게 말하며 일어났다.

이키도 일어서서 똑바른 자세로 깍듯이 인사했다.

"바쁘신데 폐를 끼쳐 죄송합니다. 이곳 마사오카 지사장께서 가이베 씨를 방문하라고 말씀하셔서……"

가이베는 이키의 예의바른 인사에 당황해하며 말했다.

"아니, 실은 도쿄에서 효도 싱이치로의 텔렉스가 들어왔습니다. 그와는 입사 동기로 기획조사실에서 함께 일했던 사이입니다. 이키 씨의 일을 잘 부탁한다면서 그가 본 이키 씨의 인물소개까지 적어 보냈어요."

가이베의 얼굴엔 초면 같지 않은 친근감이 넘쳐 있었다.

"허어, 효도 싱이치로가……"

이키는 섬유수출과에서 도쿄 지사의 철강부로 옮겨간 효도의 도량 넓은 풍모를 머릿속에 그리며 자기에겐 아무 말도 없이 묵묵히 그런 걱정까지 해준 효도가 고마웠다.

"나는 섬유 거래의 어려움은 알고 있었습니다만, 저 스크린에 흐르고 있는 'SB N 240 1/8' 이라든가 ' CU 205 3/8' 이라는 기호는 무엇을 말하는 겁니까?"

"아아, 그건 시카고의 곡물거래소에서 지금 거래되고 있는 시세표로, 처음의 SB라든가 C는 대두나 옥수수의 기호이고, 다음의 N이나 U는 7월이나 9월과 같은 매월의 기호, 마지막 숫자는 그달의 가격을 센트로 표시한 겁니다."

"과연…… 곡물거래도 굉장한 일이군요."

가이베는 안경을 벗어 안경알을 닦으면서,

"아뇨, 이런 것쯤은 익숙해졌지만 곡물의 경우는 3국간의 무역이니까 각국 간의 시차 때문에 몸이 어지간히 건강하지 않으면 견디지 못해요. 실은 오늘 아침에도 4시에 런던으로부터 온 전화에 잠이 깨서 나온 겁니다."

라고 말하고 수면부족으로 충혈된 눈으로 쓴웃음을 지었다.

"3국간 무역…… 그게 무슨 뜻입니까?"

이키는 귀에 익지 않은 말의 뜻을 물었다.

"글쎄요, 외국간 거래라고나 말씀드리면 이해가 가실까요? 말하자면 종래의 무역은 일본 대 미국의 수출입이었지만, 뉴욕을 거점으로 하여 일본 이외의 A국에서 B국으로 A국 상품을 수출 또는 수입하는 것이 3국간 무역이죠. 내가 매일 하는 일은 미국의 소맥이나 대두를 일본뿐만 아니라 동남아시아, 유럽으로 파는 일인데 가격이 성립되는 것은 시카고의 곡물거래소, 곡물의 헤드쿼터는 런던이니까 밤에 집으로 돌아가기 전에 시카고에서 나온 오퍼의 가격을 기초로 런던에다 '어디어디로 가는 대두 몇 톤, 어느 달 중에 얼마인지 내일 아침 회답 바람' 하는 식으로 오퍼를 내놓는 거죠. 보통의 경우라면 회답은 다음 날 아침 사무실에 나오는 8시경까지 텔렉스로 들어와 있으니까, 시카고 거래소가 오픈하는 동시에 그 스크린에 자동적으로 비쳐지는 가격표를 보면서 팔거나 사면 되는 셈인데 시세가 크게 변동했을 경우는 런던과 타협을 하면서 매매하는 거죠."

설명이 끝나자 손목시계를 보며 말했다.

"점심때가 됐는데, 또 한 가지 플레이트 브로커한테 전화 올 일이 있어요. 실례입니다만 이 자리에서 점심을 시켜 먹는 게 어떨까요? 테이크아웃이라면 조금 후에 가져옵니다만."

"허어, 테이크아웃. 미국에도 음식배달 서비스가 있군요. 그거 꼭 함께 들게 해주십시오."

이키로서는 격식 높은 호텔의 어색한 만찬이나 조찬보다는 그런 것이 먹고 싶었다.

잠시 후, 핫도그나 샌드위치, 종이컵에 든 수프가 든 큰 네모난 상자를 맨 흑인 소년이 배달을 오자 일본인이나 미국인 사원, 여성 타이피스트들이 여기저기서 배달소년을 불렀다. 가이베도 큰소리로 2인분의 샌드위치와 수프를 주문하고,

"이 참치 샌드위치는 미국인들이 무척 좋아합니다. 그래서 일본의 참치 통조림이 대량으로 수입되고 있죠."

하고 그것을 먹으면서 이키에게도 권했다.

"어떻습니까, 그런대로 먹을 만하죠?"

"맛있는데요, 그리고 이 수프도."

종이컵에 들어 있는 따끈한 옥수수수프를 신기한 듯이 바라보며 말했을 때, 가이베에게 플레이트 브로커로부터 전화가 걸려왔다.

"여보세요! 잭…… 네, 나도 그렇게 할까 합니다……"

가이베는 뭔가 웃으며 말하고 상담에 들어갔다. 몰아치듯이 빠른 영어라서 이키는 거의 알아들을 수가 없었지만, 런던에서 소개가 있었던 1만 5천 톤의 대두를 운반할 배를 상대가 말하는 선박 리스트에서 물색하고 있는 것 같았다. 이야기가 끝나자 가이베는 선박명과 출발일, 출발 항구, 운임 등을 런던에 텔렉스하고, OK 대답을 받자 스크린 밑에서 찰칵찰칵 소리를 내며 흘러나오는 테이프에 눈길을 돌렸다.

"뭡니까, 그건?"

"뉴스 서비스 회사에서 보내오는 텔레프린트죠. 전 세계 모든 정보를 수집해 보내 줍니다. 예를 들어 이 부분을 보십시오. 대만해협에서 벌어지고 있던 중국과 대만의 팽호섬 교전사태가 거의 일단락됐다고 써 있죠? 현재로선 시세에 영향을 끼칠 특별한 뉴스가 없으니 이것으로 안심하고 나갈 수 있지요."

가이베는 풀어놓았던 넥타이를 매고 상의를 입었다.

"좋은 때 오셨군요. 지금이 뉴욕에선 가장 좋은 계절입니다. 7, 8월은 일본과 같은 더위가 계속되니까요."

가이베는 포드 코메트를 운전하면서 창문에서 들어오는 바깥 공기를 들이마시며 말했다.

"이키 씨, 지금 달리고 있는 거리가 5번가입니다. 맨해튼의 중심가 같은 거리로 엠파이어스테이트 빌딩, 록펠러 센터, 메트로폴리탄 박물관, 구겐하임 박물관 등이 있어, 말하자면 미국의 번영과 문화의 상징 같은 곳이죠. 그런데 난 처음엔 미국이 아주 싫었습니다. 왜냐하면 나는 런던에서 주재원 생활을 시작했기 때문에 영국이나 프랑스 등의 유럽식 에티켓이 몸에 배어, 몸만 약간 스쳐도 익스큐즈 미, 파든 하고 말하는 습관에 길들여져 있었어요. 그런데 뉴요커들은 전혀 달라요. 에티켓이 전혀 없는 사람들이란 생각이 들어 싫었죠. 하지만 지금은 오히려 뉴욕의 스피디하고 비즈니스적인 점이 일하기 쉬워서 좋다고 생각합니다."

가이베의 밝은 목소리를 들으며 이키는 앞 유리에 펼쳐지는 5번가의 거리를 바라보았다. 건물들은 자꾸 위로만 뻗어 사람과 자동차가 빌딩 골짜기에 파묻히는 것 같은 착각에 빠졌다.

가이베는 5번가를 크게 돌아 타임스퀘어 한 모퉁이 주차장에 차를 대고는,

"여기서부터 우리 회사의 거래처가 많은 곳이죠."

라고 말하며 천천히 걷기 시작했다. 브로드웨이라는 지명은 이키도 알고 있었다. 영화관이나 극장, 오락장이 즐비하고 노상에서 3,4인조 밴드가 재즈를 연주하고 있는가 하면, 차도 옆에서는 짐을 싣고 부리는 트럭 운전사들이 팔뚝 문신을 드러내놓고 큰소리로 욕질하며 싸우고 있었다. 앞에서 걸어가던 가이베가 뒤돌아보며,

"이 브로드웨이 3가에서 4가 근처는 조버나 카터 등 섬유상이 밀집해 있는 곳으로 오사카로 말하면 도부이케 지대 같은 곳이죠. 우리 회사 섬유 담당자가 한두 사람 돌고 있을 테니 있으면 안에 들어가 봅시다."

하고 말하면서 지저분한 빌딩 1층에 명색뿐인 쇼윈도를 설치하고 원단을 걸어놓은 도매상을 가리켰다. 이키가 구경한 서너 집의 도매상은 어느 곳이나 10평 정도의 점포에 원단을 높이 쌓아놓고 네댓 명의 점원이 있을 뿐이었다. 다섯 번째 집인 '녹스상회'의 문을 열자,

안쪽 책상 앞에 화려한 스웨터를 입은 매부리코 사나이가 거만하게 앉아 있고, 그 앞에 원단 견본을 몇 개나 펼쳐놓고 있는 자그마한 일본인의 모습이 보였다.

"이키 씨, 저 사람이 우리 회사 섬유담당인 이토카와 군이고 매부리코 남자가 이 상점 주인인데, 도부이케의 주인영감들은 유대인 상법의 야비함엔 발끝도 못 따라갑니다. 어쨌든 구경해 보십시오."

가이베는 가게 안의 원단을 보는 체하며 이키에게 귀띔했다.

"미스터 녹스, 이 뱀베르크 조젯은 어느 곳과 비교해도 쌀 겁니다. 한번 구입해 보세요. 서비스 잘 해드리겠습니다."

"당신 참 끈질기군. 싸다, 서비스 잘 해드린다, 사주세요 하는 말은 3주 전부터 귀에 못이 박히게 들었소. 우린 굳이 일본 것을 사지 않아도 미국 내에서 충분히 조달할 수 있소."

"한 번 구입해 보시죠. 우리 상품은 틀림없이 당신 고객들에게 환영 받을 겁니다."

"음, 그렇다면 서비스는 어떻게 해 주겠소?"

"1야드 89센트를 80센트까지 깎아드리고 프린트 비용도 부담하겠습니다."

"그 외에 다른 서비스는 없소? 마루후지에선 우리가 산다면 1년간 똑같은 무늬는 찍지 않겠다고 했어요."

"1년간 똑같은 무늬는 생산하지 않는다…… 그런 서비스는 불가능합니다."

"그런 건 내가 알 바가 아니고, 지금 말한 조건에다 만일 상품이 이쪽에서 원하는 선적일에 늦게 되면 비행기로 보낸다고 약속하면 생각해 보겠소."

"그, 그럼…… 만약 OK하면 얼마나 주문하시겠습니까?"

"3천 야드."

"고작 3천 야드…… OK, 계약합시다."

모기 우는 것 같은 서글픈 목소리로 계약을 하자 매부리코 주인은 싱긋 웃으며,

"자아, 다른 일본 세일즈맨이 기다리고 있으니까 자리 좀 비켜주세요."

하며 가이베와 이키 쪽을 가리켰다. 이토카와는 뒤돌아보고,

"아, 가이베 씨. 보시는 바와 같이 약점을 잡혀 깎이고 또 깎였어요."

라고 말하며 펼쳐놓았던 벰베르크 조젯 견본 다발을 커다란 트렁크에 쑤셔넣었다. 그러고는 오른손에 트렁크, 왼손에 서류가방을 들고 가이베와 함께 가게를 나왔다. 가이베는 짐 한 개를 들어주며 이토카와를 소개했다.

"이키 씨, 섬유부의 이토카와입니다. 섬유부 사원들은 이렇게 이 일대를 누비며 집집마다 영업하고 있습니다."

이토카와는 견본이 들어 있는 커다란 트렁크를 보이며 말했다.

"일본에 있는 신혼의 아내는 뉴욕 주재원과 결혼했다고 우쭐대고 있겠지만, 현실은 보시는 바와 같이 다운타운의 영세기업이나 마찬가지인 직물점을 집집마다 외판원 뺨칠 정도로 찾아다니며 발에 물집이 잡히도록 팔러 다니고 있죠."

이토카와는 지친 얼굴로 말했다.

"가이베 씨들은 차를 가져오셨죠? 나는 아직 몇 집 더 다녀야할테니까 택시로 가겠습니다."

양손에 트렁크와 서류가방을 든 이토카와의 작은 몸집이 인파 속으로 사라졌다.

가이베는 다시 차를 몰아 맨해튼 남쪽에 있는 월 스트리트로 향했다.

"섬유부 사원들은 저렇게까지 해도 단위가 작은 장사니까 매상이 오르지 않아 늘 뉴욕 지사장에게 다른 부문의 발을 잡아당긴다고 책망당하고 있습니다. 그렇지만 나는 효도 싱이치로가 말하듯이 미국의 산업구조는 더욱 고도화해 노동집약적인 섬유를 지탱하는 노동사정이 나빠질 전망이므로 머지않아 미국 섬유 시장은 일본이 장악할 수 있을 거라고 믿습니다. 그러니 그 전초전으로서 지금은 괴롭더라도 계속해야 한다고 생각합니다."

가이베는 혼잡한 도로를 능숙하게 운전하며 빠져나가고 있었다.

월 스트리트는 그야말로 빌딩의 골짜기였다. 좁은 도로를 사이에 두고 퍼스트 내셔널 시티은행, 몰간 기랜티 등의 대은행이나 뉴욕 연방준비은행, 미국 주식거래소 등의 빌딩이 하늘을 덮어 대낮에도 햇빛을 볼 수가 없다. 그러나 보도를 걸어가는 비즈니스맨들은 와이셔츠 소매를 걷어붙이고 분주히 걷고 있어, 과연 세계의 금융 중심가다운 활기에 넘쳐 있었다.

"이 거리에 있는 퍼스트 내셔널 시티은행이나, 체이스맨해튼 등은 재작년 뉴욕 주지사가 주법에 외국계 지사들이 현지법인화한다면 세금우대 조치를 해주겠다고 명시했기 때문에 우리 지사 재무담당이 자금조달을 부탁하러 발이 닳도록 드나들고 있는 곳입니다. 다이몬 사장이나 우리 지사장, 외국부장 등도 지금쯤 이 근처 은행의 중역 응접실에 있는 게 아닐까요? 어쨌든 이 지대는 앞으로 계속 현지에서 자금조달을 해야 하는 상사와는 끊으려야 끊을 수 없는 연관을 가진 곳이죠."

이키는 양쪽에 늘어서 있는 대은행 건물들이 별안간 살아 있는 동물과 같은 표정으로 다가오는 느낌에 몸이 굳어지는 것 같았다.

잠시 주위를 두리번거리다가 다시 걷기 시작했을 때, 대형 트럭이 빠른 속도로 스쳐지나갔다. 트럭 뒤에는 분필로 크게 '타도! 후르시초프'라고 쓰여 있었다. 화해의 기미가 보이던 미·소 관계가 지난달 소련 영공을 침범한 미국 정찰기 격추사건으로 또다시 냉전화되고 있는 것을 피부로 느낄 수 있었다.

샹들리에가 휘황한 월도프 아스토리아호텔의 2층 홀에서 깅키상사의 미국 총지배인 제도 신설을 자축하는 비즈니스 파티가 열리고 있었다.

홀 입구에는 다이몬 사장과 총지배인으로 승격한 마사오카 뉴욕 지사장이 나란히 서서, 차례로 나타나는 초대손님과 정중하게 악수하고 있었다.

초대손님의 반수 이상은 유대계 섬유상과 잡화상이었으나, 뉴욕 지사의 주거래 은행인 퍼스트 내셔널 시티은행, 케미컬은행 등의 은행 손님 그리고 듀퐁이나 바린턴 섬유 메이커, 대규모 곡물상인 콘티넨탈 그레인, 항공기의 록히드, 헬리콥터의 비치 에어크래프트 등 많지는 않지만 A급 손님의 얼굴도 보여 다이몬은 매우 기뻐하는 표정이었다.

6시부터 시작한 파티가 7시를 지나자 연회장은 3백 명 정도의 초대손님으로 꽉 찼다. 비즈니스 파티였으므로 부부동반은 없고 복장도 사무실처럼 검은 신사복에 흰 넥타이를 매고 있었다. 이키도 낮에 입고 있던 짙은 회색 양복에 흰 넥타이를 매고 가이베 가나메의 뒤를 따라다니며 미국 비즈니스 파티를 처음으로 경험했다. 보는 것 모두가 신기했지만, 낮에 거리에선 별로 보이지 않던 일본인이 뜻밖에 많은 것을 느꼈다.

"가이베 씨, 여기 있는 일본인은 모두 뉴욕 지사 사원입니까?"

하고 묻자 가이베는 글라스를 들고 조금 붉어진 얼굴로 회장을 둘러보며 말했다.

"물론 우리 뉴욕 지사 사원은 현지 고용인을 포함해서 모두 참석했죠. 초대손님 접대라는 목적도 있지만 일종의 바람잡이죠. 파티 주최자 측으로선 조금이라도 더 화려한 편이 경기가 좋아 보이니까요."

그는 후후 하고 웃었다.

"그건 농담이구요. 여기 와 있는 일본인은 엘리트 중의 엘리트죠. 이쓰비시, 이쓰이, 마루후지상사 등 동업자 외에도 일본은행, 도쿄은행을 비롯한 은행 주재원, 일본 무역진흥회, 총영사관, 대형 제철메이커, 전기메이커 등등."

일본인들과 가끔 눈인사를 하며 가이베가 설명했을 때, 다이몬 사장의 연설이 있겠다는 안내가 있었다.

다이몬은 마이크 앞에 서서 홍조 띤 얼굴로 연회장의 초대손님을 향해 원고를 보며 영어로 연설하기 시작했다.

"여러분, 오늘 저녁 이처럼 많은 분이 왕림해주셔서 무한한 영광입니다. 이번에 깅키상사는 미국에 총지배인 제도를 신설하여 마사오카 뉴욕 지사장을 총지배인으로 임명했습니다. 그것은 앞으로 미국과 일본과의 무역이 더욱 비약적으로 신장되고 깅키상사가 양국의 무역에 도움이 되어 활약의 기반이 확장되기를 바라기 때문입니다. 그러기 위해선 말할 것도 없이 항상 미국의 법률을 준수하고 미국의 국익에 따라 업태를 발전시키고자 합니다. 앞으로도 많은 조언과 지도를 부탁드리는 바입니다."

다이몬의 연설이 끝나자 박수가 터지고 마사오카 지배인이 마이크

앞에 섰다.

"많은 귀빈의 참석에 마음 깊이 감사를 드리오며, 그 영광을 표현할 말을 저는 알지 못합니다. 제가 뉴욕 지사장으로 부임한 이래 특히 마음에 간직해온 것은 미국의 가장 진보된 경영을 배우고 그것을 뉴욕 지사에 적극적으로 채택하는 일이었습니다. 그러기 위해서는 우선 완전한 미국시민이 되어서 일해야 한다는 것을 스스로 되뇌었고 사원들에게도 요망해왔습니다……"

마사오카 지배인은 넓은 이마에 땀이 배도록 열띠고 진심어린 어조와 몸짓으로 말해 사람들이 귀를 기울이게 했다.

"이키 씨, 마사오카 지배인은 상당히 멋있죠? 다이몬 사장이 사장 취임과 함께 시드니 지사장이었던 마사오카 씨를 발탁했을 때, 북미 각 지사장들은 물론 유럽 주재원들까지도 저런 '호주의 시골신사'가 뉴욕 지사장이라니, 하고 질투와 실망이 뒤섞인 비판을 공공연히 했습니다. 하지만 뉴욕 부임 한 달 만에 존 웨인 같은 야성미가 저런 멋쟁이로 변신했으니 굉장한 거죠."

가이베가 귓전에서 속삭였다. 이키는 박수를 받고 있는 마사오카의 세련된 동작에 눈길을 돌리면서 물었다.

"마사오카 씨는 지금까지 깅키상사의 뉴욕 지사장이었고, 현지에서 말하자면 미국 깅키상사의 사장이었던 셈이죠? 그런데 이번에 총지배인으로 바뀌면 어떤 점이 지금까지와 달라지는 건가요?"

"미국의 깅키상사라 해도, 낮에 설명드렸듯이 현지 법인화함으로써 세제상의 우대조치를 받기 위한 방편일 뿐입니다. 실질적으론 일본 본사의 출장소 같은 것으로 자주적인 장사도 못할 뿐 아니라 사람 하나 채용하는 데도 본사의 허락을 받아야 하는 실정입니다. 그런 것을, 가령 백만 달러 이내의 거래라면 총지배인의 결재만으로도 좋다는 식으로 권한을 주어 자주적인 활동의 단서를 만들려는 것이 총지배인 제도의 목적이죠.”

가이베는 웨이터가 들고 다니는 쟁반에서 브랜디잔을 집어 들고, 요리를 차려놓은 회장 중앙의 테이블로 가서 카세트 라디오, 텔레비전을 대규모로 수입한다는 회사 사장에게 이키를 소개했다.

“안녕하십니까, 미스터 이키. 당신 직책은 뭐죠?”

그 사장은 상냥하게 이키의 직책을 물었다. 이키는 몸이 굳어지는 것을 느끼며 사장실 소속 촉탁이라고 대답하고는,

“그렇지만 금년 2월에 깅키상사에 입사했으니까 아직 풋내기 사원입니다.”

하고 입사한 지 얼마 안된 상사원이라는 말을 덧붙였다. 그러자 이키의 나이와 모습을 볼 때 다른 회사에서 스카우트되었다고 생각했는지 깅키상사 이전에는 어느 회사에 있었느냐고 물었다. 이키가 난처해하며 어떻게 대답해야 할는지 주저하는 사이 옆에서 가이베가 말을 거들었다.

“그는 전쟁 중 참모본부에서 상당히 유능한 장교였습니다.”

“육군? 해군?”

“육군이었죠.”

“계급은?”

다그치듯 묻는 말에 가이베는 으음 하고 말문이 막혀,

“이키 씨, 육군 중좌를 뭐라고 하지요?”

하고 물었다. 이키는 마지못해,

“육군 중령.”

하고 대답했다. 그러자 가까이 있던 헬리콥터 회사 사람도 흥미를 갖고 다가왔다. 가이베는 그제야 이키의 기분을 알아차렸다. 그는 말

을 걸어오는 기계 메이커 사람들에게 적당히 대답하고는 이키를 구석 쪽으로 데리고 갔다.

"이키 씨, 왜 싫어하십니까? 일본과 달라서 미국에선 고급장교는 퇴역을 해도 존경을 받습니다. 그러니까……."

하고 말을 꺼내다가 가이베는 갑자기 시선을 돌렸다.

"아, 잠깐 실례합니다. 실은 소련이 미국의 곡물을 사러 온다는 소문이 있는데 마침 미국 4대 곡물상의 하나인 콘티넨탈 그레인의 영업 담당 지배인이 와 있으니까 낌새를 알아낼 절호의 기회군요."

"이런 파티 석상에서?"

"물론이죠. 술을 마시거나 친밀한 듯 담화하는 것은 표면상 일이고 우리들 상사원에겐 파티가 정보수집의 가장 좋은 장소죠."

투지가 가득 찬 얼굴로 그가 인파를 헤치며 빠져나가자 혼자 남은 이키는 말 상대도 없었다. 장내를 둘러보니 파티분위기는 절정이어서 글라스를 손에 든 초대객이 명랑하게 웃고 있는가 하면, 요리를 먹으며 과장된 몸짓으로 이야기하는 초대객도 있었다. 다이몬의 만족스런 얼굴, 마사오카 총지배인의 상기된 얼굴도 보였다. 이키는 기분 좋은 취기와 함께 상상하지 못한 환경에 놓인 벅찬 감회를 느꼈다.

초여름 하늘에 금빛 돔을 반짝이며 높이 솟아 있는 장엄한 크라이슬러 빌딩이 눈앞에 보이는 깅키상사의 뉴욕 지사 회의실에서는 북미 지사장회의가 열리고 있었다.

ㄷ자형 테이블의 정면 좌석에 다이몬 이치조 사장이 앉아 있고, 왼쪽 옆은 요사노 본사 외국부장, 오른쪽 옆은 마사오카 총지배인 겸 뉴욕 지사장이, 양쪽 테이블에는 뉴욕 지사를 대표한 가이베를 비롯한 3명의 부문별 담당자가 나란히 앉았다. 나머지 샌프란시스코, 로스앤

젤레스, 시카고, 휴스턴, 달라스의 6개 지점 및 포틀랜드, 시애틀의 2개 사무소의 출석자가 점포 규모 순서대로 나란히 앉아 있었다.

먼저 마사오카 총지배인이 자리에서 일어나 개회를 선언했다.

"지금부터 북미 지사장회의를 개최하겠습니다. 각 지사장, 사무소장이 한 사람도 빠짐없이 이렇게 건강한 모습으로 한자리에 모이게 된 것을 무엇보다 기쁘게 생각합니다. 총지배인 제도의 실시에 따라 본사가 북미 각 지사에 거는 기대가 큼을 생각할 때, 3천 명의 사원 중에서 선택되어 파견된 우리들 해외주재원은 본사의 기대에 부응하여 각오를 새롭게 해주시기 바랍니다. 금년은 사장님께서 출석하신 다시없는 기회이니만큼 기탄없이 각 지사의 실정을 이야기하여 앞으로의 업무내용의 강화책을 강구해주시기 바랍니다."

마사오카 총지배인은 펜실스트라이프의 고급 맞춤양복 소매 밑으로 백금 커프스버튼이 살짝 드러나 보이는 단정한 옷차림으로 힘찬 인사를 한 뒤, 먼저 작년도 북미 전체 지사의 영업실적을 보고했다.

추상적인 경영보고보다 숫자에 엄격한 다이몬 사장의 성격을 잘 알고 있는 마사오카는 부기를 읽듯이 머릿속에 넣어두었던 상세한 대차대조표의 숫자를 늘어놓았다. 다이몬 사장이 끄덕이자 그는 긴장이 풀린 표정으로,

"다음엔 각 지사별로 영업실적과 앞으로의 운영방침을 보고해 주십시오. 로스앤젤레스 지사부터 시작하십시오."

하고 지명했다.

서해안의 강렬한 태양에 시꺼멓게 탄 로스앤젤레스 지사장은 밝은 넥타이를 맨 건장한 체구로 방 구석구석까지 잘 울리는 낭랑한 목소리로 보고를 시작했다. 이키는 그 숫자를 들으면서 미리 배부된 자료를 펼쳐 로스앤젤레스 지사가 취급하고 있는 수출입 상품의 리스트를

보았다.

  일본으로부터의 수출 2대 상품은 합판과 철강으로 그밖에는 섬유, 참치나 밀감 통조림류가 눈에 띄었다. 반대로 미국으로부터의 수입은 항공기와 그 부품, 헬리콥터, 고철, 석유 등이 있었다. 로스앤젤레스 지사장은 기관총같이 빠른 말로 숫자를 읽어내려간 다음,

  "로스앤젤레스의 특색은 동해안인 뉴욕이나 시카고에 비하면 아직도 미개척지인 '위대한 시골'이라는 것입니다. 따라서 노력 여하에 따라 업태를 확대할 가능성은 많습니다. 하지만 현재 대일 수입이 초과되어 있어, 앞으로는 일본 수출을 더욱 증가시킴으로써 균형을 맞춰갈 방침입니다. 그러나 아무래도 상업 습관이 우리나라와는 현저히 다르다는 점, 그리고 서해안 지구는 불량채권 발생이 다른 지역에 비해 매우 많은 것이 골칫거리입니다. 이것은 동부에서 실패하고 서부에서 재기해 만회하려는 한몫잡이들이 많은 것과, 급격한 발전으로 아직 상업자본이 취약하기 때문에 한번 불황이 닥치면 모조리 도산하여 그대로 야반도주를 하는 케이스가 적지 않기 때문입니다. 특히 철강에 있어 그런 케이스가 많아 우리로선 불량채권 발생 방지에 주의를 게을리 하지 않습니다. 그렇지만 가능하면 변호사와 늘 접촉을 가질 수 있는 법무팀 직원을 보내 주셨으면 합니다. 이런 문제를 제외하면 로스앤젤레스의 인구증가율은 월 1만 명 정도이므로 적극적인 시장 확대로 기본방침을 정하고자 합니다. 다행히 금융적으로도 토박이인 뱅크 오브 아메리카를 비롯한 미국계 은행이 뒷받침을 해주고 있어 로스앤젤레스는 지금 서해안 경제의 중심이 되어가고 있습니다."

  예부터 있던 샌프란시스코 지사를 능가하려는 기백이 서린 말투로 '로스앤젤레스 지사가 여기 있노라' 하듯이 기염을 토하며 스스로 왕성한 개척정신을 다이몬 사장에게 피력하자, 다이몬은 금테안경 밑의

눈을 기분 좋게 끔벅거렸다.

"그럼 다음은 샌프란시스코 지사장."

마사오카 총지배인이 지명하자 샌프란시스코 지사장은 로스앤젤레스 지사장의 노골적인 비유에 다소 불쾌한 표정을 짓고 있었으나, 미국 속의 유럽이라고 불리는 도시의 지사장답게 세련된 옷차림으로 무명지의 약혼반지를 번쩍이며 영업현황을 보고했다. 이키 앞에 있는 자료에 의하면 일본으로부터의 수출입 상품은 로스앤젤레스와 큰 차이가 없었다.

"샌프란시스코의 실정은 조금 전, 로스앤젤레스 지사장이 설명한 것과 거의 비슷하여 앞으로 적극 확대하는 기본노선을 견지할 각오입니다. 누가 뭐라고 해도 샌프란시스코는 서해안의 전통 있는 중심 도시로, 서부쪽 회사의 태반이 이곳에 본사를 두고 있는 관계상 저로서도 대외적으로 절충해야 할 때가 많습니다. 게다가 일본으로부터의 손님은 미국의 서쪽 현관인 이곳에 반드시 들르고 있어 아무래도 그쪽에 접대비와 시간을 뺏기고 있습니다. 추가 예산과 차장급 및 젊은 사원 몇 명을 지원해 주시기를 부탁드리는 바입니다."

허술한 옷차림의 로스앤젤레스 지사장에게 슬며시 응수하고 자금과 인원을 요청했다. 마사오카 총지배인은 그러한 접대에 소모되는 돈과 인력의 구체적인 숫자를 묻고, 다음엔 부담이 경감되도록 자기도 본사에 요청할 것을 약속했다. 세 번째로 시카고 지사장이 지명되었다. 시카고 지사장은 1년 전 본사에서 발탁된 38세의 최연소 지사장이었다.

"시카고에 부임해서 놀란 것은 우리 회사가 타사에 비해 너무 뒤쳐져 있다는 점이었습니다. 부임하자마자 파악한 것은 시카고 이북에서는 구 재벌계인 이쓰비시상사, 이쓰이물산, 오토모상사 등 세 재벌의 기반이 탄탄하다는 사실입니다. 더구나 전쟁 전부터 구축해온 상권은 당사로선 도저히 공략 불가능했습니다. 시카고 지사의 기존 방침은 그것을 조금씩 분쇄하는 일이었습니다만, 저는 난공불락인 상권에 집착하느니 소위 세 재벌과는 다른 곳에서 활로를 찾아야 한다고 판단했습니다. 그래서 디트로이트 주변 자동차 부품공장에 소요되는 철판, 시카고 주변에 있는 소형가전 메이커에게 납품할 트랜지스터라디오, 텔레비전 부품의 판매에 중점을 둘 방침입니다. 추가인력과 마진율의 인하를 강력하게 요청 드리는 바입니다."

젊은이다운 패기로 강력하게 요청했다. 어느 지사나 본사에게 요청하는 것은 추가인력과 자금이었으므로 다이몬 사장은 잠자코 있을 수 없다는 얼굴로 시카고 지사장을 쳐다보았다.

"시카고 지사 주재원은 지금 몇 명인가?"

"본사에서 4명, 현지 채용자 3명, 합계 7명입니다."

"매상이 7백만 달러인데 7명은 절대 적은 인원이 아냐. 회사로서도 많은 경비를 들여 자네들을 미국에 보내고 있어. 지금 있는 인원으로 어떻게 하면 효율이 오를까 연구해야 하네."

"말대꾸 같아서 죄송합니다만, 추가인력이 있어야 업무를 확대할 수 있다고 생각합니다. 현재의 인원으론 현상 유지도 버겁습니다. 저로서는 재벌계의 세 곳이 손쓰기 전에 현 단계에서 우리 회사의 독자적인 상권 지반을 굳히고 싶습니다."

젊은 만큼 다이몬의 눈치를 보지 않고 끝까지 물고 늘어지자 요사노 외국부장은,

"시카고 지사장의 요청에 대해선 귀국 후 충분히 검토한 다음 인사부, 기계부와도 협의하여 요구에 응하도록 해보겠소."

하고 마무리 지었다.

이어서 시애틀, 포틀랜드 사무소에서 한두 사람의 주재원으로 현지 장사와 각 지점에서 들어오는 텔렉스에 쫓기는 악전고투의 상황이 보고된 다음, 마지막으로 달라스 지사장이 지명되었다.

달라스는 면화가 주상품으로 지사장은 로스앤젤레스 지사장 이상으로 새까맣게 탔으나, 어딘지 모르게 생기가 없고 영업실적을 보고하는 말투도 서툴렀다. 그것은 원면 구입에 관련하여 대폭적인 자금회수 불능사태를 안고 있기 때문이라고 이키는 짐작했다. 그러나 그의 보고가 요령이 없자 다이몬은 갑자기 지사장의 말을 도중에서 가로막았다.

"자네의 보고는 사이사이에 변명이 많아서 실패한 경위를 통 알 수가 없어. 다시 한 번 처음부터 사실만 설명하게."

이렇게 말하자 다른 지사장이나 사무소장의 시선이 일제히 쏠리는 가운데 달라스 지사장은 검은 얼굴에 비지땀을 흘리며 잠시 말문이 막혔다가 처음부터 다시 설명했다.

이키가 달라스 지사장의 말에서 대략 추측한 바로는 일본이 세계 각국에서 수입하고 있는 원면은 연간 약 230만 상자로 그중 백만 상자는 미국 원면이었다. 그래서 달라스 지사장은 전부터 지사 성적이 좋지 않은 점도 있고 해서 전에는 하주를 통해서만 매입하던 원면 일부를 직접 거래로 바꾸었다. 거기에 소요되는 자금은 로스앤젤레스의 금융사에서 조달해서 면화밭을 대규모로 선매하였다. 처음 1년째에 만 상자의 수매 계획이 성공하였으므로 2년째인 작년에는 1상자당 130달러 계약 조건으로 5만 상자 거래를 체결하고 80% 정도의 전도금까지 지불했는데, 갑자기 서리가 내려 면화밭이 큰 피해를 입었다. 면화 재배자에게 전도금의 반액을 돌려줄 것을 요구했으나 천재지변이라는 이유로 거절당해 4백만 달러에 이르는 자금이 회수불가능 상태가 된 것이다.

달라스 지사장은 눈을 내리깔고,

"어쨌든 기후이변이 원인이니까 말하자면 불가항력으로 누구의 책임이라고도 할 수 없습니다. 저로서는 이런 결과가 되지 않도록 사전에 정부기관 상대나 민간 기상예보회사에서 정보를 모아 문제없다는 확신으로 한 일입니다만……"

하고 떠듬떠듬 말했다.

"자연현상이니까 불가항력이라니 무슨 소리야! 기후 예상이야 어떻든 간에 만일의 경우를 항상 염두에 두고 계약에 임하는 게 상사원의 기본이 아닌가. 1, 2년의 경험만으로 그렇게까지 서둘러 계약한 것부터가 잘못이야!"

"네, 그렇지만 이건 본사와도 충분히 의논해서 결정한 일로, 결코 저 혼자의 독단으로……"

"장사에 변명은 필요 없어. 앞으로 어떻게 할 작정인가?"

큰소리로 말하자 달라스 지사장은 더욱 위축되어,

"면목 없습니다. 그러나 금년 작황은 작년과 달리 순조로우니까 충분히 메리트가 있다고 생각하여 다각화를 도모해 새로운 시장을 모색해 보고 있습니다. 그러니 누적 적자를 흑자로 전환시킬 수 있다고 확신합니다."

라고 하며 다이몬의 눈치를 힐끔힐끔 살폈다.

"새로운 시장? 금리만 해도 적은 금액이 아닌데 도대체 무엇을 하겠단 말인가. 그리고 금년에도 지금은 괜찮지만 연말에 어떤 이변이 있을지 모르지 않는가? 자네 실적 정도면 책임지고 흑자로 전환할 수 있다고 감히 말할 수 있겠나?"

지사장회에서 그렇게까지 말이 나오면 '너는 틀린 놈이다' 하는 낙인이 찍히는 것과 마찬가지였다. 달라스 지사장으로서도 할 말은 있겠지만 결과만으로 평가되는 상사에서는 숫자가 사람을 죽인다는 말이 있음을 이키는 실감했다.

각 지점 보고가 끝나자 다이몬 사장이 엄숙한 얼굴로 일동을 둘러보며 말했다.

"각 지사장의 보고를 듣고 알게 된 점은, 전후 14년 동안 깅키상사가 여기까지 도달할 수 있었던 것은 해외에 있는 여러분의 힘이 컸으며, 많은 장애를 극복하면서 잘들 해주었다는 사실이오. 그렇지만 다른 상사와 비교하여 이쓰비시상사, 이쓰이물산을 10이라 하면 마루후지상사가 5, 우리 회사는 아직 3에 불과해. 미국은 내년 1960년부터를 '황금의 60'이라고 부를 만큼 경제전망이 밝다고 들었네. 더구나 미국 정부는 미일간 무역에는 매우 호의적이므로 일본도 앞으로 10년간이 승부의 갈림길이야. 그 절호의 기회를 놓치지 말고 대미무역을 비약적으로 성장시키지 않으면 안되네. 총지배인제도를 신설하여 북미기구를 강화한 목적도 거기에 있는 것이니 힘껏 노력해 주기 바라네. 미국이 발전하면 필연적으로 깅키상사의 해외지사도 발전하는 거네."

다이몬은 줄지어 앉은 지사장들을 격려하면서 한 사람 한 사람에게 절대적인 기대를 거는 것처럼 말했다. 지사장들도 그 말에 응하여 치열한 투지를 불태우고 있음을 이키도 느낄 수 있었다.

지사장회의가 있었던 저녁, 이키는 가이베 가나메의 아파트로 초대되었다. 퀸즈의 잭슨하이츠에 있는 아파트 5층이었는데, 주위에는 똑같은 15, 6층 아파트가 숲을 이루고 있었다.

베란다 쪽 거실 한구석 식탁에 앉아 이키는 일본 음식을 대접받고 있었다.

"이렇게 갑자기 방문해서 폐를 끼쳐 죄송합니다."

계란찜을 먹으며 말했다. 지사장 회의가 끝난 다음, 각 지사장들과의 회식 자리에 초대됐으나 이키는 해외주재원의 생활을 접해보기 위해 폐가 되지 않는다면 가이베의 가정을 방문하고 싶다고 요청한 것이다.

"갑작스런 방문이어서 아무것도 차리지 못했는데 그렇게 잘 드시는 걸 보니 황송합니다. 그리고 주재원 생활을 아시고 싶다기에 어제 브로드웨이에서 만난 섬유부의 이토카와 군을 일본에서 온 손님 접대를 한 다음 이리로 오라고 초청했습니다."

그러자 가이베의 젊은 아내가 끼어들었다.

"저는 미국에서 배운 요리를 대접하려고 했는데, 글쎄 이 양반은 미국요리 같은 건 요리 축에도 끼지 못한다면서 그보다 있는 것으로 일본 요리를 만들라고 해서⋯⋯ 하지만 입에 맞으신다니 다행입니다. 게다가 남편이 집에서 저녁을 먹는 건 좀처럼 없는 일이어서 애도 무척 기뻐하고 있어요."

밝은 목소리로 말했으나 소학교 1학년이라는 사내아이는 베란다의 화분 앞에 쭈그린 채 뒤돌아보지도 않았다.

가이베가 유리창 너머로,

"시게루! 들어오너라. 일본에서 오신 아저씨도 함께 계신다. 일본 이야기를 들어보자꾸나."

하고 권해도 응하지 않았다. 이키가 가이베와 들어왔을 때에도 잠깐 얼굴을 보였을 뿐, 계속 베란다에서 모래상자를 쑤시거나 화분 앞에 쭈그리고 있는 것이었다.

"어찌나 낯을 가리는지⋯⋯"

가이베는 난처한 듯이 이키에게 말했다.

"역시 언어 문제입니까?"

"아뇨, 말이라면 학교에서 배워 자기 엄마보다도 잘합니다만……"

그렇게 말하자 옆에서 가이베의 아내가 거들었다.

"여보, 말이나 낯가림이 아녜요. 자폐증이래요. 일본인 학교가 없어서 일반 미국인 학교에 다니는데 재프(일본인을 놀리는 말)라든가 옐로(황인종을 비하하는 말)라고 놀려대는 아이가 있대요. 그런데다 집에 돌아와도 같은 아파트의 미국인 가정에선 아버지가 일찍 돌아와서 함께 세차하고, 샤워하고, 그날 있었던 일을 즐겁게 이야기하며 식탁에 둘러앉는 화목함이 있는데 11시나 12시가 아니면 아빠가 돌아오지 않는 일본 상사원의 가정에선 가족이 단란하게 있을 기회가 전혀 없으니, 밖에서 소외되고 집에서도 침묵해야 하는 아이가 자폐증이 안되는 게 이상할 정도죠."

"당신이 자폐증, 자폐증 하니까 아무것도 아닌 낯가림이 정말 그렇게 돼 버리잖아."

하고 나무라듯이 가이베가 말하자,

"아뇨, 틀림없는 자폐증이에요. 사친회에 갔을 때, 담임선생이 확실하게 말했어요. 사친회도 여기선 부부동반으로 가야 하는데 당신은 한 번도 간 일이 없고, 일전에 몇 세대를 선택해서 국세조사를 한 시청 사람도 당신 근무시간이 1주일에 6, 70시간이라니까 도저히 믿을 수 없다며 어떤 일을 하는 회사냐고 수상히 여겼어요."

가이베의 아내는 그동안 쌓였던 불만을 호소했다. 이키는 자폐증인 자식과 불만투성이인 아내를 거느리고 매일 격무와 싸우고 있는 가이베야말로 쓰러지지나 않을까 염려되었다.

"이키 씨, 죄송합니다. 쓸데없는 말을 들려드려서 정말 실례했습니다. 해외에 있으면 하루 종일 언어장애 스트레스에 시달리는데다가 아무하고도 의논할 상대가 없으므로 집사람도 그만 신경과민이 되어 버려서……"

그렇게 말하자 가이베의 아내도 곧 사과했다.

"정말, 제가 어쩌자고 이런 실례를 했는지…… 효도 씨한테서 특별히 잘 돌봐드리라는 전갈을 받았는데, 용서하세요."

그녀는 곧 목소리를 쾌활하게 바꾸었다.

"된장국 맛이 어떠세요?"

"아주 좋습니다. 한 그릇 더 먹고 싶을 정돕니다."

그렇게 말했을 때 초인종이 울렸다.

"이토카와 씨가 오신 모양이군요."

가이베의 아내가 현관으로 나가 문을 열자,

"아아, 된장국 냄새! 형수님, 저도 맛 좀 봅시다."

하고 말하며 이토카와가 들어왔다.

"손님은 무사히 보냈나?"

"보내긴 했는데 혼났습니다."

"혼이 나다니 어떻게 된 거야?"

"하여간에 된장국 좀 마시고 나서……"

이토카와는 선 채로 된장국을 쭉 마셨다.

"아, 이제야 겨우 살 것 같다!"

그러고는 이키에게 인사를 한 뒤 식탁 의자에 털썩 주저앉아 일장 연설을 늘어놓았다.

"오늘은 정말 손들었습니다. 다운타운을 영업하러 돌아다니다 저녁때 사무실로 돌아갔더니 일본에서 온 기계 메이커의 중역 시중을 들라는 분부가 내렸어요. 귀국편인 19시 10분 비행기에서 기내식이 나오는데도 이 양반이 중국요리를 먹고 싶다고 해서 차이나타운으로 안내했지요. 그리고 처음 여행하는 사람이라서 충분한 여유를 갖고 공항에 데려다 주고 탑승수속까지 마쳤는데, 갑자기 틀니를 중국집에 두고 왔다는 겁니다."

"허어, 틀니를 어째서 중국집에 놓고 왔다는 거야?"

"식사 후, 세정하려고 세면장에 빼놨다는 겁니다. 시계를 보니 출발까지 1시간, 아무튼 A급 손님이니까 차를 몰고 찾으러 가니 다행히 있기는 했는데, 서두르다가 공항 앞에서 마주오던 차와 정면충돌할 뻔해서 그야말로 생명을 건 시중이었습니다."

"그 A급 손님이라는 게 뭡니까?"

이키는 두 공기째의 밥을 받아들며 물었다.

"접대 등급을 말하는 것으로, 우리는 A, B, C, D 4단계로 구분하고 있습니다. D는 공항에 마중 나가 호텔까지 안내하면 안녕, C는 공항 출영에 식사접대까지, B는 스트립쇼나 포르노필름 등 밤 서비스까지, A는 완전 접대로 말하자면 24시간 접대인 셈이죠."

이토카와가 이제 겨우 기운을 차렸다는 듯이 설명하자 가이베는 젓가락을 놓고,

"일은 아무리 힘들어도 참을 수 있지만 묘한 손님 시중만은 질색입니다. 상사의 해외지사를 '일본 교통공사'라고까지 부르는 일이 있지만, 교통공사가 문제가 아니죠. 중요한 손님이라고 생각하기 때문에 정성껏 서비스를 하는데 일본에 돌아가면 상사원은 해외에서 사치스럽게 생활하고 있다고 소문내는 경우가 있더군요. 그래서 그런 오해를 받을 바엔, 하고 적당히 접대하면 접대비를 절약해서 착복한다고 혹평하고, 또 그런 작자들일수록 여자 주선까지 끈덕지게 요구하니까 정말 못할 노릇입니다."

하며 한숨을 쉬었다.

가이베의 아내도 자기 집에서 만든 양배추 김치를 내놓으며,

"부부동반인 경우엔 부인 접대는 우리 차례가 돼서 쇼핑 안내부터 식사 상대, 짐 운반까지 마치 하인과 마찬가지여서 익숙해지기 전까진 굴욕감을 느꼈어요."

하고 말참견을 했다. 이키는 지사장회의에서 샌프란시스코 지사장이 접대 때문에 사람과 경비가 필요하니까 늘려달라고 말한 것이 생각났다. 그때 이토카와는,

"형수님, 알 만합니다. 그러나 접대도 직무 가운데 하나라고 생각하면 체념이 되지만 지사의 상사한테서 하인 취급을 받으면 못 견디겠더군요. 샌프란시스코 지사에 있을 때, 그 잘난 체하는 지사장에게 일요일마다 불려가서 마치 베이비시터처럼 아이들을 동물원에 데리고 가거나, 개집 페인트칠까지 시키는 바람에 정말 화가 났었어요."

설마 하듯이 이키가 웃자 이토카와는 정색을 하고 말했다.

"웃을 일이 아닙니다. 해외에 있으면 이런 말도 안 되는 일로 근무평점이 좌우되는 경우도 적지 않아요."

"글쎄, 반드시 아첨꾼이 출세하는 건 아니지만, 큰 조직 속에서는 인사권을 쥔 상사의 감정을 잘못 건드리게 되면 아무리 열심히 노력해도 뒷전으로 밀리는 경우가 있지. 해외주재원의 근무평점은 본사에서 잘 검토해 볼 필요가 있겠어."

가이베도 고개를 끄덕였다.

"아! 이야기하는 동안 5분이 초과됐군. 파리발 비행기로 공항에 21시 5분에 도착하는 손님이 있어요."

이토카와는 황급히 의자에서 일어섰다.

"이번 손님은 누군가?"

"신일본방적의 섬유부장입니다. 오늘밤 또 한 번 차이나타운에서

중국요리로 접대해야 한다니, 생각만 해도 구역질이 납니다. 미국 섬유상의 지독한 에누리나 조건을 받아들일 수 있는 것도 일본 메이커가 장래의 시장을 생각해서 부담을 나누어 맡기 때문이죠. 형수님, 된장국 잘 먹었습니다."

그렇게 말하고는 달려 나갔다.

식사가 끝나 아내가 주방으로 식기를 가져가 설거지를 시작하자 가이베는 응접 소파로 이키를 안내하여 브랜디를 권하다가,

"아니, 시게루. 너 여기 있었구나? 이리 오너라."

하고 모형을 조립하고 있는 아이를 발견하고 말했으나 아이는 힐끔 눈을 치켜볼 뿐 옆에 오려고 하지 않았다. 이키도 불러보았으나 얼굴조차 돌리지 않았다.

"해외주재원 가정의 가장 큰 문제는 아이문제입니다. 나는 런던시절엔 단신 부임이었고 뉴욕 부임 1년 후에야 가족을 불렀습니다만, 효도 싱이치로는 최근까지 중동이나 동남아시아 여기저기를 옮겨 다니며 근무했으므로 자식 교육을 생각해 내내 단신 부임으로 지냈답니다. 그러다가 겨우 일본에 돌아오니, 아이는 어느새 초등학생이 되어 좀처럼 따르지 않을뿐더러 지금까지 독점하고 있던 엄마를 빼앗긴 반발까지 겹쳐 무척 애를 먹었던 모양입니다. 그래도 겨우 친해져서 드라이브에 데리고 나간 것까진 좋았는데, 갑자기 옆에서 자전거가 튀어나오자 아들이 '아저씨, 위험해!' 하고 소리쳤다는 겁니다. 그 말에 그렇게 호방한 효도지만 교통사고라도 당한 것처럼 충격을 받아 기가 죽어 있었어요."

이키로서는 웃지 못할 이야기였다. 11년간의 시베리아 억류에서 귀환한 지 3년이 지났어도 아직 따르지 않는 마코토의 일이 머리를 스쳐 효도가 자기 아들한테서 '아저씨'라고 불렸을 때의 충격과 서글픔을

알 것 같았다.
　이키는 이제 슬슬 가이베 집을 나가야겠다고 생각했다.
　"가이베 씨, 나 같은 사람은 도저히 해외 주재는 못할 것 같은데, 그래도 상사원으로 근무할 수 있을까요?"
　하고 물었다. 가이베는 어리둥절한 얼굴로 대답했다.
　"이키 씨는 우리와 똑같은 일을 하지 않아도 되고, 이키 씨만이 할 수 있는 일을 할 것이라고 효도가 적어 보냈어요."
　"천만의 말씀, 군대하고 시베리아밖에 모르는 내가 무엇을 할 수 있단 말입니까?"
　"아니, 그것을 생각하는 것이 이번 출장의 목적이 아닙니까?"
　가이베의 명쾌한 그 말이 이키의 마음속에 뚜렷하게 새겨졌다.

　가이베의 차로 호텔에 돌아오니 10시가 넘어 있었다. 이키는 내일 혼자서 워싱턴에 갈 예정이었기 때문에 다이몬 사장에게 인사하기 위해 프런트에서 방에 있나 확인했더니, 아직 돌아오지 않았다고 했다.
　이키는 잠을 청했으나 피로를 느끼면서도 잠이 오지 않았다. 라디오를 켜 봤으나 시끄러운 재즈뿐이어서 그냥 끄고 실내등도 껐다.
　이키는 잠시 그 고요 속에 몸을 맡기듯이 창가에 서 있었다. 얼마 후 이키는 나이트테이블의 불을 켜고, 낮에 깅키상사의 사무실에서 가져온 이브닝포스트를 손에 들고 대충 제목만 읽다가 맨 아랫단에서 시선을 멈추었다.
　〈일본 군사 사절단 국방성 방문〉이라는 제목으로 일본 방위청 공군 막료부의 막료장 하라다 마사루를 단장으로 하는 사절단이 국방성을 방문하여, 국방장관과 일본의 방위능력을 향상시키기 위해 협의했다는 기사가 조그맣게 보도되어 있었다. 하라다 사절단 일행이 자기와

때를 같이하여 도미해 있는 것은 뜻밖이었다.

일본을 떠날 때, 장인이 '하라다 마사루는 다음 참의원 선거에 나오는데, 자네도 제2의 인생을 상사 같은 곳에서 안온하게 지내지 말고 국가를 위해 정치에 뜻을 둘 것을 고려해 보라'고 한 말이 떠올랐다.

"어머나 반가워라! 미국 아버지한테서 편지가 왔어."

학교에서 돌아온 나오코는 현관 우편함에 항공우편이 들어 있는 것을 발견하고 빗물이 뚝뚝 떨어지는 레인코트를 입은 채 집안으로 들어왔다.

이키가 출장 간 지 이미 12일이 되었고 일본은 장마철에 접어들어 음울한 날이 매일같이 계속되고 있었다.

"나오코, 먼저 레인코트를 벗어야지, 빗방울이 떨어지지 않니."

요시코는 재단하고 있던 딸의 원피스 천을 밀어놓으며 말했다.

"아버지한테서 편지가 와 있는 줄은 몰랐구나. 이번엔 어디서 하셨니?"

"워싱턴이야, 엄마. 빨리 읽어봐."

나오코는 아이젠하워 대통령 우표를 붙인 항공우편을 어머니에게 건네주었다. 요시코는 남편의 필적에 잠시 눈길을 준 뒤, 봉투를 뜯고 조용한 목소리로 읽기 시작했다.

모두 잘 있었소? 이 편지가 집에 도착하는 것은 6월 중순경이 되겠지요. 아버지는 도미한 지 이제 겨우 4일째로, 전날 그림엽서에도 썼듯이 뉴욕지사 사람들이 잘해주어서 피곤하지도 않고 건강하니까 안심해요. 오늘은 뉴욕에서 혼자 워싱턴을 방문하여 이 편지는 워싱턴 기념관 근처에 있는 호텔에서 쓰고 있어요. 회사일과는 직접 관계가 없는 곳이니까 깅키상사의 지사도 없지만, 미국의 수도이자 세계의 정치, 외교의 중심지인 워싱턴은 군인시절부터 한 번 방문하고 싶다고 생각했던 도시지요.

워싱턴은 우리 가족들도 알다시피 초대 대통령 조지 워싱턴 시대에 만들어진 계획도시예요. 거리는 곳곳에 만들어진 광장을 중심으로 방사선 모양으로 도로가 뻗어 있고, 늘어선 빌딩은 거의가 10층쯤의 무게 있는 관청건물이 많아요. 마천루로 상징되는 뉴욕과는 전혀 달라서 유럽의 옛 도시를 연상케 하는 차분함과 조용함이 감도는 이 거리가 현대세계의 정치, 외교, 경제의 심장부인가 하고 의외의 느낌이 들었어요. 가령 백악관만 하더라도 사진이나 뉴스에서 자주 보아 알고 있었지만, 실물은 뜻밖에 작은 데 놀라 경비원에게 철책 너머로 '여기가 정말 백악관입니까' 하고 확인했을 정도랍니다.

거기까지 읽자 나오코가 웃음을 터뜨렸다.
"어마, 아버지는 어떻게 그런 실례되는 질문을 했을까?"
"그건 아버지가 백악관 안에서 실제로 무엇이 행해지고 있는지, 거기에서 발표되는 것이 세계에 어떤 영향을 미치는지 잘 알고 계시니까, 너무나 뜻밖으로 생각된 것일 거야."
요시코는 그렇게 말하고 다시 계속 읽었다.

백악관 다음으로 강한 인상을 받은 것은 알링턴의 전몰자 묘지였소. 구릉지대를 개척한 광대한 푸른 잔디에 몇 만, 몇십 만이나 늘어선 똑같은 모양의 작고 흰 전사들의 묘비 앞에 서 있노라니까, 참배를 하러 온 듯한 초라한 복장의 늙은 부부가 나한테로 다가와서 갑자기 욕설을 퍼부었어요. 처음엔 어째서 그런 무례한 태도를 취하는지 몰라서 나도 노려보니까 'Bloody Jap!(피에 굶주린 일본놈)'이라는 욕설이 똑똑히 들리더군요. 태평양 전쟁 전사자 유족이라는 것을 알자, 나도 모르게 기세가 꺾이는 동시에 '피에 굶주린 잽'이라니 이건 너무도 편견과 증오에 찬 말이 아닌가 하고 큰 충격을 받았어요. 그러나 이 체험을 통하여 통감한 것은, 일본은 좀 더 세계인들의 이해를 받도록 노력하지 않으면 안 된다는 점이에요. 내일은 뉴욕으로 돌아가, 거기서부터 디트로이트를 거쳐 로스앤젤레스로 갑니다. 일본은 장마철이라고 생각되는데 모두들 몸조심하도록.

요시코가 편지를 다 읽었을 때, 현관문이 열렸다.
"마코토냐? 아버지한테서 편지 왔다."
나오코가 현관에 대고 소리치자,
"아니다, 나다……"
하고 사카노 사토유키가 나타났다.
"어머나, 할아버지! 어서 오세요. 놀랐어요."
"시청에 볼일이 있어 왔다가 돌아가는 길에 들렀다. 아버진 건강하시다더냐?"
"네, 건강하시대요. 방금 워싱턴에서 항공우편이 왔어요."
"허어, 워싱턴에서…… 나도 좀 읽어보자."
사카노 사토유키는 타월로 비에 젖은 바지를 닦으며 말했다.
"할아버지, 오늘은 비가 오니까 주무시고 가세요."
나오코가 항공우편을 내주며 말하자,
"그래, 오랜만에 자고 갈까."
하고 눈을 가늘게 뜨고 끄덕였다. 나오코는 그 사이에 숙제를 끝내겠다고 책상 앞에 앉았다. 사카노 사토유키는 이키의 편지를 읽고 나

자 홍차를 따르고 있는 요시코에게,

"워싱턴에선 이것 한 통뿐이냐?"

하고 서운한 듯이 물었다.

"네, 그 밖에 뭔가 소식 전하겠다는 약속이라도 있었나요?"

"아니, 별로…… 그런데 방위청의 하라다 마사루가 다음 참의원 선거에 나오기로 결정되고 가와치나가노에서의 군인연금연맹 후원회장은 군인연금연맹의 주선역을 맡고 있는 내가 하기로 했단다. 앞으론 좀 바빠질 것 같다."

홍차를 홀짝이던 요시코가 물었다.

"어머나, 하라다 씨가 선거에? 놀랐어요."

"일전에 다다시에게 말했지만, 넌 다다시가 제2의 인생을 상사원으로 지내는 것을 정말 기뻐하고 있니?"

사카노는 요시코의 얼굴을 똑바로 보며 물었다.

"새삼스럽게 왜 그런 말씀을……"

"나는 다다시 같은 인물이 상사원으로 끝나는 게 아깝단 말이다. 다다시의 반생이 평온하기를 바라는 네 마음은 알지만, 다다시에게 어울리는 제2의 인생 진로를 막는다는 건 안 되지."

"하지만 그이가 정계에 진출할 뜻을 가지고 있는지 모르겠어요. 저는 한 번도 그런 말을 들어본 적이 없어요."

아버지와 꼭 닮은 시원스런 눈을 치켜떴다. 사위에게 꿈을 걸어보려는 장인과 겨우 붙잡은 현재의 행복을 놓치지 않으려는 아내와는 입장의 차이가 있다. 사카노 사토유키가 문득 물었다.

"아, 참, 오늘은 이런 말을 하려고 온 게 아니다. 다다시는 분명히 상사원으로서 견문을 넓히기 위해 미국 출장을 명령받았다고 그랬는데, 사실은 제2차 전투기 도입사업을 위해 간 게 아닌가하고 마음에 짚이는 점이 있다. 넌 무슨 소리 못 들었냐?"

"아뇨, 그런데 어째서 그이의 미국 출장과 그 일이 결부되는 거지요?"

의아하다는 표정으로 되물었다.

"실은 그저께, 후원회 회합 때 잠깐 들은 이야기인데, 하라다를 단장으로 하는 방위청 사절단이 지금 미국에 가 있는 모양이야. 그 멤버 속에 공군 막료부 방위부장인 가와마타가 들어 있어. 그는 돌아올 때 로스앤젤레스에서 대기 중인 항공자위대의 파일럿과 합류하여 미 공군 기지에서 제2차 전투기 도입사업 후보기를 시험 비행하는 모양이야. 그런데 다다시의 예정표를 보니까 다다시도 마침 그 무렵 로스앤젤레스에 도착하게 되어 있어. 아무래도 신경이 쓰이는구나."

요시코의 얼굴색이 변했다. 3년 전의 제1차 방위계획 때도 각 상사가 전투기 판매의 주도권 쟁탈전을 벌이다가 방위청의 어느 일좌(一佐)가 자살한 일이 생각난 것이다.

"그이가 만약 그런 일에 말려들면······"

요시코의 목소리가 떨렸다.

오후 1시 45분 시카고로부터 로스앤젤레스에 도착하자, 로스앤젤레스 지사장은 대리 이하 3명을 이끌고 마중 나와 다이몬 사장 곁으로 달려왔다.

"사장님, 피곤하신데 죄송합니다만 이곳의 일본계 신문이 꼭 사장님의 내방을 기사로 쓰겠다고 해서 예정 및 기사내용을 이미 알려주었습니다만, 잠깐 사진을······"

하고 말하고, 지사장이 손짓하자 화려한 스포츠 셔츠를 입은 교민 3세로 보이는 카메라맨이 찰칵찰칵 셔터를 눌렀다.

"그럼 이리로 가시죠. 짐은 이미 차에 운반시켰습니다."

"허어, 벌써 운반했나?"

성질 급한 다이몬도 공항에서의 일본계 신문 카메라맨도 그렇고, 재빨리 짐을 운반한 것도 그렇고, 만사에 눈치가 빠른 로스앤젤레스 지사장의 요령 있는 행동에 흐뭇한 기분이 들어 냉방이 잘된 크림색 캐딜락에 올라탔다.

뒷좌석에 다이몬 사장과 요사노 외국부장, 앞좌석에 지사장과 이키가 타자 차는 곧 하이웨이로 나갔다. 캘리포니아의 초여름 태양은 찬란히 빛나고 하늘은 구름 한 점 없이 푸르게 개어 뉴욕, 워싱턴, 디트로이트, 시카고 등 미국 동부에서 온 이키에게는 눈부신 하늘빛이고 찬란한 태양이었다.

"사장님, 디트로이트, 시카고는 어떠셨습니까? 사장님의 일정은 매일 텔렉스를 통해 빠짐없이 알고 있습니다만, 휴식 시간이 거의 없는 꽉 짜인 스케줄이더군요."

로스앤젤레스 지사장은 키는 작지만 다부진 체구를 뒤로 돌리며 감탄했다.

"음, 디트로이트의 자동차산업 발전상에는 놀랐네. 아무튼 연간 7백만 내지 8백만이라는 생산대수이니 일본인의 감각으론 믿기 어려울 정도야."

"그렇습니까. 로스앤젤레스에선 일전에 뉴욕 지사장회의에서도 말씀드렸듯이 항공기, 우주전자산업의 성장이 눈부셔서, 그 방면을 시찰하시는 게 어떨까 생각하고 있습니다. 그리고 무엇보다도 로스앤젤레스 지사 전체 사원이 사장님이 오신다니까 감격해서 대기하고 있습니다."

일 잘하고 빈틈없는 로스앤젤레스 지사장은 자동차 안에서도 다이몬의 비위를 계속 맞추었다.

올리브 사우스 스트리트의 볼티모어호텔에 도착하자 또 한 사람의 주재원이 이미 체크인 수속을 끝마치고 대기하고 있다가 차가 서자마자 호텔 포터에게 맡기지 않고 재빨리 사장의 트렁크를 받아 방으로 안내했다.

"로스앤젤레스 사원은 모든 면에 철저하군."

다이몬이 치하하자 로스앤젤레스 지사장은,

"사장님 눈에 드셨다니 황송합니다. 그럼 샤워를 하시고 조금 쉬셨을 때쯤 다시 모시러 오겠습니다."

하고 더욱 요령 있게 말했다.

"아니, 샤워만 할 테니까 로비에서 30분쯤 기다려주게. 곧 지사로 가겠어."

다이몬은 욕실에서 샤워를 하고 내의와 와이셔츠만 갈아입고 로비로 내려왔다.

웨스트식스 스트리트의 20층 건물의 15층에 있는 깅키상사 로스앤젤레스 지사는 10명의 일본인 주재원과 15명의 현지 채용 사원이 근무하고 있고, 방의 한 모퉁이를 막아 지사장실로 쓰고 있었다.

"사장님, 이리로 드시지요. 좀 좁습니다만."

지사장이 공손히 문을 열자, 정면에는 다이몬 사장의 사진이 마치 옛날 천황의 사진처럼 걸려있고 그 앞에 국화꽃이 꽂혀 있었다.

"허어, 로스앤젤레스에도 국화가 있나?"

"실은 사장님을 모시기 위해 집사람이 여기저기 손을 써서 구한 겁니다만, 이건 사원 모두의 마음이기도 합니다."

다이몬은 만족스러운 듯이 끄덕였다.

"그럼 곧 사원들을 만나봐야겠군."

다이몬은 지사장의 안내로 회의실 쪽으로 갔다.

사원들과 대면한 후 간단한 연설이 끝나자 다이몬은 곧 지사장, 요사노 외국부장, 비서 야나기를 데리고 로스앤젤레스 지사 설립 당시부터의 고문변호사 사무소, 현지 및 일본에서 진출해 있는 금융계통, 관계 관청, 일본계 미국인 회사 등에 인사를 다닐 예정이었으므로 이키는 하나와 시로라는 젊은 주재원의 안내로 자유견학을 하기로 했다.

하나와는 감색 양복을 입고 옅은 색 선글라스를 써서 얼핏 보아 교민 3세 같았으나 이상하게 우울해 보였다. 그는 사람의 얼굴을 똑바로 보지 않고 낮은 목소리로 이야기했다.

자동차 문을 열어 이키를 맞아들이고는 무감각한 목소리로 물었다.

"어디로?"

"글쎄, 나는 이곳이 초행인데. 항공기, 우주전자산업이 발전하고 있다는 말을 들었으니까 공장견학을 하고 싶군요."

"비행기 공장 시찰은 예정표에 들어 있으며 이키 씨는 3, 4일 후에 가시게 되어 있습니다. 벌써 3시니까 시간도 어중간하니 간단히 돌아보도록 하죠."

이키에겐 27, 8세로 보이는 허무적인 느낌의 하나와라는 이 젊은 주재원과의 대화가, 평범한 시내관광보다 더 흥미가 있었다.

"그럼 캘리포니아의 신록과 바다를 보여 드리겠습니다. 먼저 할리우드 대로에서 비버리힐즈로 나가, 태평양 연안의 산타모니카 해안까지 가보기로 하죠."

하나와는 이미 몇십 번이나 했을 관광안내에 싫증난다는 듯 말하고, 서쪽으로 차를 몰았다. 거리에는 페닉스의 커다란 잎이 무성했다. 흰 벽의 건물과 햇볕에 탄 사람들을 보고 있으려니 스페인풍 정서가 느

껴졌다. 관청에서 10분쯤 달려 거리로 나오자,

"여기가 영화로 유명한 할리우드 거리인데, 보도에 찍혀 있는 사람의 손 모양 보이죠. 저게 뭔지 아십니까?"

라고 물으면서 하나와는 차를 서행시켰다. 보도의 사람 손 모양? 이키는 짐작도 못해 머리를 갸웃거렸다.

"그건 이 왼쪽에 보이는 차이나 극장에서 매년 개최하는 아카데미상인 오스카상을 탄 역대 배우들의 손 모양입니다. 이키 씨가 좋아하시는 여배우는 누굽니까?"

"영화는 별로 보지 않지만 옛날엔 마린느 디트리히, 지금은 잉글리드 버그만 정도일까?"

"버그만, 그녀의 것은 틀림없이 저 블럭 앞 한복판에 있어요."

이키의 부끄러운 듯한 웃음에 하나와는 후후후 하고 비로소 희미한 웃음을 보이며 버그만의 손모양이 있는 보도에 차를 세우고 문을 열었다. 이키는 신기한 듯 그 앞에 섰으나, 여자의 손모양 같은 건 흥미가 없어 곧 차로 돌아오자 하나와는 차의 스피드를 올려 산 쪽 길을 올라갔다.

비버리힐즈를 한 바퀴 돌자, 하나와는 더욱 속력을 올려 고속도로로 진입했다. 30분쯤 달리자 반짝반짝 빛나는 산타모니카 만이 보였다. 차창을 여니 바다 냄새가 풍기고 에메랄드 빛 바다가 눈을 물들였다.

"하나와 군, 이 근처에서 좀 쉴까?"

이키가 그렇게 권하자 하나와는 해안 거리에 있는 오락장 앞을 지나쳐 인적이 없는 모래밭 소나무 숲에 차를 대고 밖으로 나왔다. 그들은 흰 모래톱에 나란히 앉았다.

"자넨 여기 오래 있었나?"

"글쎄요, 길다면 길고 짧다면 짧겠죠. 원래 샌프란시스코 지사로 부임했었는데 2년 전에 여자관계로 실수해서 멕시코 국경 근방의 엘파소로 좌천됐었어요.”

마치 남의 일을 말하는 것처럼 메마른 말투였다. 이키가 대꾸할 말을 잃고 잠자코 있노라니 그가 다시 말을 이었다.

“상대는 교양 있는 미국 여자인데, 1년 가까이 동거하다가 막상 결혼할 단계가 되자 황인종과는 결혼할 수 없다는 게 아니겠습니까? 그 충격으로 자포자기해서 근무까지 소홀해지고, 사내에선 백인 여자와 문제를 일으킨 인간이라고 절반은 질투심이 섞인 중상을 당해 원맨 오피스로 쫓겨났던 거죠.”

“원맨 오피스라니?”

이키가 묻자 하나와의 얼굴에 자조 섞인 웃음이 떠올랐다.

“외진 마을에 싸구려 호텔 방 하나를 빌려, 싸구려 원단이나 잡화류를 그곳 주민이나 멕시코인, 흑인 등을 상대로 장사하는 사무소를 말하는 겁니다. 나는 엘파소에서 2년간, 일본인의 얼굴도 못 보고 물론 일본말 한번 못해 보고 지냈습니다.”

차가운 목소리로 말했다. 뉴욕의 가이베 가나메처럼 세계의 정보를 모아 매일같이 지구 안팎을 텔렉스로 연결하며 활기찬 일을 하는 상사원이 있는가 하면, 하나와처럼 여자문제로 신상을 그르쳐 사막의 원맨 오피스로 쫓겨나서 이지러진 성격이 되어버린 사람도 주재원 속에 있다는 사실이 마음에 박혔다.

사막 한복판에 홀연히 불야성처럼 빛나고 있는 곳이 라스베가스였다.

원색 네온이 홍수처럼 거리에 넘치고 길 양쪽엔 ‘억만장자’ ‘비너스’ ‘트로치카나’ 등 라스베가스다운 상호가 점령하고 있고 텍사스

스타일의 카우보이 네온 옆에 '백만 달러까지 걸어도 좋다'고 하는 빨간 네온사인이 빛나고 있었다.

오늘 아침 로스앤젤레스에서 비행기로 2시간 거리인 댈러스로 날아가 세스나기로 텍사스의 목화밭을 시찰한 다음, 다시 로스앤젤레스로 돌아와 지사장의 안내로 라스베가스로 간 일행은 연일 꽉 짜인 스케줄에서 해방되어 스타더스트호텔에 체크인하고는 1층의 도박장에서 룰렛을 즐기기 시작했다.

다이몬은 중앙의 룰렛 테이블에 자리 잡고 면사를 투기거래하는 것 같은 호쾌한 태도로 칩을 걸고 있었다. 요사노 외국부장이나, 사장 비서 야나기, 로스앤젤레스 지사장도 같은 테이블에서 연신 현금을 칩으로 바꾸며 일희일비하고 있었다.

룰렛은 처음인 이키가 야나기의 뒤에서 구경을 하고 있노라니,

"이키 씨도 놀이 삼아 해보시면 어때요? 딜러가 돌리는 룰렛에 공이 떨어지면 36배가 돼서 되돌아옵니다."

하고 권했다.

"그럼 한번 해볼까."

이키는 야나기 옆의 금발여자가 일어난 빈자리에 앉아, 오늘이 6월 26일이니까 6과 26의 두 곳에 1달러 칩을 한 개씩 놓았다. 이키와 비스듬히 맞은편에 있는 다이몬은 29와 10과 28 세 곳에 10달러 칩을 걸었다.

손님들이 모두 칩을 걸자 분홍색 턱시도에 녹색 에이프런을 두른 딜러가 룰렛을 돌렸다. 흰 공이 빙글빙글 회전하며 숫자판에 구르기 시작하자 20여 명의 손님들이 일제히 몸을 내밀고 공의 행방을 지켜보았다. 공은 다이몬이 건 28에 떨어져 딜러는 건 돈의 36배의 칩을 T자형의 긴 스틱으로 다이몬 앞에 훌쩍 밀어주었다.

"오늘밤엔 운이 좋군."

다이몬은 기분 좋은 얼굴로 테이블 너머의 사원들을 바라보았다. 그 웃는 얼굴을 보면서 야나기는,

"사장님이 지금 걸었던 숫자는 한국동란 후의 불경기 속에서 시세의 상승을 예측하고 매입으로 돌아, 면사 거래에서 크게 이득을 본 기념할 만한 연월일입니다."

하고 이키에게 속삭였다. 다이몬다운 노름이었다.

다시 룰렛이 돌기 시작하고, 그 사이에 바니걸이 술과 담배를 주고 있었다. 다이몬은 위스키를 마시면서 더욱 판돈을 늘려갔는데 이키는 1달러 칩 여섯 개를 순식간에 잃고 말았다.

"자아, 이쯤이 물러날 때군. 다음엔 디너쇼 차례야."

다이몬은 같은 테이블에 앉아 있는 지사장이나 이키, 사원들에게 큰 소리로 말하고는 5백 달러의 1퍼센트를 팁으로 딜러에게 건네주고 자리에서 일어났다.

디너쇼에 도착하니 수석 웨이터로 보이는 사내가 재빨리 다가와 맨 앞줄의 예약석으로 안내했다. 무대는 이미 시작되고 있어 밴드가 울리고 금빛 스핑크스 의상을 입은 무용수들이 화려한 춤을 추고 있었다. 로스앤젤레스 지사장은,

"사장님, 오늘밤 쇼는 파리의 유명한 댄싱팀이라 기분전환엔 아주 그만일 것 같습니다."

하고 빈틈없이 자신의 준비 솜씨를 과시했다.

"확실히 좋은 눈요기가 되겠군. 서양 여자는 몸매가 좋아."

다이몬은 노골적으로 호색적인 눈길을 보냈다.

샐러드부터 나오는 식사가 시작되어 식탁에 적포도주와 비프스테이크가 나올 무렵이 되자, 무대 조명이 좁혀지며 버터플라이만 걸친 누

드로 선정적인 춤을 추는 모습이 비쳐졌다. 다이몬의 눈은 이미 춤보다도 작은 버터플라이로 간신히 가리고 있는 여자의 치부로만 쏠리고 있었다.

1시간도 더 걸린 식사가 끝나고 밴드가 등장하자 로스앤젤레스 지사장은,

"사장님, 고단하실 텐데 이젠 주무시는 게 좋겠습니다."

하고 알아서 모신다는 듯이 말했다. 다이몬은 그럴까, 하고 자리에서 일어나며,

"이키 군도 텍사스의 목화밭을 보러 갔다 와서 피곤할 테니 이젠 방으로 돌아가는 게 좋겠군."

하고 권했다.

"글쎄요, 하지만 지사장한테서 로스앤젤레스 이야기를 좀 더 듣고 싶은데요."

이키가 말을 꺼내자 지사장은,

"그거라면 내일 이야기하겠습니다. 이키 씨는 앞으로도 할 일이 많으니까 오늘은 일찍 주무시는 게 좋겠어요."

하고 밀어붙이듯이 말했다. 이키는 더 이상 말할 수도 없는 분위기여서 다이몬과 함께 엘리베이터로 6층 방으로 올라갔다. 다이몬은 히죽 정력적인 웃음을 보이고 자기 방 쪽으로 걸어갔다.

이키는 방으로 돌아오자 욕실로 들어갔다. 온통 대리석으로 되어 있고 거울 앞에는 프랑스제 향수와 남녀용 화장품이 가지런히 놓여 있었다. 타일의 무늬는 화려했다. 재빨리 목욕을 하고 파자마로 갈아입는데 똑똑하는 노크 소리가 났다. 야나기가 왔나 하고 급히 나이트가운을 걸치고 문을 열자 은빛 숄을 걸친 자그마한 여자가 서 있었다.

이키는 깜짝 놀라 자기 방 번호를 말하자, 여자는 가볍게 윙크하며

살짝 방 안으로 들어와 숄을 침대 위에 벗어던졌다. 그제야 그 여자가 고급 매춘부라는 것을 알았다.

"난 당신을 부르지 않았는데."

"알고 있어요. 하지만 저는 당신한테 지정됐어요."

도톰한 입술에 교태를 품은 웃음을 띠고 여자는 거침없이 드레스를 벗고 슬립도 벗기 시작했다. 화장한 얼굴은 앳되어 보였으나 알몸이 되자 풍만한 몸매였다. 이키는 그 몸을 지켜보며 조금 전 다이몬이 방으로 돌아갈 때 지사장이 자신에게도 함께 가자고 집요하게 권한 것도, 모두가 그에 동조하라는 것이었을까 생각했다.

그러나 다이몬이라면 몰라도 어째서 자기한테까지 여자를 보내는 것인가. 이키는 실오라기 하나 걸치지 않은 풍만한 육체에 야릇한 욕망을 느끼면서도, 만약 무슨 일을 꾸미기 위해 여자를 보냈다면 사람을 너무 우습게 보는 처사라는 불쾌한 기분이 들었다. 그리고 다이몬과 접촉이 깊어짐에 따라 그 호탕한 기량에는 마음이 끌리지만, 이렇다 할 목적도 없는 애매한 이번 미국 수행이 끝날 때까지는 절대 믿음을 주어선 안 되겠다고 생각했다.

라스베가스의 휴가로부터 로스앤젤레스로 돌아온 월요일 아침, 이키는 로스앤젤레스 지사의 하나와 시로가 운전하는 차로 항공기 메이커인 록히드사로 향하고 있었다.

록히드사는 여객기보다 전투기를 중심으로 하는 미국 최대의 항공기 메이커로, 로스앤젤레스 시내에서 북쪽으로 40킬로미터 가량 떨어진 버뱅크에 본사와 부품공장이 있고, 조립공장은 다시 거기서 150킬로미터 떨어진 사막의 도시 팜데일에 있었다.

하나와는 하이웨이를 전속력으로 달리며 입을 열었다.

"오늘 이키 씨가 견학하실 것은 제2차 방위계획의 FX(차기 주력 전투기)에 우리 회사가 밀고 있는 F-104입니다. 이키 씨는 방위청의 기종 결정에 관해 여러 가지 정보를 알고 계시겠죠?"

"아니, 나는 사장실 촉탁이라 해도 섬유부에 적을 두고 있으니까, 어느 상사가 미국의 어느 항공기 메이커의 대리인이 되어 어떤 기종을 방위청에 팔려고 하는지, 그것조차 모르고 있네. 깅키상사의 록히드 F-104 이외에 어떤 기종이 후보에 오르고 있나?"

이키가 시트에서 몸을 일으키며 묻자, 하나와는 음울한 표정에 메마른 웃음을 띠며 말했다.

"아무것도 모르신다니 이거 놀랐는데요. 현 단계에서 후보로 올라 있는 것은 록히드 F-104 외에 도쿄상사가 추진하고 있는 그랜트사의 수퍼드래곤 F-11, 마루후지상사가 밀고 있는 사우스롭의 F-5, 이쓰이물산이 밀고 있는 컨베어 F-106 네 종류로, 일본 국내는 어찌됐든 로스앤젤레스에서의 상사 간의 움직임은 치열하기 이를 데 없고 각사의 담당중역도 빈번히 오고 있어요."

"그렇다면 이번 다이몬 사장의 미국 출장은 미국 총지배인제를 실시하는데 대한 조치뿐만 아니라, 그러한 의도도 포함되어 있었던 셈이군."

이키는 그렇게 말하면서 다이몬이 항공기 일에 언급 한 번 없고 공장시찰도 하지 않는 이유가 궁금했다.

"사장 자신은 어째서 공장견학을 하지 않는 것인가?"

"그거야 여러 가지 생각이 있어서 그렇겠지만, 높은 분들의 속셈은 알 수도 없고 관심도 없습니다."

하나와는 냉담하게 대답하고 경적을 울리는가 하더니 앞차를 무서운 속도로 추월하여 '버뱅크 3마일'이라는 표지 밑을 단숨에 지나쳤다.

 이윽고 하이웨이 바로 옆에 록히드사의 공장이 보이기 시작하자 하나와는 핸들을 크게 꺾어 하이웨이에서 벗어나 네모난 격납고처럼 생긴 공장의 3층 건물 앞에 차를 세웠다.

 하나와가 접수에서 내방한 용건을 말하자 몇 분 후, 40세 가까운 키가 큰 사나이가 나타나,

 "오우, 시로 잘 있었나?"

 하고 친절하게 맞이했다. 하나와는 이키를 돌아보며,

 "미스터 코린즈입니다. 보통 공장견학 설명은 홍보계가 하는데 오늘은 이키 씨를 위해 기술자인 이 사람이 안내할 겁니다."

 하고 미스터 코린즈에게 이키를 소개했다. 코린즈는 지프로 넓은 공장의 부지 안에 있는 날개를 만드는 부품공장으로 이키를 안내했다.

 그 건물 주위에는 높은 담이 둘러쳐지고 경비원이 서 있어, 매우 보안이 높은 곳이라는 것을 짐작할 수 있었다.

 지붕이 높은 건물 안에 들어가자 두꺼운 듀랄루민 판이나 전자, 무선관계 부품이 질서정연하게 놓여 있고, 공원들은 바지에 반소매 차림으로 묵묵히 일하고 있었다.

 이키는 로켓탄의 끝과도 같이 뾰족한 원추형 부품 앞에서 잠자코 고개를 갸웃하더니,

 "이것이 F-104의 기수입니까?"

 하고 질문했다. 코린즈는 크게 고개를 끄덕였다.

 "F-104는 굉장한 속도와 가속력, 큰 잉여추진력에 의한 상승력을 모두 겸비한 걸작 전투기라고 할 수 있습니다. 따라서 그 기체도 나중에 팜데일의 조립공장에 가서 완성기를 보면 아시겠지만 전체 길이 58피트 3인치(17.75미터)의 가늘고 긴 탄환 모양을 한 동체와 바다표범

의 손과 같은 작은 주익(主翼)으로 구성돼 있어 종래의 비행기에 대한 고정관념을 타파한 것으로, F-104 제작팀의 한 사람으로서 이러한 비행기를 생산하는 일을 자랑으로 여기고 있습니다."

엔지니어다운 자신에 찬 말투였다.

"여기 있는 것이 그 주익입니다."

라고 말하며 두 사람의 기능공이 고무포장 같은 것으로 덮으려는 일을 중지시키고 이키들에게 보여주었다. 잘 연마된 듀랄루민의 날개는 모양이 받침대 같고 한쪽 길이가 불과 2미터 정도 밖에 안 되었다. F-104 기가 제아무리 고속기라 하지만 길이 17미터의 기체에 비해 너무나 작아 혹시 미익(尾翼)이 아닌가 하고 눈을 깜박거리고 있었다. 그러자 코린즈가 좀 더 주익 가까이로 오라고 손짓했다.

"이 주익은 매우 작은데다 두께도 매우 얇은데 어느 정도라고 생각합니까?"

이키는 주익 바로 옆에 얼굴을 대다가 자기도 모르게 입이 벌어졌다. 주익은 면도날처럼 얇아 얼굴이 닿으면 금방이라도 베어질 것 같았다.

"약 0.5밀리미터?"

하나와가 옆에서 말하자 코린즈가 고개를 저었다.

"아니, 앞 가장자리 끝의 두께는 0.25 내지 0.13밀리야. 그래서 주익의 앞면을 보호하고 위험을 막기 위해 고무커버를 덮는 거지."

"그런데 이렇게 얇은 날개를 도대체 어떻게 만드는 겁니까?"

이키는 비행기의 구조에 대한 전문적인 지식은 없었지만, 비행기의 주익은 원래 골조(骨組)를 짜고 그 위에 외판(外板)을 붙이는 것으로 알고 있었다. 그런데 F-104의 주익은 골조의 틀은 있으나 틀과 외판이 처음부터 붙여져 만들어진 것이다.

코린즈는 이키의 의문이 당연하다는 듯이 고개를 끄덕이고,

"이 주익은 두꺼운 듀랄루민 판 위에 도면을 그리고, 공구로 틀도 외판도 작은 뼈대도 모두 하나로 깎아내는 겁니다."

하고 설명하며 째지는 듯한 금속성 소리를 내고 있는 공작기계를 가리켰다.

"이 케미컬 밀링 공정은 우리 회사의 가장 엄중한 기밀로, 일본 방위청 사절단이나 당신들 깅키상사의 담당자 외엔 보여주지 않는 것이니까 그 뜻을 참작하시기 바랍니다."

코린즈 기사는 그렇게 말하고,

"이 밖에도 F-104가 자랑하는 최신 기술부문이 많이 있는데 그것들은 다음의 팜데일 조립공장으로 가서, 완성기를 앞에 놓고 설명하는 편이 이해하기 쉬울 테니까 지금부터 가기로 하죠. 헬리콥터가 준비돼 있습니다."

하며 넓은 부지 한 모퉁이에 있는 운동장에 대기하고 있던 헬리콥터에 올라탔다.

곧 이륙한 헬리콥터가 두 개의 산을 넘자 그 앞은 분지처럼 평탄해지고 전방에 보이는 활주로에 비행기가 늘어서 있었다.

"이키 씨, 저것이 팜데일의 공장입니다. 완성된 비행기는 시험비행을 하기 때문에 회사 자체에 활주로를 가지고 있습니다."

하나와의 설명에 눈길을 쏟고 있노라니까 헬리콥터는 활주로 끝에 착륙했다.

팜데일 공장은 조립공장과 페인트 공장, 최종 마무리공장의 세 건물로 이루어져 있어 하늘에서 보면 250에이커라는 광대한 부지 속에서 작은 바라크 건물처럼 보였는데, 지상에 내려와서 보니 그 규모가 엄청났으며 때마침 완성된 비행기가 활주로를 향해 서서히 나가는 참이

었다. 코린즈는,

"저건 제트 스타라고 부르는 비즈니스용 4발 엔진 수송기로 군용, 민간용으로 애용되고 대통령의 전용기로도 채용되고 있습니다."

라고 말하며 성큼성큼 앞장서서 F-104 조립공장으로 안내했다.

공장 안에 한 발짝 들어서자 이키는 저도 모르게 걸음을 멈추었다. 길이 18미터, 직경 2미터 반가량의 로켓탄 같은 모양을 한 기체 앞에 송곳과 같은 피토우 관을 달고, 기수에서 뒤쪽으로 12미터쯤 떨어진 곳에 작은 주익을 붙인 F-104는 지금까지 이키가 지니고 있던 비행기의 개념을 몽땅 허물어버리는, 날카로운 부리를 지닌 거대한 괴조와 같았다. 이키는 하나와의 통역으로 코린즈 기사에게 질문했다.

"아까 버뱅크 공장에서도 설명을 들었지만 나는 아직도 어째서 이런 모양과 구조를 가진 전투기가 만들어졌는지 이해할 수가 없소."

"이 F-104를 본 사람들, 특히 조종사들은 누구라도 당신과 똑같은 질문을 하며, 이런 기묘한 비행기가 정말 날 수 있냐고 진지하게 묻습니다. 그러나 이 F-104는 마하 2(음속의 2배)의 속도에서 최고의 효과를 발휘하게끔 설계된 전투기입니다. 그 때문에 종횡비(縱橫比)가 작은, 극히 얇은 직선날개를 채용하여 고속성능을 추구했습니다. 또한 간단한 구조와 가벼운 무게를 목표로 설계했습니다."

"마하 2...... F-104는 마하 2를 몇만 피트 상공에서 낼 수 있습니까?"

"약 3만에서 4만 피트입니다."

"거기에 요하는 시간은?"

"상승이 2분 반, 가속이 4분 이내입니다."

그러고 보니 일본처럼, 영공을 침범하는 국적불명의 항공기를 레이더로 포착했을 때에만 긴급발진, 격추하는 요격용 항공기로는 F-104

가 가장 적합할 것이라고 이키는 생각했다. 그런데 이 작은 주익으로 선회를 할 수 있을까.

"미스터 코린즈, 날개 길이가 길수록 선회능력이 높지 않습니까? 그래서 일본의 하야부사나 제로 전투기도 그 이론에 따라 설계되었다고 알고 있는데요."

이키의 말에 코린즈는 고개를 저었다.

"하지만 초음속의 영역에서는 익면하중, 익폭하중도 별 영향을 끼치지 못하고 문제가 되는 것은 잉여추진력 하나뿐이죠. 초음속 이론은 간단하게 설명하기가 어렵지만, 잉여추진력이 커지면 커질수록 비행기의 운동성은 좋아집니다. 초음속 전투기의 운동성이란 공중회전이나 360도 선회를 말하는 게 아니고 기수의 방향이나 자세를 얼마나 빨리 바꾸어 상대를 추격할 수 있냐는 점입니다. 문제는 단위시간당 속도로, 그것을 정하는 것이 잉여추진력이죠."

코린즈는 열심히 설명했지만 이키는 아직도 이해할 수 없었다. 하나와가 끼어들었다.

"이 근처 미 공군 에드워드 기지에서 일본 항공자위대의 파일럿이 3일 전부터 F-104의 시험비행을 하고 있으니까 보러 갑시다. 이키 씨와 동기라든가 하는 가와마타 공군준장도 와 계십니다."

"뭐? 가와마타가?"

이키는 우연의 일치에 말을 잊고 말았다.

에드워드 공군기지는 팜데일에서 60킬로미터 떨어진 사막 한복판에 있었다. 아득히 눈에 보이는 곳에는 산도 골짜기도 강도 없고, 타는 듯한 태양이 갈색 땅을 내리쬘 뿐이었다. 기지 입구엔 헌병초소가 있을 뿐 주위에는 아무런 울타리도 없었다.

이키 일행을 안내하고 있는 홍보담당의 젊은 중위는,

"일본의 항공자위대 조종사들은 미군의 항공학교에 유학하여 학과와 실기 훈련을 받고 있습니다. 서독, 네덜란드, 벨기에 등 서방측 유학생들과 섞여 의사소통의 어려움을 극복하면서 뛰어난 성적을 올리고 있습니다. 이번 조사단으로 와 있는 4명의 파일럿도 전에 미군 항공학교에 유학한 사람들입니다. 저기 저 테스트 센터에 있는 사람들이 그들입니다."

라고 말하며 미 공군용 관제탑과는 별도의 건물인 테스트 센터 전용 관제탑을 가리켰다. 거기에는 일본 항공자위대 조종사가 미군 정비병의 손을 빌려 잠시 후에 시험비행할 록히드 F-104에 올라타고 있는 모습이 보였다.

이키와 하나와는 걸음을 멈추고, 끝이 뾰족한 로켓탄같이 가늘고 긴 동체의 록히드 F-104가 활주로를 향해 나가는 것을 지켜보았다.

테스트 센터의 관제탑으로 올라가니 유리로 둘러쳐진 관제실에는 무전기 조작판과 레이더 스코프, 방향탐지기 등이 설치되어 있었고 4명의 관제관 뒤에 일본 항공자위대, 항공막료부의 조사단 7명과 미군 장교가 서 있었다. 조사단장인 하라다 마사루의 얼굴은 보이지 않았으나 이키와 육사, 육대 동기였던 가와마타 이사오의 얼굴이 보였다.

시선이 마주치자 가와마타는 일순간 이키의 모습을 지긋이 응시하다가 곧 엄숙한 표정으로 활주로를 바라보았다. 이키도 조사단 뒤에 서서 활주로를 바라보았다.

"이륙해도 좋다!"

관제관의 목소리가 떨어지자마자 F-104가 애프터버너를 가동시키는 탕탕 하는 소리가 타워 안까지 들렸다. 파란 불꽃이 보이는가 하더니, 꽝 하고 괴조(怪鳥)의 째지는 듯한 울음소리를 내며 하늘을 수직으로 찢어발기듯이 급상승하여 어느덧 기체가 보이지 않게 되었다. 그러나 컨트롤 타워에는 계속해서 고도와 속도를 알리는 조종사의 긴장된 목소리가 스피커를 통해 들려왔다.

"5천, 마하 0.6…… 1만, 마하 0.7……"

시시각각 현황이 보고되고 2분쯤 지났을 때는 이미 4만 피트까지 상승해 있었다.

"4만, 마하 0.9 가속 개시…… 1.0…… 1.2…… 1.4…… 1.6…… 1.8…… 마하 2 현재."

흥분한 조종사의 목소리가 들려온 순간, 타워 안에선 환성이 터졌다.

이키도 쾌재를 부르고 싶은 생각으로 구름 한 점 없는 하늘을 쳐다보았다.

"지금부터 급상승으로 전환!"

급각도 상승한다는 것을 보고하더니 고도를 계속 올렸다. 4만 5천 피트, 5만, 5만 5천 하고 자꾸만 상승했으나 에너지를 소모했기 때문에 속도는 마하 2, 1.8, 1.6, 1.4로 떨어졌다. 6만 피트까지 상승하자,

"6만 피트에 도달. 기지로 돌아가겠음."

하고 조종사는 천천히 고도를 낮추며 내려왔다. 2만 피트까지 오자,

"높은 위치!"

라는 목소리가 들려왔다.

타워 상공 2만 피트라는 뜻이며, 잠시 후엔 5천 피트 상공을 뜻하는 '낮은 위치'라는 목소리가 들렸다. 이어서 비행장 멀리 20킬로미터쯤 저편에 반짝이는 작은 점 같은 것이 보이는가 하더니, 30초쯤 지나자 그 점은 전투기라는 것을 알아볼 수 있을 만큼 커져 사막 비행장 한복판으로 곧장 진입, 2킬로미터 전방의 활주로에 접지했다. 그 순간, 후

방에서 드레그슈트(감속 낙하산)가 펴졌다. 속도가 줄어든 전투기가 유도로(誘導路)로 진입하자 드레그슈트가 끊어지고 F-104는 타워 정면에서 완전히 멈춰섰다.

지상요원이 조종석 쪽으로 가자 조종사는 산소마스크와 헬멧을 벗고 조종석에서 내려와 곧 자동차를 타고 관제탑으로 왔다. 그는 가와마타 공군준장 앞에 서서 경례를 하고,

"시험결과는 어떻습니까?"

하고 물었다. 가와마타가,

"훌륭했어. 4만 피트까지의 상승이 2분 32초, 마하 2까지의 가속이 2분 38초야. 그 밖에 상세한 데이터는 나중에 회의에서 알려주겠네."

하고 말하자 조종사는 비로소 긴장이 풀린 듯이 크게 숨을 쉬었다. 어려운 임무를 완수했다는 만족한 표정이었다.

조종사는 경례하고 관제탑에서 내려갔다. 그 조종사는 엉덩이에서 허벅지까지 땀인지 소변인지 알 수 없을 만큼 푹 젖어 있었다. 고도 6만 피트, 마하 2의 긴장과 피로가 그것에 나타나 있어 이키는 군인 시절의 피 끓는 흥분을 느꼈다. 그때,

"이키, 오랜만이군."

하고 가와마타가 다가왔다. 시베리아에서 귀환한 뒤에도 오사카에 살기 때문에 만날 기회가 없었던 가와마타는 어깨에 벚꽃 휘장이 두 개 있는 공군준장 제복을 입고 자기와 똑같은 연령이라고 믿겨지지 않을 만큼 장년의 씩씩함이 넘쳐흐르고 있었다.

"14년, 아니 내가 남방군 사령부로 부임한 뒤론 한 번도 만나지 못했으니 18년 만의 재회군."

가와마타는 넓적하고 딱딱한 얼굴에 반가운 빛을 숨기지 못하며 이키의 어깨를 두드렸다.

"정말 우연한 상봉이군, 놀랐네."

이키가 감개무량한 듯이 말하자,

"넌 이 F-104의 시험비행을 보기 위해 일본에서 온 거지?"

하고 물었다. 가와마타는 옛날처럼 너라는 호칭을 썼다.

"아니, 상사원이 된 이상 해외견학을 해야 한다고 해서, 사장 수행원으로 뉴욕에서부터 각 지사를 돌아, 오늘 록히드 공장을 견학하고 있었네. 그런데 우연히 이 공군기지에서 일본 항공자위대가 F-104 시험비행을 한다는 말을 듣고 보러 왔어."

"그럼 아무것도 몰랐단 말인가?" 가와마타는 이상하다는 듯이 이키 뒤에 서 있는 하나와 쪽을 흘낏 보다가,

"어쨌든 이것으로 오늘의 시험비행은 끝났으니 장교 클럽에서 맥주나 마시며 이야기하자."

하고 권했다. 하나와는,

"그럼 저는 이 홍보담당 중위와 이야기하고 있을 테니까 천천히 말씀하십시오."

하고 먼저 관제탑을 내려갔다.

장교 클럽은 기지 캠프 한 모퉁이에 있었다. 들어서자마자 식당이 있고 그 옆에 칸막이를 한 바가 있어, 근무를 끝낸 미군 장교나 서독, 이탈리아, 네덜란드 등의 장교들 모습이 보였다.

다른 나라 국적의 군인이라도 가와마타 준장보다 계급이 낮은 사람은 길을 비키고 경례하는 폼이 옛날 일본 군대 이상의 엄한 규율이 지켜지고 있는 것 같았다.

가와마타와 이키는 창가에 가까운 좌석에 마주앉았다. 거기선 비행장이 보이지 않고 창밖은 황량한 사막으로, 갈색 흙과 시들어가는 덤

불위드가 가끔 바람에 빙글빙글 지면에서 춤추고 있었다.

공기가 건조하여 바싹 마른 목을 맥주로 단숨에 축인 뒤 이키가 먼저 입을 열었다.

"정말 오랜만일세. 그때는 이것저것 마음을 써줘서 고마웠네."

이키는 재회의 놀라움과 감개를 되새기듯이 말하며, 시베리아 억류 중 본가에 이것저것 마음을 써준 일과, 방위청으로 들어오기를 강력하게 권했는데도 거절한 것을 사과했다. 그러나 가와마타는 그답게 그런 일은 신경 쓰지 않는 투로 말했다.

"아니, 그게 뭐 대수라고. 그보다도 너 정말 고생 많이 했지? 몸은 어때."

"응, 돌아왔을 당시는 상당히 지쳐 있었는데 2년을 일없이 휴양하고 나니 이젠 그런 대로 괜찮아. 덕분에 가족도 건강하네만, 자네 집은 어때?"

"그 뒤에도 자식은 태어나지 않았지만 집사람은 여전하지."

하고 싱긋 웃었다. 가와마타의 결혼 상대는 기생이었기 때문에, 육군성에서 허가가 내려지지 않아 실질적인 부부생활에 들어간 지 2년 만에야 가와마타의 인물을 촉망한 연대장이 신부를 친구인 철물도매상의 양녀로 입적시켜 겨우 정식 결혼을 할 수 있었다. 이키와 동기생들은 그 일을 걱정하여 이리저리 주선하고 다니곤 했었다.

그 무렵부터 가와마타는 호방대범하고 개방적인 반면 그만큼 틈도 많은 성격이어서 이키가 소문으로 들은 바에 의하면 항공막료부 방위부장으로서 좋지 않은 소문이 돌고 있는 모양이었다. 그러나 이키는 가와마타가 장차 항공막료장으로 지목될 가능성은 크다고 믿었다.

"아까 하라다 씨의 모습이 보이지 않던데 어떻게 된 거야?"

이키가 물었다.

"평소엔 계속해서 시험에 입회하셨는데, 오늘은 미 공군의 퍼크랜드 중장한테 연락이 와서 기지 사령부에 가셨어."

"하라다 씨는 지금도 직접 시승하나?"

일찍이 해군의 항공대좌로 이름을 떨치던 하라다 공장(空將·소장에 해당)의 일을 물었다.

"응, 어쨌든 일본의 차기 전투기 기종을 결정하는 일이니까 우리 조사단은 보름 전부터 이곳에 와서, 지금 후보에 오르고 있는 F-104, 그랜트의 수퍼드래곤 F-11, 사우스롭의 F-5, 컨베어 F-106을 각각 10시간 정도씩 시험비행했어."

"이번 FX 선정 기준은 뭔가?"

"자세히 이야기하자면 길어져. 간략히 말하자면, 첫째는 1960년 이후의 소련기에 대항하기 위해 마하 1.6 이상의 속력일 것, 둘째는 6만 피트 이상까지 상승하여 전투할 수 있을 것, 셋째는 4만 피트까지 상승하는 데 3분 이내일 것, 넷째는 2백 해리 이상의 행동반경, 즉 왕복 가능한 항속거리를 보유할 것. 다섯째는 지상 활주거리가 2천 3백 피트 이하일 것 등 다섯 가지야. 록히드의 F-104는 3분 이내에 마하 2에 도달하지만 지상 활주거리가 긴 단점이 있어. 그 점에서 그랜트의 수퍼드래곤 F-11은 해군 항모용 함재기라서 활주거리는 짧아서 좋은데 마하 2로 가속하는데 10분 넘게 걸리는 단점이 있어. 말하자면 일장일단이 있는 셈이지."

가와마타는 대충 설명을 끝냈다.

두 잔째 맥주를 비우고 있는데 갑자기 떠들썩해지며 일본 항공자위대 제복을 입은 장교 4명이 들어와 바의 카운터에 앉아 맥주를 마시기 시작했다. 그 가운데에는 조금 전에 이키가 관제탑에서 본 조종사도 끼어 있었다.

"아아, 고이즈미 군인가? 마침 잘됐군. 잠깐 이리로 오게."

가와마타가 뒤돌아보며 말하자 이좌 견장을 단 고이즈미는 카운터에서 이키와 가와마타가 앉아 있는 테이블로 와서 인사를 하고 앉았다.

가와마타는 자기와 육사, 육대 동기생이라고 이키를 소개한 뒤 말을 이었다.

"F-104에 탑승했던 조종사 자신이 느낀 성능을 내 친구에게 말해주게."

그러자 고이즈미 이좌는 목욕을 하고 온 산뜻한 차림으로 이야기를 시작했다.

"처음엔 조종석이 기체 선단에 있어서 불편을 느꼈습니다만 몇 번 시험비행을 거듭해 보니, 이렇게 훌륭한 비행기는 또 없을 것이라고 놀랐어요. 아무튼 4만 피트까지 3분 이내로 올라갈 수 있다는 건 우리들로선 믿기 어려웠습니다. 현재 일본에서 타고 있는 가장 우수한 전투기 F-86도 4만 피트까진 빨라야 17분이니까요. 5만 피트쯤 올라가서 새파란 하늘에 별이 반짝이는 것을 본 건 처음 경험했습니다."

"허어, 별이 반짝입니까?"

이키는 놀란 듯이 말했다.

"그 대신 너무 급상승하니까, 수평비행으로 옮길 때 한 차례 롤(옆으로 회전)하지 않고는 정확한 고도로 수평비행에 들어갈 수 없는 난점이 있습니다."

"그런데 비행기에 대해선 아무것도 모르는 내가 보니까 어쩐지 불안정한 느낌이 드는데요. 추락 위험성은 없습니까?"

"확실히 그럴 위험성이 있습니다. 그것은 저공비행 때, 만약 엔진이 꺼지면 리커버할 여유가 없습니다. 그 때문에 그대로 추락해서 '과부

제조기'라든가, '하늘을 나는 관'이라는 달갑지 않은 별명이 붙어 있습니다만, F-104는 레이더에 적기가 포착되자마자 바로 출격하는 요격용으로 사용하기엔 가장 적합한 기체일 겁니다."

막 이야기를 끝마치는데 바의 문이 열리며 일본의 조사단원 회의가 시작된다는 것을 알려왔다.

"이제부터 우리는 시험비행 데이터 분석과 함께, 서독, 이탈리아, 네덜란드 등 다른 파견부대의 보고를 비교 조사해야 해."

"그럼 다음에 일본에서 만나 천천히 이야기하세."

하고 이키가 말하자 가와마타는,

"내일 밤, 로스앤젤레스에서 만나게 돼 있잖아. 다이몬 사장이 자네도 동석한다면서 초대했어. 그럼 실례……"

하고 황급히 자리를 떴다.

이키의 가슴에 말할 수 없는 분노가 치밀었다. 역시 일본을 출발하기 전부터 모든 일이 짜여져, 가와마타와 자기가 로스앤젤레스에서 만날 예정으로 돼 있었던 것이다. 지금까지 안개가 낀 것처럼 어딘가 애매하던 자신의 미국 출장의 의미가 이제 겨우 명확하게 파악되었다.

일본 거문고 가락이 조용히 흐르고 있는 로스앤젤레스의 비버리힐즈에 있는 일본 요정 '미카도' 내실에서 이키는 다이몬 사장과 함께 가와마타 이사오가 오기를 기다리고 있었다.

가와마타는 시험비행 중엔 계속 에드워드 기지 내의 장교숙소에 머무르고 있었는데, 오늘밤 좌석에 오는 것을 남의 눈에 띄지 않도록, 일본인회의 파티 출석을 이유로 로스앤젤레스로 와서 그 파티 중간에 빠져나오게끔 되어 있었다.

다이몬은 교민 3세로 보이는 어색한 일본 옷차림의 웨이트리스가 가져온 일본차를 마시면서,

"이키 군이 에드워드 기지에서 가와마타 일본항공자위대 준장과 만났다니 정말 기연이군 그래. 몇 년 만이었나?"

하고 뻔뻔스런 말투로 물었다.

모든 일을 몇 달 전부터 계획해 놓고도 시치미를 뚝 떼는 다이몬이 이키로서는 울컥 비위가 상해 한마디 했다.

"그건 사장님이나 사토이 상무가 벌써 모조리 조사하셨으리라고 생각합니다. 저는 깅키상사가 방위청의 차기 전투기에 록히드 F-104를 팔려는 일에 대해선 부외자(部外者)니까 이러니저러니 참견할 마음은 없습니다만, 사장님이 가와마타 준장을 소개하라고 말씀하신다면 소개역은 맡겠습니다. 하지만 이번처럼 이상하게 빙 둘러서 처리하시는 방법은 그만두셨으면 합니다."

정중한 말투이기는 했으나 따끔하게 못을 박는 말이었다.

다이몬의 얼굴에서 잠시 웃음이 사라졌다.

"허어, 자네가 그렇게 공손하면서 무례한 말을 하는 건 이번이 처음인걸. 좀처럼 쩔쩔맨 일이 없는 나도 약간 당황했네."

웃음으로 얼버무리며 교묘하게 이키의 화살을 피했으나, 이키는 똑바로 다이몬을 응시했다.

"그리고 가와마타 군이 오기 전에 미리 말씀드려 둘 일이 있습니다. 혹시 사장님이 저한테 록히드 F-104를 방위청에 팔게 하려는 생각에서 가와마타 군과 동석시킬 심산이시라면 뜻을 어기게 될 테니까 소개가 끝나는 즉시 저는 실례하겠습니다."

이키는 깅키상사에 입사할 것을 요청받고 면접하러 갔을 때, 다이몬이 이키의 군인시절 경력을 장사에 이용하지 않겠다고 약속한 사실을

다짐하듯이 말했다.

"알고 있어, 자네 마음은…… 그렇지만 이런 곳에서 그런 딱딱한 말을 하다니 자네도 어지간히 세상물정에 익숙하지 못하구먼. 뭐니 뭐니 해도 이번엔 한 대에 3, 4억 엔짜리 전투기를 250대 내지 3백 대를 매매하는 1천억 엔이 넘는 대공중전이야. 기계부문에 전통이 없는 우리로선 이 거래를 계기로 크게 발전하지 않으면 안 된단 말이야. 만약 성공한다면 적이도 이 비즈니스는 부품 납품을 포함해서 10년은 계속 될 것이고 게다가 지금까지 접촉하지 못했던 중공업 기계 메이커와도 거래를 틀 수 있어서 어느 것이나 우리에게는 큰 이익이 되는 거야. 좌우간 여기는 나한테 맡겨두게."

다이몬이 무마하듯이 말했으나 이키가 수긍하지 않아 험악한 분위기가 되려는 찰나, 제복을 벗은 시원한 양복 차림의 가와마타가 모습을 나타냈다.

"오래 기다리셨습니다. 로스앤젤레스 일본인회의 파티에서 일본영사관 영사에게 붙잡혀 좀처럼 빠져나올 수가 없어서……"

이키에게도 다이몬에게도 아니게 말했다. 다이몬은 자세를 고치고,

"이거, 무리한 부탁을 드려 죄송합니다. 다이몬 이치조라고 합니다. 도쿄에서 뵈었으면 좋았는데 이사람 저사람, 주위의 눈이 귀찮아서."

하고 초면인사를 했다.

"말씀은 이미 댁의 사토이 상무로부터 듣고 있었습니다. 잘 부탁합니다."

가와마타도 이키를 사이에 두고 말은 짧았으나 의미심장한 인사를 나누었다. 다이몬이 상좌를 권하자,

"아뇨, 오늘밤엔 18년 만에 만난 이키 군과 옛정을 나누기 위해 참석한 자리니까 이키 군과 나란히 앉겠습니다."

하며 엄한 얼굴에 배짱 좋은 웃음을 띠면서 만일의 경우를 생각하듯이 그럴싸한 구실을 붙여 이키 옆에 앉았다.

"방위청 측에선 상사 사람하고 만나는 것이 새나가는 게 그렇게 대단한가?"

이키가 쓴웃음을 지으며 물었다.

"남의 일처럼 말하지만, 조사단의 한 사람으로 와 있는 나를 주석에 초대했다는 것이 알려지면 자네네 회사도 큰 문제야. 하여간에 일본 매스컴에서 우리들 자위대 사람들을 '전쟁 침략자'로 보고 있고 자네들 관계 업자는 '죽음의 상인'이라는 딱지가 붙여져 방위계획 때마다 국민의 혈세를 낭비한다고 떠들어대니까 말야."

가와마타는 그렇게 말하고 목을 움츠렸다.

일본 옷차림의 웨이트리스가 미리 주문했던 술과 일본 요리를 가져와 식탁 위에 늘어놓고 나가는 것을 확인한 다이몬은 가와마타에게 술잔을 권하며,

"그런데 현재 후보에 올라 있는 4기종 중에서 가와마타 씨가 유력한 후보라고 생각하는 것은 어느 기종입니까?"

하고 대뜸 본론으로 들어갔다.

가와마타는 훌쩍 잔을 비우고 대답했다.

"성능이 가장 우수한 것은 컨베어 F-106입니다. 세계 최고의 컴퓨터를 비치한 반자동식 요격기로 비행 능력도 우수해서, 자동차로 말하면 캐딜락과 같은 호화판이지만 한 대에 2백만 달러니 230만 달러니 하니까 가격 면에서 우선 제외될 겁니다. 다음에 문제가 되는 것은 사우스롭의 F-5입니다. F-5는 주로 한국, 대만 등에 군사원조로 제공될 예정인 경전투기인데 가장 싸고 가벼우므로 일본으로서도 매력이 있습니다. 하지만 실제로 사우스롭 공장에 가보니까 아직 목형(木

型) 밖에 만들어지지 않아 시험비행은 F-5와 비슷한 성능을 가진 S156 개량형을 사용했습니다. 단점은 미국에선 공군, 해군 모두 채용할 예정이 없는데다가 실물이 없다는 것으로 후보에서 탈락할 가능성이 높습니다."

"그렇게 되면 남는 것은 록히드와 그랜트인데 이키 군이 어제 에드워드 공군기지에서 듣고 온 바에 따르면 록히드의 시험비행 성적은 매우 우수한 모양이더군요."

이키를 항공담당자로 결정한 말투였다. 이키가 다이몬의 말을 막으려 하자 가와마타는 그러는 이키를 말리면서,

"그렇지만 다이몬 씨도 아시다시피 차기 전투기 기종결정은 우리들 항공자위대 조사관이 가장 좋다고 평가한 비행기가 되는 것이 아닙니다. 소위 말로는 그럴싸한 국방회의에서 총리, 부총리, 대장대신, 경제기획청 장관, 외무대신, 방위청 장관으로 구성된 멤버와 옵서버격인 통산대신 같은 정치가들이 정하게 됩니다. 그러니까 현재 분위기로 봐서는 그랜트로 결정될 가능성이 큽니다."

하고 말했다.

술안주에 젓가락을 대고 있던 다이몬은 잠시 동요를 억제하듯 입을 다물었다.

조용한 방에 스피커에서 흘러나오는 일본 거문고 소리가 이키의 귀에 울렸다. 다이몬은 정신을 차려 정색을 하고 말했다.

"그랜트라니, 처음 듣는 말인데 그런 이야기가 언제 결정됐습니까?"

"확실하게 결정까지 가진 않았지만, 우리들 조사단이 출발하기 직전에 열린 국방회의에서 돌연 내정에 가까운 타협이 이루어진 모양입니다. 일부에선 통산성 중공업국장과 방위청 내국(內局)의 장비국장이

아메리카 99

일본측 주 메이커인 이쓰비시 중공업에 대하여 녹다운 생산(부품을 수입하여 조립하는 생산) 계획을 제출하도록 지령했다는 소문도 있습니다."

"그거 참 기이한 이야기군요. 듣자니 그랜트의 수퍼드래곤은 시작기가 두 대밖에 안되고 미 해군에 정식 채용도 아직 안되었다고 하던데 그런 비행기를 누가 추진하고 있는 겁니까?"

다이몬이 묻자 가와마타는,

"다른 사람도 아닌 총리대신입니다."

하고 잘라 말했다. 다이몬의 얼굴에 심한 충격의 빛이 떠올랐다.

가와마타는 술잔을 비운 뒤,

"미국 군용기 업계는 현재 미사일 개발에 쏠려 전국에서 10만 명의 인원을 정리하고 있는 불황입니다. 그중에서도 그랜트사는 미사일 개발에 손을 대지 않아 타격이 커서, 일본에 대한 차기 전투기 판매가 경영 재건상 절호의 기회라고 판단한 모양입니다. 우리들이 제2차 방위력 정비계획을 작성하기 시작한 무렵부터 상사를 중개로 하여 여러 가지 자료를 보내오고 접대에 총력을 다해왔습니다. 이제는 최종 단계로 들어가 정계에 대한 공작으로 중점이 옮겨지자 여러 가지 복잡한 방법으로 로비하고 있습니다. 총리의 신임이 두터운 전 해군 대장이며 참의원 의원인 노조에 씨가 바로 얼마 전 미 해군의 초대를 받아 하와이에 와서 1개월 정도 하와이 공군기지 안의 영빈관에 묵고 있었습니다."

하고 말했다. 이키는 저도 모르는 사이에 가와마타의 말에 이끌려 들어갔다. 노조에 전 해군대장은 개전 직전까지 주미대사였던 사람으로 이키도 잘 알고 있었다.

통로를 사이에 둔 맞은편 방에서 원더풀하는 환성이 들려왔다. 진기

한 일본요리를 맛보러 온 미국인들이었다. 이키는 복도에 주의를 기울이면서,

"노조에 씨가 미 해군의 초대를 받은 것은 옛날의 경력으로 보아 이상할 것도 없다고 생각하는데, 그것이 어째서 차기 전투기 문제와 연관이 있나?"

하고 물었다. 가와마타는 요리에는 거의 손도 대지 않고 오로지 술잔만 비우면서 말했다.

"노조에 대장은 해군 출신인 만큼 그랜트사의 비행기를 잘 알고 있어서, 미 해군 함재기용인 수퍼드래곤을 행동반경, 이착륙거리, 다용도성, 안전성 등 성능면에서 록히드보다 높게 평가하고 있는 사람이야. 그러한 때 공교롭게 총리의 제일가는 측근이며 국방회의에 커다란 영향력을 갖는 미시마 간사장도 국회 개회 중인데도 개인적으로 하와이를 방문한 거야. 표면적 여행목적은 지병인 천식을 치료하기 위해서라며 간호사 대신이라고 그럴 듯하게 부인을 동반하고 있었지만, 제 아무리 하와이 기후가 천식 치료에 좋다고 해도, 제트기로 10시간이나 걸리는 곳에 불과 10일간의 요양을 와서 그 사이에 로스앤젤레스 왕복까지 해치우는 천식환자라니 어처구니없는 말이지. 더구나 이러한 일련의 움직임…… 노조에 씨가 미 해군의 초대를 받도록 공작하고 미시마 간사장의 도미를 획책한 것은 그랜트의 일본 대리점인 도쿄상사란 말이야."

가와마타가 말을 마치자 다이몬은,

"전쟁 전엔 선박과 기계 전문 상사였던 도쿄상사가 항공기의 도쿄상사라고 불리울 만큼 비행기에 강력해진 것은, 목적을 위해선 수단을 가리지 않고 실탄작전을 쓰기 때문이지. 이번에도 그랜트와 짜고 상당한 정치헌금이 총리파에게 건너갔을 거야."

하고 입맛이 쓰다는 듯이,

"그렇긴 해도 하라다 조사단이 출발하기도 전부터, 국방회의에서 굳이 그랜트로 내정해 놓은 총리파의 긴박한 '집안사정'이란 게 대체 뭘까요?"

하고 다이몬은 금테안경 속에서 눈을 빛내며 물었다.

"바로 그겁니다. 내년 초에 예상되는 총선용 자금모금일 겁니다."

"선거자금이라면 우리들 간사이 재계에도 세 번이나 두둑한 청구서가 돌아왔어요."

"그렇지만 총리파로선 재계의 헌금만으로는 공인후보의 뒷바라지를 하지 못할 불안한 사정이 있는 게 아닙니까. 그래서 그랜트사와 대당 1천만 엔의 리베이트를 받기로 합의했다는 말도 있습니다. 미시마 간사장의 진짜 도미 목적은 하와이나 로스앤젤레스에서 그 선금의 일부를 받기 위한 타협인 것만은 거의 확실합니다."

가와마타는 울분을 참을 수 없다는 듯이 말하고,

"이키, 듣자하니 넌 차기 전투기 문제에는 절대로 관여하고 싶지 않다고 말하는 모양인데, 이렇게 썩어빠진 이면을 알고도 여전히 군자인 척하며 싫다고 고집만 부릴 테냐?"

하고 정색하며 말했다.

"이상한 말을 하는군. 그런 이야기와 차기 전투기 문제에 엮이기 싫다는 나의 신조와는 별문제야. 국방을 위해 정말로 좋은 비행기를 채택시키려고 생각한다면, 나한테 당치도 않은 힐난을 하기 전에 너희들 방위청 사람들이 좀 더 노력해야 될 게 아냐?"

하고 이키는 다부지게 반박했다.

"그게 문제란 말이야. 알다시피 방위청 장관 자리는 대대로 자유당 주류파의 고참 간부에 의해 점령되는 총리의 완전한 리모콘이야. 게

다가 자위대는 원래 경찰예비대, 보안대로 변천하는 과정에서 주류는 경찰청 출신에 의해 독점되어 왔으니까, 국방이라는 국가적 문제를 우국의 정으로 진지하게 생각하지 않아. 그 전형적 인물이 방위청 관방장인 가이즈카야. 원래 내무성 관리로 경찰예비대 이래 토박이 방위관료로 지금은 '가이즈카(貝塚) 천황'이라는 별명이 있을 정도로 강력한 권력을 휘두르고 있어. 차마 눈 뜨고 볼 수 없을 정도지. 내국이 그런 형편이니까 육·해·공군의 각 자위대의 막료장도 모조리 가이즈카의 인맥들이 발탁되어, 일종의 막료지배가 행해지고 있지. 여기까지 말하면 너도 알 만하지?"

가와마타는 거의 참모로만 지내온 이키를 비꼬듯이 말하고 일단 말을 끊었다가 다시 이었다.

"막료는 표면적인 지위는 부대장보다 아래지만, 자기가 생각하는 대로 부대를 움직여 보고 싶다는 의욕이 있지. 게다가 상부의 위력을 업고 요령 있게 돌아쳐야 하기 때문에 무조건 내국의 의향이라든가 정치가의 의도를 마음에 두게 되지. 가이즈카 관방장이 권세를 휘두름에 따라 항공자위대도 기골 있는 지휘관은 모조리 지방부대로 쫓겨나고, 가이즈카 천황에게 아첨하는 인간들로 바뀌고 있어. 하라다 막료장만 하더라도 가이즈카 천황이 그랜트로 정한다고 말하면 어디까지 버틸 수 있을지……"

"그런 실례의 말을 …… 하라다 씨는 훌륭한 인격자야."

"하지만 하라다 씨는 내년에 퇴관하고 차기 참의원 선거에 출마한다는 소문이 있는 사람이니까 정면으로 정치가에게 맞설 수 없단 말이야. 너한테 아직도 나라를 위해 일해 보겠다는 기개가 남아 있다면, 내 후원자가 돼서 록히드를 채용하는 데 힘을 빌려주기 바란다. 항공자위대 입장에서 보면 록히드로 결정되어야 해. 그 증거로 차기 전투기 도입을 추진 중인 프랑스, 서독, 이탈리아, 캐나다 등 나토 국가는 모두 록히드 채용을 내정하고 있어. 만일 일본만이 정치가들의 이권에 희생 되어, 시작기밖에 없는 그랜트를 사들인다면 그야말로 일본은 전 세계의 웃음거리가 될 거야."

가와마타의 말에 이키가 흔들리는 모습을 본 다이몬의 눈이 번쩍 빛났다.

샌프란시스코행 노스웨스트에 탑승할 다이몬은 로스앤젤레스 지사장 부부를 비롯하여 5명의 사원들의 전송을 받으면서 탑승 게이트로 향하고 있었다.

"사장님, 짐스럽긴 하시겠지만 사장님이 좋아하시는 하바나의 엽궐련을 야나기 군에게 들려 보냈으니 받아주십시오."

다이몬은 가볍게 끄덕였다.

"그리고 사모님과 따님의 선물로 마음에 드실는지는 모르겠습니다만 집사람이 골랐습니다."

더욱 눈치 빠르게 말하자 다이몬은 로스앤젤레스 지사장 부인 쪽을 돌아보고,

"고마워요. 틀림없이 집사람도 딸도 기뻐할 겁니다."

하고 치사의 말을 했다. 로스앤젤레스 지사장은 다이몬 사장의 만족에 안도한 듯이 시꺼멓게 탄 얼굴을 상기시키며 게이트에서 작별인사를 했다.

"사장님 부디 몸 건강하십시오…… 샌프란시스코에는 사장님의 비행기가 출발하는 즉시 또 한 번 전화하겠습니다."

"그래, 자네 수고 많이 했네. 다음은 이키 군의 일을 잘 부탁하네."

다이몬은 그렇게 말하고 전송객 뒤에 서 있는 이키에게 다가가서,

"어젯밤 좌석에선 마음에 안 드는 일도 있었겠지만, 회사의 중요 사업이니까 잘 생각해 보게."

다이몬은 이키의 잔등을 툭 치고 요사노 외국부장, 야나기 비서와 함께 게이트로 들어갔다. 로스앤젤레스 지사장 부부 이하 주재원들은 전송이 끝나자 부지런히 공항에서 떠났으나 하나와 시로만은 뒤에 남았다. 이키를 위해 창가 좌석을 예약해 주며 말했다.

"이키 씨, 또 만나 뵙고 싶습니다."

어딘가 모르게 늘 우수에 젖어 있어 감정을 겉으로 나타내지 않는 하나와였으나, 처음으로 마음깊이 이별을 아쉬워하는 듯 말했다.

"글쎄, 나는 해외에 나올 수 없는 사람이지만 언젠가 또 만나게 되겠지. 하는 일이 잘 되길 기대하겠네."

그를 격려해 주는 순간 호놀룰루 경유 도쿄행 팬아메리칸의 탑승안내 방송이 흘러 나왔다. 하나와는 선글라스를 벗은 큼직한 눈으로 수긍하면서 말없이 손을 흔들었다.

하와이의 호놀룰루 공항에 도착하니 오후 6시 반이었다. 와이키키 해변에 있는 호텔에 도착하자 일본인회 회장으로부터 만찬초대 메시지가 와 있었다. 그러나 여행의 피로가 한꺼번에 몰려 정중하게 거절하고 저녁식사를 끝내자 푹 잠을 잤다.

다음 날 아침 이키는 일찍 잠이 깼다. 아직 5시 전이었으나 잠을 푹 자서 그런지 몸이 가벼워진 것 같았다.

창가에 우두커니 서 있는 이키의 몸 속 깊숙이에서 찰싹찰싹 밀려오는 파도소리와 같이 가슴을 설레게 하는 것이 있었다.

1941년 12월 8일의 이 시간은 일본 항공모함에서 이륙한 제1차 공격대 비행기 138대가 하와이를 기습하러 날아오던 바로 그 시간이었다. 이 공격에 의해 태평양전쟁의 서막이 열렸던 것이다.

하와이에 들른 것은 물론 직접 눈으로 진주만을 보기 위해서이다. 오늘 일본인회에서 주선하는 관광코스에도 들어가 있었으나, 이키는 참을 수 없는 충동에 빠져 옷을 갈아입자 급히 로비로 내려가 현관에서 손님을 기다리던 택시운전사에게 진주만이 내려다보이는 곳까지 가자고 부탁했다.

"진주만? 일본군이 격침시켰던 애리조나 호를 보려면 진주만 순시선을 기다려야 하는데 한참 기다려야 합니다."

일본말을 겨우 할 수 있는 운전사는 의아하다는 듯이 어깨를 들어보였다.

"아니. 순시선을 타러 가는 게 아니오. 진주만을 관망할 수 있는 곳까지만 가고 싶소."

다시 한 번 반복하자,

"일본 사람은 모두 진주만을 보고 싶어 하는데 미국인은 '진주만을 잊지 말라'라고 말하죠."

하고는 차를 몰기 시작했다. 와이키키 해변에서 호놀룰루 공항으로 향하는 프리웨이로 나가, 다시 해군기지 앞을 통과하여 잠시 후 해군용 골프장 근처에 있는 나지막한 언덕으로 올라갔다.

이키는 차에서 내려 언덕 위에 섰다. 진주만이 한눈에 내려다보였다.

그 조용한 해변 한군데에 일본의 진주만 공격으로 격침된 애리조나 호의 함체가 가라앉아 있는 위치를 나타내는 하얀 네모 건물이 해상에 떠 있고 그곳엔 성조기가 펄럭이고 있었다. 해저에 가라앉아 있는 함 내에는 함과 운명을 같이한 장병의 유체가 지금도 남아 있다고 한다. 이키는 잠시 묵념을 올렸다.

진주만 공격은 야마모토 이소로쿠 해군대장 밑에서 해군 군령부가 총력을 기울여 입안한 대담무쌍한 기습작전이었다. 해군의 정예를 골라 모은 나구모 중장이 지휘하는 연합함대는 11월 22일 미나미치시마의 에토로프 섬 앞바다에 집결하여 북방항로를 통해 동진하고 있었다. 북방항로를 선정한 이유는 하와이의 미군 태평양함대의 레이더망을 피하기 위해서였고 해상을 항해하는 외국상선과 만날 공산이 적었기 때문이다.

12월 8일 새벽, 일본 시간 오전 3시 25분, 진주만 공격의 불이 뿜기 시작한 1시간 뒤, 육군의 말레이 기습상륙작전이 성공했던 것이다. 이키는 그 작전에 최연소 참모로서 참가하고 있었다.

연일 대본영에 묵으면서 주야로 작전을 짜며 정력을 소모하다가 11월 말 더러운 내의를 갈아입기 위해 한 달 만에 고오엔 사의 자택으로 돌아가 저녁부터 다음 날 아침까지 곯아떨어졌던 이키에게 아내 요시코는 '여보, 당신은 어젯밤 헛소리처럼 12월 8일이라고 말씀하셨는데 무슨 일이 있나요?' 라고 물어 이키는 그 자리에서 '12월 8일부터 옷감이 배급제로 되는 거야' 하고 대답했었다. 마음은 집에 와 있지 않았던 것이다.

어느새 태양이 떠올라 바다는 눈부시도록 푸르게 빛나고, 정박하고 있는 군함의 마스트에 성조기가 게양되어 바닷바람에 펄럭이기 시작했다.

생각하면 그 당시가 자기 인생에 가장 충실했던 때일는지도 모른다. 그렇지만 자기는 아직 42세니까 생애에 다시 한 번 심혈을 기울이는 큰일을 하고 싶었다. 상사원이라는 제2의 인생은 스스로 지망한 길은 아니었으나, 3주일 가까이 미국을 돌아본 지금, 상상 이상으로 상사의 사업무대가 넓은 데 놀라, 상사원으로 살아가는 것이 자신의 숙명 같은 생각이 들었다.

풍운

깅키상사 도쿄 지사의 항공기부에는 어떤 독특한 분위기가 감돌고 있었다.

다른 영업부처럼 거래 전화가 끊임없이 걸려오거나 거래객이 빈번히 출입하는 일도 없이 이상할 만큼 조용했다.

이키 다다시는 미국 출장에서 돌아온 다음 날 오사카 본사로부터 도쿄 항공기부로 옮겨와, 벌써 3개월이 지나 있었다. 이키의 신분은 항공기부 촉탁이었으나 실질적으론 항공기부 차장 직책으로, 부장석에 가깝지만 혼자 떨어진 장소에 책상이 놓여 있다.

전화벨이 울렸다. 수화기를 들자,

"여긴 지사장실입니다. 사토이 상무께서 부르십니다."

하고 비서가 전했다.

"알았어요. 곧 가겠습니다."

이키는 자리에서 일어나 6층 중역실로 올라갔다.

깅키상사 도쿄 지사는 교오바시(京橋) 3정목 쇼와(昭和) 거리에 면한 낮은 6층 건물로, 복도나 엘리베이터 홀은 넓고 여유 있게 설계되었으나 전체적으로 어둡고 기능적인 건물은 못되었다.

지사장 겸 기계담당인 사토이 상무의 방은 동남쪽 모퉁이의 약간 밝은 곳에 있었다. 사토이는 전근대적인 중역이 많은 섬유상사 시절부터 가장 유능했던 사람으로 '도쿄의 절도사'로서 다이몬 사장이 중용(重用)한 젊은 중역이었다.

문을 노크하고 들어가자 사토이 책상 앞에, 미국 출장 때 함께 갔던 요사노 외국부장이 서 있었다.

"여어, 이키 씨, 오랜만이군요. 부서가 달라지니 같은 회사에 있어도 좀처럼 얼굴을 맞댈 기회가 없는데, 어떻습니까? 도쿄 생활이 이젠 좀 익숙해졌습니까?"

싹싹하게 물었다.

"네, 덕분에······."

이키는 간단하게 대답했다.

"그거 잘됐군요. 많이 활약하신다는 말은 사토이 상무로부터 들었습니다."

다이몬 사장의 뜻에 따라, 미국 출장 때는 쭉 같이 행동을 하면서도 로스앤젤레스에 도착할 때까지 항공기의 항자 소리도 하지 않았던 요사노 외국부장은 겸연쩍음도 있고 해서 더욱 상냥하게 말한 뒤 사토이 쪽으로 얼굴을 돌리고는,

"그럼, 이 건은 말씀하시는 대로 다시 한 번 뒤셀도르프 지사와 타협하여 검토시키겠습니다."

짧게 마무리 짓고 방에서 나갔다.

언제 만나도 구석구석까지 빈틈이 없는 멋진 차림의 사토이는 이키와 책상을 사이에 두고 마주앉자 던힐 담배케이스에서 담배를 꺼내 물고 잠시 그대로 있었다.

다른 부하들처럼 재빨리 라이터를 꺼내 불을 붙여줄 것을 기대하고

기다렸으나 이키는 그것을 전혀 눈치 채지 못했다.

"그런데 용건은 무엇입니까?"

이키가 묻자 사토이는 눈치 없는 녀석이라는 듯이 이키를 보고 스스로 담뱃불을 당기며,

"항공막료부의 가와마타 방위부장과는 만나고 있나?"

하고 연기를 내뿜으며 물었다.

"한 달에 한 번 정도 만나고 있습니다."

"고작 한 달에 한 번이야? 가와마타 방위부장은 차기 전투기 선정에 있어서 항공막료부의 중요한 위치에 있는 인물인데 어째서 좀 더 적극적으로 손을 쓰지 않나? 자네들은 육사, 육대를 나온 친구 사이가 아니었던가."

노골적으로 옛날 경력을 들추며 힐난하듯이 말했다. 이키는 약간 비위가 상해 말했다.

"특별한 용건이 없는 한, 덮어놓고 자주 만나는 것도 무의미하고 바람직하지 못합니다."

사토이는 머쓱해져,

"자넨 입사한 지 10개월 가까이 됐다면서 지금까지 그렇게 틀에 박힌 말만 하니 곤란하군. 지난 6월 로스앤젤레스에서 하라다 조사단이 4기종 시험비행을 한 결과, 성능이나 가격으로 보아 록히드 F-104가 가장 유력하다는 데이터가 나왔는데도 아직도 방위청 내국과 정부 간에는 그랜트사의 수퍼드래곤 F-11이 끈질기게 지지되고 있는 것은 어째서인지, 빈틈없이 추적하고 있겠지?"

"그 일이라면 가와마타한테서 듣고 있습니다. 가와마타는 방위부장이라는 입장상 차기 전투기 결정이 정쟁(政爭)의 도구로 이용되는 것은 참을 수 없다면서, 방위청 내국의 관방장에게 자주 의견을 개진하

고 있습니다. 또 하라다 항공막료장도 자신이 직접 4개 후보기 시험비행을 했기에 방위청 장관에게 기회 있을 때마다 록히드가 낫다고 설득하는 모양입니다. 하지만 자위대는 문관 통제가 원칙이니까 무관들이 록히드를 고집하는 것은 월권행위라며 발언이 봉쇄되고, 순전히 군사적 입장에서 쓴 하라다 보고서는 묵살되는 실정인 듯 합니다."

이키는 조용한 어조로 설명했으나, 항공기부 촉탁이 된 뒤 가와마타와 접촉하는 동안, 방위청 내에서 예상외로 무관들의 발언력이 약한 사실에 모순을 느끼고 있었다.

사토이는 담배를 피우며 잠시 침묵하고 있다가 입을 열었다.

"실은 다이몬 사장과 의논했는데 이대로 보고만 있다간 차기 전투기는 그랜트의 수퍼드래곤으로 결정될지도 모르니까 오카와 이치로 선생에게 사태를 역전시킬만한 방법을 강구해 달라고 부탁하기로 했어. 오카와 선생과는 내일 히비야(日比谷) 사무실에서 만나기로 했는데, 다이몬 사장은 자네도 함께 가서 얼굴을 익혀두는 것이 좋을 거라고 말씀하셨으니까 그런 줄 알고 있으라고."

자유당 총무회장인 오카와 이치로는 농림과 통산, 양 대신을 역임했고, 총선거라도 있게 되면 캐스팅보트를 쥐는 파벌의 장이다. 정당 출신의 야인 기질이 다이몬 이치조와 마음이 맞아 정기적으로 헌금을 하고 있었다.

이키는 사토이의 말이 납득이 가지 않았다.

"내가 오카와 선생과 얼굴을 익혀봤자 아무런 도움이 되지 않을 텐데요."

하고 의아스럽다는 듯이 말했다.

"그런 건 상관없어. 자넨 잠자코 나만 따라오면 돼."

사토이는 일방적으로 밀어붙이듯이 말했다.

지사장실에서 4층 항공기부로 돌아온 이키는 무거운 마음으로 책상 앞에 앉았다. 항공기부에는 자기 외에도 방위청 내국이나 항공막료부에서 낙하산식으로 줄을 타고 채용되었거나, 또는 현역에서 일하던 당시 스카우트된 중도 채용자가 5명이나 있었으나 특별히 이렇다 할 역할을 하고 있다고는 생각되지 않았다.

이키 곁으로 마쓰모토 항공기부장이 다가왔다.

"이키 씨, 오늘부터 고베에 출장 가니까 새로운 정보가 들어오면 잘 부탁합니다."

그렇게 말하고 행선지의 전화번호를 적은 메모를 건네주었다.

"알았습니다. 예정이 변경될 때에는 알려주십시오."

"물론 FX가 결정되는 국방회의가 열리는 날이 멀지 않다고 관망하는 사람들도 있어 출장 가는 마음도 편하지는 않습니다."

공손한 말투로 말하고 황급히 나갔다. 마쓰모토 부장의 이키에 대한 이러한 태도는, 그가 섬유기계 출신으로 아직 방위청에 발을 깊이 들여놓지 못했기 때문만은 아니다. 그것은 1차 방위계획에서 참패한 깅키상사가 2차 방위계획에서 차기 전투기로 유력시되는 그랜트사의 수퍼드래곤 F-11을 누르고 록히드사의 F-104기 판매를 성공시키는 데는 전 대본영 참모였던 이키의 역량에 기대하는 바가 크기 때문이다.

이키는 새삼스럽게 자기가 항공기부 촉탁이 된 일을 상기해 보았다.

군인시절의 직책이나 연고 관계를 이용한 방위청 관계에 대한 일에는 종사하기 싫다고 계속 사양했는데도 불구하고 미국 출장 후 결심을 번복한 것은 다이몬 사장이 강제로 떠맡겼기 때문도 아니고, 또 가와마타 이사오의 간청에 못 이겨서도 아니다. 상사원으로서 살아나갈 결심을 한 이상 피할 수 없는 길이라고 생각했기 때문이었으나, 그 동기가 된 것은 가와마타를 통하여 하라다 항공막료장의 고충을 알았기 때문이다.

하라다 항공막료장을 단장으로 하는 조사단은 에드워드 공군기지에서 록히드 F-104, 그랜트 수퍼드래곤 F-11, 컨베어 F-106, 사우스롭 F-5의 4기종에 4명의 조종사가 총 비행시간 1백 시간이 넘는 탑승시험을 한 다음, 다시 샌프란시스코 교외의 해밀턴 기지에서 후보기가 전투기 부대에서 실제로 운용되는 상황을 시찰하고 8월 중순 하네다 공항에 도착했다. 그런데 공항에선 가족과의 면회만이 허용되고 몇 시간 후엔 하네다에서 자위대의 비행기로 아오모리(青森)현 미자와(三澤)의 재일 미군기지 안으로 보내져, 거기에서 2주간 외부와의 접촉이 차단된 상태로 방대한 보고서를 작성했다. 그렇게 작성한 보고서를 야마시로 방위청 장관에게 제출하였던 것이다. 전 같으면 조사단장으로부터 보고를 받은 방위청 장관은 즉시 방위청회의를 열어 조사보고서에 근거한 방위청의 기종결정안을 작성하여 최종 의결기관인 정부의 국방회의에 제출하는 것이 정상인데, 방위청의 기종결정안은 어찌된 셈인지 좀처럼 만들어지지 않고, 하라다 조사단의 보고는 방위청 내국에서 묵살된 채로 있었던 것이다.

이키도 자위대의 문관통제라는 원칙은 패전 후의 국가정세로 보아 부득이한 일이라고 생각한다. 그러나 하라다 조사관 귀국 후의 신문들은 일제히 그랜트의 수퍼드래곤 F-11의 우수성을 대서특필하고 록히드 F-104의 위험성을 부각시키고 있다. 어디서 흘러나온 정보인지는 모르겠으나 그것이 이키로 하여금 다이몬 사장에게 도쿄 항공기부로의 전속을 신청케 한 것이다.

다이몬은 미국 출장이라는 복잡한 수단을 써서 겨우 고개를 끄덕이게 한 기쁨으로 항공기부 차장 자리를 주려 했으나 이키는 '약간 생각하는 바가 있어서' 하고 촉탁 신분으로 항공기부에 가기를 원했던 것이다.

이키는 짧아진 담배를 재떨이에 끄다가 자기를 부르는 소리에 얼굴을 들었다.

고이데 히로시가 약간 수그린 자세로 서 있었다.

"아아, 실례했군. 무슨 용무라도?"

고이데는 2년 전 방위청 항공막료부의 조사과 반장직에 있다가 깅키상사로 입사한 사람이었다.

"저어, 뭔가 생각 중이시라면 나중에 다시……"

"아니, 별로…… 자, 앉아요."

이키는 앞의 의자를 눈으로 가리켰다. 고이데는 의자에 앉아 잠시 주위를 둘러본 뒤,

"실은 어젯밤 항공막료부의 장비부 사람들이 전원 아오야마의 바 '하얀 집'을 하룻밤 몽땅 빌려 밤새도록 마셨다는 말을 들어서요."

하고 말을 꺼냈다.

"그래서?"

이키가 그런 종류의 시시한 말에는 흥미가 없어 다음 말을 재촉하자 고이데는 모처럼 입수한 정보를 그런 식으로 다루는 게 불만인 양 말을 계속했다.

"그래서라고 간단히 말씀하시지만 현재의 상황 아래선 예사로운 일이 아니잖습니까. 첫째 방위청의 월급으론 아오야마의 바를 몽땅 빌려서 마신다는 것은 제 자신의 경험으로 미루어 볼 때 도저히 불가능합니다."

"말하자면 어느 상사나 메이커가 접대했다는 말인가?"

"그렇습니다. 마시러 갔던 사람 중에 제게 늘 정보를 제공하는 부하가 하나 있습니다. 그가 말하는데, 어제 근무시간이 끝난 뒤, 수시로

출입하고 있는 도쿄상사의 담당자가 천 엔으로 마음대로 마실 수 있는 바를 알고 있는데 함께 가시지 않겠습니까 하고 권유했다는 겁니다. 연일 야근이 계속된 뒤여서 마침 한잔하고 싶은 기분인데다가, 도쿄상사 담당자가 은밀히 권유한 것도 아니고 너무도 당당하게 권유했기 때문에 가보고 싶다는 마음이 들었다고 합니다. 결국 그 자리에 있던 전원이 천 엔짜리 한 장씩을 가지고 바로 달려간 거죠. 그 당시는 평소 마셔보지도 못했던 스카치를 마시며 기분이 좋았는데 하룻밤이 지나서 생각해보니 다른 손님은 한 사람도 없었고 1천 엔으로 그렇게 마음대로 마실 수 있을 리가 없어, 그제야 도쿄상사에게 당했다는 것을 알아차렸다는군요."

고이데는 의분을 느끼듯이 말했으나 간명하지 못한 말투에는 선망하는 기색이 엿보였다. 고이데 자신도 일찍이 깅키상사에서 그와 비슷한 접대를 받은 일이 있는 모양이었다. 그런 고이데의 얼굴을 이키는 새삼스럽게 유심히 바라보았다.

고이데가 항공자위대에 들어간 동기는 미국 유학을 할 수 있다는 이 점 때문이었다. 바라던 유학도 끝마치고 항공막료부의 방위부 조사과 반장이 되었을 때, 직책을 이용하여 깅키상사와 결탁해 방위청 내부의 기밀정보를 누설시킨 일이 발각되어 조사받게 된 것을 동기로 항공막료부를 사임하고 깅키상사에 들어온 것이다.

그 때문에 고이데는 자신을 곤경에서 구해 준 기계담당 중역인 사토이 상무에게 의리를 느껴, 자기의 동료나 부하가 아직 항공막료부에 현역으로 있을 동안에 깅키상사를 이롭게 하는 큰일을 해서 실적을 쌓으려는 초조감을 드러내고 있었다.

"저어…… 이키 씨, 저한테 무슨……"

고이데는 이키가 똑바로 바라보자 진지하지만 마음 약한 것 같은 눈을 이키와 마주치지 못하고 물었다.

"아니, 그런데 그 도쿄상사의 항공기부 말인데, 실제로 움직이고 있는 것은 부장인 사메지마라는 인물인가, 아니면 상부의 중역인가?"

"사메지마 부장, 바로 그 사람입니다. 극단적으로 말하면 '항공기의 도쿄상사'라는 오늘의 위치를 구축한 것은 사메지마 씨의 수완에 의한 겁니다. 상어처럼 한 번 물면 피를 흘릴 때까지 놓지 않는 일종의 괴물이죠."

"허어, 괴물이라……"

이키는 흥미롭다는 듯이 말꼬리를 흐렸다.

"글쎄요, 보기에 따라선 훌륭한 비즈니스맨이라고도 할 수 있겠죠. 상품을 팔기 위해선 수단방법을 가리지 않고 일하는 사람이니까요. 아직 45세인데 옛날부터 에피소드가 끊이지 않는 인물입니다. 사토이 상무나 마쓰모토 부장한테서 소문 못 들으셨습니까?"

"이름은 자주 듣지만, 어떤 인물인지 마침 좋은 기회니 들려주게나."

하고 말하자 고이데는 신나는 표정으로 이야기를 늘어놓았다.

"사메지마 씨는 1953년경엔 도쿄상사의 뉴욕 주재원으로 항공기 담당이었습니다. 지금은 도저히 생각할 수 없는 일이지만, 당시는 항공자위대가 갓 발족한 무렵이어서 국내에서는 정보를 얻을 수가 없었습니다. 그래서 방위청 사람이 미국 출장을 가면 각 상사는 뉴욕에 마중 나와 일본 방위청은 장차 어떤 방위구상 하에 어떤 비행기를 구입하려는가를 탐지하려고 필사적이었습니다. 그래서 극비리에 하네다를 출발해도 어떤 경로로 알려지는지, 뉴욕 공항에는 각 상사 주재원이 죽 늘어서서 대기하는 겁니다. 그러고는 굉장한 쟁탈전이 벌어져서 새로 맞춘 양복소매가 떨어져나갔다는 웃지 못할 실화가 있을 정도입니다. 그런데 도쿄상사의 사메지마 씨는 다른 상사원이 손님 쟁탈전을 하고 있는 북새통에 짐을 빼앗아 자기 차 트렁크 속에 넣고 잠근 다음 '짐은 이 차에 실었습니다' 하고 큰소리로 외친다는 겁니다. 그렇게 되면 싫더라도 짐을 따라간다는 거죠. 그렇게 하고는 일본에서부터 예약한 그 손님의 호텔을 일방적으로 취소하고 자기 쪽에서 준비한 호텔로 데려가, 다른 상사와는 일절 접촉을 안 시키는 거죠. 한편 방위청 사람도 당시는 회화도 잘 못했고 지리도 모르는데다 차를 전세 낼 만한 출장비도 없으니까 할 수 없이 상사를 의지하게 되지요. 일단 의지하면 이러저러한 것을 사고 싶다는 상담도 이루어지니까 사메지마 씨는 그런 수법으로 항공자위대 발족 당시부터 국방관계 정보를 모조리 수집하여, 미국 항공기 메이커에 깊숙이 파고들어간 겁니다."

이키는 씁쓸함 반, 감탄 반인 심정으로 고이데의 말을 듣고, 다이몬 사장이 로스앤젤레스에서 '도쿄상사는 목적을 위해선 수단과 방법을 가리지 않는다'고 쓰게 말한 것을 떠올렸다. 그때 고이데가 갑자기 몸을 앞으로 내밀며,

"그런 형편이니까 섬유기계 출신인 우리 마쓰모토 부장 정도로는 아직까지 번번이 당하고만 있는 거죠. 우리들은 이키 씨를 맞이한 이상 그랜트에서 록히드로 역전시키기 위해 이키 씨의 손발이 돼서 일하겠습니다. 그러기 위해선 이키 씨가 부장이나 차장 자리에서 지휘하셔야 하는데."

하고 부장이 출장 간 것을 기화로 아부성 발언을 늘어놓고 자기 자리로 돌아갔다.

그런 고이데의 뒷모습을 바라보면서 이키는 씁쓸한 생각을 되씹었다. 이키가 다이몬이 말한 차장 자리를 사양한 것은 지금까지와 같이

먹고 마시는 단순한 향응작전이나 금품을 뿌리는 것이 아닌 좀 더 차원 높은 전술로 록히드 쪽으로 흐름을 돌려놓기 위해서였다. 면밀하게 포진하고 차츰 손을 써가기 위해선 촉탁이라는 홀가분한 자리가 좋고, 만일 자기가 쓴 술책이 실패해 말이 많게 되었을 경우에도 깅키 상사의 명예는 손상시키지 않을 수 있기 때문이었다.

5시 반에 일이 끝나자 이키는 오랜만에 긴자 쪽으로 발길을 돌렸다. 항공기부로 옮긴 뒤부턴 직무수당이 나와, 이키는 늘 고생만 시키는 아내에게 뭔가를 사주고 싶었다.

10월 말의 긴자는 벌써 형형색색 겨울용 의상이 진열장을 화려하게 장식하고 있었다. 이키는 이것저것 생각하다 따뜻한 숄을 사기로 했다. 쇼윈도에 일본 의상을 늘어놓은 상점으로 들어가 진열장을 들여다보고 있노라니 여자 점원이 다가왔다.

"부인의 숄을 사시겠습니까? 좋아하시는 옷 색깔은 뭔가요?"

"글쎄, 특별히 무슨 색이냐 물어도……"

옷은 모두 전쟁 때 잃어버려 이렇다할 만한 것은 없었지만 옛날에는 보라색 계통의 옷을 즐겨 입던 것이 생각났다.

"보라색이 많은 것 같던데……"

"그럼 이 엷은 보랏빛 모헤아가 잘 어울리실 겁니다."

점원은 진열장 안에서 엷은 보라색 숄을 꺼내보였다. 부드러운 촉감이었다.

"그럼 이것을 주시오."

물건을 사면서 이키는 아내의 놀라는 얼굴을 떠올렸다. 상점을 나오면서 이키는 도쿄로 전근한 이후 처음으로 마음이 흐뭇해지는 것을 느꼈다.

이키는 긴자에서 지하철로 시부야(渋谷) 나와 도요코선(東橫線)으로 갈아타고 도립대학에서 내려 가키노키노사카(柿木の坂)의 집까지 10분 정도의 길을 서둘러 걸었다.

역전의 상점가를 지나 2정목쯤 가면 조용한 주택가로 집집마다 문에 전등이 켜져 있었다. 길을 걷고 있으면 오사카 야마토 강변의 시영주택처럼 집안에서 설거지하는 소리나 아이들 소리는 들리지 않고, 판자로 된 울타리나 생울타리를 통해 집안 불빛이 새어나올 뿐이었다. 그런 집들 가운데 생울타리에 둘러싸인 70평 대지에 30평의 2층 목조주택이 이키의 새 집이었다.

전쟁 전에 살던 스기나미의 고오엔 사 집에 비하면 마당은 좁지만, 오사카의 작은 방 2개와 부엌, 화장실뿐이었던 시영주택에 비하면 좋은 집이었다.

문을 열고 다시 현관문을 열자, 아내 요시코가 맞이했다.

"어서 오세요. 순두부를 끓이고 있어요."

아내에게 이키는 잠자코 숄 꾸러미를 내주었다.

"어마, 나오코의 것인가요? 아니면 마코토?"

"아니, 당신 숄이야."

요시코는 믿을 수 없다는 얼굴로 말했다.

"내 것은 필요 없다고 그만큼 말씀드렸는데."

"그렇게 말할 게 뻔해서 잠자코 사온 거야."

이키는 상의 안주머니에서 월급봉투를 꺼내 아내에게 건네주고 거실로 들어갔다. 고교생인 나오코와 중학생인 마코토가 마당 창고에 오사카에서 쓰던 낡은 책상을 집어넣고 있었다.

독립된 공부방이 생기자, 의자가 있는 새 책상을 산 것이다. 동생과 함께 창고를 정리하고 있던 나오코가 재빨리 엄마 손에 있는 꾸러미

를 발견하고,

"엄마, 그게 뭐야?"

하고 소리쳤다.

"식사가 끝나면 보여줄게, 너희들도 빨리 치우고 올라오너라."

나오코와 마코토는 창고를 정리하고는 이내 거실로 들어왔다.

"어머나, 긴자의 의상점 포장이구나! 열어봐도 괜찮아요?"

나오코는 손을 뻗어 꾸러미를 펼치고,

"고운 보라색 모헤아, 엄마에게 잘 어울리겠어."

하고 여자다운 동작으로 엄마 어깨에 걸쳤다.

"이렇게 근사한 숄이면 여기에 맞는 옷이 필요해."

"그게 문제냐. 이제부터 가구도 조금씩 갖추어야 하는데."

요시코는 겨우 되돌아온 편안한 생활설계를 즐기듯이 말하고, 식탁의 가스렌지에 순두부냄비를 올려놓았다.

부글부글 하얀 김이 오르는 냄비 속에서 쑥갓과 두부가 끓자, 나오코는 아버지의 접시에 양념을 치면서,

"아버지, 도쿄의 고등학교는 역시 어려워요. 하지만 난 열심히 해서 오차노미즈 여자대학에 당당히 합격하겠어요. 아버지의 자식이니까요."

하고 힘주어 말했다.

"하지만 여자는 전문대학을 나와서 빨리 시집가는 편이 행복할지도 몰라. 그런 점에서 남자는 제대로 대학을 나와야 하니까 마코토는 지금부터 맘 단단히 먹고 공부해야 해."

이키가 마코토 쪽을 향해 그렇게 말하자 마코토는,

"대학을 나오면 뭘 하죠?"

하고 물었다. 마코토의 물음이 이키에게는 충격이었다. 마코토와 비

숫한 나이에 자기는 군인을 지망해서 육군유년학교에 입학해 스스로의 길을 걸었던 것이다.

이키가 당황해하는 것을 알아차린 요시코는,

"지금은 학교의 교육내용도 방침도 옛날과 완전히 달라졌어요. 게다가 마코토는 아직 중학생인걸요."

하고 무마하듯이 말했다.

식사를 끝내자 이키는 거실 안쪽에 있는 6조 방으로 들어갔다.

이키는 책상 앞에 앉아 처칠의 〈제2차 대전 회고록〉을 펼치다가 문득 책상 위의 재떨이에 눈길이 멎었다. 그것은 교토의 아키츠 지사토가 돌아가신 부친의 법회를 할 때 공양을 올려준 답례로 그녀 자신이 흙을 반죽하고 녹로를 돌려가며 만들어 보내온 재떨이였다. 이키는 무의식중에 손에 들고 그 색상과 큼직한 모양을 감상하면서 20일쯤 전에 아키츠 지사토로부터 우에노 미술관에서 열리는 신인 도예전의 안내장이 왔던 것을 생각하고 서랍에서 꺼냈다.

안내장에는 신인전에 출품해 입상한 사람들의 이름이 인쇄되어 있었다. 그 속에 아키츠 지사토의 이름도 있었다. 안내장 끝에는 지사토의 글씨로 '관람해 주신다면 영광이겠습니다' 하고 적혀 있었다.

우에노 미술관이면 그리 먼 곳도 아니어서 구경 갈 예정이었는데 바쁘다보니 하루하루 늦어져, 전시 기간을 보니 내일이 마지막 날이었다. 그러나 내일은 사토이 상무와 오카와 이치로의 사무실을 방문할 예정이라 시간형편이 어떻게 될지 알 수 없으나, 지사토의 모습을 생각하니 어떻게든 가봐야겠다고 생각했다.

자유당 총무회장인 오카와 이치로의 사무실은 히비야의 닛카쓰호텔 2층에 세 개의 방을 빌려, 끊임없이 몰려드는 진정인이나 내방객을 만나지 않도록 교묘하게 꾸며져 있었다.

지정된 오전 11시, 사토이 상무와 이키가 방문하자 비서는,

"아, 오셨습니까. 지금 선객인 어업관계자가 와 있는데 곧 끝날 테니 메모를 넣어 드리고 오겠습니다."

하며 평소 깅키상사의 헌금액수에 걸맞는 공손한 응대를 하고 안쪽에 있는 방으로 총총히 사라졌다.

몇 분 뒤, 선객이 돌아가는 기색이 있었다. 사토이와 이키는 오카와 이치로의 방으로 불려 들어갔다.

사토이는 정중히 머리 숙여 인사를 했다.

"바쁘실 텐데 시간을 내주셔서 황송합니다. 오늘은 다이몬 사장이 오지 못했습니다만, 평소 선생님의 각별하신 배려에 대해 부디 감사를 올리도록 분부를 받고 왔습니다."

회사에 있을 때의 사토이와는 딴 사람같이 허리를 굽혀 인사하자 오카와 이치로는 검은 가죽소파에 근육질의 건장한 몸을 깊숙이 파묻고,

"저긴 누군가?"

하고 사토이 뒤에 서 있는 이키를 턱으로 가리켰다.

"이거 참, 소개가 늦었습니다. 최근 우리 회사 항공기부에 입사한 이키 다다시라는 사람으로 오랫동안 시베리아에 억류되었다가 사회복귀가 늦었습니다만, 전 육군중좌로 대본영의 작전참모였던 인물입니다."

이키의 군대경력을 자랑스럽게 지껄여 오카와의 주의를 끌려 했으나 그는 아무런 관심도 나타내지 않았다.

"시베리아 억류잔가? 농림대신 무렵에 마침 일·소 교섭이 재개되어 나는 흐루시초프나 미코얀에게 잔류 억류자를 즉시 귀환시키라고

무척 파고들었지."

이키는 목례하고,

"알고 있습니다. 하바로프스크 사건 때에는 일본 적십자사에도 큰 영향력을 행사해 주셨다고 전해 들어 깊이 감사하고 있습니다."

하고 인사를 했다. 그러자 옆에서 사토이가,

"그건 그렇고 오카와 선생님, 차기 전투기에 대해 하라다 조사단이 돌아온 뒤에도 정치가 선생들 사이에선 그랜트사의 수퍼드래곤 F-11이 여전히 강력하게 지지되고 있다는데, 국방회의 멤버인 각료분들의 본심은 어떤 것입니까?"

하고 바로 본론으로 들어갔다.

오카와 이치로는 크게 다리를 포개놓으며 입을 열었다.

"하라다 조사단이 들어왔어도 별로 새로운 보고 같은 건 없었다던데? 자네가 밀고 있는 록히드 F-104를 후원하고 싶은 생각은 변함없네만, 또 다른 정세가 좋지 않아서 말야."

마음이 썩 내키지 않는 말투였다. 사토이는 공손한 자세 그대로 앞으로 다가서며 말했다.

"오카와 선생님, 실은 바로 그 점입니다. 하라다 조사단이 귀국한 후, 그 길로 미자와 기지에 연금되다시피 하여 작성한 4개 후보기의 시험 비행 보고서를 방위청 내국에서 묵살하고 있다는 것입니다."

"내국이 묵살을 해? 그렇다면 그랜트에 불리한 비행 데이터라도 나왔단 말인가?"

"그렇습니다. 차기 전투기에 대해 항공막료부의 무관들은 오래 전부터 4개 후보기 중에 록히드가 가장 우수하다는 의견이었는데, 하라다 조사관이 실지로 시험비행을 한 결과도 역시 그런 데이터가 나온 모양입니다."

사토이가 역설하듯이 말하자 오카와는,

"그 보고서를 자네가 입수했나?"

하고 재빨리 물었다.

"아닙니다. 하라다 조사관의 보고서는 앞서도 말씀드렸듯이 내국에서 묵살되어 깊숙이 숨겨놓고 있으니까 저희들이 손에 들고 본 건 아닙니다. 하지만 조사단이 에드워드 공군기지에서 시험비행을 하고 있을 때, 이 이키 군을 도미시켜 조종사들의 느낌을 직접 탐문했더니 록히드의 성능이 가장 뛰어났다고 입을 모아 감탄하고 있었답니다."

이 기회다 하는 듯이 사토이는 록히드 F-104의 우수성을 강조했다. 그때까지 잠자코 듣고만 있던 오카와 이치로는 굵은 마디의 손으로 소파의 팔걸이를 탁 치면서,

"옳지, 알았어! 록히드로 흐름을 바꾸기 위해서는 그 방위청 내국에서 쥐고 있는 하라다 보고서를 끄집어내서 총리파를 움직이는 게 가장 빠른 길이겠군."

하고 말했다.

"옳으신 말씀입니다만, 문제는 내국이 깊이 숨겨놓은 보고서를 어떻게 끄집어내느냐 하는 것이지요."

"그런 건 문제없어. 국회에서 방위청 장관인 야마시로와 내국 인사들을 환문하여 내놓게 하면 돼."

"과연, 그런 수가 있군요. 그렇다면 이 기회에 또 한 가지 수상한 일을 말씀드리겠습니다. 록히드 F-104시리즈는 실제 전투에 사용되면서 개량에 개량을 거듭해 오늘에 이른 최후의 유인기(有人機)라고 불립니다. 그런데 수퍼드래곤은 그랜트사가 처음으로 손 댄 초음속제트기여서 아직 시작기가 2대밖에 나오지 않아, 말하자면 환상의 영역을 벗어나지 못한 비행깁니다."

사토이는 더욱 부채질하듯이 말했다.

"수퍼드래곤이 시작기 2대밖에 없다는 건 확실한가?"

오카와 이치로는 이키 쪽을 향해 따져 물었다.

"에드워드 공군기지에서 미 공군 관계자가 그렇게 말했으니까 그건 틀림없습니다."

이키가 대답하자,

"그런가, 이제야 알겠다!"

하고 굵고 탁한 목소리로 말하고는 사이드테이블의 수화기를 들었다.

"나카다 쇼지 군에게 전화 걸게."

비서에게 명했다. 나카다 쇼지는 중의원 결산위원회 위원장으로 오카와 이치로가 밀어주는 국회의원이었다.

전화벨이 울렸다. 나카다 쇼지와 연락이 된 모양이다. 오카와는 커다란 눈을 천장으로 향하며 수화기에 입을 댔다.

"오카왈세. 다음 결산위원회는 언제부턴가? 뭐, 그렇게 늦어? 야당을 부추겨서라도 개회를 좀 더 앞당겨야 해…… 아니 그게 아냐. FX에 얽힌 문제로 총리, 간사장의 선거자금을 대는 굵은 파이프를 잘라버릴 큰 재료가 생겼어. 음, 음, 방위청의 하라다 조사단이 도미하기 직전에 열린 국방회의에서 총리가 FX는 그랜트의 수퍼드래곤이 좋다고 주장해서 거의 내정됐지? 그런데 그 수퍼드래곤은 현재 세계 어느 하늘에서도 날고 있지 않은 유령기야. 아니 시작기는 2대가 있어. 하라다 조사단도 그것으로 시험비행을 한 모양인데, 요는 한 번도 전투해 본 일이 없는 그런 유령 같은 비행기를 총리와 간사장이 강하게 고집하면서 내정까지 끌고 가려고 했단 말야…… 그렇지, 하라다 조사단이 돌아와서 그 애매한 존재나 저열한 성능이 국내에 퍼지기 전에 매듭지으려는 거지."

 꿍꿍이속이라도 있다는 듯이 떠들어대고 잠시 동안 나카다 쇼지의 말에 끄덕이고 있다가,

"자네 말대로야. 그런 유령기를 총리는 자기 돈도 방위청 돈도 아닌, 국민이 울면서 내놓은 세금으로 사려는 거야! 야당에겐 그 냄새만 맡게 해도 조기 개회를 서두를 게 틀림없어. 음, 내일 모레 오카와회(大川會)에서 만날 때까지 그랜트 수입대리점인 도쿄상사, 이쓰비시중공업, 총리파가 접촉하는 금맥을 철저하게 파내는 거야!"

하고 탁한 음성을 높이고는 철커덕 전화를 끊었다.

 사토이는 보란 듯이 웃음을 띠었으나 이키는 삭막한 생각에 오카와 이치로에게서 시선을 돌렸다.

 아키츠 지사토는 휑하니 비다시피한 우에노 미술관 전시장에서 자기와 똑같이 신인 도예전에 출품한 사람들의 작품을 둘러보고 있었다. 일주간의 전시기간 중 벌써 몇 차례나 돌아보았는지 모를 정도지만, 처음엔 좋아서 마음이 끌리던 작품에도 억지와 지나친 과시가 눈에 띄는 것이 있는가 하면, 무심히 보아 넘겼던 찻잔이나 항아리에 마음 훈훈함을 느끼는 것도 있었다.

 긴 머리를 뒤에서 하나로 묶고, 장밋빛과 검은빛 격자무늬 정장 차림의 지사토는 아무도 없는 휑한 전시장을, 똑 똑 구두 소리를 내며 하나하나의 작품을 차근차근 다시 보면서 입선작품인 마시코야키(益子燒·일본 도자기의 하나)의 큰 접시 앞에서 잠시 걸음을 멈추었다.

 대범한 박력이 있어 몇 번 보아도 물리지 않는 작품이었으나 제작자는 여성으로, 10명의 입상자 중에서 자기와 함께 여자가 두 사람이나 입선한 것은 신인전이 시작된 후 처음 있는 일이라고 했다.

지사토는 창가로 가서 가을의 양지를 멍하니 바라보며 이키 다다시가 전시장에 구경을 왔었을까, 하고 생각했다. 평일엔 회사에서 근무해야 하니까 토, 일요일에는 은근히 기다렸는데 이키의 모습은 볼 수 없었다. 전시기간 중 계속해서 미술관에 있었던 건 아니니까 어쩌면 자기가 없는 사이에 와 주었을지도 모른다고 엷은 기대를 품었지만, 그것만으론 채워지지 않는 무엇이 지사토의 가슴속에 있었다.

시계를 보니 12시 반이 지나, 이젠 돌아가야겠다고 핸드백을 들고 출구 쪽으로 걸음을 옮기는 순간 지사토의 시선이 굳어졌다. 자기 작품 앞에 이키가 서 있었던 것이다. 지사토는 대번에 뺨이 달아오르는 걸 느끼며 그에게 다가갔다.

"오랜만에 뵙겠습니다. 일부러 와주셔서 감사합니다."

공손히 절을 하자 이키는 반가움이 가득 찬 미소를 띠며,

"축하합니다. 안내장을 보내주셔서 빨리 보러 오려고 마음먹었는데, 그만 마지막 날에야……"

라고 말하며 다시 한 번 지사토가 제작한 항아리로 눈길을 돌렸다.

"마치 장마 끝에 빛을 내는 고케데라(苔寺·다양한 이끼로 유명한 절)의 정원 같군요."

"그렇게 느끼셨다니 기뻐요. 이것을 만들 때, 스승인 가노우 라이잔 선생님으로부터 청(青)이라는 색은 까다로운 색이어서 중국에선 뛰어난 청자를 천청(天青)이라 부르고, 맑게 갠 하늘과 같은 빛이 최고라고 배웠습니다만, 저로선 아직 그런 색까지는 낼 수 없으니까, 늘 마음이 끌리고 있는 고케데라의 이끼가 지니고 있는 빛을 내보겠다고 생각해서……"

자신의 소원이 담긴 것을 그대로 받아들여 준 이키에게 강한 눈길을 보냈다. 이키는 약간 눈부신 듯이 지사토를 마주보며,

"그렇지만 처음 출품해서 용케도 입상하셨군요. 도예의 세계는 기술습득을 하는데 상당한 시일이 걸려 어렵다는 말을 들었는데…… 지사토 양처럼 젊은이로서 상을 탄 사람은 그다지 없죠?"

하고 말했다.

"제가 운이 좋았던 거죠. 여자 제자는 받지 않는다고 거절하신 가노우 선생님의 공방에 억지로 밀고 들어가 공부를 시작한 만큼, 이제 겨우 면목이 섰다고 생각되지만 도예가로서는 이제부터예요."

스스로를 채찍질하듯이 말하자 이키는 고개를 끄덕이며,

"지사토 양의 선생님은 물론이고, 여자 토역꾼같이 흙이나 반죽한다고 한탄하시던 니시징의 숙부님도 기뻐하시겠군요."

하고 니시징오리(西陣織)의 제조원으로 지사토의 부모 역할을 하고 있는 지사토 노리쓰구의 말을 꺼내자, 지사토는 아버지를 닮아 이목구비가 시원스런 얼굴에 천진난만한 웃음을 띠었다.

"작은아버지는 신인상을 받은 것을 안 순간, 이건 약속이 틀리다고 가노우 선생님의 공방에 대단한 기세로 따지러 가셨대요."

"허어, 뭣 때문에?"

"작은 아버진 내가 가노우 선생님의 공방에 들어가는 일은 마지못해 인정했지만, 콩쿠르 같은 덴 일절 출품시키지 않게 해달라고 다짐했대요. 그렇게 하면 언젠가는 도예 같은 것은 단념하게 될 거라고 가노우 선생님께 말씀하셨던 모양이에요."

"알 만합니다. 나한테도 대학입시를 목표로 공부하고 있는 딸이 있어요. 나는 적당한 전문대학에라도 들어갔다가 빨리 행복한 결혼을 해주었으면 하고 원하지만, 말을 듣지 않으니 숙부님의 심정도 이해가 갑니다."

이키는 하소연하듯이 말하고는,

"축하로 식사라도 대접해야겠는데 오늘은 시간이 없으니 이것으로 실례하겠습니다."

하고 떠나려 했다. 지사토는,

"저도 돌아가려던 참이에요."

하고 말하며 이키와 함께 미술관을 나왔다.

밖으로 나오자 이키는 높게 갠 가을 하늘을 쳐다보며 물었다.

"히에이산에 들어가신 오빠는 그 후 별일 없으십니까?"

"네, 7년간의 천일회봉수행에 이어 12년의 농산비구수행에 들어갔기 때문에, 아버지의 13주기 법회에도 하산하지 않았어요. 하지만 편지로 저의 수상도 알릴 겸 오빠한테서 맡았던 아버지의 유고를 이키 씨에게 부탁하여 방위청 전사실에 보내드렸다고 써 보냈어요. 그랬더니 편지 쓰는 일조차 엄하게 자제하고 있는 오빠인데도 어지간히 기뻤던지 이키 씨에게 부디 감사의 말을 전해달라고 했어요."

지사토는 이키와 나란히 걸으며 이야기했다.

"그랬어요? 잘 됐습니다."

이키는 한마디 말하고는 입을 다물었다.

"이키 씨는 좀 변하신 것 같아요."

"변하다니 뭐가 말입니까?"

"양복이 근사하게 어울리는 상사원다운 모습이에요."

상사원이라는 지사토의 말에 이키는 문득 걸음을 멈추었다. 순간 그의 얼굴에 복잡한 표정이 스쳤다.

상사원이라는 말에 뭔가 마음에 걸리는 게 있는 것일까, 지사토는 근심이 되었다.

"저어, 뭔가 회사에서······"

조심스럽게 말을 이으려 할 때,

"여어! 두 분 재미 좋으시군."

하며 낡아빠진 점퍼 차림의 사나이가 다리를 비틀거리며 다가왔다. 지사토가 피하듯 이키 쪽으로 몸을 기대자 그는 대낮부터 술 냄새를 풍기며 시비를 걸었다.

"이것 봐, 아베크 씨! 둘이서 어디를 가는 거야. 가르쳐 줄 수 없겠어?"

지사토가 얼굴을 싹 돌리자,

"흥, 잘난 체할 것 없어! 어차피 어디로 자러 가겠지."

하고 상스러운 말을 퍼부었다.

"이봐, 함부로 말하지 마."

이키가 큰소리로 꾸짖고 나서 지사토를 재촉하여 지나쳐 가려는데 다시 등 뒤에서,

"뭐가 함부로야! 나도 좋아서 대낮부터 술을 퍼마시는 줄 알아! 전쟁만 없었다면 나도 어엿한 큰 상점 주인이었어! 군대에 끌려갔다 돌아와 보니 집은 홀딱 타버리고 처자는 타 죽었으니 어쩌란 말이야. 전범이었던 놈이 총리대신이 되는 지금 세상이 미친 거지!"

하고 혀끝도 잘 안 돌아가는 말투로 마구 고함쳤다.

이키는 말없이 걷고 있었으나 지사토는 불만스러운 듯 말했다.

"너무해요. 전쟁이 끝난지 14년이나 지났는데도 모든 것을 전쟁탓으로 돌리다니 ······"

"할 수 없죠. 전쟁은 진 사람의 책임입니다."

이키는 무거운 어조로 말했다.

"그럼, 이키 씨도 회사에서 전에 군인이었다는 일로 괴로움을 느끼는 일이 있으세요?"

"아니, 다행히도 그런 일은 없습니다."

이키는 군인시절의 경력에 의해 항공기부로 가게 된 것을 생각하고 입을 다물었다.

우에노 공원을 나서며 이키는,

"그럼 또 상경했을 때 연락주십시오. 아, 참, 보내주신 재떨이는 요긴하게 쓰고 있습니다."

하고 본래의 조용한 표정으로 말했다.

그러자 지사토는 눈을 반짝이며,

"어머나, 마음에 드신다니 기뻐요."

하며 숨차듯 말했다.

11월에 접어든 어느 날, 이키가 저녁부터 열렸던 항공기부 회의를 끝내고 집에 돌아온 것은 8시가 넘어서였다.

자기 방에서 단젠(丹前·솜을 둔 두루마기 같은 실내복)으로 갈아입고 양복을 옷걸이에 걸면서 '이키 씨, 양복이 근사하게 어울려요'라고 말한 아키츠 지사토의 말이 문득 생각났다. 그때, 방문 밖으로 대문의 벨 소리가 들렸다. 현관으로 들어오는 인기척이 있더니 이윽고 요시코가 난처한 얼굴로 들어왔다.

"여보, 마이초(每朝)신문의 정치부 기자라는데, 아는 분이에요?"

목소리를 죽이고 명함을 보였다. '마이초신문사 정치부 기자 다하라 히데오(田原秀雄)'라고 적혀 있었다.

"용건이 뭐라고 그래?"

"그게, 잠깐 여쭈어볼 말이 있다고만 하기에, 일단은 감기 기운이 있어 누워 계신다고 말했어요. 만나시겠어요?"

"좌우간 만나보지. 응접실로 안내해요."

하고 말하며 단젠 위에 하오리(羽織·옷 위에 입는 일종의 두루마기)를 겹쳐 입고 현관 옆에 있는 6조 가량의 응접실로 갔다. 응접세트는 전임자가 그대로 놔두고 간 것인데, 장식선반도 그림도 없는 휑뎅그렁한 방 안에 서른 대여섯 살쯤 된 몸집이 큰 기자가 상의 포켓에 양손을 넣고 서 있었다.

이키의 모습을 보자,

"밤중에 갑자기 찾아와서 죄송합니다."

하고 인사했으나 흰자위가 많은 눈엔 강박감이 느껴졌다.

"이키입니다. 무슨 급한 용건이라도."

"긴급한 일은 아닙니다만 좀 흥미로운 점이 있어서 선생을 찾아왔습니다. 몸이 많이 불편하시면 내일이라도 다시 오겠습니다."

말은 이렇게 하면서도 남의 불편한 몸 같은 건 걱정도 안하는 표정이었다.

"아니, 상관없어요. 말씀하십시오."

"저는 방위청 출입기자로, 현재 차기 전투기 기종결정에 관련된 문제를 취재하고 있습니다. 이키 씨가 깅키상사의 항공기부로 들어가신 게 언제부터입니까?"

"지난 7월 1일이니까 아직 얼마 안 됐죠."

"7월 1일부라는 것은 정식발령 날짜고, 실제로는 훨씬 전부터, 그러니까 입사 때부터 종사하신 셈이죠?"

"아니, 그때까지는 오사카의 섬유부에 있었어요."

딱 잘라 말하자 다하라 기자는 유난히 고개를 갸웃거렸다.

"이상한데요. 말씀대로 섬유부에 계셨다면, 6월에 캘리포니아 주 에드워드 공군기지에서 어째서 하라다 조사단과 만났습니까?"

"그건 다이몬 사장의 미국 출장을 수행했을 때 일이죠. 우리 회사가 판매대리점으로 되어 있는 로스앤젤레스의 록히드사의 견학을 갔더니 우연히도 일본의 항공막료부 조사단이 근처의 에드워드 기지에서 시험비행을 하고 있다기에 안내를 받았던 것뿐인데, 그것이 차기 전투기와 무슨 관계라도 있습니까?"

"글쎄요. 혹시 있지나 않을까 하고 찾아뵈러 온 겁니다만……"

다하라 기자는 의미 있는 듯이 웃으며 말을 이었다.

"방위청을 담당하고 있으면 정말이지 별의별 괴문서를 다 보게 되는데요, 최근의 괴문서엔 깅키상사의 이키 다다시라는 이름이 자주 나오고 있어요. 실례지만 담당중역도 아니고, 항공기부장도 아닌 일개 촉탁이니만큼 더욱 흥미를 느껴서 말이죠. 신원을 조사해 봤더니 참으로 흥미진진한 경력이어서 어쩌면 괴문서에 적혀 있는 전직군인 그룹의 책모설(策謀說)도 근거 없는 것은 아니라고 생각했죠. 이키 씨는 항공막료부의 가와마타 방위부장과는 육사동기생이더군요?"

"그렇소만, 그 전직군인 그룹의 책모설 운운하는 건 뭡니까?"

하고 묻자, 다하라 기자는 그 말엔 대답도 않고 말머리를 돌렸다.

"하라다 항공막료장과는 개전 초기까지 대본영에서 대미작전에 함께 종사하셨죠?"

"함께라고 하지만 하라다 씨는 해군이고 게다가 훨씬 선배가 되는 분이죠."

"그거야 알고 있지만 바다의 하라다, 육지의 이키라고 일컬어지던 사이였다고 들었는데요. 그리고 당신이 시베리아에서 귀환한 뒤 방위청에 들어가지 않은 것은, 상사 측에 서서 록히드 F-104를 차기 전투기로 강력하게 밀기 위해서가 아닌가요?"

유도심문이라도 하는 듯한 질문이었다.

"지레짐작도 분수가 있지. 당시 나는 깅키상사가 록히드의 일본 판매대리점인 줄도 몰랐고, 당신의 추측대로라면 입사와 동시에 항공기부에서 일했을 게 아뇨. 더구나 차기 전투기 문제는 벌써 1년 반 전부터 진행되던 일이 아닙니까?"

이키는 화가 나서 반문했다.

"그게 바로 당신들 참모가 자랑하는 심려원모(深慮遠謀)가 아닙니까. 지난 1년 반 동안에 방위청은 기종결정을 위해 조사단을 세 번에 걸쳐 미국에 파견했고, 미국 항공기 메이커에서도 격렬한 판매경쟁이 벌어져 후보기는 4개 기종으로 압축되었죠. 결국 하라다 조사단의 미국 현지에서의 시험비행 결과에 의해 그랜트와 록히드 중 어느 것을 선택할 것인가가 판가름난다고 들었어요. 그래서 지금까지는 뒷전에 숨어 있던 당신이 최후의 일전을 위해 표면으로 나온 거라고 보고 있습니다. 또한 오사카에 있을 무렵의 당신과 가와마타 방위부장과의 연결 역할은 댁의 사토이 상무보다는 오히려 당신과 같이 시베리아에서 돌아온 가미모리 중좌가 한게 아닙니까?"

다하라 기자는 내 말이 맞지 하듯이 흰 눈을 이키에게로 돌렸다.

"가미모리 중좌는 내 친구이고 그의 방문은 사적인 일입니다. 그보다도 도대체 어떤 사람들이 거기까지 남의 일을 캐고 다니는 겁니까?"

그것이 이키에겐 더욱 이상한 일이며 기분 나빴다.

"그거야 옛 군대의 고급 참모들이 비밀리에 제휴를 해서 옛날의 군부 뺨치는 힘을 발휘하기 시작하면 방위청 내국의 관료들은 제아무리 자위대가 민간인 관리의 통제를 받는다는 대원칙을 세웠다 해도 위협인 것만은 사실 아닙니까? 그 가장 대표적인 인물이 '가이즈카 천황'으로 불리는 가이즈카 관방장으로, 육·해·항공막료부에서 눈에 거슬리는 옛 고급장교 소탕을 위해 원래 내무성 관리였던 수완을 유감없이 발휘하고 있는 거죠. 그래서 오사카의 당신 집도 공안조사청이나 시경의 사복형사들이 자주 드나들었던 게 아닙니까."

농담도 진담도 아닌 말투였다.

이키는 설마, 하고 웃으며,

"그럼 차기 전투기는 그랜트로 거의 내정된 셈인가요?"

하고 슬며시 내막을 떠보았다. 그러나 다하라 기자는 거기엔 넘어가지 않고,

"그런데 가와마타 씨가 머지않아 항공막료부 방위부장에서 서부항공방면대 사령관으로 전임된다는 소문을 들었는데, 알고 계십니까?"

하고 물었다.

"뭐요? 가와마타가 서부항공대로?"

이키가 저도 모르게 되묻자 다하라 기자는 가와마타에 대한 인사 움직임을 전혀 몰랐던 이키의 표정을 알아차리고 약간 낙심하는 얼굴이 되었다.

"나는 국방회의에 대한 일보다 항공막료부 방위부장인 가와마타 씨의 인사문제가 더 흥미로워서요. 무슨 일이 있으면 가르쳐주십시오. 그럼, 오늘밤엔 늦게까지 실례했습니다."

이렇게 말하고 그는 황망히 일어섰다.

이키는 현관까지 배웅하면서 다하라 기자의 방문 목적은 가와마타의 일이라고 생각했다. 다라하 기자의 마지막 말로 미루어 보아 다음의 항공막료장이 틀림없다고 지목되던 가와마타가 서부항공방면대로 나가는 것이 사실이라면 차기 전투기는 그랜트로 내정되어, 가이즈카 관방장이 항공막료부를 그랜트파 인사로 물갈이할 예정임을 뜻한다.

다음 날 고이데 히로시는 이키에게 그 일을 전해 듣고 크게 놀랐다. 방위청에 가서 항공막료부 방위부장인 가와마타 공군준장이 좌천될

것 같다는 인사 움직임을 탐문해 오라는 지시였던 것이다.

"물론 내가 어젯밤 가와마타네 집에 전화를 했지만 부인 말로는 출장 중이라며 행선지는 언제나 말한 적이 없으니까 모른다는 거야."

일찍이 항공막료부 조사과에 있던 고이데도 옛 군인다운 호탕대범한 가와마타 공군준장의 성격을 알고 있었다.

그건 그렇고 자신이 한 번도 방위청에 가보지 않고 이렇다 할 움직임도 없으면서 재빨리 항공막료부의 인사 동태를 탐지하고, 인사와 차기 전투기의 결정을 결부시켜 손을 쓰려는 이키라는 인물의 날카로움을 새삼 느꼈다.

"연락은 가능한 한 빨리 해주게."

"알았습니다. 그럼 곧······."

고이데는 9시 반을 가리키고 있는 벽시계를 힐끔 쳐다보고 의자에서 일어났다.

고이데는 2년 전, 방위청을 사임했을 당시에는 자기가 있던 항공막료부 건물 옆을 지나가기를 주저했었다. 그런데 지금은 깅키상사의 방위청 담당 상사원으로서 제복을 입고 있는 옛 동료와 아무 거리낌 없이 이야기할 수 있었다. 지금부터 고이데가 끌어내리는 상대는 내국(內局) 방위국 계획관 나라하시다.

계획관은 5년마다 정해지는 방위력 정비계획을 총괄하는 직책으로 직접 차기 전투기 결정에는 관여하지 않지만, 결정 후의 예산 견적, 대장성과의 절충 등을 맡는 직책이었다. 고이데로서는 비교적 마음 편히 만날 수 있는 상대였다. 그러나 차기 전투기 기종 결정을 둘러싸고 여러 가지 소문과 괴문서가 횡행하는 때이므로 고이데는 내국에 직접 가는 것을 피하고 PX의 공중전화로 나라하시를 불러낼 속셈으로 10엔짜리 동전을 꺼냈다. 바로 그때 자기를 부르는 소리가 들렸다. 뒤돌아보니 옛 부하로 지금은 장비과 반장이 된 사나이였다. 장비과는 차기 전투기 선정에 직접 관계되는 부서였으므로 고이데는 자세를 낮추어,

"오랜만이군…… 여전히 건강해 보이시는군."

하고 인사했다.

"고이데 씨야말로 수단 좋게 상사원으로 변신하셔서 부럽기 짝이 없습니다."

반장이 그렇게 말하며 담배를 꺼내 물자 고이데는 재빨리 주머니에서 라이터를 꺼내 불을 붙여주며,

"언제 기회 보아 한잔하자고."

하고 귀에다 대고 속삭이듯 말했다. 서둘러 PX를 나와 아까 들어왔던 문으로 나가려는데 검은 대형 승용차가 들어왔다. 수위와 주위에 있던 정복 차림의 자위관들이 거수경례를 했다. 고이데는 무심코 차 안의 인물을 보고 얼굴을 찡그렸다. 주위의 거수경례에 꼼짝도 하지 않고 시트에 깊숙이 몸을 파묻고 있는 사람은 가이즈카 관방장이었다. 아직 53세라고 하는데 미끈거리는 이마는 엷게 벗겨지고, 안경 속의 눈은 경찰에서 오래 굴러먹은 자 특유의 시의심(猜疑心) 강하고 냉혹한 빛을 띠고 있었다.

경찰예비대 이래의 순수한 방위관료라는 자부심이 원래의 권세욕에 덧붙여져 조금이라도 자기에게 맞서는 자는 지방부대로 쫓아내고 주위는 심복으로만 구성해 방위청을 마음대로 뒤흔들고 있었다. 뜻있는 사람들로부터 '냉장고'니 '독사'니 하는 별명으로 지탄받으면서도 여전히 차관, 때로는 장관까지도 누르고 있는 것은 방위청 관계의 이권을 총리파의 파이프에 연결시키고 있기 때문이었다.

고이데는 내국을 향해 달려가는 가이즈카 관방장의 차에 침을 뱉고 싶은 심정으로 방위청을 나와 롯폰기의 교차점 건너에 있는 커피숍으로 들어가 가게 공중전화로 나라하시에게 전화를 걸었다.

"조금 전에 PX에 들어가려다가 장비국 반장과 마주쳤기 때문에, 지금 그 커피집에 와 있습니다. 짬이 나시면 맛있는 커피라도 드시러 오십시오."

아무렇지도 않은 말투로 권하자 커피를 좋아하는 나라하시는 곧 승낙했다.

"마침 졸음이 와서 한잔 마시러 갈 생각이었는데, 하던 일을 끝내고 곧 가겠어."

자위관과 달리 내국의 사복조인 문관은 근무시간 중에라도 어떻게든 구실을 붙여 비교적 자유롭게 밖으로 나올 수 있었다.

10분쯤 지나자, 회색 양복에 은은한 무늬의 넥타이를 맨 나라하시가 문을 열고 들어왔다. 나라하시는 블랙커피를 주문하고 나서,

"커피만 마시자고 부른 건 아니지?"

하고 말했다. 고이데는 히죽이 웃으며 응수했다.

"실은 좀 가르쳐주셔야 할 일이 있습니다. 부탁합니다."

"아닌 밤중에 뭐야?"

나라하시는 시침을 떼듯이 졸린 듯한 눈을 끔벅거렸다. 고이데는 주위에 사람이 없는 것을 확인하고 입을 열었다.

"가와마타 씨가 서부항공방면대 사령관으로 전임할지도 모른다는 이야기가 정말입니까?"

"글쎄. 하지만 가이즈카 천황에게 반항하면 어쩔 수 없잖나?"

나라하시는 입으론 시치미를 떼면서도 얼굴은 고이데의 말을 긍정하고 있었다.

"그렇다면 내년 초, 1월 10일의 공군준장 이상의 정기이동에 끼워서 계급만은 공장(空將)으로 올려 영전인 양 쫓아내는 좌천이군요?"

"좌천인지 우천인지 몰라도 록히드파인 가와마타 씨가 항공막료부에 있을 수 없게 되는 건 시간문제라고 우리 과에선 보고 있어."

"그렇게 되면 록히드가 더 우세하게 평가된 하라다 보고서는 공중분해되는 겁니까?"

"그건 모르겠어."

"그런데 가와마타 씨는 출장 중인 모양인데 행선지는?"

"북부 항공대야."

미자와의 북부 항공방면대를 말하는 것이었다. 나라하시는 커피를 음미하듯 천천히 마셨다.

"FX에 관한 다음 방위청회의는 언제 열립니까?"

나라하시는 대답하지 않았다. 그 모습으로 미루어 이미 방위청회의에 내놓을 서류는 완성된 모양이었다.

"저어, 나라하시 씨, 옛 정을 생각해서 그 서류의 내용을 읽게 해주십시오."

고이데가 바싹 다가앉으며 말하자,

"미안하지만 나는 집을 지을 필요도 없고, 여편네한테 월급이 적다고 멸시당할 일도 없으니까, 그럼 이만 실례하겠어."

하고 나라하시는 테이블 위의 계산서를 집어 들었다.

"커피값쯤은 괜찮지 않습니까?"

"아니, 요즘은 이것저것 겁이 나서."

하고 말하면서 재빨리 계산대 쪽으로 갔다.

찻집을 나선 고이데는 깅키상사로 바로 돌아가지 않고, 롯폰기의 교차점 앞에서 왼쪽으로 꼬부라져 7층 건물인 맨션 앞에서 주위를 살피더니 안으로 들어갔다.

엘리베이터를 타고 7층에서 내리자, 늘 그렇듯이 조용하고 인기척도 없었으나 그래도 남과 얼굴이 마주치지 않도록 얼굴을 푹 수그리고 열쇠로 맨끝 방문을 열었다.

큰 방이 세 개나 되는 맨션의 두 방이 이어진 방에는 융단이 깔려 있고 사무용 책상 한 개와 응접세트가 놓여 있을 뿐, 텅 비어 있었다. 그러나 고급 복사기가 놓여 있고 구석의 홈 바에는 비싼 양주가 가득 했다. 베란다로 향한 넓은 창문에선 방위청이 한눈에 내려다보여 마치 관제탑과 같은 역할을 하고 있었다. 사토이 상무의 지시로 마련한 깅키상사가 방위청 대책의 하나로써 중요한 정보를 교환하거나 서류를 작성하기도 하고 2, 30분의 제한된 시간에 극비서류를 복사하기 위한 장소였다.

고이데는 책상 위의 전화기를 들어 미자와의 북부 항공방면대 다이얼을 돌려 사령부의 부관실과 연결했다.

"여보세요, 가와마타 방위부장을 불러주십시오. 네, 여긴 도쿄의 이쓰키라고 하면 아실 겁니다."

국회의원 비서같이 천연덕스럽게 말하자 부관이 응답했다.

"지금 비행훈련을 시찰중인데요."

"그럼 시찰이 끝나거든 도쿄의 이쓰키한테로 시급히 연락 바란다고 전해 주십시오."

이쓰키라는 것은 이키의 암호였다. 이키가 가와마타의 행선지로 전화를 거는 것보다는 가와마타 쪽에서 연락을 취하게 하는 편이 확실하고 안전했기 때문이다.

고이데는 전화를 끊고 긴 의자에 벌렁 드러누웠다. 침대로도 쓸 수 있는 쿠션이 좋은 긴 의자였다.

여기서 술을 마시고 포르노를 보며, 이 소파 침대에서 창녀와 잔 적도 있었다. 그것이 상사와 떨어질 수 없을 만큼 밀착되어, 기밀 누설 의혹으로 조사받게 된 것을 계기로 퇴직하고 깅키상사에 들어갔던 것이다.

그때 자기를 끌어준 사토이 상무의 첫마디가 "방위청을 그만두고도 방위청 관계로 밥을 먹으려는 한 어제까지의 동료는 물론, 부하가 담배를 꺼내 물어도 재빨리 일어서서 불을 붙여줄 각오가 없으면 방위청 담당 상사원은 될 수 없어."였던 것이다. 그 말대로 고이데는 예전의 부하나 동료에게 담뱃불도 붙여주고, 이 방에서 술을 마실 때는 바텐더처럼 쉐이커를 흔들고 여자를 알선해 주기도 했다. 그것은 조금이라도 더 기밀성 높은 정보를 입수하여 뭔가 공로를 세우지 않으면 내쫓길 것이라는 초조감 때문이었다.

그에 반해 이키 다다시라는 사내는 무슨 약속이 되어 있는지, 일개 촉탁 신분이면서도 조금도 초조감을 보이지 않았다. 그 남자는 나를 어떻게 보고 있을까…… 사토이 상무처럼 표면에서 구체적으로 움직이는 일은 아무것도 없고, 언제나 조용히 뒷전에 있으면서 뭔가를 골똘히 생각하고 있었다.

고이데는 몸을 일으켜 이키에게 전화를 걸었다.

"여보세요, 고이데입니다. 지금 미자와의 북부항공대에 계신 가와마타 공군준장에게 연결을 했으니까 곧 그쪽으로 전화가 갈 겁니다. 네, 통상적인 방면대의 시찰이라고 생각합니다. 지금 비행장에 가 계신다니까…… 그 밖에 다른 용건은?"

"아니, 됐습니다."

"그럼 저는 좀 더 여기 있다가 옛날 부하가 CX(차기 수송기) 정보를 가져오니까 그것을 받아가지고 가겠습니다."

하고 전화를 끊었다.

이키는 고이데의 설명을 듣고 나서 아무 일도 없다는 듯 수화기를 놓았다. 이키의 책상에서 조금 떨어진 곳에서 젊은 사원이 민간 항공회사로부터 긴급부품 주문전화를 받고 있었다.

"알았습니다. DC-7의 연료탱크 속 부스터 펌프가 고장이라고요? 네? 펌프의 압력에 문제가 있어 비행 중에 연료가 끊길 위험이 있다고요…… 네, 알았습니다. 24시간 이내에 하네다에 도착하도록 긴급 수배하겠습니다."

그는 전화를 끊자마자 곧 텔렉스실로 달려갔다 돌아오더니 통관 수속에 필요한 서류를 맹렬한 속도로 타이프하기 시작했다.

이키 책상의 직통전화가 울렸다. 촉탁인 이키의 직통전화번호를 아는 사람은 한정되어 있었다. 수화기를 들자 미자와의 가와마타한테서 온 전화였다.

"무슨 일이야, 출장지까지……"

"급한 일이야. 자네 인사문제야. 서부로 보낸다는 소문이 쫙 퍼져 있어."

"출처는?"

"마이초 신문의 기자로부터야."

"내국 녀석들이 흔히 쓰는 수법이야. 신문기자를 이용해서 소문을 퍼뜨려 '신문발령'을 내게 하는 방법인데 나는 모르고 있었네. 놈들한테 내가 왜 잘려. 나를 자르면 어떻게 되는지 놈들도 알고 있을 거야."

가와마타는 문제 삼지 않는 듯 대꾸하더니,

"그보다 네 쪽에서 그 건을 꾸물대지 말고 빨리 서둘도록 해."

하고 재촉하듯이 말했다. 예의 건이란 하라다 조사단의 보고서를 공표하기 위해 중의원 결산위원회로 야마시로 방위청 장관이나 방위청 내국의 가이즈카 관방장을 환문하는 일이었다.

"마침 지금 사토이 상무가 또다시 오카와 이치로 선생에게 타협차가 있는 중이야. 결과는 나중에 알리겠네."

"응, 알았어."

가와마타는 곧 전화를 끊었으나, 이키는 오카와 이치로가 장담한 결산위원회가 전혀 열릴 기색이 없어 초조해하며, 곧 돌아올 사토이 상무를 기다렸다.

사토이 상무는 오카와 이치로의 사무실에서 회사로 돌아오자 곧 이키를 불렀다.

이키는 언제나처럼 허리를 똑바로 편 자세로 방에 들어와,

"오카와 이치로 선생 쪽은 어떻게 됐습니까?"

하고 물으며 사토이 책상 앞 의자에 앉았다.

"그게, 요전 같은 기세가 전혀 없단 말이야."

"그렇다면 오카와 파인 나카다 쇼지 씨가 위원장으로 있는 중의원의 결산위원회는 열릴 전망이 없는 겁니까?"

"음, 오카와 선생은 안보문제가 복잡하게 돼서 야당과의 절충이 좀처럼 진척되지 않아 예측을 할 수 없다고 아주 애매한 태도야."

사토이는 무테안경을 벗으며 피로에 지친 투로 말했다.

"확실히 이상하군요. FX에 관한 의혹이 얽혀 있는 문제라면, 일전에 오카와 선생 자신도 말했듯이 야당은 만사를 제쳐놓고 덤벼들 텐데…… 오카와 선생이 국회에서 문제삼는 일에 갑자기 소극적이 된 것은 무슨 까닭이라고 생각하십니까?"

이키가 묻자 사토이는 안경을 다시 쓰고 대꾸했다.

"두 가지로 생각할 수 있지. 하나는 뭐니 뭐니 해도 1천억 엔의 큰

장사니까 오카와 씨 특유의 수법으로 록히드와 우리 회사측에서 내놓을 리베이트를 더욱 올리기 위해 고의로 질질 끄는 전술을 쓰고 있다는 관점. 또 하나는 오카와 이치로의 사기를 꺾는 뭔가 새로운 사태가 일어난 것이 아닌가 하는 관점이야. 그래서 결산위원장인 나카다 쇼지의 동향을 파악하면 그 어느 쪽인지를 알 것 같았어. 의원회관에 전화해서 '선생님이 조사 중이신 그랜트 금맥에 관련하여 뭔가 우리 회사에서 도울 일은 없습니까?' 하고 떠보았더니 내내 바쁘다는 말뿐이고 만나려고도 하지 않는 거야."

이키는 잠시 입을 다물고 있다가 말했다.

"그 나카다 쇼지 씨가 소극적으로 되었다면 이쪽에서 내는 리베이트의 인상보다는 오카와 파가 움직일 수 없는 새로운 사태가 발생했다고 보는 게 타당하겠군요."

"자네도 그렇게 생각하나? 오카와 씨는 어쩌면 그랜트에게서도 받고 있다가 그 증거를 총리파에게 잡혀 총무회장으로서 환문을 받았을 때 궁지에 몰릴 일이 있는 거 같아."

"그러면 차기 전투기로 그랜트를 지지하는 상당히 큰 규모의 배후조직이 이미 짜여진 모양이군요. 실은 어젯밤, 마이초신문의 방위청 담당인 다하라라는 기자가 갑자기 우리 집에 찾아와 가와마타 방위부장이 서부항공방면대 사령관으로 나간다는 소문이 있는데 사실이냐고 물어 왔어요. 가와마타는 지금 미자와 기지에 출장중인데 비밀리에 연락을 취해 확인했더니 그랜트파인 내국의 장난에 불과하다고 전혀 문제삼지 않는 태도였습니다만, 만일 그것이 사실이라면……"

이키가 의구심을 품고 말을 끊자 사토이의 얼굴색이 변했다.

"항공막료부에서도 록히드 지지파의 좌천이 시작되는 모양이군. 좋아, 그런 발령이 나기 전에 다시 한 번 오카와 이치로 선생을 만나 오카와 선생이 제시하는 조건을 가지고 로스앤젤레스의 록히드 본사로 날아가서 브라운 사장과 직접 담판을 해야겠군."

이를 갈듯 말했으나 이키는,

"오카와 파를 다시 밀어본다고 하시지만 이런 단계까지 와서 오카와 선생에게 기대를 건다는 건 좀 힘들지 않을까요. 일부러 록히드사 장과 직접 담판을 하신다해도 그 이전에 총리파에게 손을 쓰는 일이 가장 시급한 게 아닐까요."

하고 조용하지만 분명한 어조로 말했다. 사토이는 잠자코 있다가 입을 열었다.

"이키 군, 정치가를 상대하는 일은 자네가 말하듯이 간단한 게 아냐. 우리 이쓰비시상사나 이쓰이물산처럼 메이지 시대부터 쌓아 온 정계 본류와의 유대가 있는 것도 아니고, 이제 새삼스럽게 어슬렁어슬렁 인사하러 가봤자 돈만 뺏기고 적당히 취급당할 게 뻔한 일이야. 게다가 우리로선 지금까지 쭉 오카와 이치로 선생 하나만으로 해왔으니까, 여기서 만약 총리파에게 손쓴 것이 알려져 틀어지기라도 하는 날엔 우리 깅키상사로선 그야말로 큰일이지. 그런 일의 판단이 어렵단 말이야."

"그렇지만 현재의 국면을 타개하려면 그러는 방법밖에 없다고 생각합니다. 다행히 총리 측근으로 국방회의 멤버이기도 한 히사마쓰(久松) 경제기획청 장관과 약간의 안면이 있으니까, 제가 한번 부딪쳐 보면 어떨까요."

그러자 사토이는 이해할 수 없다는 듯이 물었다.

"자네와 히사마쓰? 어떤 관계가 있나?"

"종전 당시 히사마쓰 씨가 내각 서기관장을 하고 계셨던 관계로…… 하여간에 시도해 보겠습니다."

이키는 더 이상 자세한 말은 하지 않았다. 말수도 적고 지금까지 절대로 표면에 나서지 않고 그늘에만 있던 이키가 무엇을 생각하고, 무엇을 하려는지 사토이는 무서운 생각이 들었다.

금년 처음으로 서리가 내린 날 아침, 이키는 세다가야의 노자와에 있는 히사마쓰 경제기획청 장관의 자택을 15년 만에 방문했다.

조슈(長州) 사람답게 꾸민 옛 무사의 저택 대문 앞에 서자, 이키는 문기둥에 걸려 있는 '히사마쓰 세이조(久松淸藏)'라는 문패를 감개무량한 듯 쳐다보았다.

비바람에 바래 글자는 흐려져 있었지만, 종전 시 내각 총리대신이었던 스즈키 강이치로가 내각 서기관장이었던 히사마쓰에게 휘호한 낯익고 반가운 문패였다.

밖으로 나온 서생에게 찾아온 뜻을 전하려 하는데,

"이키 씨입니까. 선생님의 지시가 계셨습니다. 본채에는 야마구치 현의 선거구에서 온 진정객과 아침마다 방문하는 신문기자가 있으니까 어서 이쪽으로……"

하고 서생은 낮은 목소리로 말하며 앞마당의 샛문을 열고 본채와는 별채로 되어 있는 안쪽 다실로 안내했다.

다실에는 화로에 올려놓은 주전자의 물이 펄펄 끓고 있고 벽에는 '일일일생(一日一生)'이라는 족자가 걸려 있었다. 서생은 주빈석을 이키에게 권하며,

"잠깐만 기다려주십시오."

하고 물러갔다.

잠시 후 다실 문이 열리고 일본 옷차림의 히사마쓰 세이조가 들어오더니 이키 앞에 좌정했다. 자그마한 몸집이지만 시원스럽게 오뚝한

콧날과 단정한 얼굴은, 희끗희끗한 옆머리가 눈에 띄었으나 지금도 변함없었다.

"오랫동안 소식 못 드려 죄송합니다."

엄숙한 자세로 깊숙이 머리를 숙이는 이키의 가슴속에 뜨거운 감회가 일었다. 히사마쓰도 같은 느낌인지 시원한 눈에 반가움을 가득히 띠고,

"시베리아에선 고생 많았지? 나도 7년간 추방되는 바람에 억류자의 귀환 촉진엔 아무 도움이 되지 못했지만 하여튼 살아 돌아왔으니 반갑네."

하고 진심으로 기뻐했다. 가정부로 보이는 중년 여성이 냄비를 가지고 들어오자,

"일어나자마자 갑자기 손님이 와서 아직 아침을 못 먹었네. 실례지만 여기서 들면서 이야기하세. 지금도 아침엔 죽인데 오랜만에 좀 들어보겠나?"

하며 화로에 얹어놓은 냄비를 눈으로 가리켰다.

"이거 정말 반갑군요. 부디 저도 먹게 해주십시오."

옛날 헌병의 눈을 피하기 위해 감시받지 않을 만한 시간에 히사마쓰네 집에 찾아와 아침 죽을 후후 불어서 먹으며 화평의 방책을 의논하던 일이 생각났다.

가정부는 이키와 히사마쓰 앞에 검은빛의 밥상을 차려놓고 밥공기에 죽을 덜어놓은 다음 나갔다.

"이키 군, FX는 벌써 결정됐네."

히사마쓰는 죽을 삼키며 슬며시 이키의 용건을 언급했다. 이키는 저도 모르게 젓가락질을 멈추었다.

"그건 록히드가 파고들 여지는 전혀 없다는 뜻입니까?"

"우선은 없어…… 그랜트사에서 총리에게 결정을 조건으로 하는 돈이 건너갔어."

히사마쓰는 무표정하게 말하고 두 공기째의 죽을 퍼 후후 식히면서,

"이키 군, 미국 기업은 일본 정부를 라틴아메리카 정도로밖에 평가하지 않으니까, 정부 결정 같은 건 전혀 문제 삼지 않고 있어. 국방회의만 하더라도 단순한 사후승인 정도로밖에 해석하지 않지. 그러니까 기종결정권을 갖는 총리 및 그 측근, 배후의 흑막에까지 철저히 손을 써서 모조리 매수하는 수법을 쓰고 있는 거야."

하고 담담하게 말했다.

이키는 손에 들고 있던 공기를 상 위에 놓고,

"그랜트사는 총리파에게 얼마 정도의 사례금을……"

하고 단도직입적으로 물었다. 히사마쓰가 일찍이 주계국장이었을 때의 대장성 사무차관이 현재의 총리인 만큼, 히사마쓰와 총리와의 밀착도는 매우 짙어 그랜트사의 사례금액을 히사마쓰가 모를 리가 없을 것이다.

히사마쓰는 잠시 침묵했다가,

"당의 살림을 맡고 있는 것은 미시마 간사장이니까 액수까지는 모르겠네. 하지만 내년 초 총선거를 하기 위해 여러모로 큰돈이 필요한 것만은 확실해."

하고 완곡하게 이키의 질문을 피했다. 그러나 이키는 다그치듯이 물었다.

"그럼 자유당 공인후보에 대한 군자금은 1인당 얼마나 들 것 같습니까?"

"이번엔 최저 1천만, 평균 2천만 엔의 할당은 필요한 모양이야. 재계에선 자유당에게 10억 엔을 약속하고 있지만 그것만으론 도저히 충

당할 수 없어. 미시마 간사장은 그 2배 이상의 별도자금을 그랜트사로부터 받을 생각이네. 어쩌면 수퍼드래곤 1대 값 정도는 벌써 받았을지도 몰라."

모양 좋은 입술에 미묘한 웃음을 띠며 말했다. 그랜트사의 수퍼드래곤은 1대에 약 3억 7천만 엔으로 추정되고 있다. 미시마 간사장이 지병인 천식을 치료한다는 구실로 하와이에 갔던 일은 이키가 로스앤젤레스에서 가와마타와 만났을 때 이미 들은 이야기다.

"말씀은 잘 알겠습니다. 그러나 장관께선 이번의 이러한 문제를 어떻게 보고 계십니까? 하라다 조사단의 보고서가 4개 기종 중에서 록히드의 성능을 가장 높이 평가하고 있는 것은 알고 계십니까?"

"말은 들었지. 그러나 아무리 조종사가 놀랄 만한 최신식 고성능 전투기라 주장해도, 안보개정을 눈앞에 두고 국민감정을 자극하는 전투기를 채용하는 일은 바람직하지 못하다고 생각하네."

"실례입니다만, 저로서는 장관께서 말씀하시는 사고방식이 이해가 가지 않습니다. 우선 첫째로 생각할 일은 전투기에 타는 조종사의 의견이 아닐까요. 조종사의 생명의 안전 없이 국민의 공감을 얻을 수 있을까요?"

공격적으로 말하자 히사마쓰는 밥상을 옆으로 밀어놓으며 설명하듯이 말했다.

"이키 군, 자네가 말하는 그 안전성 문제가 록히드의 최대 난점이라고 하잖나. 현재 사용하고 있는 노스아메리칸의 F-86은 '비누전투기'라고 야유당할 만큼 잘 추락해서 야당의 자위대 공격의 좋은 자료가 되고 있어. 따라서 이번의 2차 방위에서 채용할 비행기는 다소 성능이 떨어지더라도 우선 안전성이 높아야 되고, 둘째는 종래의 비행기지를 사용할 수 있는 기종이라야만 되네. 그런데 록히드 F-104는 긴 착륙거리를 필요로 하니까 치토세(千歲)와 고마키(小牧)를 제외한 다른 항공자위대 기지에선 종래의 활주로를 6백 미터씩 연장해야 된다는 거야. 그렇게 되면 기지 확장이 또 국민을 자극하게 되지."

"그렇지만 록히드 F-104에 대한 그러한 우려는 하라다 조사단이 실제로 시험한 결과, 말로 듣기와 실제로는 천지차이라고 확언하고 있습니다. 더구나 그랜트의 안전성도 아직 시험기 2대밖에 없는 단계에서 어떤 데이터를 근거로 록히드보다 안전하다고 말할 수 있을까요."

이키가 반박하자 히사마쓰의 큰 눈이 번쩍하고 움직였다.

"뭐? 시작기가 2대뿐이란 말은 처음 듣는데, 그게 확실한가?"

"물론입니다. 야마시로 방위청 장관에게 물어보시면 아실 일입니다."

"록히드와 그랜트에 대한 설명은 모두 야마시로 군이나 국방회의의 사무국장한테서 듣고 있는데 그들도 각자 담당하는 일이 많아서 독자적으로 조사할 짬이 없으니 말야."

"오카와 이치로 총무회장의 의견은 어떻습니까? 실은 오카와 선생께선 록히드 F-104에 대해서는 잘 이해하고 계신 모양인데, 야마시로 방위청 장관의 그러한 일방적인 설명에 대해 반박하시는 일은 없습니까?"

이키가 슬며시 오카와 이치로의 동향을 묻자,

"이제 보니 오카와 이치로가 야마시로 장관이나 가이즈카 관방장을 결산위원회에서 환문하겠다고 큰소리를 친 건 자네들의 공작이었군...... 하지만 그건 그랜트파로부터의 배당 몫이 적다고 심통을 부린 것뿐이지 진심으로 록히드를 밀고 있는 게 아냐. 하물며 자기 궁둥이에 불이 붙을 환문 같은 건 할 리가 없잖나."

하고 웃어넘기듯이 말했다.

"그렇습니까…… 그럼 히사미쓰 장관님, 록히드 F-104와 그랜트 수퍼드래곤 F-11의 성능비교표를 보내드릴 테니 매우 바쁘시겠지만 한번 검토해 주시지 않겠습니까?"

"오늘이라도 히라가와(平河) 거리의 내 사무실로 보내주게. 하지만 만약 자네가 말한 대로라 해도 그랜트에선 이미 돈이 건네졌으니까 이것을 어떻게 하느냐가 문제야. 이렇게 마지막 단계에서 뛰어든 이상 자네들도 적절한 대응책을 생각하고 있겠지?"

친근하던 얼굴이 갑자기 정치가다운 만만찮은 표정으로 변했다. 이키도 지지 않고,

"그랜트가 납부한 은행은 스위스입니까, 아니면 홍콩입니까?"

하고 물었다.

"일본은 외환관리법이 엄하니까 복잡한 루트를 몇 종류나 이용하고 있겠지."

"그렇다면 그중 하나라도 국내에서 엔으로 바꾸려 할 때, 대장성 계통에서 체크하여 문제를 일으키고, 그 나머지를 실질적으로 쓰지 못하게 하는 방법은 없습니까…… 그리고 내년 1월 10일의 방위청 인사이동에서 가이즈카 관방장을 이동시켜 주시면 좋겠습니다. 물론 록히드사로부터 총리에 대한 인사를 겸한 방문은 될 수 있는 한 빠른 시일 내에 실현시키겠습니다."

이키가 눈 한번 깜짝하지 않고 그렇게 말하자, 히사마쓰는 침묵한 채 굳은 얼굴로 빤히 이키를 쳐다볼 뿐이었다. 방 안엔 잠시 어색한 침묵이 흘렀다.

이윽고 히사마쓰는 이키에게서 벽의 족자로 천천히 시선을 옮겨 바랜 글씨를 뚫어져라 쏘아보다가 입을 열었다.

"자네의 의도는 알겠네만, 그러나 가이즈카 관방장의 목을 자르는

일은 간단하지 않아. 여러 가지 좋지 못한 말도 듣고 있지만, 뭐니 뭐니 해도 오늘의 방위청을 키워온 공로자이고, 병기제조 발주를 통해 지난 4, 5년간 이쓰비시 중공업, 시마하리 중공업 등, 경제단체연합회와도 끊을 수 없는 깊은 관계를 구축해 놓았으니까."

"그러나 가이즈카 관방장이 록히드 F-104를 객관적으로 재평가하리라곤 생각할 수 없습니다. 만일 히사마쓰 장관께서 록히드 건을 재고하시기 전에 국방회의가 열릴 경우엔 어떻게 되시는 것일까요?"

바싹 다그치듯이 물었다. 히사마쓰는 잠시 주머니에 손을 넣고 있다가 대답했다.

"글쎄, 지금 내년도 예산 절충의 마지막 단계에 들어가 있어. 하지만 FX예산이 포함된 방위청의 대폭적인 증액 예산은 주계국에서 문제가 되고 있는 때이기도 하니까, 야마시로 방위청 장관과 가이즈카 관방장의 움직임을 예산 절충에 못 박아 놓겠어. 그 사이에 미시마 간사장과 오카와 이치로의 양쪽에서 결말을 짓도록 하는 것 외엔 별 도리가 없겠군."

"알겠습니다. 그럼 오늘은 우선 장관님의 히라가와 사무실로 곧 비교표를 보내드리기로 하고……"

이키는 아무리 신념을 갖고 하는 일이라 해도 일찍이 전쟁종결의 화평공작을 위해 여러 차례 방문했던 히사마쓰의 자택에서 그랜트 타도를 부탁하는 자신에게 복잡한 감회를 느끼며 히사마쓰 세이조에게 절을 했다.

"너무 오래 기다리셔서 어떡하지요?"

오랜만에 찾아온 가미모리 다케시에게 요시코는 식후에 귤을 들고 왔다. 벌써 9시가 지났는데도 남편에게선 늦는다는 전화도 없다.

"아뇨, 아주머니. 저야말로 갑자기 나타나서 댁의 아이들과 함께 저녁까지 대접받았으니 더 이상 신경 쓰지 마세요."

가미모리는 황송한 듯이 말했다. 나오코와 마코토는 식사가 끝나자 2층으로 올라가 공부를 하고 있었다.

"새삼스럽게 그런 말씀을 하실 처지도 아닌데요, 뭐. 댁이 좀 더 가까우면 일요일 같은 땐 저녁식사를 함께 하러 오셨으면, 하고 생각할 정도예요."

시베리아 귀환 후 3년이 지나도록 그는 독신이었다. 지금은 사기노미야의 공제조합 아파트에서 혼자 살고 있다. 양친도 일찍 돌아가셨고 형제도 없어 돌봐줄 사람이 없었던 그는, 이키네 일가가 오사카에 있던 6월에 급성간염으로 쓰러져 오랫동안 자위대 중앙병원에 입원하기도 했다.

"그 후 몸은 좀 어떠세요? 얼굴색이 아직도 좋지 않은 것 같은데, 퇴원 후 또 무리를 하시는 게 아녀요?"

"아뇨, 억지로 병원에 끌려간 덕분에 좋아졌습니다. 그때는 다니카와 씨를 비롯해, 함께 시베리아에서 돌아온 여러분에게 신세를 많이 졌습니다. 아주머님께도 여러 가지 폐를 끼쳐서……"

새삼스럽게 치사의 말을 했다.

"그런 일은 조금도 개의치 마세요. 그보다도 가미모리 씨가 빨리 결혼하셨으면 좋겠어요. 전에 마루초 씨 소개로 만났던 오다 약국의 누이동생은 마음에 안 드시나요?"

마루초의 주선으로 오사카의 이키네 집에서 선을 본 여자 이야기를 꺼냈다.

"마루초 씨 말로는 그쪽에선 가미모리 씨라면 지금까지도 대답을 기다리고 있는 모양이에요. 만주에서 귀환하면서 고생을 한 처지여서 가미모리 씨의 일은 자기 일처럼 이해할 분이라고 생각합니다만."

잠시 말을 끊었다가 요시코가 말을 이었다.

"사실대로 말씀드리면 우리가 도쿄로 이사올 때 도우러 왔던 마루초 씨가 병후의 독신생활은 입원 이상으로 나쁘니까 가미모리 씨를 위해 부디 설득해 달라는 부탁을 받았어요. 이쪽으로 와서도 아직 좋은 소식이 없냐고 몇 번이나 엽서를 보내왔어요."

요시코는 가미모리가 병후의 몸으로 재혼을 꺼리는 게 아닐까 생각해서 마루초의 성의를 전했다.

"그 녀석은 언제까지나 당번병 근성을 못 버리는 녀석이군요. 이키만으로도 부족해서 내 일까지 뒷바라지를 못해 야단이니."

말투는 난폭했지만 반은 겸연쩍어서 그런다는 것을 가미모리의 성격을 잘 아는 요시코는 느낄 수 있었다.

"마루초 씨는 하바로프스크 사건에서 가미모리 씨가 자신의 생명은 버린 셈치고 단장을 맡아 소련 측과 교섭했기 때문에 자기들이 귀환할 수 있었다고, 가미모리 씨가 행복해지지 않으면 벌을 받는다며 안절부절 못하고 있어요. 오다 씨의 어디가 마음에 안 드시는 거죠?"

"어디라고 말할 건 없지만 아이가 있어서 말입니다…… 나하고 함께 귀환해서, 지금 반항기의 십대 자식을 둔 친구들은 11년간의 단절로 많든 적든 부자간에 정이 없어 고민하고 있죠. 피가 섞인 부자사이라면 그것도 세월이 해결하겠지만, 오다 씨의 경우 중학 2년의 딸아이가 만일에 나를 따르지 않는다면 그 애는 일생동안 불행할 겁니다."

강직한 반면 남달리 정이 많은 가미모리는 쓸쓸한 표정으로 이렇게 말하고는, 9시 반을 가리키는 시계를 쳐다보며 물었다.

"그 친구는 언제나 이렇게 늦게 옵니까?"

"매일은 아니지만 요즘은 늦는 날이 많고, 그런가 하면 오늘 아침엔

6시 반에 집을 나갔어요. 그이는 회사에서 무슨 일을 하고 있는 것일까요?"

요시코는 최근 남편의 급격한 변화를 근심하듯이 말했다.

"아주머닌 정말 이키가 하는 일을 모르고 계십니까?"

"방위청 관계 일을 임시로 하게 됐는데 군사적인 지식 교환뿐이니 걱정할 건 없다고 하더군요. 하지만 그이는 옛날부터 일에 대한 말은 하지 않는 사람이라서……"

우물거리듯이 말하자 가미모리는,

"나도 실은 그 일에 대해서 약간 맘에 걸리는 게 있어 오늘밤 이키와 이야기하러 온 겁니다."

하고 방문 목적을 밝혔다.

"그렇다면 역시……"

요시코는 어느 날 밤 갑자기 신문기자가 찾아왔던 일이 생각나서 말할 수 없이 불안해졌다.

쓰키지(築地)의 요정 '니시키'는 주위에 높고 검은 담장이 둘러쳐져 가끔 외래차가 출입하는 외엔 밤의 어둠 속으로 녹아든 듯 조용하다. 그러나 한 발짝 문 안으로 들어가 회양목 숲을 지나 뒤로 돌아가면 사치와 멋을 다한 다실풍 건물 현관이 나오고 향내와 함께 샤미센 소리와 교성이 희미하게 들려온다.

도쿄상사의 항공기부장 사메지마 다쓰조는 복도의 전화통에서 부하로부터 걸려온 전화가 끝나자 방위청의 가이즈카 관방장을 초대한 연회석으로 돌아가다가 걸음을 멈추었다.

회사로부터 온 전화 내용은 이러했다.

"방금 로스앤젤레스 지사에서, '깅키상사 사토이 상무 이곳에 왔음,

은밀한 행동이므로 감시하겠음'이라는 텔렉스가 들어왔습니다. 마침 가이즈카 관방장과 만나고 계신 자리이기도 해서 알려드립니다."

그 내용을 듣고 두세 가지 지시를 할 때에는 가이즈카 관방장에게 곧 전하려고 생각했으나, 아무리 깊은 연관을 맺고 있어도 관리를 마음깊이 믿지 않는 사메지마는 이 정보를 가이즈카가 알고 있나 없나 시험해 보기로 했다. 그는 생각을 마무리 짓자 네모난 턱의 거무튀튀한 얼굴로 좌석을 향했다.

사메지마는 문 위에 머리가 닿을 만큼 큰 키를 구부리며 장지문을 열고 큰소리로 사과했다.

"관방장님, 실례가 많았습니다. 쓸데없는 전화가 이런 곳까지 쫓아오니 진저리가 납니다."

불과 5분간이라고는 하나 좌석엔 아직 게이샤들이 들어오지 않아 혼자 내버려졌던 가이즈카가 기분이 상했을 것이라고 생각했기 때문이다. 아니나 다를까, 뚱뚱한 몸을 팔걸이에 기대고 별로 세지도 않은 술을 혼자서 따라 마신 가이즈카는 술기운이 올라 번쩍거리는 얼굴을 노골적으로 찡그리며 말했다.

"나는 자네가 어떻게든 시간 좀 내달라고 통사정하며 억지로 차까지 보냈기에 그 바쁜 중에서도 짬을 낸 거야."

사메지마는 넓죽 엎드리다시피 머리를 숙이고,

"이거 정말 죄송하기 짝이 없습니다. 자아, 기분전환으로 한잔 드십시오."

하고 호들갑을 떨며 공손히 잔을 따랐다.

"관방장님 앞서의 이야깁니다만, 방위청의 기종결정안은 이미 완성되어 관방장실의 로커에 들어있다는 게 사실입니까?"

상반신을 안주가 놓여 있는 술상 위로 내밀었다. 가이즈카는 술잔을 손에 든 채 내무성관리 출신다운 음험한 눈초리로 사메지마를 맞받아 보며 거만하게 말했다.

"기종결정안을 보고 싶단 말인가?"

"아닙니다. 보지 않더라도 기종결정안에는 그랜트의 수퍼드래곤 F-11 이외의 기재사항은 없을 것이라고 확신합니다."

사메지마는 약간 치켜진 듯한 가는 눈에 의미심장한 웃음을 띠며 말하더니,

"오늘 관방장님께 특별히 여쭈어보고 싶은 것은 방위청의 의안이 완성되었으면서도 국방회의가 전혀 열릴 기색이 없는 것은 무슨 까닭인지 이상하게 생각되어서 말입니다."

하면서 자리를 고쳐 앉으며 물었다. 가이즈카는 갑자기 언짢은 얼굴로 말했다.

"그것 말인데…… 실은 하라다 보고서를 공개하라고 떠들어대는 오카와 총무회장이나 나카다 쇼지는 그럭저럭 무마하고 하루라도 빨리 국방회의를 열어 기종과 수량을 모두 정식 결정하려고 절충하던 중이었어. 그런데 갑자기 오늘 사바시 대장 대신이 내년도 예산에 관한 기자회견에서 이상한 말을 꺼냈단 말이야."

"허어, 이상한 말이라면……"

"오늘 정례각의에서 총리로부터 내년도 치산치수대책을 하나의 주축으로 삼으라는 말씀이 있었는데 나로서는 이세만 태풍의 큰 재해가 있었던 직후이기도 하니 민심의 안정을 기하기 위해서는 재해대책이 우선순위라고 생각한다. 따라서 제2차 방위정비계획은 재정적 견지에서 신중하게 다시 검토할 필요가 있다. 오히려 나로서는 아직 남아 있는 제1차 방위정비계획의 달성을 위해 노력해야 한다고 생각한다…… 고, 하루빨리 차기 전투기를 결정하여 내년도 예산안에 짜 넣으려는

우리들의 예정에 찬물을 끼얹는 발언을 했어."

"이제 와서 갑자기 그런 말을…… 사바시 대장대신은 벌써 오래전에 그랜트를 승낙한 분 아닙니까?"

사메지마는 가는 눈을 치켜떴다.

"물론 양해했지. 그것도 사바시 장관은 원래 컨베어 F-106을 밀고 있어서 특히 신경을 써서 양해를 받았는데 이제 와서 기자단에게 그런 발언을 하다니, 그 사람 어디까지 애를 먹일 작정인지 모르겠어."

"총리가 치산치수책을 하나의 주축으로 삼으라고 말했다는 것을 핑계 삼아 내년도 2차 방위 예산편성에 이의를 품은 것 같은 발언을 한 게 아무래도 수상한데요. 관방장님, 그 이면에는 록히드사가 역전을 획책한 기미가 느껴지지 않습니까? 실은 우리 회사의 로스앤젤레스 지사에서 깅키상사의 사토이 상무가 로스앤젤레스에 와 있다는 텔렉스가 방금 들어왔습니다."

"그런 중대한 일을 왜 진작 얘기하지 않았나. 사토이는 언제부터 로스앤젤레스에 가 있는 거야?"

경찰 출신의 습성이 아직도 가시지 않은 가이즈카가 정말 몰랐던 것을 확인한 사메지마는,

"이거 제가 너무 멍청했습니다. 조금 전, 회사의 시시한 전화 끝에 그런 텔렉스가 들어왔다고 들은 참이어서…… 은밀한 행동인 모양이라고 일부러 알려왔기 때문에 그랜트사의 정보망을 이용해서 도미목적을 탐지하라고 지사에 지시는 했습니다. 그런데 관방장님, 총리에게 긴급히 시간을 내게 해서 국방회의를 열겠다는 야마시로 방위청 장관의 말씀을 그대로 받아들여도 되겠습니까?"

하고 불안한 듯이 말했다. 가이즈카는 두꺼운 입술을 핥으며 시의심이 강한 눈으로 말했다.

"자넨 내가 야마시로 장관한테 속고 있다는 말인가?"

"속다니 그런 실례의 말씀을…… 야마시로 장관이라 해도 방위청 제1의 실력자인 가이즈카 관방장님의 협력을 얻지 않고는 안보, 2차 방위 등 중첩되는 이 난국을 극복할 수가 없을 테니, 만일 그랜트 결정에 이변의 징조가 있으면 지체 없이 관방장님에게 의논하실 거라고 생각합니다. 그러니까 아무 연락도 없으신 걸 보니 이편의 지나친 생각이고, 사바시 대신의 발언은 매스컴으로 보내는 단순한 애드벌룬일지도 모르겠습니다."

자신 있는 듯이 부정했으나 그러면 그럴수록 가이즈카의 시의심을 부채질하게 되는 것임을 사메지마는 이미 계산하고 있었다.

"좋아, 지금 곧 야마시로 장관에게 진의를 따져보겠어. 전화!"

가이즈카가 초조한 목소리로 명령하자 사메지마는 수화기를 건네주고, 그럴 줄 앞았다는 표정으로 뉴재팬호텔에 있는 야마시로 사무소의 다이얼을 돌렸다.

가이즈카는 수화기를 귀에 대고 비서가 나오자 재빠르게 지껄였다.

"가이즈카야, 장관은? 무슨 일이든 알 건 없고 지금 곧 연락하고 싶은데 행선지를 말해 주게…… 음, 쓰루나카, 다음이 가네다나카…… 무슨 회합이야…… 뭐? 여러 가지라고? 그렇게 건방진 말투를 쓰는게 아냐!"

호통을 치며 욕하는 것을 사메지마는 도중에서 끊고 아카사카에 있는 쓰루나카의 다이얼을 돌리기 시작했다. 그러나 쓰루나카에도 가네다나카에도 야마시로 장관의 모습은 나타나지 않았다. 아자부(麻布)의 자택에도 걸었으나 연락처를 알 수 없었다.

"오늘은 아주 기분 잡치는 날이군."

가이즈카는 난폭하게 수화기를 집어던졌다. 사메지마는 내심으론

혀를 찼지만,

"자아, 그런 말씀 마시고 장관과 연락이 될 때까지 편히 쉬십시오. 오늘은 호오캉(술자리에서 주흥을 돋우는 것을 직업으로 삼는 사람) 다케노야 후쿠마루를 불렀습니다."

하고 쾌활하게 말하며 복도를 향해 손뼉을 쳤다.

그러자 곧 우르르 기생들이 몰려들어왔다. 기생들은 들어오자마자 가이즈카를 둘러싸고 술을 따랐다.

"어머나, 짓궂으셔. 시메카 언니한테만 잔을 주시고 저한텐 남은 잔도 안 주시는 거예요."

가장 나이가 어려 보이는, 일본머리에 흰 바탕 옷차림인 기생이 고개를 꼬며 일부러 토라진 체했다.

가이즈카는 시의심을 드러내고 초조해하던 조금 전까지의 표정을 완전히 누그러뜨렸다.

"그렇게 화내지 마라. 너는 처음 보는 얼굴이구나."

"네, 고항이라고 합니다. 앞으로 잘 부탁드립니다."

응석부리듯이 말하자 젊은 기생이라면 맥을 못추는 가이즈카는 입이 헤 벌어지며 좋아했다.

"좋아, 좋아. 이 집에 왔을 땐 꼭 너를 부르도록 하지."

술보다도 그쪽을 더 좋아하는 가이즈카의 호색함을 알고 있는 사메지마는 눈초리에 웃음을 띠고,

"관방장님은 언제나 인기가 좋으시군요. 그런 점에서 저는 이상한 이름이 화근이 돼서, 도무지 반겨주질 않으니 색정보다는 금전으로 승부하자고 마음먹을 수밖에요. 사나이 혼자 일생 동안에 얼마나 모을 수 있나, 관 속에 들어가기 전에 계산해 보는 것이 지금부터의 낙입니다."

하고 능청을 부렸다.

"어이 돈사메(돈만 아는 사메지마라고 비꼬는 말), 자넨 언제나 시끄러운 친구군. 서투른 호오캉 흉내는 집어치우고 빨리 후쿠마루를 불러와."

가이즈카가 재촉했을 때,

"네, 네, 후쿠마루 대령했습니다."

하고 복도에서 소리가 나고 희끗희끗한 머리에 갈색 옷을 입은 호오캉이 미끄러지듯 방안으로 들어왔다.

"폐하께옵서는 더욱 왕건하시니 충심으로 경하드리며 우선 한잔 내리시기 바랍니다."

'가이즈카 천황'의 위명을 알고 있어 그렇게 비위를 맞추며 다가앉자 가이즈카는 흐뭇한 기분으로 잔을 주며,

"사메지마의 시시한 우스개를 듣고 있으면 나도 시시해질 것 같아서 안 되겠어. 후쿠마루 전매특허의 실내연기가 보고 싶어 고대하고 있었네."

하고 말하는 가이즈카의 얼굴엔 음란한 빛이 스쳤다. 후쿠마루는 희끗희끗한 머리를 부채로 딱 때리고,

"황송한 말씀을 내려주시니 지극한 영광이로소이다. 하오나 후쿠마루의 여흥은 미성년자 금지, 문교부 추천을 받지 못하는 점이 유감이오나 어쨌든 시작해 보겠습니다."

라고 말하고 흰 다비(일본식 버선)를 신은 발 가운데 한쪽만을 벗고 따로 지참한 감색 다비로 갈아 신었다. 그리고 입고 있던 갈색 하오리도 한쪽만 벗고 거기에 여자용 검은 하오리를 입었다. 흰 다비와 검은 하오리는 여자를 상징하고 있었다.

하우따(샤미센에 맞추어 부르는 짤막한 속요)에 맞추어 후쿠마루는 남

자용 하오리와 감색 다비를 신은 좌반신과 여자용 하오리와 흰 다비를 신은 우반신을 번갈아 내세워서, 싫다고 후퇴하는 여자를 규방으로 끌어들이는 남자의 동작으로, 남녀의 어깨와 발이 왔다갔다 승강이를 하면서 차츰 다음 방 쪽으로 다가갔다.

그 다음엔 샤미센만 울리며 남자 하오리를 입은 손이 규방의 문을 열고 끌어당기려 하면 싫다고 앙탈하는 여자 하오리 쪽의 손이 반항하듯 문설주를 붙잡았다. 소매 끝에선 붉은 빛 비단 안감이 요염하게 빠져나와 남녀의 소매 끝이 한데 얽히면서 차츰 아래로 내려가 주저앉은 듯한 위치까지 가자 '어머나, 어머나' 하는 여자 목소리와 함께 미닫이가 좁은 틈을 남기고 닫혔다. 이윽고 미닫이 사이로 감색 남자 다비의 발과 흰색 여자 다비의 발만이 나와 남자의 발에서 피하려 하던 여자의 발이 어느새 위로 되고 아래로 되고, 마침내는 뱀처럼 휘감기며 거친 숨소리와 흐느끼는 목소리를 교묘하게 내어 규방에서의 남녀의 교합을 발끝의 동작만으로 실제를 보는 이상으로 생생하고 외설스럽게 묘사했다.

"나, 냉수 좀……"

가이즈카가 목마른 소리로 말하자 기생이 대기하고 있었던 듯 냉수 컵을 내밀었다. 가이즈카는 꿀꺽 소리를 내며 단숨에 들이키고 옆에 앉은 젊은 기생의 옷자락 밑으로 슬그머니 손을 넣었다. 그때 여자주인이 조용히 들어왔다.

"저어, 관방장님께 전화가……"

어쩌면 좋을까 망설이듯 사메지마에게 속삭였다.

"어디서?"

"야마시로 장관의 비서분한테서요."

"기다리고 있던 전화야. 여기선 어색하니까 복도의 전화박스로 연결해요."

사메지마는 여자주인에게 그렇게 말하고, 아직도 후쿠마루의 발짓 연기에 취해 음란한 흥분에서 깨지 않은 가이즈카에게 귀띔했다. 그러자 가이즈카는 정신이 번쩍 나는 표정으로 급히 방에서 나갔다.

그동안 사메지마는 후쿠마루의 멋진 연기를 칭찬하고 잔을 권하며, 호오캉의 연기담에 꽃을 피우다가 가이즈카가 되돌아오는 기색을 느끼고 훌쩍 자리에서 일어났다. 옆방 입구의 미닫이를 열자 가이즈카의 험한 얼굴이 불쑥 나타났다.

사메지마는 곧 손을 뒤로 돌려 미닫이를 닫고,

"야마시로 장관과 연락은 잘됐습니까?"

하고 물었다.

"기종결정은 당분간 연기야!"

가이즈카는 억제하고 있으나 덤벼들 것 같은 기세로 말했다.

"게이힝은행에, 대장성 은행국의 불시감사가 시작된 모양이야. 외국환어음을 철저하게 조사하는 것으로 보아 G자금의 추궁이 틀림없어. 자네가 부리고 있는 그 이노우에(井上)가 실수를 한 건 아니지?"

그 순간, 사메지마의 검은 얼굴이 대뜸 동요했다. G자금은 그랜트사의 기종을 결정해주는 대가로 그랜트에서 총리파에게 유입시킨 선거용 자금의 일부를 말하는 것이다. 미시마 간사장이 지난여름 하와이에서 그랜트사의 부사장과 만나 극비리에 결정한 사례금의 착수금 3억 6천만 엔을 탄로가 나지 않도록 받기 위해, 도쿄상사를 사이에 두고 복잡한 절차를 짜놓았던 것이다. 그 기본이 되는 것은 그랜트사에 대한 수출품 가격의 허위증액이었다. 즉 L/C(신용장)에 의해 정당한 상거래를 하는 도중, 미국 측에서 각각 상품에 대해 허위 증액한 계약서와 바꿔치기하여 3억 6천만 엔에 해당하는 1백만 달러를 남겨 도쿄상사 로스앤젤레스 지사로부터 스위스은행으로 보낸다. 미국에선 해외 송금을 일본과 같이 세밀하게 체크하는 일이 없고, 한편 스위스은행은 계좌번호뿐이고, 명의를 공표하지 않기 때문에 거기에 착안한 것이다.

그리고 스위스의 금융 브로커를 이용해 홍콩의 지하은행으로 보낸다. 홍콩에서 일본으로의 송금 루트는, 하나는 니혼바시에 가공의 기계상사를 만들어 은행에 계좌를 설정하고, 수출 전도금으로서 60만 달러를 납부하고, 나머지 40만 달러에 대해선 일본에 체재해 있는 외국인 여행자 앞으로의 기명식 송금수표를 이용하기로 했던 것이다. 일본에 체재 중인 여행자가 해외에서 자기 앞으로 바꾸는 데에는 여권 넘버나 숙박 호텔 이름을 명시하면 그 자리에서 엔으로 환전해준다.

거기에 착안한 사메지마는 그랜트 극동지사 사원인 일본계 2세 조오 이노우에를 외국인 여행객으로 가장시켜 1회에 2만 달러 내외의 기명식 송금수표를 홍콩에서 10일에 한 번 정도의 비율로 조오 이노우에에게로 보내 까다로운 엔 교환을 백주에 당당히 해치워, 계속 미시마 간사장의 계좌로 보내기 시작했던 것이다.

조오 이노우에 앞으로 오는 송금수표의 엔 지불은행을 게이힝은행으로 한 것은 도쿄상사와 깊은 관계가 있기 때문이지만, 40만 달러를 가능한 빨리 엔으로 전환시키기 위해 다른 외국환 취급 은행에도 나누어 주고 있었다.

그랬는데 가장 안심하고 있던 게이힝은행에 별안간 대장성 은행국의 불시감사반이 들어간 것은 밀고를 당했다고 밖에 생각할 수 없다.

"관방장님, 이건 아무래도 록히드 측에 가담하고 있는 자가 대장성 은행국에 밀고했기 때문에 은행국이 불시감사반을 보낸 것으로밖에 생각할 수 없습니다. 아까 말씀하신 사바시 대신의 기자회견 담화도 이것을 감안한 발언일 겁니다."

분해서 발을 구르듯이 말했다. 가이즈카도 서슬이 퍼런 증오심을 드러냈다.

"자네들한테서 실수가 없었다면 그렇게 생각할 수밖에 없군. 그렇다면 밀고한 것은 깅키상사란 말이지?"

"그렇겠죠. 사토이 상무가 지금 로스앤젤레스에 가 있는 것도 모두 연관성이 있을 겁니다."

사메지마의 가는 눈에 사나운 빛이 떠올랐다.

이키의 책상에 여사원이 차와 네 종류의 신문을 갖다놓았다.
"고마워. 오늘 아침은 빠른데."
이키는 따끈한 차로 목을 축이며 신문에 눈길을 돌렸다.

2차 방위는 난항?
대장성에서 이의

어제 저녁, 대장성은 방위청에서 제출한 제2차 방위정비계획에 대하여 재정면에서 이의를 제기하여 국방회의의 심의를 연기하라고 강력히 요구했다.

방위청이 현재 대장성에 요구중인 방위비는 2,319억 엔으로 이것을 차기 방위계획의 초년도분으로 계상하여 연내 확정을 희망하고 있으나, 여당 내에서도 안보조약 개정에 관련하여 거액의 예산을 소비할 방위계획을 먼저 내세우는 일은 공연히 야당을 자극하기 때문에 정치적으로 득책이 아니라는 판단에서 신중론이 대두되어, 제2차 방위정비계획의 앞날은 난항의 양상을 보이기 시작했다.

이미 집에서 읽은 신문에도, 지금 눈앞에 있는 신문에도, 대장성의 이론(異論)과 당내의 신중론을 비슷한 논조로 보도하고 있었다.
이키는 히사마쓰 경제기획청 장관의 자택을 방문하여 록히드의 재검토를 부탁하고 나서 전광석화의 기세로 사태가 호전되고 있는 것을 냉정한 눈으로 지켜보고 있었다. 그리고 도쿄상사가 그랜트사와 짜고 외국환어음법의 엄중한 법망을 피해, 미시마 간사장의 계좌로 불입하던 G자금이 게이힝은행에 기명식 송금수표로 2만 달러 안팎씩 10일 간격으로 집중되고 있던 일이 발각되었다.
그 수취인인 조오 이노우에라는 외국인 여행객이 그랜트사 극동지사원이라는 사실도 밝혀지고, 다른 자금 루트도 추궁 중이어서 G자금은 죽은 돈이 되어가고 있다는 것을 어제 저녁, 히사마쓰 경제기획청 장관 측근에게서 들었다.
책상 위의 전화가 울렸다. 수화기를 들자 교환수가 로스앤젤레스 사토이 상무에게서 전화가 왔다고 전했다. 이키가 히사마쓰 경제기획청 장관을 방문한 후 사토이 상무는 급히 로스앤젤레스의 록히드 본사로 날아간 것이다.
"여보세요, 이키 군인가. 나 사토이야. 대장성 쪽은 어떻게 됐나?"
로스앤젤레스의 현재시간은 새벽 1시인데도 사토이의 목소리는 근무시간처럼 활기에 차 있었다.
"엊그제 사바시 대신의 기자회견 담화에 이어서 주계국으로부터 이론이 나와 각 신문마다 2차 방위 난항의 기사가 크게 났어요. 이렇게 되면 방위청이 제아무리 서둘러도 연내 기종결정은 무리일 겁니다."
사토이가 알아듣기 쉽도록 여느 때와 달리 큰소리로 응답했다.

"게이힝은행 쪽은?"

"극비리에 불시감사가 진행 중입니다."

"이쪽의 동향…… 꼬리 잡히진 않았겠지."

전파에 잡음이 생겨 사토이의 목소리는 군데군데 중단되어 알아듣기가 힘들었다.

"네에, 그쪽은 특히 조심성 깊은 고이데 군이 맡아서 했으니까…… 더구나 은행국의 감사과장은 H씨(히사마쓰 장관)의 뜻을 직접 받고 있는 모양입니다."

"그런가. 그(록히드사)쪽은…… 이야기가 돼서…… 사장이 일본에 가…… 정해졌으니까 마쓰모토 군에게 전해 주게. 상세한 것은 나중에 다시 한 번 연락하겠네."

거기서 전화는 끊겼다. 마쓰모토 항공기부장은 사토이 상무로부터의 전화임을 알아차리고 국제전화가 끝나자 이키 곁으로 왔다.

"록히드사 사장이 일본에 오기로 했다고 부장님께 전하라고 했습니다. 저녁에 다시 한 번 전화주시겠답니다."

이키가 안심한 듯이 전하자 마쓰모토 부장의 얼굴이 금세 밝아졌다.

"그거 잘됐군."

흥분된 목소리였다. 이키는 엿보는 듯한 눈초리로 이쪽을 보고 있는 고이데 히로시를 눈짓으로 불렀다.

재빨리 자리에서 일어나 다가온 고이데에게 마쓰모토 부장은,

"지금 사토이 상무한테서 전화가 왔는데, 투서건은 걱정 없겠지?"

하고 다짐하듯 말했다.

"걱정하실 것 없습니다. 지문이나 목소리, 타액과 달리 필적감정의 증거율은 매우 낮고, 그러한 방면의 일은 옛날 조사과에 있을 때 특별훈련을 받았으니까요."

그는 엷은 웃음을 띠었다.

도쿄상사의 G자금의 엔 전환이 주로 게이힝은행에서 행해진다는 사실을 탐지하여, 외국인 여행자 앞으로 기명식 송금수표를 보내는 환어음관리법 위반 혐의가 있다고 투서한 것은 고이데였다.

마쓰모토 부장은 시계를 보고 9시 반부터의 부장회의 시간을 생각하면서,

"오늘은 항공기 공업회의 친목 파티가 있는 날이군. 가긴 싫지만 결석하면 오히려 의심을 받게 되니까 이키 군, 오늘은 함께 가도록 하세."

하고 권했다.

"아뇨, 나는 아무래도 그런 회합은 딱 질색이라서……"

사양하려니까 마쓰모토 부장은,

"글쎄, 자네 이름은 여기저기서 이상한 소문이 나고 있으니까, 한 번쯤 동업자가 모이는 자리에 얼굴을 내미는 것도 좋을 거야. 그럼 나중에."

하고 말하고는 급히 회의에 나갔다.

정오부터 오오테 거리의 공업 클럽 홀에서 항공기 공업회 주최의 친목 파티가 열리고 있었다.

상사의 항공기부나 항공기, 전자기기 관계의 메이커 등 각사의 담당 중역과 부장급의 얼굴이 보였다.

이키로선 처음 참석하는 동업자간의 모임이었다. 정오부터 시작된 파티니까 맥주나 양주에다 오르되브르나 샌드위치를 먹으며 정부의 고도성장 정책을 논평하거나 구미에선 해외여행 붐이 높아져 민간항공기가 더욱 대형화된다는 이야기들로 화제의 꽃을 피웠다. 오늘 아

침 신문에 난 대장성의 제2차 방위정비계획결정 연기에 관해선 아무도 말하지 않았다. 그러나 차기 전투기와 관련된 이쓰이물산, 도쿄상사, 마루후지상사, 깅키상사 담당자들은 서로를 의식하여 얼굴을 맞대지 않도록 하고 있었다. 그러다 가끔 시선이 마주치면 얼른 피했지만 눈에 보이지 않는 불꽃이 튀었다. 그런 가운데 이쓰이물산의 담당 중역은 맥주를 마시면서,

"값이 싸다, 위험하다만으론 곤란해. 어쨌든 비행기는 양보다 질이니까 말야."

하며 콘베어 F-106을 추진하다가 우수하지만 가격이 높다는 이유로 제일 먼저 탈락한 분풀이라도 하듯이 말했다.

그러자 이쓰비시상사의 항공기 부장은 히죽 웃으며,

"요즘은 전쟁 전엔 생각도 못하던 곳에서 비행기를 팔려고 하니까 그야말로 전국시대처럼 혼란한 거죠. 하지만 어찌됐든 주고 싶은 데 주어버리면 되는 거 아닙니까."

하고 너그럽게 받았다. 어느 기종으로 정해지든 일본에서 면허 생산하는 곳은 이쓰비시중공업이니까 다른 상사들처럼 눈빛이 달라져서 후보기를 밀지 않아도 당연히 구전이 들어온다는 여유와, 간사이 지방의 섬유상사들에 대한 야유가 섞여 있었다.

마쓰모토 부장은 비위가 상한 듯, 그 자리를 떠나 록히드사와 기술제휴를 하고 있는 항공기 메이커 미사키항공의 부장과 만나,

"금년엔 신세 많이 졌습니다. 내년에도 잘 부탁합니다."

하고 사태가 호전되어 매일같이 회합을 갖는 사이면서도 일부러 점잖게 인사했다.

상대방도,

"천만의 말씀입니다. 저희야말로 잘 부탁합니다."

하고 의례적인 답례를 보냈다. 만일 록히드가 채택되는 경우엔 잘만 하면 이쓰비시중공업을 제치고 국내생산의 주계약자가 될 수도 있다는 속셈으로 그는 눈을 빛냈다.

마쓰모토 부장이 회장을 한 바퀴 돌고 나서,

"이키 군, 아무래도 심상치 않아. 오래 있을 필요 없이 물러가세."

하고 귓전에 속삭이고 출구로 향하려 할 때였다. 웅성대던 회장이 일순 조용해지는가 싶더니, 유난히 키가 큰 한 사나이가 어깻바람을 일으키며 모습을 나타냈다. 턱이 네모난 거무튀튀한 얼굴에 가는 눈을 번쩍이고 있었다. 이키는 소문으로만 전해 듣던 도쿄상사의 사메지마 다쓰조라는 것을 직감했다.

"미안합니다, 미안합니다. 여러분 너무 늦어서……"

누구에게라고 할 것 없는 인사를 하며 들어왔지만, 사람들은 일제히 피하듯이 등을 돌렸다. 마쓰모토 부장이 이키를 재촉하여 총총히 돌아가려 하는데 사메지마가 순식간에 이키 일행의 앞을 가로막고 섰다.

"오랜만입니다. 귀사는 언제나 번창하시니 부럽습니다. 오늘 사토이 상무는 오시지 않았습니까?"

내심으론 속이 뒤집힐 것 같은 분노를 조금도 내색하지 않고 상냥하게 말했다.

"홍콩독감에 걸려서 이런 모임엔 나오고 싶어도 못 나와 실례하고 있습니다."

마쓰모토 부장은 시치미를 떼고 대답했다.

"그거, 안 됐군요. 미국 출장에서 오늘 아침 돌아온 우리 사원의 말로는, 이틀 전에 로스앤젤레스 거리를 활기차게 걷고 계시더라고 하던데 그쪽에서도 홍콩독감이라는 게 유행하고 있나 보지요?"

모두 들으라는 듯이 큰소리로 말했다. 순식간에 주위의 이목이 마쓰모토와 이키에게로 쏠렸다.

"무슨 농담을…… 사토이 상무는 요 며칠째 독감으로 누워 있는데 로스앤젤레스라니 그런……"

정면으로 부정하자 사메지마는 눈초리가 치켜진 가는 눈에 기분 나쁜 웃음을 띠고,

"허어, 그렇다면 댁의 사토이 상무와 꼭 닮은 사람이 로스앤젤레스를 걷고 있었군요. 평소 애용하시는 갈색 트렌치코트까지 똑같더라는데, 아무리 꼭 닮은 남이라 해도 괴상한 일이군요."

하며 깅키상사의 거짓말을 폭로하겠다는 심산인 듯 지껄이곤 갑자기 이키 쪽을 보면서 말했다.

"이분은 귀사 항공기부의 신입사원이신가요? 웬만하면 소개 좀 해주시죠?"

딴말을 못하게 하는 말투였다.

마쓰모토는 할 수 없이 이키를 소개했다.

"이키 다다시 군입니다. 항공기부로 온 지 얼마 안 됐으니까 잘 부탁합니다."

"처음 뵙겠습니다. 앞으로 많이 지도해 주십시오."

이키가 곧바른 자세로 자기보다 2, 3세 아래인 사메지마에게 초면인사를 하자, 사메지마는 이키가 내준 명함을 보고 나서 말했다.

"아아, 당신이 이키 다다시 씨입니까? 전직 고급장교로 이것저것 유명한 분인데 촉탁이라니 이해가 안 되는군요. 어찌됐든 서로 뒷맛이 나쁘지 않도록 페어플레이로 갑시다. 핫핫핫."

남을 우습게 보는 것 같은 웃음소리를 내고 이키 앞을 떠나갔지만 순간 사메지마의 가는 눈이 도전하는 것 같은 빛을 띠었다.

공업클럽에서 나오자 마쓰모토 부장은 곧장 회사로 돌아갔으나 이키는 히비야 공원 쪽으로 발길을 돌렸다.

이키는 오랜만에 공원을 거닐면서 히비야 공원 근처의 중국집 2층에 있는 시베리아 장기억류자 모임인 '삭풍회(朔風會)'로 향했다. 회비를 납부하기 위해서였다. 물론 우송해도 되지만, 그 모임의 회장 겸 사무원으로 있는 다니카와 전 대좌를 만나고 싶었기 때문이다.

이키는 히비야 공원 앞을 지나치다 걸음을 멈추었다. 입구 왼쪽에 있는 돌담 옆 벤치에 앉아 있는 사람의 뒷모습이 다니카와 대좌와 흡사했다.

그는 양지쪽에서 낡은 양복차림의 잔등을 구부리고 박박 깎은 머리를 힘없이 떨구고 있었다. 대여섯 발짝 다가가서 보니 역시 다니카와 대좌였다. 말을 걸려는 순간 이키는 주춤 말을 삼켰다. 무릎에 놓은 신문지 꾸러미를 펼쳐 우유 한 병과 빵 한 개를 꺼내 천천히 먹기 시작했기 때문이다. 시베리아에 잠들어 있는 유골이 돌아올 때까지 참다운 의미의 귀환은 없다면서 유골 귀환 촉진운동과 유가족 원조, 회원의 상호부조를 목적으로 한 삭풍회를 결성하고 일하고 있는 다니카와 대좌의 초라한 점심식사였다. 다니카와는 회비가 많지 않다는 이유로 보수는 일절 받지 않고, 노트를 만들어 때때로 격려의 편지를 보내고 기일을 잘 기억했다가 명복을 빌 뿐만 아니라, 흩어져 있는 유족이나 병상에 누워 있는 회원들의 집을 순례하듯이 돌면서 위로하고 있었다.

언젠가 이키가 "참모로 계셨던 뛰어난 두뇌와 어학실력이 있으니까 예순이 가깝다 해도 취직은 결코 불가능하지 않습니다." 하고 취직을 권했을 때 "나는 조금이라도 나 이외의 사람을 위해 도움이 되는 제2의 인생을 살겠네." 하고 엄숙한 표정으로 거부했던 것이다.

이키는 가슴이 뭉클해지는 것을 느끼며,

"다니카와 회장님."

하고 말을 건네자 다니카와는 놀라 뒤를 돌아보았다.

"여어, 이키 군 아닌가. 어떻게 된 건가? 이런 시간에."

"회장님이야말로 어째서 이런 데서 식사를 하고 계십니까?"

"2층에 세든 사무실은 높은 빌딩 사이에 있어 하루 종일 햇빛이 들지 않으니까, 날씨가 좋은 날은 여기까지 나와서 먹기로 했지."

"그렇더라도 벤치에서 찬 우유와 빵만 드시면 몸에 해로우실 텐데요."

"아니 이렇게 하고 있으면 귀환을 기다리고 있던 무렵의 일이며 귀환을 목전에 두고 죽어간 전우의 일이 생각나거든. 하바로프스크에서 우리들을 위해 죽음의 항의를 한 후쿠오카의 호리 군 양친도 요전에 뵙고 왔네. 여전히 건강하게 지내고 계셨지만, 그때 일을 생각하면 지금도 그 해군 군가가 들리는 것 같아. 자아, 자네도 여기 앉게나."

하고 벤치를 가리켰다. 이키가 나란히 앉자,

"어때, 이것 좀 먹어보겠나?"

하고 쿠페빵 한 조각을 이키의 손에 들려주었다. 이키는 그것을 입에 넣었다. 조금 전 공업클럽 파티에서 먹은 오르되브르 같은 것과는 비교할 수 없이 초라한 음식이었다.

"그래, 일은 이제 익숙해졌나?"

"네, 그럭저럭……"

"그거 잘됐군."

진심으로 안심한 듯 말하고는,

"이키 군, 지금쯤 이르쿠츠크, 타이셋 근방은 영하 30도 동장군이 맹위를 떨치고 있을 거야. 조국의 땅을 밟지 못하고 죽은 사람의 일을 생각하면 11년의 인생을 허비했다던가, 전시보상금 운운하는 소리도 들리지만, 살아서 돌아온 자는 그것만으로도 행복한 거지. 시베리아에서 허무하게 죽어간 전우들의 몫까지 살아야만 하겠어."

하고 감개무량한 목소리로 말했다. 이키의 가슴에도 잠시 동안 잊고 있던 생환의 기쁨이 새삼스레 벅차올랐다. 그와 동시에 지금의 자기에겐 두 개의 세계가 있다, 그 하나는 제2의 인생을 걸고 있는 상사원으로서의 세계, 또 하나는 다니카와 대좌를 비롯하여 11년간 시베리아에서 생사를 함께 한 삭풍회 사람들과의 세계라고 생각했다. 이키는 주머니에서 삭풍회 회비와 금액은 적지만 회에 기부하는 돈을 넣은 봉투를 꺼내 건네주었다.

"이키 군, 고맙네. 한 달에 회비 1백 엔조차 못 내는 회원이 많으니 큰 도움이 되겠네."

다니카와 대좌는 소매가 닳아빠진 외투주머니에 봉투를 소중하게 챙겨 넣었다.

두개의 날개

히노키 거리에 있는 방위청의 정문을 들어서면 육·해·공군의 막료부가 있는 6층 건물이 바로 눈에 띈다.

가와마타 공군준장이 부장으로 있는 항공막료부 방위부는 6층에 있다. 복도를 사이에 두고 방위과, 운용과, 조사1과, 2과, 시설과의 5개 과가 줄지어 있고 복도 맨 끝 막다른 곳에 작전실과 조사작업실이 있다. 방위부가 맨 위층인 까닭은 항공막료부의 중추부문인 작전실이 있어, 기밀이 외부로 새는 것을 막고 관계자 이외의 출입을 금지시키기 위해서다. 부외자로 여기까지 올 수 있는 사람은 대장성의 담당주계관 정도였다.

가와마타가 예산절충을 위해 추가서류를 작성하고 언제나처럼 각과를 순시하기 위해 자리를 뜨려는데, 작전실에서 긴급전화가 왔다.

"지금 스크램블(긴급출격)이 있었습니다."

긴장한 목소리가 전해졌다. 가와마타는 급히 방위부장실에서 나와 작전실로 향했다.

작전실의 문을 열자 방 안은 암막이 쳐져 어두웠다. 정면의 플라스틱 상황판에 그려져 있는 중국, 소련 대륙, 한반도, 일본 열도의 지도

가 판 위에 장치한 형광등 빛으로 돋보이고 있었다.

먼저 와 있던 운용과장 기무라 일좌가 가와마타의 기척에 뒤돌아보았다.

"어떤가, 상황은……"

가와마타는 기무라 일좌 옆에 서서 플라스틱 상황판의 지도를 응시했다. 빨간 화살표가 연해주에서 홋카이도의 숨통인 오시마 반도를 향해 오고 있는 중이며 그에 대해 홋카이도 중앙 상공에서 노란 화살표가 요격하듯이 따라붙고 있었다.

일본으로 다가오고 있는 국적불명의 비행기를 레이더가 포착하여 국적불명기에서 가장 가까운 치토세 기지에서 F-86 전투기가 긴급출격한 것이다.

기무라 일좌는 빨간 화살표의 진행상황을 눈으로 쫓으며 말했다.

"아직 확인되지 않았지만 국적불명기의 비행경로로 미루어보아, 니콜라예프스크 기지에서 뜬 TU-16으로, 오쿠리시의 레이더 기지를 정찰하러 온 것 같습니다."

그 예측대로 국적불명기를 나타내는 빨간 화살표는 오시마 반도 앞바다 5킬로미터 지점에 있는 오쿠리시 섬을 향해 직진하고 있었다. 비행기는 2대였다. 치토세 기지에서 긴급출격한 2대의 F-86을 나타내는 노란 화살표도 궤도 수정을 하면서 차츰 빨간 화살표로 접근해 갔다.

어둡고 쥐 죽은 듯이 조용한 작전실에서 플라스틱 상황판 위의 빨강과 노랑 화살표만이 기분 나쁘게 움직이며 한 발짝 한 발짝 거리가 좁혀져갔다.

빨강과 노랑으로 표시된 화살표 간의 거리는 순식간에 좁혀져 오쿠리시 섬 50킬로미터 앞바다 상공에서 상대기가 소련의 TU-16이라는 것이 확인되었다. 거리는 30킬로미터, 20킬로미터로 점점 좁혀지고 있었다.

"부장님, 오늘은 꽤 심각한데요. 만일을 위해 하라다 막료장에게 보고할까요?"

기무라 일좌가 긴장된 목소리로 말하고 지시를 기다릴 때, 첫 번째 빨간 화살표가 갑자기 왼쪽으로 돌았다. 가와마타는 안도의 숨을 쉬었다. 오쿠리시 섬을 목표로 최단거리로 다가오던 화살표가 옆으로 방향을 돌렸다는 의미는 기체가 반전했다는 의미이기 때문이다.

"이제 이 이상은 들어오지 않겠지. 그런데 이 한두 달 사이에 스크램블의 횟수가 급격히 늘었는데."

가와마타가 말하자, 기무라 일좌는 아직도 플라스틱 상황판에서 눈을 떼지 않고 말했다.

"FX문제가 표면화되었으니까 소련측도 신경을 곤두세우고 있는 거죠. 차기 전투기가 도입되면 소련뿐 아니라 일본 주변으로의 국적불명기 진출상황은 더욱 빈번해질 겁니다."

항공자위대의 레이더 기지는 전국에 24개소가 있다. 만일 어느 레이더 기지라도 국적불명기를 발견하고 본토에서 약 2백 킬로미터의 방공식별권을 넘어서 접근해 오면, 가장 가까운 기지에서 24시간 경계태세로 대기하고 있는 전투기가 5분 내지 10분 이내에 긴급발진하여 국적불명기를 확인하고 영공침범을 하지 않도록 경고한다.

하지만 긴급발진해 하늘에 떴을 때는 이미 국적불명기는 도망쳐서 그림자도 없을 경우도 있고, 방공식별권의 아슬아슬한 곳에서 소련의 미그 전투기가 편대를 짜며 당당하게 연습하고 있는 경우도 있었다. 그러나 방공식별권을 넘어서 날아오는 비행기의 태반은 1대 내지 2대로, 레이더로 일본의 전투기가 몇 분 만에 긴급발진해 오는지, 또는 어디로 가면 어느 기지의 전투기가 날아오는지 등, 일본의 방공능력을 정찰하고 있는 것이 분명하다.

플라스틱 상황판 위의 빨간 화살표는 연해주 오시마 방향으로 반전해 갔다.

기무라 일좌는 긴장에서 풀린 듯이 가와마타 쪽을 향해,

"부장님, FX 기종결정이 정말 내년 이후로 넘어가게 되는 겁니까?"

하고 의심스럽다는 듯이 말했다.

"정책결정 사항이라는 건 우리들 상식으론 추측할 수 없는 것뿐인데, 뭔가 걸리는 일이라도 있나?"

"아뇨. 새삼스러운 일은 아닙니다만 F-86은 미국에선 거의 도태되고 있는 기종입니다. 그래서 레이더에서 국적불명기를 포착하여 스크램블해도 상대방의 최신형 전투기가 월등히 빠르니까 놓치고 마는 일이 많아져 확인율은 점점 저하되고 있습니다. 그 때문에 조종사들이 초조한 나머지 무리한 비행을 하게 돼서 걱정입니다."

갑자기 작전실과 방음유리로 막혀 있는 통신소에서 손을 흔들어 신호를 보냈다.

기무라 일좌가 문을 열자 가와마타 부장에게 내국의 관방장으로부터 전화가 왔다고 전했다. 작전실 전화로 연결할 것을 허가하고 가와마타는 수화기를 들었다.

"여보세요, 가와마타입니다……"

"아, 가와마타 부장입니까? 수고스럽지만 지금 곧 관방장실로 와 주십시오."

하는 경찰청 출신의 관방장 비서관의 정중한 듯 보이지만 무례한 목소리가 전해져 왔다.

"지금 곧 말인가? 용건이 뭔데?"

"가이즈카 관방장께서 부르십니다. 지금 곧 오십시오."

비서관은 말을 마치자 일방적으로 전화를 끊었다. 아직 서른 안팎의 새파란 놈이, 하고 혀끝을 차면서도 관방장이 부른다면 직위상으로 보아 가지 않을 수 없었다.

항공막료부의 건물에서 조금 떨어진 곳에 있는 방위청 내국의 새로운 건물 주변은 이상하리만큼 조용하고 사람이 별로 없었다.

경비원의 경례를 받고 2층의 방위청 장관실과 이웃하고 있는 가이즈카 관방장의 방으로 가니 비서관이 정중히 맞아들였다. 그는 안에 또 하나 있는 관방장실의 문을 눈으로 가리켰다. 가와마타는 일부러 크게 노크를 하고 들어갔다.

넓은 직무실에서 가이즈카 관방장은 커다란 책상을 향해 앉아 품의서를 검토하며 도장을 찍고 있었다. 뚱뚱한 몸집이 가죽 회전의자에서 비어져 나올 것 같았으나, 그것이 사람의 가슴속까지 꿰뚫을 것 같은 눈매와 함께 내방자에게 말할 수 없는 위압감을 주고 있다는 것은 누구보다도 가이즈카 자신이 잘 알고 있었다.

가와마타가 책상 앞에 서도, 가이즈카는 그 희멀겋게 벗겨진 머리를 쳐들지도 않았다.

"도장 찍기가 바쁘시면 나도 하던 일이 있으니까 나중에 오죠."

가와마타가 불쑥 한마디 하자,

"야마시로 장관에게 제출할 품의서니 잠깐 기다려."

하고 안경 너머로 말하고는 더욱 시간을 끌듯이 품의서를 훑어내렸다. 그 품의서도 원래는 육·해·공군의 어느 막료부에선가 올라온 것으로 병기에 전문적 지식이 없는 내국의 국장들이 이리저리 돌리다가 숫자만 뜯어 맞춘 것이 틀림없다. 그것을 중요한 것인 양 들여다

봤자 의미가 없을 것이라고 여기며 내심 입맛이 써, 깅키상사의 이키가 '가이즈카 관방장을 경질할 수 있다면?' 하고 말하던 일이 생각났다.

방위청은 발족한 지 아직 얼마 안돼서 내국은 각각의 성과 청에서 차출한 사람으로 운영되고 있는데 그 7할이 구 내무성계의 경찰출신이다. 중추적 위치인 차관, 관방장은 역대로 구 내무계통의 관리에 의해 점령되고 있는데다 경리국이나 장비국으로 와 있는 대장성, 통산성 출신자들은 2, 3년의 임기를 과오 없이 치르고 다시 돌아갈 일만 생각할 뿐, 적극적으로 일을 추진하려는 열의가 없었다. 더구나 역대의 방위청 장관은 국회나 기자회견이 있을 때마다 설화사건(舌禍事件)을 일으키고 경질되어 평균 취임기간은 불과 9개월이라는 형편이었다. 그러므로 경찰예비대 이래의 정통파인 가이즈카 관방장의 손에 인사와 예산을 좌우하는 실권이 쥐어져 복마전과 같은 양상을 띠고 있었다.

가이즈카는 품의서에 도장을 다 찍은 뒤 금테안경을 벗고,

"가와마타 군의 건강은 요즘 어떤가?"

하고 두터운 입술에 엷은 웃음을 띠며 느닷없는 질문을 했다.

"보시는 바와 같이. 용건이 뭡니까?"

가와마타는 무뚝뚝하게 말했다.

"그래서 건강하냐고 묻는 거야."

"다행히 머리도 몸도 지극히 건강한 상태로 국방의 임무를 다하고 있습니다."

국방이 무엇인가를 진지한 마음으로 생각해 본 일이 없는 가이즈카를 최대한 비꼬면서 말했으나 가이즈카는 마이동풍 격으로 흘려버렸다.

"그렇다면 됐군. 실은 내년 1월 10일의 정기 인사이동에서 서부항공방면대 사령관으로 부임해야겠어. 정식 사령은 나중에 하라다 막료장에서 나오게 돼 있어."

가이즈카가 대뜸 말했다.

"내년의 인사이동을 벌써 예고하는 것은 뭔가 특별한 이유라도 있습니까?"

다그치듯 되묻자 가이즈카는,

"자네의 지금까지의 공헌에 보답하여 공군소장으로 영전하게 됐으니 빨리 알려주려는 친절에서야. 47세에 공군소장이란 좀 빠른 것 같으니 주위의 질투도 있을지 모르지만 그건 내가 막아주지."

회전의자에 몸을 기대며 은혜라도 베푸는 투로 비아냥거렸다. 가와마타는 온몸의 피가 거꾸로 솟는 분노를 느꼈다. 11월에 미자와 북부항공방면대로 출장 갔을 때 이키에게서 전화가 걸려와 "마이초신문 기자가 와서 자네가 서부항공방면대 사령관으로 나가는 것이 사실이냐고 물었어"하고 알려왔을 때에는, 아마도 록히드 F-104를 밀고 있는 자신의 언동을 견제하기 위하여 고의적으로 신문기자에게 흘린 소문 정도로밖에 생각지 않았는데, 가이즈카가 진심으로 좌천을 생각하고 있었던 것이다.

가와마타는 고집스러운 눈초리로 다그쳤다.

"나를 서부항공방면대로 내쫓는 이유는 뭡니까?"

"내쫓아? 지방의 일선부대를 경시하는 것 같은 그런 말은 삼가게. 자네가 가게 된 것은 서부항공방면대 사령관이 항공막료부로 이동하기 때문이야."

"허어, 서부항공방면대 사령관은 분명히 내년 3월에 정년퇴관이라고 들었는데 그때까지 기다려 주지 않고 정기 이동에 끼우다니 아무래도 이상하군요."

"무엇을 의심하고 있는지 모르지만 도쿄 출신의 그를 3월까지 규슈에 놓아두면 그 다음의 취직이 곤란하니까 일찍감치 도쿄로 오게 하려는 배려에서야. 자식이 없어 속편한 자네와는 달리 사람에겐 여러 가지 사정이라는 게 있는 거야. 용건은 이상이야. 자네도 하던 일이 있다고 했지?"

가이즈카는 노기에 찬 가와마타를 피하려고 가볍게 돌려 말했다.

가와마타는 그 자리에서,

"아니, 나는 FX의 기종조차 아직 결정되지 않은 단계에서 항공막료부를 떠날 순 없습니다. 국방회의에서 기종이 정식으로 결정되고 그것에 의한 병기체계의 결정을 볼 때까지가 2차 방위에 종사해 온 방위부장의 임무라고 생각합니다."

하고 단호한 태도로 말했다. 그러자 엷은 웃음을 띠고 있던 가이즈카의 눈에 갑자기 차가운 기운이 서렸다.

"가와마타 군, 자네들 항공막료부 무관의 임무는 4후보기를 미국에 가서 실지로 시험비행을 하고 그 조사결과를 작성해서 내국에 제출한 시점에서 끝난 거야. 자네가 서부항공방면대로의 부임을 거부한다면 강요는 하지 않겠지만, 내년 1월 10일 이후의 항공막료부 방위부장으로는 장비부장에게 이미 예고를 했으니까 그리 알게."

자기 후임이 이미 결정되었으니 명령된 부임지를 거부한다는 것은 사표를 내던지는 것밖엔 안된다.

가와마타는 분노로 몸을 떨었다.

"당신이란 사람은 자위대를 뭘로 생각하는 겁니까? 제1선의 자위관들은 지금 뭘하고 있는지 알고나 있습니까? 조금 전 당신이 나를 불렀을 때도 치토세에서 스크램블이 있어 나는 그 상황을 보고 있었소. 홋

카이도의 기상상태는 지금 영하 20도, 풍속 13미터로 눈보라가 휘날리고 있소. 그런데도 국적불명기를 발견하면 스크램블하여 조종사는 죽을지도 모르는 위험 속에서 비행하고 있는 거요. 스크램블을 명하는 지휘관도 이런 때 비행시키면 상대기를 확인한다 해도 돌아오지 못할지도 모르고, 또 너무 추격하다가 연료가 떨어져 낙하산으로 뛰어내리면 눈벌판이나 유빙(流氷)의 바다에서 동사할지도 모른다고 생각하면서도 '날아라' 하고 말하지 않으면 안 되는 고충에 가슴이 찢어지는 것 같단 말이오."

그렇게 말하면서 가와마타는 격해지는 감정을 억제했다. 가와마타 자신은 방위청에 들어와 제1선 부대를 지휘할 입장엔 서지 않았다. 그러나 일찍이 전쟁에서 남방군 총사령부의 참모를 지냈고, 자기가 작성한 명령이 많은 병사를 죽인 일이 씻을 수 없는 마음의 앙금이 되어 가슴 깊이 가라앉아 있었다. 가와마타는 무표정하게 듣고 있는 가이즈카의 얼굴을 보자 사표를 각오하고 말을 계속했다.

"제1선의 고충도 모르면서 당신들은 자신의 보신책, 출세만을 생각하고 마음에 안 들면 인사이동으로, 마치 장기짝을 움직이듯 사람을 움직이고 권력을 휘둘러, 오늘날의 방위청은 썩을 대로 썩었소. 방위청을 이렇게 만든 제일 큰 원흉은 바로 가이즈카 당신이오. 나는 그만둔다고 결심한 이상 그렇게 만만히 물러나지 않겠소."

가와마타는 거칠게 관방장실을 나왔다.

항공막료부의 하라다 막료장은 재일 미군사령부의 허드슨 대령이 돌아간 다음, 테이블 위를 정리하고 있는 여사무원에게 물을 가져오라고 말했다.

"또 위장이 아프신가요?"

"아니, 그렇진 않아. 허드슨 대령과 블랙커피를 마시면 한 잔으론 안되니까, 아무래도 뒤가 좋지 않단 말야."

하라다는 선이 굵은 얼굴에 애써 웃음을 띠었으나, 그랜트의 수퍼드래곤 지지자인 허드슨 대령이 장장 2시간에 걸쳐 차기 전투기의 기종 결정이 늦어지고 있는 원인이 어디 있는가, 항공막료부는 어째서 이러한 사태를 방관만 하고 있느냐고 반은 힐문조로 집요하게 캐물어 그것을 꾹 참고 적당히 응답하는 사이에 위가 송곳으로 쑤시는 것처럼 아파왔다.

칸막이 너머에서 전화벨이 울리는가 싶더니 여사무원이 얼굴을 내밀었다.

"막료장님, 야마시로 장관님으로부터 전환데, 장관님이 국회에 나가실 예정이니 지금 곧 오시라는 전갈입니다."

"장관께서…… 좋아, 곧 가지."

내국 건물로 들어가 야마시로 장관의 방으로 가자 푹신한 융단이 깔려 있고 정면엔 국기와 장관기가 걸려 있었다. 응접용 소파에서 야마시로 장관이 가이즈카 관방장과 작은 소리로 뭔가 이야기를 주고받다가 하라다가 들어가자 말을 뚝 끊었다.

"기다리셨습니다."

가이즈카 관방장은 야마시로 장관의 맞은편 소파에 앉아 하라다를 힐끔 보고 말했다.

"실은 조금 전, 가와마타 군에게 1월 20일의 정기이동에서 서부항공대 사령관으로 영전한다는 예고를 했으니까 그렇게 알고 계시오."

하라다는 놀라는 기색을 보이며,

"식견이나 인품으로 봐서 내 후임은 가와마타 공군준장 외에는 없다고 생각해 왔는데 어떻게 돼서 서부항공대로……"

하고 반대의 의사를 표했다. 그러자 가이즈카 관방장은,

"인사에 대한 건 내국에 맡겨주시오. 여러 가지 생각한 끝에 한 일이니까."

하고 하라다의 추궁을 한마디로 눌러버렸다. 그러자 옆에서 야마시로 장관이 자그마하고 화사한 몸을 소파에서 내밀었다.

"내가 자넬 오라고 한 것은 다름이 아니라 자세히 물어볼 말이 있어서야. 실은 자네가 킹키상사의 이키 다다시라는 사나이를 잘 안다고 하던데……"

"네. 그러나 때가 때이니만큼 이상한 오해를 받기 싫어 옛날부터 아는 사이지만 만나지 않고 있습니다."

사실이 그러했다. 록히드를 지지하는 입장은 이키와 마찬가지였지만, 서로 가와마타를 사이에 두고 뜻을 주고받을 뿐 직접 만나 이야기하는 것은 피하고 있었다. 이것은 참모시대의 습성과 같았다.

"글쎄, 만나고 안 만나고는 아무래도 좋은데, 그 사나이와 국방회의의 각료 중에 친한 인물이 있는 모양인데 그게 누군가?"

하라다는 그 인물이 히사마쓰 경제기획청 장관인 것을 바로 알아차렸지만,

"글쎄요, 킹키상사는 오카와 이치로 선생에게 줄을 대고 있다고 들었는데, 그런 줄이 있다는 건 처음 듣습니다."

하고 시치미를 뗐다. 가이즈카는 의심스러운 표정을 지었으나 야마시로는 말머리를 돌렸다.

"그건 그렇고, 자네 선거준비는 잘 진행되고 있나? 자네는 총리파에서 입후보하는 중요한 후보니까 늘 신변을 깨끗이 해놓아야 하네. 알겠나?"

"그 점은 각별히 조심해서 저를 지지해 주시는 분에게 폐가 되지 않

도록 처신하고 있습니다."
 "하여간에 자넨 자위대의 스타니까 미시마 간사장도 자네의 선거운동에는 굉장히 신경을 쓰고 계시거든. 현안인 FX기종이 정식으로 결정되면 그때 기자회견에서 자네의 참의원 입후보를 발표하기로 결정했어. 그때는 정식 결정된 차기 전투기 한 대를 일본으로 가져와서 신문기자들에게 공개할 테니까, 그 앞에 선 자네의 사진은 선거용으로는 더없이 좋은 PR사진이 될 거야. 어때, 근사한 계획이지? 핫핫핫."
 야마시로 장관은 즐거운 듯이 웃었으나, 그 이면에는 깅키상사의 이키와 짜고 록히드를 지지하는 움직임을 보이면 선거를 총 지휘하는 미시마 간사장은 하라다를 잘라 버릴 것이요, 그랜트 지지의 움직임을 보이면 그만한 보상을 해주겠다는 숨은 뜻이 담겨 있다는 것을 하라다는 똑똑히 알아차렸다.
 하라다의 얼굴에 고민의 기색이 스미는 것을 가이즈카는 냉정한 눈으로 지켜보고 있었다.

 깅키상사의 사토이 상무는 팬아메리칸 기로 로스앤젤레스로부터 하네다 공항에 내렸다. 오후 8시 40분이었다.
 극비리에 감행한 출장이었으므로 남의 눈에 띄지 않도록 고이데 한 사람만이 마중 나와 있었다. 세관을 나오자, 사토이 상무는 가방 하나만인 홀가분한 몸으로 재빨리 자동차에 올라탔다.
 "피곤하시겠습니다. 급한 출장인데다 비밀리에 다녀오셨으니까요."
 조수석에 탄 고이데가 뒤로 몸을 돌리며 싹싹하게 말하자 사토이는 5일간의 피로가 누적된 얼굴로 끄덕였다.
 "자네도 잘해 주었네. 근사했어."
 "아뇨, 그건 상무님이 출장 전에 G자금을 괴멸시키라고 지령하셨기 때문이죠. 다른 일과 달라서 상사의 경리 내막은 저도 아직 충분히 모르기 때문에 고생을 했습니다만……"

고이데는 공로의 절반쯤은 자신에게 돌리고, 나머지는 사토이에게 돌리며 아첨했다.

"아니, 과연 전 항공막료부 조사과 출신이구나 하고 감탄했네. 그래, 그 뒤로 다른 일은?"

"실은 오늘 가와마타 부장으로부터 이키 씨에게 전화가 왔는데, 가이즈카 관방장에게 불려가 서부항공방면대 사령관으로 전임을 명령받은 모양입니다."

"그런가, G자금을 죽인데 대한 보복의 시작인 셈이군."

사토이는 새삼스럽게 방위산업의 치열한 경쟁을 피부로 느꼈다.

차는 시나가와에서 도심으로 들어섰다.

"사장님은 벌써 상경하셨나?"

"네. 점심때 조금 지나 도착하셔서 저녁 연회 하나를 끝마치시고 호텔로 드신다고 들었습니다."

다이몬 사장의 도쿄에서의 단골 숙소는 호텔 오쿠라로, 언제나 10층의 1077호실로 정해져 있었다. 고이데 같은 사람에겐 다이몬 사장은 마치 구름 위의 선인으로, 별로 얼굴을 볼 기회도 없었다. 그러나 어쩌면 오늘은 말석에 참석할 수 있을지도 모른다는 엷은 기대를 고이데는 가슴속에 숨기고 있었다.

호텔 오쿠라의 현관에 차가 멎자 고이데는 운전사보다 먼저 차에서 내려 사토이 상무의 가방을 들고 로비에서 기다릴 이키의 모습을 찾았으나 보이지 않았다.

"사장님이 돌아오셔서 방에 가 계신지도 모르겠습니다. 방으로 가시죠."

사토이가 막 엘리베이터 쪽으로 가려는데 책을 파는 매점 쪽에서 이키가 다가왔다.

"어서 오십시오. 로비에선 눈에 띄니 여기서 기다리고 있었습니다."

조용한 태도로 사토이를 맞이했다.

"수고가 많네. 사장님은?"

"조금 전에 체크인하셨고 지금은 목욕을 하실 겁니다."

그때 고이데가 옆에서,

"그러면 상무님, 그동안 피로라도 푸시게 뭐 마실 거라도……"

하고 눈치 빠르게 말했다.

"아니, 귀국하는 대로 곧 올라오라고 말씀하셨으니까 죄송합니다만……"

이키가 말하자 라운지로 가려던 사토이는,

"그럼 곧 뵙도록 하지."

하고 빠른 걸음으로 엘리베이터에 올랐다. 고이데도 부지런히 사토이의 짐을 갖고 타려 하자,

"그 짐은 내가 들죠."

하며 이키가 손을 뻗어 사토이의 가방을 받았다.

그 순간 고이데의 얼굴은 복잡하게 이지러졌으나 엘리베이터의 문은 닫히고 10층으로 올라가버렸다.

스위트룸인 1077호실의 문을 노크하자 도쿄의 사장 비서가 이키일행을 맞이하고 피하듯 밖으로 나갔다.

"사토이 군, 수고했네."

침실 쪽에서 다이몬이 가운 차림으로 나왔다. 사토이는 지난 5일간 거의 불면, 불휴로 몸이 몹시 지쳐 있었지만, 다이몬의 늠름한 얼굴을 보자 피로를 잊고 말했다.

"그럼 곧 보고드리겠습니다."

소파에 앉아 서류 케이스를 열고 서류를 꺼내려 하자 다이몬은,

"그전에 한마디…… 사토이 군, 어떻게 하다 로스앤젤레스 도쿄상사에게 들켰나? 항공기 공업회의 친목파티에서 사메지마가 자네 출장을 폭로하여 모처럼의 비밀작전도 수포로 돌아갔네."

하고 대뜸 힐책을 했다. 사토이는 머리를 숙이고,

"제가 실수를 했습니다. 로스앤젤레스에선 아무에게도 발각되지 않도록 호텔은 가명으로 숙박하고 외출할 때에는 자동차로 빌딩에서 빌딩으로 이동했으므로 발견될 리가 없다고 생각했습니다. 하지만 이곳에서 치료를 받은 이가 쑤시기 시작해 호텔에서 좀 떨어진 진료소까지 급히 걸어간 일이 있어서 그만."

하고 사과했다.

"좋아, 알았네. 이 아픈 건 참을 수 없지. 그래서 교섭 결과는?"

다이몬은 이해하고 금방 기분을 풀었다. 사토이는 서류를 펼쳐놓고 설명했다.

"록히드사의 사장과 해외판매담당 부사장과는 로스앤젤레스 도착 2일째에 버뱅크의 본사에서 만나, 일본의 FX는 그랜트사가 압도적으로 우세하다는 실정을 이야기했더니 몹시 놀라는 눈치였습니다. 지난여름 하라다 사절단이 왔을 때, 록히드 F-104에 대한 평가가 매우 좋다고 들어서 안심하고 있던 데다가 도쿄에 주재하는 극동지배인의 보고를 믿고 낙관하고 있었던 모양입니다. 그래서 극동지배인을 즉시 해고한다고 합니다. 다음은 록히드사의 사장 자신의 일본 방문 예정인데, 크리스마스 휴가를 노려 행동하는 것이 안전할 것이라며 곧 스케줄 조정에 착수할 모양입니다."

"과연, 크리스마스 휴가에 미국 기업의 톱클래스가 사업상 일본에

오리라고는 신문기자도 알아차리지 못하겠지. 그래서 1대당 가격은 어떻게 됐나?"

가장 중요한 포인트를 다이몬이 바로 찔렀다.

"G자금이 유입되고 있는 단계에서 총리파의 생각을 바꾸어 놓으려면 G자금을 상회하는 정계공작 자금이 필요한 것은 당연합니다. 그러나 그 이외에 총리가 그랜트에서 록히드 지지로 바꾸는 데는 그럴 만한 대의명분이 필요합니다. 거기에는 1대당 가격을 내리는 길밖에 없다고 강하게 요구했습니다만, 합의에 도달하기까지 3일이 걸렸습니다. 최종적인 록히드사의 제안은 백만 달러 이하로는 안 되니까 탑재된 전자장비 중 관성항법장치, 적외선탐지장치 같은 것을 떼내서 값을 내리는 수밖에 없다는 겁니다."

"그렇게 하면 얼마 가량 된다는 거야?"

"85만 달러입니다."

"다른 기기를 좀 더 빼면 더 싸지지 않겠나?"

"그건 도저히…… 지금 말씀드린 관성항법장치는 적지 침공 시 필요불가결한 장비이고 적외선탐지장치는 저공에서의 요격에 필요한 장비입니다. 따라서 고공에서 방어적인 요격만 할 수 있는 항공자위대에서는 제외해도 무방합니다만, 그 이외의 장비는 덮어놓고 떼낼 수는 없습니다."

사토이는 록히드 본사에서의 난처했던 교섭을 생각하듯이 한숨을 쉬었다. 그때까지 잠자코 사토이의 말을 듣고 있던 이키가,

"사토이 상무의 말씀대로 1대당 단가를 내릴 일만 생각하다가 성능이 저하되면 이것 역시 약점을 잡히게 되니까 성능과 가격면에서 국방회의뿐만 아니라 야당이 보더라도 '이렇다면 그랜트보다는 록히드'라고 납득할 만한 자료를 다시 만들어 널리 배포해야 한다고 생각합

니다. 문제는 단 한 방으로 그랜트를 격추시킬 자료입니다만, 가장 확실한 것은 그랜트사의 최종 견적서를 입수해서 록히드 측에게 제시하여 록히드사의 사장이 일본에 올 때 재검토안을 가지고 오도록 하는 일입니다."

하고 한 마디 한 마디 생각하듯 말했다. 그러자 다이몬의 날카로운 눈이 번뜩 빛났다.

"과연 그렇겠군. 서류상으로 이겨서 록히드로 결정되면, 기기 같은 건 나중에 어떻게라도 빼거나 더할 수 있으니까 가격만 고치면 된단 말이지. 이키 군, 자네 뜻밖에 장사꾼 소질이 있군?"

다이몬은 크게 만족한 듯이 말했으나 이키에겐 그 말이 자기 자신을 책망하는 칼날과 같이 가슴을 찔렀다.

그날은 아직 점심시간 전이었으나 고이데는 깅키상사의 사내가 아니라 롯폰기의 맨션 안에 있는 분실에 있었.

3LDK의 큰방과 작은방은 융단이 깔려있었고 응접세트와 사무책상, 복사기가 놓여있고 베란다에 면한 넓은 창문으로는 방위청이 한눈에 내려다보였다. 고이데는 눈에 익은 경치를 바라보며 사토이 상무가 로스앤젤레스에서 귀국한 날 밤, 다이몬 사장이 묵고 있는 호텔 오쿠라에서 사장을 둘러싸고 선후 대책을 짜는 회합에 자기를 참석시키지 않았을 뿐더러 이키가 그 내용도 말해 주지 않은 일에 불만을 품고 있었다. 그만큼 고도의 기밀이라면 할 말이 없지만, 고이데는 어디서 상대의 총알이 날아올지 모르는 위험한 일은 자기를 시키고, 총알이 날아오지 않는 곳에서만 움직이고 있는 이키에게 반감이 더해졌다.

게이힝은행에서 발견된 그랜트파의 G자금이 적발되도록 꾸미는 이 면공작만 하더라도 위험한 일은 모두 자기에게 시키고, 방위청 사람들과 은밀히 만나 정보를 얻는 이 방에도 이키는 한 번도 온 일이 없는 것이다.

갑자기 똑똑 똑똑 똑똑 하고 두 번씩 세 차례 방을 노크하는 소리가 났다. 항공막료부 시대의 동료로 지금은 방위부의 방위과 계획반장으로 있는 아시다 구니오가 틀림없었다. 어안렌즈로 얼굴을 확인하고 문을 열자 현관으로 들어와 밖의 기색을 확인하듯 문에 귀를 대고,

"아무래도 미행당한 느낌이야."

하고 불안스럽게 말했다.

"마음 탓이겠죠. 미행이라니……"

고이데가 웃으며 부인하자 아시다는 고개를 흔들며 말했다.

"아니, 요즘 늘 똑같은 얼굴을 길이나 역에서 잘 마주치는 것 같아. 하여간에 경찰 출신인 가이즈카 관방장이니까 나에게 의혹을 품고 경무대 녀석들에게 미행시키고 있는지도 몰라."

경무대는 방위청 내의 범죄나 기밀누설을 단속하는 헌병과 같은 기관이다.

"그건 아시다 씨의 지나친 생각입니다. 우선 지금 가져오신 서류도 의심받지 않고 가지고 나올 수 있었죠?"

"응, 그 점은 염려 없어. 작전실 옆에 있는 조사작업실의 기밀용 서류함에서 조사자료를 당당하게 방위과까지 가지고 와서 조사를 하는 척하면서 잡지 사이에다 끼워 두었다가 잡지를 가지고 점심 먹으러 나오는 듯 자연스럽게 나왔으니까……"

"그렇다면 아무것도 걱정할 것 없어요."

그러자 아시다는 겨우 안심이 되는지 옆에 끼고 있던 잡지를 책상 위에 놓으며 말했다.

"이거야……"

오른쪽 위에 비(秘)자 도장이 찍힌 그랜트의 수퍼드래곤 F-11의 형식 사양서(仕樣書)와 가격견적서를 합철한 서류로, 오른쪽 구석에 3/10 이라는 숫자가 찍혀 있는 것은 방위청에서 10부 복사한 것 중의 세 번째 것이라는 뜻이다.

"앞쪽 숫자인데 가와마타 방위부장의 것인가?"

고이데는 저도 모르게 옛날 동료끼리 쓰던 말투로 말했다.

"그런 것 같아. 그러니까 그 번호가 들어가면 만일의 경우 출처를 알게 될 테니 번호는 복사되지 않도록 해."

"알고 있어. 복사하는 동안에 점심식사라도 해. 마실 것도 마음껏 고르고."

고이데는 미리 준비해 놓은 고급 도시락과 양주 선반을 눈으로 가리키고 자기는 복사기로 향했다. 형식 사양서는 필요가 없으므로 가격 견적서부터 복사하기 시작했다.

고이데는 다시 전자장비, 병기장비 같은 2백여 개 품목의 가격을 복사해 갔다. 그것들이 소위 기체 이외의 탑재기기이며, 그 밖에 1대를 유지하는데 필요한 예비부품, 지원기재의 수에 이르기까지 상세한 숫자가 나와 있었다. 이 정도로 상세한 그랜트의 가격견적서가 손에 들어오면 이것을 참조로 록히드 측에서는 더 유리한 조건이 담긴 가격견적서를 쉽게 재작성할 수 있다.

"고이데, 빨리 해. 오래 나와 있는 게 위험하다는 건 자네도 잘 알고 있잖아."

"미안해, 앞으로 두 장 남았어."

서둘러 나머지 2매를 복사하고 차근차근 서류철을 원상태로 고쳐놓았다.

"고마워, 은혜는 잊지 않겠어."

아시다는 손목시계를 보고 1시까지 아직 10분쯤 시간이 있는 것을 확인한 뒤 말했다.

"우린 아직도 관사에서 살고 있고, 아이들이 고교생인 맏이부터 막내까지 3명이나 있어서 이제부터가 큰 문제야."

자위관의 정년은 좌관급이 50세, 준장이 55세, 장성급이 58세였으므로 이좌로 48세인 아시다는 앞으로 2년이 지나면 정년퇴직하는 것이다.

"그건 옛 동료인 나한테 맡겨주게. 절대로 나쁘겐 안할 테니까."

정년퇴직 후의 아시다는 깅키상사나 혹은 그 방계회사에서 취직시켜주기로 약속이 되어 있었다.

"그야 자네 말은 믿고 있지. 그런데 미안한 얘기지만, 마침 다마(玉)강 근방에 맘에 드는 분양주택이 있어. 보증금 150만 엔만 매각하면 나머지는 공제조합의 대출금으로 충당할 수가 있는데 말이야."

절실히 바라는 듯한 얼굴로 말했다.

"보증금이라, 하지만 지금은 때가 때이니만큼 좀 더 기다렸다가 슬금슬금 하는 편이 꼬리를 잡히지 않을 거야. 하여튼 그것도 나한테 맡겨둬."

고이데는 자신만만하게 큰소리치고는 말을 마무리했다.

"그럼 오늘밤엔 사례로 아카사카의 클럽 꽃마차에서 기다리고 있겠어."

아시다는 기밀서류를 잡지 책 사이에 끼운 다음 옆구리에 끼고는 총총히 방을 나갔다.

아카사카의 클럽 꽃마차에서 고이데와 아시다는 어지간히 취해 있었다.

아시다는 큰 몸집에 술기운이 거나해서 말했다.

"어이 이렇게 비싼 곳에서 함부로 마셔도 괜찮겠나?"

"상관없어. 오늘밤엔 높은 사람이라도 된 기분으로 마음껏 마시자고."

고이데는 평소의 울분을 풀듯이 말하고는 호스티스들에게도 마구 선심을 썼다.

"어머나, 대단한 기분파시군요. 뭔가 좋은 일이라도 있었나요? 들려주세요."

호스티스는 콧소리를 내며 몸을 기대왔다. 고이데는 취해서 흐려진 눈으로,

"좋은 일이 뭐가 있겠어. 회사고 관청이고 간판 없는 말단 졸병은 언제나 엘리트 코스의 귀하신 몸의 심부름이나 하고 찬밥이나 얻어먹는 거지. 여보게, 그렇지?"

하고 허물없는 사이처럼 아시다의 어깨를 두드렸다. 그러자 아시다도 몽롱한 눈으로 끄덕였다.

"고급 클럽에서 스카치를 마시고도 찬밥이나 자신다니 너무 겸손하셔."

호스티스들은 교태 섞인 목소리로 웃었다. 두 사람을 회사돈을 뿌리는 과장이나 부장급으로 생각하는 모양이었다. 고이데는 호스티스의 어깨를 껴안고,

"이렇게 마시고 있어도 나는 말단이야. 먹고 마시는 건 부장급이지만 그 밖엔 하찮은 말단 놈팡이야."

하며 쌓이고 쌓였던 울분을 한꺼번에 뱉듯 말했다. 아시다가,

"어이, 그렇게 화내지 말게. 아까 오늘밤은 나에 대한 감사의 큰 파티라고 말했잖아."

하고 나무랐다. 그러자 고이데는 갑자기,

"미안해, 미안해, 면목 없네. 용서해."

하며 엉엉 울기 시작했다.

"어머나, 어느 틈에 화내는 얼굴이 우는 얼굴로 변했어요. 자아, 기분전환으로 한잔 드세요."

호스티스들은 매상을 올리기 위해 와 하고 소란스럽게 마실 것을 주문했다.

그러한 고이데 쪽 테이블을 안쪽 박스에서 거래선을 접대하면서 힐끔힐끔 보고 있는 사나이가 있었다. 도쿄상사의 사메지마 항공기부장이었다. 그는 단골 호스티스를 불러,

"굉장히 호화판으로 마시고 있군. 호스티스를 네댓 명이나 부르고. 저기서 울고 있는 놈이 깅키상사 녀석이지?"

하고 물었다. 눈에 점이 있는 나이 지긋한 호스티스는 그래요, 하고 끄덕였다.

"그런데 저 동행한 사나이는?"

"아무래도 방위청 관리 같아요."

사메지마는 재빨리 여자 쪽으로 다가앉아,

"다시 한 번 저 좌석으로 끼어들어 서비스를 멋지게 하면서 그들의 이야기를 듣고 오라구."

이렇게 말하며 벌려진 앞가슴에 1만 엔짜리 한 장을 찔러주면서,

"저 녀석의 영수증 사본을 가져다줘."

하고 덧붙이는 것을 잊지 않았다.

사메지마 다쓰조가 아카사카의 클럽에서 요쓰야 맨션의 자택으로 돌아온 것은 10시가 넘어서였다. 아카사카 이궁(離宮) 근방에 있는 요

쓰야 미쓰케의 맨션은 주위가 푸른 나무로 둘러싸여 도심지 같지 않게 조용했다. 밤이 이슥하면 주위의 나무들이 검은 그림자가 되고 10층 맨션의 각 방 불빛이 눈부시게 빛났다.

7층 703호인 사메지마의 집 불빛은 언제나 가장 늦게까지 켜져 있었다. 엘리베이터에서 내려 자기 집 문 앞에까지 오자, 안에서 요란하게 개 짖는 소리가 들렸다. 6년 전 뉴욕에서 귀국할 때 데리고 온 요크셔테리아 종인 메리의 마중이었다. 자물쇠 구멍에 열쇠를 꽂으려는데, 안에서 문이 열리고 가운을 입은 아내 미치코(美知子)가 서 있었다.

"굿 이브닝, 허니."

"몇 주일 만의 굿 이브닝이죠? 이렇게 빨리 돌아오면 어디 몸이라도 아픈가 하고 걱정이 되는군요."

43세이지만 이목구비가 뚜렷한 미모가 아직 가시지 않은 미치코는 매일 밤 새벽녘에나 돌아오는 남편을 비꼬듯이 말했으나, 메리는 사메지마에게 안겨서 술내가 확 풍기는 그의 얼굴을 연신 핥아댔다.

"보다시피 지극히 건강하고 여유도 있어. 저녁에 일찍 퇴근하는 상사원 가운데 변변한 놈은 하나도 없어."

"말씀은 근사하군. 아침부터 밤중까지 다람쥐처럼 뛰어돌아다니는 게 상사원의 귀감이란 말이죠?"

"그렇지, 그 때문에 히토쓰바시의 사무실까지 15분, 방위청까지 10분, 국회까지 5분, 자유당 본부까지 겨우 5분 거리인 이 맨션을 물색해서 일부러 뎅엥조부에서 이사한 거야."

"덕택에 아이도 나도 당신 생활 페이스에 말려들어 12시 전엔 잘 수 없으니까요. 고르고 골라서 하필이면 상사원과 결혼하다니······"

외교관의 딸이었던 미치코는 입버릇이 되어버린 말을 중얼거렸다. 사메지마가 도쿄상사의 런던 지사에서 선박을 담당하고 있던 1941년

초, 각국은 이미 세계정세의 불온함을 알아채고 일본한테는 선박을 팔지 않았다. 그런데도 일본에선 수송선 매입지령이 매일 날아오고, 런던의 일본대사관에서도 정부의 요청이라며 주야로 선박 매입을 독촉했다. 그 당시 사메지마는 독신이었기 때문에 홀몸으로 중립국인 노르웨이로 가서 선주들을 잘 설득해 화물선 매입에 성공했던 것이다. 선박 개조는 간단하므로 화물선을 사서 군용 수송선으로 개조하면 된다는 사메지마의 착안이 제대로 들어맞은 것이다.

그러는 사이에 사메지마는 대사의 막내딸인 미치코에게 반해 사랑을 고백하고 런던과 노르웨이를 왕복하는 바쁜 일정 속에서도 매일 한 통씩, 총 125통의 영문 러브레터를 쓰는 눈물겨운 노력 끝에 그녀를 차지했다.

"시장하시면 부엌에서 꺼내 잡수세요."

미치코는 그렇게 말하고는 거침없이 침실로 들어가 버렸다.

4LDK의 넓은 식당 겸 부엌으로 들어가자 메리가 사메지마의 발치에서 재롱을 부렸다.

"오오, 웰컴, 메리. 너만이 우리 집에서 나를 이해해 주는구나. 뭣 좀 주마."

대형 GE냉장고에서 베이컨을 꺼내 메리에게 주고 자신은 그라탕을 꺼내 오븐에서 데워 먹었다. 오차즈케(찻물에 만 밥)가 먹고 싶은 사메지마가 약간 따분한 생각으로 그라탕을 먹고 있으려니까 거실에서 전화로 이야기하고 있는 18세의 아들 목소리가 들려왔다.

"오오, 노우, 그런 말 하지 마. 나는 풀백을 맡을 거야. 뭐라고? 그 날이 돼 봐야 안다고? 그렇게 냉정하게 말하지 말고 꼭 오겠다고 약속해 줘."

여자 친구와 통화하고 있는 모양인데, 오늘밤엔 일본 말로 하는 것을 보니 외국인 친구가 아닌 모양이다. 어렸을 때부터 사메지마가 뉴욕 주재원일 때 미국에 살았고, 더구나 아내가 영어에 능통해서 집에서도 영어로 볼일을 보고 있었기 때문에 귀국했을 때는 일본의 일반 중학교에 입학하기는 무리가 있었다. 그래서 아내의 희망대로 미국인 학교에 입학시켰다. 사메지마는 외아들의 장래를 생각해서 강력하게 반대했으나, 결국엔 일본말을 잘 못한다면 차라리 지금부터 국제적 인간으로 만들기 위해 미국인 학교에 들어가 미국 대학으로 진학하는 것도 하나의 삶의 방법이라고 생각해 허락한 것이다.

"그럼 굿 나잇, 바이바이."

아들이 수화기를 놓자 사메지마는 거실로 들어갔다.

"파파 돌아오셨어요?"

"도모아쓰, 10시가 넘어서 걸프렌드의 집에 전화를 해도 괜찮으냐?"

런던에서의 결혼을 기념해 '倫敦(런던)'이라는 한자 그대로 이름 붙여서 훈독(訓讀)으로 읽게 하고 다음에 태어나는 아이도, 태어난 곳의 지명을 붙일 셈이었는데 아이는 하나밖에 태어나지 않았다.

"아니에요 파파, 듣고 있었죠? 그녀는 학기말 시험 준비로 늦게까지 일어나 있어."

도모아쓰는 미모의 엄마를 닮지 않고 아버지를 꼭 닮아 거무스름한 얼굴에, 새끼상어같이 가늘고 작은 눈을 반짝이며 화려한 스웨터를 입고 어른 같은 말투를 썼다.

"그녀라니, 누구냐?"

"미스 나오코 이키. 양키걸하고 달라서 예쁘고 친절해서 매력적이야."

"이키라니 이상한 성이군."

"응, 그녀의 파파는 옛날 일본 육군 참모였다니까, 다음 일요일엔 내 럭비 응원을 왔다가 돌아오는 길에 그녀의 집으로 가서 진주만 공격 이야기를 들을 셈이야."

미국에 있었기 때문에 일본의 일을 배우지 못한 탓인지, 일본 역사에는 이상하리만큼 관심을 갖고 있었다.

"진주만 공격사 같은 건 책을 읽으면 알 수 있어. 그 나오코 이키의 파파는 깅키상사에 있는 사람이 아니냐?"

"맞아요. 파파의 라이벌 회사 사람이야."

"도모아쓰! 나오코 이키의 아버지는 작은 히틀러 같은 파시스트야. 존경할 만한 사람이 아니야. 너는 장차 하버드나 MIT에 진학시킬 생각이야. 그따위 옛날 직업군인의 딸과 사귀면 안 돼!"

큰소리로 꾸짖었다. 애써 국방회의 결정 직전까지 끌고 간 차기전투기 선정계획이 이키라는 일개 군인 출신 사나이의 갑작스런 출현으로 수렁 속에 빠진 것을 생각하면, 아이들끼리의 문제라고는 하지만 외아들이 하필이면 고르고 골라서 이키의 딸과 사귀고 그 집에까지 놀러간다니 참을 수가 없었다.

"파파, 뭘 흥분하고 있는 거야. 내 걸프랜드 일은 파파와 관계가 없어요."

천연덕스럽게 말했을 때, 전화벨이 울렸다. 도모아쓰가 수화기를 들어 영어로 대답하다가,

"파파, 로스앤젤레스 오피스에서 왔어."

하고 말했다. 사메지마는 자기 방으로 전화를 돌리더니 수화기를 들었다.

"나 사메지마요."

"여보세요, 큰 뉴스가 있습니다. 조금 전에 록히드 F-104가 에드워

드 공군기지에서 추락했습니다."

로스앤젤레스 지사 항공기 담당자의 목소리였다.

"뭐? 록히드 F-104가 떨어졌어? 확실한가! 누가 타고 있었나?"

"그게 공군 제1의 시험비행 조종사인 롱첼로 대령입니다. 공군에선 아직 발표를 유보하고 있으나 결과가 록히드에 치명적인 타격을 줄지도 모릅니다."

"알았어. 자넨 지금부터 에드워드 기지로 가서 공군에 있는 록히드 F-104의 시험비행 결과에서 나온 결함 데이터를 가능한 빨리 입수하게."

그렇게 지시하고 전화를 끊은 사메지마의 가는 눈에는 눈독을 들인 짐승을 쫓아 물고 늘어질 때와 같은 사나운 빛이 떠올랐다. 그의 눈앞에 깅키상사의 사토이 상무와 이키의 얼굴이 떠오르고, 오늘밤 클럽 꽃마차에서 방위청 관리를 향응하던 고이데라는 사나이의 모습도 우스운 만화처럼 보였다.

이키는 아무도 없는 항공기부 책상 앞에서 울적한 표정으로 담배를 피우고 있었다. 저녁때 고이데가 그랜트의 수퍼드래곤 F-11의 가격 견적표 복사지를 가지고 들어와,

"오늘밤엔 이 비밀문서를 가지고 나온 위로를 해야 하기 때문에……"

하고 나간 다음, 그것이 자기의 제안으로 방위청에서 나온 비밀문서인데도 불구하고 열어볼 마음이 나지 않았다.

이키는 날이 갈수록 항공기부에서 하고 있는 자신의 일이 꺼림칙하게 느껴졌다.

시베리아에서 귀환 후 제2의 인생은 실수하지 않겠다는 일념으로 2

년의 백수 생활을 마치며 선택한 직업이었다. 그러나 이것이 자신의 제2의 인생이란 말인가 하고 생각하니 더할 수 없는 자괴감에 사로잡혔다. 이키는 고이데가 가져온 비밀문서를 자물쇠가 있는 서류함에 넣고 힘없는 발걸음으로 엘리베이터에 올랐다.

"이키 씨 오랜만입니다."

엘리베이터에 탄 서너 명 중에서 철강부의 효도 싱이치로가 말을 걸었다.

"오래간만이군, 효도 군. 지금 퇴근인가?"

"네, 접대 상대가 갑자기 감기로 누워버려 요즘 계속되던 연회도 오늘밤엔 없고, 밀렸던 일을 정리하고 가는 참인데, 어째 힘이 없어 보입니다."

효도는 이키의 어두운 안색을 보며 말했다. 엘리베이터에서 내려 회사 밖으로 나가자 음력 섣달의 찬바람에 목을 움츠리며,

"간토의 매서운 바람은 정말 견디기 힘들군요. 이키 씨, 오랜만에 한잔하시지 않겠습니까?"

하고 이키의 마음속을 들여다보듯이 말하고 지나가는 택시를 잡았다. 효도는 35세라는 나이에 걸맞지 않게 태연자약한 성격인데다가, 회사와 자기의 일을 언제나 10년 앞까지 생각하고 있는 뛰어난 인재 가운데 한 사람이었다.

서긴자에서 택시를 세운 효도는 긴자 거리에 면한 한 빌딩 지하로 내려가 클럽 르보아라고 쓰인 휘황찬란한 금빛 장식이 붙은 문을 열었다.

안에는 낮은 조명에 진홍빛 융단이 깔려 있었다. 클래식한 고블랑직(織) 의자마다 많은 손님이 있었지만 회원제라서 그런지 안정감이 있었다. 한가운데 놓인 그랜드 피아노 앞에선 흥에 겨운 손님이 샹송을

부르며 연주하고 있었다.

이키와 효도가 카운터에 나란히 앉자,

"어마, 효짱(짱은 애칭)! 어서 오세요."

하는 달콤한 목소리와 함께 효도 옆에 머리를 짧게 자르고 페르시아 고양이처럼 크고 빛나는 눈을 가진 젊은 여자가 앉았다. 효도는 물수건으로 얼굴을 쓱쓱 문지르며,

"효짱, 효짱하고 함부로 부르지 마. 효도 씨라고 불러."

하고 말했으나 젊은 여자는 미안한 기색도 없이 응수했다.

"여전히 무뚝뚝하시군요. 그래 가지고 손님 접대를 어떻게 하죠?"

"오늘밤엔 손님이 아니고 선배를 모셨어. 여자나 아이들이 있을 자리가 아니니까 저리로 가."

효도는 퉁명스럽게 말했다.

"어머나, 여긴 엄마와 내가 경영하고 있는 가게예요. 효짱의 지시를 받을 까닭이 없어요. 당신 같은 야만인 옆에 있는 건 내 편에서 사양하겠어요."

젊은 여자는 억센 표정으로 거침없이 쏘아붙이더니 이번엔 이키를 향해서,

"베니코(紅子)라고 합니다. 천천히 놀다 가세요."

하고 경영자의 딸답게 인사하고는 안쪽 좌석으로 갔다. 이키는 어디선가 베니코를 만난 것 같은 느낌이 들었다.

"여기는 옛 군인의 부인이 경영하고 있는 가게입니다. 그런데 L작전은 잘될 것 같습니까?"

"잘되게끔 노력은 하고 있으나 예측은 할 수 없어. 이 이상은 이제 아무래도 좋다는 기분도 들어."

이키는 귀찮은 듯이 말했다.

"이키 씨도 겨우 장사의 흙탕물을 조금 뒤집어쓴 모양이군요."

"조금은커녕, 끝없는 수렁에 목까지 푹 빠져 있네. 그러면서도 나는 그렇게 하면 된다, 이렇게 하면 좋다 하고 제안만 할 뿐, 실제로 그 일을 하는 것은 다른 부원들이니까 나 자신의 손은 더럽히지 않은 셈이 되지."

고이데가 가끔 자기에게 보내는 원망이 담긴 시선을 생각했다. 효도가 술잔을 들며 말했다.

"나는 이키 씨가 항공기부에서 하시고 있는 일이 어떤 것인지 신문이나 잡지를 통해 상상할 뿐, 실제의 일은 전혀 모릅니다만, 기본적인 이념만 잘못되지 않았다면 그다지 신경 쓰실 것은 없지 않습니까. 그리고 일본의 국방에 관한 일이니까, 나중에 만회하면 된다든가 다시 하면 된다는 상전(商戰)은 아니잖습니까."

"나도 항공기부에서 일할 결심을 하게 된 것은 그러한 생각에서였지. 그러나 상대에게 이기기 위해선 자네한테도 말할 수 없는 부도덕한 일도 해야만 한단 말일세. 그러면서도 사장으로부터 자넨 대단한 장사꾼이라는 칭찬을 받았으니."

이키가 스스로 비웃듯이 말하자,

"허어, 그 지독한 장사꾼 사장한테서 말이죠? 나 같으면 다이몬 사장에게 칭찬을 받으면 축배를 들고 싶을 텐데 그것이 마음에 걸린다고 말씀하시는 걸 보니 아직 흙탕물을 덜 마셨군요. 내가 있는 철강부는 전쟁 전부터 상권이 굳혀져서 상사로서 데이코쿠제철에 출입이 허가된 것은 이쓰이물산, 이쓰비시상사, 오토모상사, 도쿄상사의 4개 상사로 정해져 있습니다. 우리 회사나 마루후지상사 등 간사이의 섬유 출신 상사는 지금 말한 4개 상사가 먹다 남긴 찌꺼기나 차지해야 합니다. 그래도 철강쪽 상권을 만들기 위해서는 찌꺼기를 줍는 일이라도 해야 하지요. 그 때문에 엊그제도 데이코쿠제철의 구매부장과 과장을 골프장에 끌어내기 위해 그들의 골프백을 걸머지고 특급표를 사기 위해 아침 6시부터 역 창구에서 줄을 섰다니까요."

하고 효도는 굴욕감을 삼키듯 위스키를 털어 넣었다.

"게다가 언젠가도 말씀드렸듯이 철강의 세계는 의리와 인정으로 얼기설기 얽혀 있어 관계가 큰 문제입니다. 매일 밤 연회니 철저한 남자 기생이 되지 않고는 '저 녀석은 쓸 만한 녀석'이라는 인정도 못 받습니다. 이키 씨가 말씀하시는 도의니 도덕이니 하는 그런 고상한 고민은 나에겐 사치스러운 이야기입니다. 나도 육사시절엔 인생 25년이란 각오로 하루라도 빨리 전장에 나가 국가를 위해 생명을 걸겠다고 염원하던 인간이었으니까요."

효도는 마음속의 상처를 살짝 드러내보이듯 차분한 말투로 말하더니, 새로운 글라스에 입을 댔다. 일찍이 국가를 위해 사명감을 불태우던 자기들이, 패전 후 14년이 지난 지금 깅키상사라는 회사를 위해 마음의 아픔을 참고, 이렇게 술을 마시고 있는 것만으로도 지금까지의 허무한 고독이 약간은 가시는 것 같아 이키는 그다지 세지도 않은 술을 묵묵히 마시고 있었다.

어느새 10시가 넘었다.

"잠깐 전화 좀 하겠어."

이키는 카운터의 전화를 끌어당겨 자기 집 다이얼을 돌렸다.

"여보, 어디 계세요? 지금 마쓰모토 부장한테서 세 번째 전화가 왔어요."

아내의 난처하고 나무라는 듯한 목소리가 들려왔다.

"마쓰모토 부장이? 급한 일이래?"

"네, 그런 모양이에요. 오늘은 연회도 없고, 롯폰기의 맨션으로 전화를 걸어도 없다고 하던데요. 롯폰기의 맨션이 뭐예요, 여보……"

아내는 더 궁금한 목소리로 캐물으려 했으나,

"지금 효도 군과 한잔 마시고 있는데 여기서 바로 부장에게 전화할게."

라고 말하고 세 번이나 전화를 걸어온 용건이 무엇일까 생각하면서 조오시가야의 마쓰모토 부장 집으로 전화를 걸었다. 곧 마쓰모토 자신이 전화통에 나왔다.

"이키입니다. 집에 없어서."

하고 말을 꺼내자 마쓰모토가 다급하게 대꾸했다.

"이봐, 로스앤젤레스에서 전화가 왔는데, 에드워드 기지에서 미군 제일의 명조종사 롱첼러 대령이 F-104 개량형의 시험비행 중 추락해서 즉사했어."

"네! 그 명조종사가 탄 F-104가…… 원인은 뭐랍니까?"

"아직 모르겠는데, 모처럼 록히드의 성능이 그랜트보다 우수하고 안전성도 걱정 없다고 널리 PR하려던 참에 이런 사고가 일어나다니 이제 어떻게 하면 좋지?"

갈피를 못 잡는 목소리였다.

"저는 지금 외부에서 걸고 있는데요, 바로 회사로 돌아가 다시 전화하겠습니다."

이키는 애써 냉정한 말투로 말하고 전화를 끊었으나, 에드워드 기지에서 본 날개가 짧은 괴조 같은 록히드 F-104가 고공에서 검은 연기와 불꽃을 내뿜으며 거꾸로 떨어지는 모습이 보이는 것 같은 충격을 받았다.

도쿄상사 6층에 있는 항공기부의 부장석에선 황궁이 바라다보였다.

사메지마 다쓰조는 도쿄상사 창립 50주년을 기념하여, 반년 전에 완공한 초현대식 사옥이 마음에 들었다. 그는 장차 12층의 사장실에 들어앉아 히라카와몽(平河門)에서 황궁의 숲속까지 훤히 전망할 수 있는 경치를 자기 것으로 만들 꿈을 꾸고 있었다. 그때는 이쓰이물산, 이쓰비시상사, 마루후지상사, 깅키상사, 오토모상사에 이어 현재 6위인 도쿄상사를 간사이 계열의 상사를 앞질러 3위나 4위로 굳히는 것이 사메지마의 야망이었다. 그러기 위해선 1천억 엔이 걸린 차기 전투기 채택전에서 완승해야만 했다.

"부장님, 지금 도착했습니다."

사메지마의 책상 앞에 서류가방을 들고 캘리포니아의 태양에 그을린 주재원이 우뚝 섰다.

"오오! 수고했네. 응접실에서 이야길 듣기로 하지."

사메지마는 로스앤젤레스에서 막 도착한 주재원을 오사카에서 출장 온 사원처럼 가볍게 맞이했다. 부장용 응접실로 들어가자마자,

"어때, 형편이?"

하고 물었다. 5일 전, 에드워드 공군기지에서 록히드 F-104가 시험 비행중 추락한 정보를 듣자 곧 미 공군이 가지고 있는 이제까지의 F-104의 결함자료를 수집하도록 지시했던 것이다.

"우연히 에드워드 기지에 가 있던 것이 행운이었죠. 그랜트사의 시험비행사와 장교클럽 라운지에서 이야기를 하고 있자니까 갑자기 소방차와 구급차가 달려가고 록히드 F-104에 긴급사태 발생이라는 소리가 들려서 그랜트사 사람들과 지프로 뒤쫓아가니 활주로에서 2킬로쯤 앞에서 기체가 앗차, 하는 사이에 추락해 불타올랐습니다. 꼬리쪽 기체 절반은 그런대로 형체가 있었지만 바다표범의 손 같은 날개와 앞부분은 폭파되었고 롱첼러 대령은 즉사한 것 같습니다. 이것이 현

장 사진입니다."

사막 한복판에 기체가 흩어져 불꽃과 검은 연기를 내뿜고 있는 사진이었다.

"이거 쓸 만한 사진이군! 그래 사고 원인은?"

"그것은 미 공군의 비행안전계가 조사하고 있어서 공식발표는 상당한 시일이 걸리겠습니다만, 관제탑의 말에 따르면 고도 1만 피트에서 엔진이 꺼지는 긴급사태가 발생하여 착지한다는 전갈이 있었답니다. 그리고 나서 불과 150미터 상공에서 추락한 것으로 보아 롱첼러 대령의 조종에 뭔가 미스가 있었던 게 아니냐 하는 견해가 유력한 모양입니다."

"그래서는 재미없어. 공군의 수석 관제관한테서 매수한 록히드 F-104의 공군 테스트 기록을 보여주게."

하고 말하자 주재원은 공군의 시험기록 카피를 쑥 내놓았다. 달라는 대로 주고 매수하라고 지시한 만큼 1만 달러나 지불했지만 사메지마에겐 신나는 극비문서였다.

처음 몇 페이지에는 록히드 F-104의 테스트 총론이 기재되고, 다음 항목은 공군 고유의 기록형식으로 사고 통계가 기입되어 있었다.

보유대수	290대
사고통계	82기
사망사고	37명
탈　　출	59명

사메지마의 가는 눈은 차츰 빛을 띠었다. 전문용어를 늘어놓은 사고 분류표를 재빨리 읽어가다 도중에 전화가 걸려오자 수화기를 내려놓

앉다.

어느 분류표의 '비고란'에 사메지마의 눈길이 멈추었다.

"이봐, 여기 기수를 반전시킬 때 갑자기 키커가 작동하여 목표를 잃는다는 기재사항이 있는데 이건 무슨 뜻인가?"

"그건 말이죠, 초음속으로 날고 있을 때 기수가 12도 각도로 반전하면 키커가 작동하여 목표하는 적기를 잃는 결점이 있으므로 주의를 요한다는 것입니다. 록히드사에선 극비로 하고 있지만 엔진 스톱시의 침하율과 함께 F-104의 최대의 결점이라는 것이 최근에 알려진 모양입니다."

"허어, 적기를 잃다니 전투기로선 치명적인 결함이 아닌가. 자네 참 잘해 주었네. 곧 사장한테 다녀올 테니 기다려주게."

사메지마는 180센티미터가 넘는 큰 덩치로 잽싸게 12층의 사장실로 향했다.

중역실 비서들의 목례 따위는 거들떠보지도 않고 맨 안쪽의 사장실 문을 노크하려는데 안에서 사장 비서가 나왔다.

"아, 마침 잘됐습니다. 방금 부에노스아이레스에서 온 손님이 돌아가신 참이라서……"

그때 인접한 응접실 쪽에서 나오던 모치쓰키(望月) 사장은 엽궐련을 손에 들고 사메지마를 보면서,

"요즘 통 얼굴이 보이지 않던데 FX는 잘 진행되어 가나?"

하고 대범하게 말했다. 차림새가 근사한 멋쟁이인 탓인지 상사원이라기보다는 외교관이라고 하는 편이 어울렸다. 옥스퍼드 졸업했고 어학능력이 뛰어날 뿐더러 인품도 온후했지만, 상사원으로서의 능력에는 고개를 갸웃거리는 사람이 많았다. 그러나 파벌항쟁이 심한 도쿄 상사로서는 무엇보다도 인화가 절실히 필요했으므로 그 인품을 높이

평가받아 1년 전 사장으로 취임한 것이다.

사메지마는 각국의 거래처, 지사 주재원이 일찌감치 보내온 크리스마스카드를 쭉 늘어놓은 사장실의 한가로운 모습에 흥, 하고 코웃음을 치고 싶었으나 그런 기색은 조금도 보이지 않고,

"사장님, 며칠 전 외신에서 보도한 록히드 F-104의 추락사건을 기억하고 계십니까?"

하고 말을 꺼냈다. 모치쓰키 사장은 커다란 회전의자에 천천히 앉으며 대꾸했다.

"그러고 보니 UPI발로 조그맣게 나 있었지."

"그것에 관련하여 로스앤젤레스 주재원에게 록히드 F-104의 조사를 명령했더니, 공군이 극비로 하고 있는 자료를 입수하는 데 성공하여 방금 회사로 가지고 왔습니다."

라고 사메지마는 그 개요를 대략 설명하고 말을 이었다.

"이것이야말로 록히드 F-104를 때려부수는 최고의 무기이니만큼 이번에 추락한 현장사진과 함께 사민당 의원에게 가지고 가, 국회에서 문제를 일으키게 해 일거에 FX는 그랜트로 결정하도록 공작하고 싶은데 어떻겠습니까?"

모치쓰키 사장은 온화한 얼굴에 난처한 빛을 띠며 대꾸했다.

"글쎄, 좀 더 모나지 않은 방법은 없겠나?"

"없지는 않지만 FX결정은 이미 분초를 다투는 단계에 들어가 강력한 무슨 수를 쓰지 않고는……"

하고 언짢은 듯이 대답하면서 사메지마는 무능한 탓으로 사장이 된 사람이 어떻게 1천억 엔의 공중전을 이해할 수가 있겠냐고 마음속으로 혀를 찼다.

그때 인터폰이 울리며 방위청의 가이즈카 관방장 비서관으로부터

전화가 왔다는 전갈이 왔다.

"사장님 죄송합니다만, 이 문제와 관련된 전화니 여기서 받도록 하겠습니다."

사메지마는 그렇게 말하고 수화기를 들었다.

"네, 사메지마입니다."

하고 대답하자 관방장 비서관의 묵직한 목소리가 들렸다.

"관방장님으로부터의 전언을 말씀드리겠습니다. 실은 조금 전에 마이초신문의 다하라 기자가 록히드 F-104의 추락사고에 대한 추적 취재차 여기 왔기에 관방장께선 방위청보다 상사쪽이 정보가 빠르지 않겠냐고 말씀하셨는데, 그 후 로스앤젤레스에서의 정보수집은 어떻게 됐습니까?"

"마침 지금 주재원이 귀중한 자료를 입수해 가지고 왔습니다. 다하라 기자는 우리 회사로 꼭 오겠지요?"

"관방장님이 교묘하게 암시를 주셨습니다."

"그렇습니까? 관방장님의 배려에 대해 깊이 감사드린다고 전해 주십시오."

모치쓰키 사장이 들으라는 듯이 일부러 힘주어 말하고 전화를 끊은 사메지마는,

"사장님, 가이즈카 관방장에 따르면 신문이 움직이고 있으니 우리가 나서지 말고 신문사가 미는 쪽으로 가면 어떻겠냐는 의견이었습니다."

하고 말했다.

"그래, 그거 잘됐군."

소심한 모치쓰키 사장은 보기 민망할 정도로 길게 안도의 숨을 내쉬었다.

사메지마는 잽싸게,

"역시 사장님 생각이 옳습니다. 그렇게 하는 편이 사민당에게 빚도 안 져도 되고, 신문에서 공짜로 내주니까 훨씬 효과적입니다."

하며 가늘고 반짝이는 눈에 웃음을 띠었다.

깅키상사의 항공기부에 언제나 멋쟁이인 사토이 상무가 망연자실한 모습으로 나타났다.

"이봐, 이키 군……"

"상무님, 마이초신문 일입니까. 실은 지금 항공막료부의 가와마타 군에게 전화가 와서……"

이키가 말을 꺼내자 사토이는,

"그래서 자네 전화가 통화 중이었군."

하고 말하고 건너편에 줄지어 있는 응접실 겸 회의실 가운데 하나를 눈으로 가리켰다. 책상과 의자뿐인 살풍경한 방으로 들어가자 이키는 가와마타로부터의 전화 내용을 이야기했다.

"가와마타 군의 전화에 따르면 마이초신문의 다하라 기자가 록히드 F-104의 추락사고 건으로 가와마타 군과 F-104에 시승한 하라다 막료장에게 취재를 왔다고 합니다. 다하라 기자는 사고 원인은 어디 있느냐, 롱첼러 대령같은 명조종사도 사고를 당하는 전투기를 현재의 일본 조종사 수준으로 운용할 수 있겠냐는 등, 마치 차기 전투기 후보에 록히드가 거론되는 것을 견제하는 것 같은 질문을 한 모양입니다. 더구나 하라다 조사단도 모르는 미 공군 비행 데이터를 가지고 있는 모양이랍니다."

사토이는 방 안을 빙빙 돌면서,

"고이데 군이 나한테 전화를 했어. 구군인회관에서 마쓰모토 부장과 고이데가 거래선과 상담을 끝내고 돌아가려는데 다하라 기자가 기다리고 있다가 록히드 F-104의 결함 데이터를 내밀면서 이런 전투기를 깅키상사는 아직도 밀 작정이냐고 다그치더라는 거야. 고이데는 화장실에 가는 척하고 나한테 전화를 했는데 도망칠 수도 없는 곳에서 기다리다가 느닷없이 취재를 하다니 도대체 무엇을 쓰려고 그러는 것일까? 마쓰모토 부장은 말이 서툴러 신문사를 상대하기가 버거울 텐데."

하고 혀를 차듯이 말했다.

"다하라 기자가 상무님한테 취재하러 오지 않을까요?"

"고이데 군의 전화로는 자기들 말이 깅키상사의 코멘트로 취급돼서는 곤란하고, 그렇다고 상무님을 만나라고 할 수도 없어 난처하다고 했어. 하지만 우리 회사의 일을 쓴다면 당연히 담당중역인 나한테 취재를 하러 올 것으로 생각하네. 애써 마지막 단계까지 끌어왔는데 이제 와서 이상한 기사가 나면 손쓰기 어려울 것 아닌가. 그런데 미 공군의 비행 데이터를 입수한 건 그랜트사가 아니면 도쿄상사의 사메지마일 거야."

사토이는 무테안경을 번쩍였다.

"그런 것 같군요. 만일 사토이 상무님에게 취재하러 오지 않는다면 제가 마이초신문사로 가면 어떻겠습니까?"

"뭐? 이쪽에서 간다고…… 그건 안 돼. 옛날엔 대본영, 지금은 신문이라고 할 만큼 전쟁 후엔 신문의 권력이 막강해졌단 말이야. 털어도 먼지 하나 나지 않는다면 모르지만 우리 처지에 자진해서 신문사에 가다니 정신 나간 짓이야."

사토이는 일축했으나 마쓰모토와 고이데가 좀처럼 돌아오지 않는 것이 초조한 듯했다.

"도대체 이 이상 어떤 기사를 쓸 작정일까. 이미 외신기사도 나왔는데…… 사장한테 전화해 보고, 때에 따라선 이키 군이 가게 되는지도 모르니까 마음의 준비를 하고 있게."

"알았습니다. 다행히 나는 일개 촉탁직이니까 신문사에 간다는 것이 그다지 마이너스는 되지 않을 것이라고 생각합니다. 게다가 다하라 기자는 우연히 가와마타의 인사문제로 이전에 우리 집엘 찾아와 이동이 있게 되면 가르쳐 달라고 부탁한 일도 있으니까 그런 일을 핑계 삼아……"

이키는 뭔가를 생각하면서 말꼬리를 흐렸다.

오후 6시, 이키는 유라쿠쵸(有樂) 거리에 있는 마이초신문사를 방문했다. 오사카의 다이몬 사장도 촉탁인 이키라면 사태를 악화시키지 않고 마이초신문기자가 노리는 점을 알아낼 수 있을 것이라고 판단했던 것이다.

사실 구군인회관에서 다하라 기자에게 붙잡힌 마쓰모토 부장과 고이데는 갑자기 당한 취재였으므로 사태에 대한 판단이나 준비도 없이 다하라 기자의 일방적인 취재에 말려들고만 것이었다.

이키 쪽에서 만나자는 전화를 했을 때 다하라 기자는 놀란 모양이었으나 6시쯤 마이초신문사 지하에 있는 다방에서 만나자고 했다.

이윽고 갈색 코듀로이 상의를 입은 다하라 기자가 불쑥 모습을 나타내 이키 앞에 앉았다.

"여어, 오래 기다리셨습니다. 일부러 회사까지 와주셔서 할 이야기란 뭡니까?"

흰자위가 많은 눈에 미묘한 웃음을 띠고 말했다. 이키는 담뱃불을 끄고 조용한 말투로 솔직하게 말했다.

"실은 오늘 다하라 씨가 우리 마쓰모토 부장을 만나 록히드 F-104의 추락사고 취재를 하셨다는데, 어떤 기사를 쓰실 작정이신지 들려주셨으면 하고 왔습니다."

그러자 다하라 기자는 커피를 주문하며,

"긴키상사의 숨겨진 항공기부장은 이키 다다시 씨인 셈입니까?"

하고 목구멍으로 후후 웃고는 물었다.

"이키 씨는 이번 롱첼러 대령이 시험비행 중에 추락한 사고를 어떤 식으로 받아들였습니까?"

"사고원인에 대해 미 공군의 공식발표가 없는 현 단계로선 매우 유감스럽다는 것 이외엔 특별한 감상이 없습니다."

"허어, 아무것도 느끼지 않는다? 이번 F-104 사고기의 조종사는 명조종사라는 롱첼러 대령인데, 그가 조종하다가 추락했다면 성능상 중대한 결함이 있는 게 아닐까 하고 생각하는 것이 상식일 텐데요. 국가의 차기 전투기를 납품한다는 상사가 통조림이나 트랜지스터라디오를 파는 정도로 생각하십니까?"

다하라는 흰자위가 많은 눈으로 힐끔 노려보았다.

이키는 과연 그런 관점으로 상사를 보고 있구나 생각하며 그에게 응수했다.

"그것과 이번 추락사고와는 별문제로, 여객기든 전투기든 하늘을 나는 것은 제아무리 만전을 기해도 절대 추락하지 않는다는 보장은 할 수 없습니다. 예를 들어 이번 사고는 새 한 마리가 기체에 부딪쳐 엔진으로 빨려 들어가 일어난 사고일지도 모르고, 또는 명조종사라고 하더라도 인간인 이상 단 하나의 레버를 당기는 걸 잊어버려서 생긴 사고일지도 모릅니다. 따라서 명조종사의 추락사가 록히드 F-104의 결함이라고 몰아가는 것은 너무나 성급한 판단인 것 같습니다. 미 공군의 공식 발표를 기다리는 것이 현재로서는 정확한 사고원인을 알 수 있는 유일한 길이라고 생각합니다."

지기 싫어하는 다하라 기자를 자극하지 않도록 애써 조용한 목소리로 말했다.

다하라 기자는 자기 앞에 놓인 커피를 마시면서,

"그렇지만 현실적으론 말씀하시는 케이스에 해당되는 사고는 극히 드물고 F-104의 불안정성은 수 차례 개량을 거친 오늘날에도 없어지지 않고 있습니다. 초음속으로 적기를 쫓아 반전할 때, 안전판이 자동적으로 움직여 조종간이 통제되지 않아 적기를 시야에서 놓친다고 하는 전투기로서는 치명적인 결함이 있지 않습니까?"

하고 역습했다.

"그 점은 반대로 F-104의 안전성과 연결된다고 말할 수 있지 않을까요. 즉 일시적으로 적기를 놓치는 대신 반전시에 안전판이 자동적으로 움직여 안전을 더 우선시하는 셈이니까…… 물론 완전무결한 전투기라는 말은 아닙니다. 하루하루 급변하는 항공기술이니까 더욱 우수한 성능의 비행기가 나올 수도 있겠지요. 하지만 현시점에서 우리 회사가 록히드 F-104를 추천하는 것은 잘못이 없다고 생각합니다. 동시에 방위청에서는 주력 전투기 선정에 실수를 하는 일이 있어서는 안 된다고 생각합니다."

"그 말은, 아직 2대의 시작기밖에 없는 그랜트의 수퍼드래곤 F-11에 대한 비판으로 받아들여도 되나요?"

다하라는 커피잔을 쾅 내려놓으며 되받아쳤다.

"그것은 방위청 출입 책임기자이자 이 방면에 정통하신 다하라 씨의 판단에 맡기겠습니다. 그런데 지난번에 항공막료부 방위부장 가와마타 준장의 인사문제로 우리 집에 오셨던 적이 있죠? 그 후 다하라 씨는 무슨 말 못 들었습니까?"

이키가 지나가는 투로 말하자 다하라 기자의 흰자위가 많은 눈이 번뜩였다.

"역시 이동됩니까?"

"네. 내년 1월 10일부로 서부항공방면대 사령부로 전출한다는 예고를 가이즈카 관방장으로부터 직접 받았다고 들었습니다."

"허어, 서부항공쪽으로…… 말하자면 록히드 지지파의 숙청이군요. 그런데 가와마타 씨는 서부항공으로 가는 겁니까, 아니면 깅키상사로 옮겨 앉는 겁니까?"

"가와마타 군은 장사꾼은 절대로 안하겠다는 사람입니다만 편파적인 인사를 그대로 따를 사람도 아닙니다."

"그건 무슨 뜻입니까?"

다하라는 몸을 쑥 내밀면서 흥미롭다는 표정으로 물었다.

"그건 일단 상사의 물을 먹은 나보다는 가와마타 자신에게 직접 들어보시는 게 좋겠습니다. 방위청은 10년 또는 20년 뒤에 순수한 방위관료가 육성될 때까지는 시행착오를 반복하리라 생각합니다만, 인사 문제까지 개인의 권세에 좌우되는 현상은 지극히 우려되는 상황입니다."

그 순간 다하라의 눈 속엔 'FX를 둘러싼 방위청의 괴상한 인사, 차기 전투기는 그랜트로 결정되는가' 하는 특종기사의 표제라도 떠오르는 모양이었다. 이키는 가와마타의 인사이동이 충분히 다하라의 흥미를 끈 것을 확인하고,

"이야기가 길었습니다. 그럼 이만 실례하겠습니다."

하고 고개를 숙이고 돌아가려고 했다. 그때,

"이키 씨, 당신의 이야기는 시사하는 바가 많아 흥미 있게 들었습니

다만 F-104 추락사고 추적기사는 안 쓸 수 없겠네요."
위협조인 다하라의 굵은 목소리가 이키의 잔등을 찔렀다.

불을 끈 롯폰기의 맨션에서 이키는 쇼파에 몸을 묻고 레이스 커튼 너머로 보이는 방위청으로 피곤한 눈길을 보내고 있었다.
9시가 지나서인지 내국이나 육·해·공군막료부 건물은 시커먼 실루엣만 보였지만 2만 5천 평이나 되는 구 육군보병 제1연대 병사였던 광대한 부지의 여기저기에는 경계등의 파란 빛이 밤 추위 속에 스며들 듯 깜박이고 있었다.
이키는 다하라 기자가 모종의 루트를 통해 입수한 미 공군의 록히드 F-104의 비행 데이터를 기초로 록히드 F-104의 결함을 상당히 크게 다룰 것 같은 눈치를 채고 곧 그길로 히라카와에 있는 히사마쓰 경제기획청 장관의 사무실을 찾아갔다.
예고 없이 방문한 탓인지 히사마쓰 장관을 바로 만날 수 없었다. 이키는 그 사이에 사토이 상무와 연락을 취하여 깅키상사가 직접 마이초신문에 손을 쓸 방법을 생각해 달라고 했다. 하지만 간사이계 상사 따위는 신문사에겐 아무 영향력도 없다는 사실을 확인했을 뿐이다.
다이몬 사장은 자기와 친한 중앙 재계 유력자를 통해 압력을 넣자고 말했으나 이키는 대답을 망설였다. 신문사를 압박하는 가장 효과적인 방법은 정부쪽의 압력이라는 것을 이키는 대본영 참모시절의 경험으로 알고 있었다.
그러나 이전부터 깅키상사가 정치자금을 대고 있던 자유당 총무회장 오카와 이치로는 그가 마이초신문과 라이벌 관계에 있는 신문사 기자 출신이라서 이용할 수 없었고 이키의 선에서 최근 연결된 히사마쓰 세이조만이 유일한 끈이었다. 그 히사마쓰와도 저녁에 겨우 연락이 되어 기사 취소 방법을 의논하고, 히사마쓰의 지시대로 몇 사람의 정치가한테 사토이 상무와 함께 뛰어다녀 그럭저럭 취소될 가능성이 높아졌지만 그 거래조건은 군인이었던 이키로서는 해서는 안 될 일이었다. 그 거래조건을 생각하면 이키는 정신을 잃을 때까지 술을 퍼마시고 싶었다.

갑자기 창밖의 어둠이 환해졌다. 이키는 눈을 껌벅였다. 아까부터 바람에 조금씩 날리던 눈이 눈보라로 변했다. 회오리바람에 휘말린 눈들이 어지럽게 지상으로 떨어져 내린다.

등 뒤에서 찰칵 하고 금속성 소리가 났다. 불을 끈 어두운 방안에서 눈을 똑바로 뜨고 현관문을 노려보자 자물쇠가 열렸다.

저도 모르게 대항할 자세를 취하자 살그머니 문이 열리고 검은 그림자가 보이는가 싶더니 현관 스위치를 눌러 방안의 불을 환하게 켰다.

"앗, 이키 씨……"

이키 쪽에서 말을 걸기 전에 고이데가 흠칫하며 현관에 우뚝 섰다. 고이데의 뒤엔 건장한 체격의 사나이와 얼핏 보아 술집여자로 보이는 화려한 옷차림의 여자가 기대듯이 서 있었다.

"캄캄해서, 설마 이키 씨가 계신 줄은 미처 몰랐습니다. 이런 시간에 혼자서 무슨 일을."

고이데가 그렇게 말하며 안쪽의 소파 침대로 노골적인 야릇한 눈길을 보냈다.

"예의 프레스 건으로 연락을 기다리고 있는 중이야."

이키가 낯모르는 남자를 경계하며 짤막하게 말하자 고이데는 고개를 끄덕이며 말했다.

"그러면 그렇다고 미리 말씀해 주셨더라면 오지 않았을 텐데…… 이쪽은 늘 신세를 지고 있는 항공막료부 조사과의 아사다 씨입니다."

고이데는 술집여자를 데리고 와서 겸연쩍은 마음을 얼버무리듯 아시다를 소개했다. 이키는 술내가 풍기는 아시다 쪽으로 얼굴을 돌리고,

"처음 뵙겠습니다. 모처럼 오시게 했는데 실례가 되었습니다…… 고이데 군, 어디 편히 쉬실 수 있는 호텔로 안내해 드리는 게 어떻겠나."

하고 말했다. 고이데는 이키 쪽으로 몸을 가까이 하고 물었다.

"글쎄, 그건 적당히 하겠습니다만, 어디서 연락이 오는 겁니까?"

그러나 이키는 그 말엔 대답하지 않고,

"오늘밤엔 여기서 자게 될 것 같으니까, 빨리 딴 데로 모셔야지 실례가 되겠어."

다시 재촉하자 고이데는 시큰둥한 표정으로 아시다와 여자를 데리고 방에서 나갔다.

잠시 후, 전화벨이 울렸다.

"여보세요, 네, 이키입니다. 마이초 기사문제는 가까스로 거의…… 취소…… 물론 저는 조간의 최종판 마감시간인 오전 2시까지 여기서 대기하고 있겠습니다. 장관님, 여러모로 애써 주셔서 깊이 감사드립니다."

히사마쓰 세이조가 직접 걸어준 전화에 이키는 살았다는 듯이 감사의 예를 표했다.

저녁 10시의 마이초신문 편집국은 휘황하게 불이 켜져 있었다. 사회부와 정치부 책상에선 조간기사를 위해 기자들이 굉장한 속도로 원고를 쓰고, 그 옆에선 계속 전화벨이 울리고 있었다. 전화로 보내온 원고를 받아쓴 기자가 그 내용을 반복하여 읽는 커다란 목소리, 데스크

가 지시를 내리는 소리 등 살기를 띤 듯이 분주하고 허둥대는 광경이 벌어지고 있었다.

다하라 기자는 정치부 책상에 앉아 굉장한 속도로 원고를 쓰고 있었다. 이따금 연필 끝을 빠는 것은 특종기사를 다루고 있을 때의 그의 버릇이다. 요 이틀 동안, 다른 신문사가 눈치 채지 못하도록 극비리에 뛰어다니며 도쿄상사에서 손에 넣은 록히드 F-104의 추락 현장 사진과 미 공군의 비밀문서인 시험 비행자료를 모아, 항공평론가의 담화도 곁들여 'FX 이래도 좋은가'라는 특집 기사를 정리하고 있었다.

그때 누군가 다하라의 어깨를 툭 쳤다. 돌아다보니 정치부장이 뒤에 서 있었다.

"잠깐만 기다려 주십시오. 곧 끝낼 테니까요."

"괜찮아, 그건……"

부장은 다하라의 원고를 눈으로 가리켰다.

"네? 괜찮다고요?"

다하라는 여우에 홀린 것처럼 되물었다.

"할 얘기가 좀 있어."

부장은 책상 곁을 떠나 유라쿠쵸 역이 보이는 창가로 가더니 다하라에게 손짓을 했다. 다하라는 편집국의 벽시계를 쳐다보고 조간 13판이 마감되는 밤 11시까지는 아직도 시간이 충분한 것을 확인한 뒤 창가로 가서,

"마감 전에 하실 말씀이란 뭡니까?"

하고 썩 달갑지 않은 말투로 물었다.

"마감시간에 맞추지 않아도 괜찮아. 그건 이거야."

두 검지손가락을 교차시켜 X표를 해보였다. 기사는 실리지 않는다는 뜻이었다. 다하라는 직감적으로 상당한 데서 취소압력이 가해졌다

는 것을 알아차렸지만, 일부러 딴전을 피웠다.

"참 이상하군요. 경위를 알고 싶은데요."

그러자 정치부 기자 20년 경력의 부장은 괴로운 표정으로 말했다.

"내게 대들어봐야 소용없어. 명령은 위에서 내린 거니까."

"위라면 편집국장입니까?"

다하라는 편집국장에게 담판하러 갈 것 같은 기색을 보였다.

"덤비지 말아. 상부니까. 자네도 알고 있는 우리 신문사 인쇄공장이 세워질 고코쿠사(護國寺)의 국유지 매각에 관련된 일이 얽혀 있어."

인쇄된 마이초신문을 빠른 시간 안에 고속도로를 통해 수송하기 위해 고코쿠사의 고속도로변 국유지 매각을 관동 재무국에 신청했더니 이미 농협과 전 일본유족회를 비롯한 10여 곳의 경합이 붙어 있었다. 어떻게든 밀어내고 매각을 받기 위해 대장성 출입기자들이 움직이고 있는 것은 물론, 부사장이 대장성 대신과 자주 만나고 있음을 다하라도 알고 있었다.

"그것이 이것과 무슨 관계가 있습니까?"

"아까 대장성 대신으로부터 직접 우리 부사장에게 전화가 걸려와, 차기 전투기 문제는 지난번 대장대신 담화로 신중을 기하도록 하라고 했다면서, 그 때문에 국방회의를 연기한 때이니만큼 더 이상 파고들지 말기를 바란다는 거야. 그 대신 거의 매각이 확정적이던 전 일본유족회를 밀어내고 보도 우선이라는 명목으로 마이초신문에 매각해 주겠다는 얘기였어."

"그 일을 꾸민 사람이 총무회장인 오카와 이치로입니까?"

"아니, 그렇지 않아. 대장성 출입기자 단장한테도 알아보게 했지만, 누군지 전혀 짐작이 되지 않아."

"그렇더라도 거의 확정되어 있던 전 일본유족회 쪽이 퍽 간단히 물러났군요. 거기에 무슨 까닭이라도……"

"거기까진 알 수 없어. 하지만 이미 정해진 일이니, 더 이상 건드리지 말게."

다하라는 묵묵히 팔짱을 꼈다.

자기가 FX 기사를 쓴다는 것을 아는 사람은 도쿄상사, 깅키상사와 항공평론가인 H씨밖에 없다. 도쿄상사엔 플러스가 되는 일이고 항공평론가로서는 그런 행동을 할 리 없으니, 오늘 저녁 일부러 자기를 찾아왔던 이키밖에 없는 셈이다.

"그래서 부장님의 생각은 어떻습니까?"

다하라는 옆으로 바짝 다가섰다. 예사롭지 않은 기색을 깨달은 정치부 기자들은 다하라 쪽을 힐끔힐끔 쳐다보았다. 부장은 이 대화를 빨리 끝내 버리려는 듯 눈이 내리기 시작한 창밖으로 시선을 돌리면서 말했다.

"알고 있잖아. 나도 신문기자이니만큼 이런 얘기를 길게 하고 싶지 않아요. 하지만 신문사로서는 고속도로변의 인쇄공장이란 무엇과도 바꿀 수 없을 만큼 귀중한 거요. 아무리 기사를 빨리 쓰더라도 인쇄한 다음 재빨리 수송하지 않는다면 헛일이니까."

"그럼 아무리 생생한 특종기사를 쓴다 해도 싣지 않겠다는 겁니까?"

다하라는 다시 물고 늘어졌다.

"뭐, 그렇게 되는 것 아니겠어."

"싣지 못한다면 할 수 없죠. 하지만 신문기자의 기백이란 그렇게 간단히 없앨 수 있는 게 아닙니다."

다하라는 불끈 화를 내며 자기 책상 위의 원고와 사진을 움켜쥐고 편집국을 나갔다.

다하라는 같은 층에 있는 자료실 쪽으로 걸어갔다. 기사를 못 쓰게 하는 여러 가지 수법 가운데 신문사의 가장 큰 약점인 국유지 매각을 물고 늘어지는 것으로 보아 그 방면에 상당한 수완이 있는 사람이고, 더욱이 대장성에서 마이초신문이 농협 및 전 일본유족회 등과 경합되어 있음을 알 만한 입장에 있는 사람이라고 다하라는 생각했다. 다하라는 자료실에 들어서자마자 각종 단체의 서류철 상자를 열어 전 일본유족회의 카드를 꺼냈다. 명예회장 히사마쓰 세이조의 이름이 퍼뜩 눈에 들어왔다. 히사마쓰 세이조는 일찍이 대장성 주계국장이었는데, 종전 무렵엔 스즈키 내각의 서기국장이었고, 전후 공직추방령의 적용을 받았다. 그러나 1953년에 중의원 의원에 당선, 지금은 경제기획청 장관으로서 국방회의 멤버였다. 다하라의 육감이 재빨리 작용했다.

"다하라 씨, 뭘 찾고 계십니까? 마감 전이니 서둘러야 합니다."

자료실의 주인이라 할 수 있는 주임이 말을 걸었다.

"아, 야근하십니까? 살아 있는 사전인 당신이 계시니 마침 잘됐소. 종전 무렵 내각 서기관장이었던 히사마쓰 씨라면 대본영 참모들과는 절친했겠지요?"

주임은 반쯤 벗겨진 머리를 끄덕이며 대답했다.

"그때 히사마쓰 내각 서기관장은 종전을 위한 어전회의의 초안과 그 밖의 사전 준비에 크게 솜씨를 발휘했었으니까, 대본영 참모들과 접촉이 있었던 게 당연하죠."

다하라는 그제야 비로소 모든 것을 이해할 수 있었다. 대본영 참모 출신인 이키는 전쟁 동안 정부에 대한 신문사의 저자세를 알고 있었다. 그가 히사마쓰 세이조에게 손을 쓰고 히사마쓰는 선배인 사바시 대장성 대신과 상의하여 마침 마이초신문사로부터 국유지 매각 신청이 있었음을 알게 되자 전 일본유족회 명예회장인 자신이 직접 신청하여 거의 낙찰 받은 그 부지를, 기사취소를 조건으로 신문사에 매각하도록 이야기가 된 것이 틀림없었다. 그리고 히사마쓰 세이조로서는 전 일본유족회 회관 설립건을 취소해서 생긴 손실을 깅키상사가 메워준다는 조건으로…… 다하라의 눈이 분노로 불타올랐다.

나쁜 놈! 군인 출신답지 않은 부드러운 태도로 일본의 국방을 염려하고 걱정하는 척하면서, 한편으로는 이런 고등전술로 기사를 못 쓰도록 공작했던가. 더욱이 전직 군인이면서 유족회관의 건설용지 매각을 제물로 삼는다는 것은 군인의 명예에 관한 일이다. 그런 자한테 신문기자의 기백이 눌린대서야 말이 되나! 다하라는 이를 갈며 잠시 깊은 생각에 잠겼다가 어떤 결심을 한 듯 원고지와 사진을 움켜쥐었다.

이튿날, 이키는 아무 일도 없었던 듯한 표정으로 출근하여 여느 때처럼 곧은 자세로 책상 앞에 앉아 있었지만, 머릿속은 수면부족으로 무겁게 짓눌려 한낮이 다 지나도록 졸음이 가시지 않았다.

어젯밤 사건을 수습하기 위해 항공기부의 분실인 롯폰기의 맨션에 머무르며 수습공작에 온 신경을 다 쏟고, 마이초신문의 오전 2시 최종판에도 실리지 않았다는 연락을 받은 뒤 비로소 소파에 누워 잠을 잤던 것이다.

"정말 잘됐어."

손님과 점심식사를 하고 돌아온 마쓰모토 부장은 아침부터 몇 차례나 되풀이한 말을 또 입에 담았다.

"한때는 정말 어떻게 될 것인가 하고 몹시 염려했었는데, 당신 덕분에 잘되었소."

"아닙니다. 그렇게 말씀하시면……"

"아니오. 상무는 물론이고 사장님도 크게 기뻐하고 있는 모양이오.

만약 이번 사태를 도쿄상사의 사메지마가 교사한 거라면 지금쯤 상어 같은 눈을 치뜨고 분해서 펄펄 뛰고 있겠지. 기분 좋군. 핫핫핫……"

부장은 사메지마의 기묘한 웃음소리를 흉내 냈다. 이키가 자신도 모르게 끌려들어 같이 웃고 있을 때 숨을 헐떡이며 들어오는 고이데의 모습이 보였다. 그는 창백해진 얼굴로 이키의 책상 앞으로 뛰어오더니, 신문 한 부를 탁 놓았다. 그 순간 검은 연기를 내뿜으며 불타고 있는 록히드 F-104의 사진이 이키의 눈에 확 들어오고, 'FX, 이래도 좋은가. 의문을 남긴 록히드 F-104'라는 표제가 춤추고 있었다. 도토신문 석간의 사회면 톱이었다. 순간 이키는 멍해졌다.

고이데가 창백한 얼굴로 말했다.

"방위청이 입수한 석간 첫판인데, 조사과의 아시다 이좌가 준 겁니다……"

마쓰모토 부장의 입술이 떨렸다.

"이키, 이, 이게 도대체……"

"저도 모르겠습니다……"

그렇게 대답하는 이키의 눈에 마이초신문의 다하라 기자와 도쿄상사의 사메지마 다쓰조의 얼굴이 겹쳐 떠올랐다.

부장석의 전화가 울렸다. 수화기를 드는 고이데의 얼굴이 금방 굳어졌다.

"니혼신문 사회부라구요? 네, 항공기부 직원입니다만 부장님은 지금 안 계십니다. 오사카에 출장 중이신데, 네 연락되는 대로……"

고이데는 수화기를 놓고 말했다.

"큰일 났습니다. 벌써 다른 신문들이 움직이기 시작했습니다."

그러자 또 전화가 울려 다른 부원이 받았다.

"네, '주간 도쿄' 부장이시라고요?"

두 개의 날개

사정을 모르는 부원이 태평스럽게 대꾸하려 하자, 마쓰모토 부장은 허둥대며 손을 저었다.

"지금 자리에 안 계십니다. 외출하신 것 같은데요."

"다른 곳에서도 계속 전화가 올 텐데, 어떻게 하죠, 이키 씨?"

고이데는 이키를 곁눈질하며 어젯밤 일을 잊지 않고 있는 듯 가시 돋힌 목소리로 말했다.

이키는 일이 왜 이렇게 되었는지 도대체 짐작이 가지 않아 입을 다물고 있었다.

그것은 기사를 못 쓰게 되어 이를 갈던 마이초신문의 다하라 기자가 같은 방위청 출입기자 중에서 신뢰하고 있는 도토신문 기자에게 사진과 자료를 몽땅 넘겨주어 특종이 된 기사였다.

12월 20일, 록히드사장이 갑자기 기술담당 부사장과 홍보부장을 데리고 일본에 왔다. 도토신문에 록히드 F-104의 추락사고가 대서특필되고, 다른 신문과 주간지도 움직이기 시작했다는 이야기를 깅키상사로부터 듣자마자 위축되지도 않고 일본의 매스컴 관계자에게 추락사고를 설명하고 싶다는 뜻을 밝혔는데, 그 일에 관련된 기자회견을 갖기 위해서였다.

하네다 공항에 내린 록히드사장은 극동지사원들의 마중을 받으며 데이코쿠호텔을 향해 차를 몰았다. 그 자동차 뒤로 깅키상사의 사토이 상무와 마쓰모토 항공기부장과 이키를 태운 자동차가 일정한 거리를 두고 뒤따르고 있었다. 록히드사 주최의 기자회견에 상사가 끼어든 것을 눈치 채이지 않도록 공항에도 남의 눈에 띄지 않게 마중 나갔고, 그 후에도 그림자처럼 움직이고 있는 것이다.

유라쿠쵸 거리에 이르자, 록히드사장이 탄 자동차는 곧바로 데이코쿠호텔로 갔지만, 깅키상사의 자동차는 딴 길로 돌아갔다.

데이코쿠호텔의 4층 벚꽃 홀에서 오전 11시부터 열린 기자회견엔 신문, 잡지의 방위청 관계 기자와 카메라맨 70여 명이 참석했다.

정면 테이블에 록히드사의 브라운 사장과 기술담당 밀 부사장이 앉고, 홍보부장의 사회로 기자회견이 시작되었다.

"친애하는 일본의 보도 관계자들과 처음 만나는 기회를 갖게 된 것을 영광으로 생각하며 감격스럽습니다. 록히드사는 1915년 록히드 부자(父子)에 의해 설립된 전통있는 회사로, 현재 캘리포니아 주 버뱅크의 본사를 필두로 국방과 인류발전을 위해 항공기와 미사일, 우주개발 등 모든 부문에서 각종 기기를 연구개발 및 생산하고 있는 미국 최대의 회사입니다. 종업원은 해외출장 기관의 인원을 합하여 9만 명, 매상고는 미국 기업 중 30번째로 하루 평균 7백만 달러 이상의 매출을 올리고 있습니다. 그 록히드사를 대표하여 사장 브라운 씨께서 여러분께 인사말씀을 하시겠습니다."

그러자 브라운 사장이 일어섰다. 머리는 허옇게 세었지만 서부 사나이답게 늠름하고 건장한 몸을 펴고 카메라 플래시를 받으며 미국인답게 명쾌한 어조로 말했다.

"여러분을 만나 뵙고 직접 말씀드릴 수 있는 이런 기회를 갖게 된 것을 매우 기쁘게 생각합니다. 오늘 내가 일본에 온 것은 지난번 일본의 어떤 신문에 에드워드 기지에서 시험비행중 추락한 록히드 F-104의 추락사고가 아주 선정적으로 보도되었기 때문입니다. 이 보도 때문에 마치 록히드 F-104의 성능에 중대한 결함이라도 있는 것처럼 알려져 매우 유감스럽게 생각하는 바, 이 자리를 빌어 여러분께 공정하게 설명해 드리고자 합니다."

일본어 통역이 끝나기를 기다리기 지루한 듯 브라운 사장은 신문기자들을 둘러보면서 요란한 제스처를 섞어가며 자세히 설명하기 시작했다.

"그럼 추락사고 당시의 상황부터 말씀드리겠습니다. 에드워드 공군기지에서 F-104를 시험비행하던 롱첼러 대령이 고도 1만 피트 상공에서 '긴급사태 발생, 엔진이 멎었으므로 활공하여 착륙하겠다'고 전해온 뒤, 활주로 앞 2킬로미터, 고도 150미터 지점에서 조종불능상태가 되어 추락하였습니다. 미 공군 비행안전반의 조사에 따르면, 활공직전 램에어 터빈(긴급사태용 풍력 발전기)을 잊고 내놓지 않아 조종장치에 전력이 끊겨 조종불능으로 추락했다고 합니다. 즉 사고원인은 조작 미스였음이 밝혀진 겁니다."

사회를 보는 홍보부장이 곧 말을 이었다.

"미 공군 비행안전반이 어제까지 발표한 조사결과를 참고로 가져왔습니다."

그러면서 그는 영문과 일문 두 종류로 타이프된 서류를 기자단에게 나누어주었다.

기자석이 떠들썩해지고 서로 다투듯 서류를 읽기 시작했을 때, 맨 앞줄 마이초신문 다하라 기자가 손을 들었다.

"미 공군 발표라면서, 어째서 민간기업인 록히드사가 발표를 합니까?"

다하라의 질문에 홍보부장이 침착하게 대답했다.

"그건 일본과 미국의 전투기 추락사고에 대한 인식의 차이라고 생각합니다. 미국에서는 민간기와 달리 군용기는 전투에 투입되는 만큼 추락은 어느 정도 불가피하다는 인식이 국민들 사이에 퍼져 있습니다. 따라서 큰 뉴스거리가 못됩니다."

"하지만 미 공군 제일의 조종사인 롱첼러 대령이 조종하던 록히드

F-104가 추락한 것은 록히드를 제2차 방위계획의 전투기 후보로 삼고 있는 일본에서는 큰 뉴스입니다."

도토신문 기자가 반박하자, 브라운 사장이 입을 열었다.

"뛰어난 조종사란 여느 사람과는 다른 고도의 기술과 능력을 지닌 사람을 말합니다. 그러니만큼 뛰어난 조종사는 영원히 죽지 않을 것으로 여기지만, 지극히 초보적인 조작 미스로, 생각지도 않은 죽음을 당하는 사람이 뜻밖에도 많으며, 그것은 뛰어난 조종사이기 때문에 겪는 숙명이기도 합니다. 그러니까 롱첼로 대령도 스스로의 숙명 속에서 목숨을 잃은 셈이죠."

브라운 사장의 슬픈 목소리에 비행기 애호가가 많은 기자단석은 물을 끼얹듯 숙연해졌다. 그러나 마이초신문의 다하라 기자는 눈을 반짝이며 심문하듯 말했다.

"록히드 F-104는 기수 반전시 키커가 자동으로 작동하여 목표물을 놓쳐 버린다는 전투기로서는 치명적인 결함을 지녔다는 공군 자료가 있는데, 이 점에 대해 설명을 부탁드립니다."

기술담당 밀 부사장이 그 물음에 대답했다. 브라운 사장과는 대조적으로 깡마르고 조용한 기술자였다.

"초음속 비행에서 상대기만 바라보며 전투를 하면 큰 위험이 따릅니다. 왜냐하면 조종사는 상대기에 정신이 팔려 자기 기체의 자세와 속도를 잊을 위험성이 있기 때문입니다. 인간의 한계를 넘어선 범위에서 급격하게 기수를 전환하여 실속(失速) 상태에 빠질 위험에 처했을 경우, 키커가 자동으로 작동해 잠시 적기를 놓치기는 하지만, 이내 회복하여 조종사의 목숨을 지킬 수가 있습니다. 이를테면 생명의 안전판이라고도 할 수 있는 키커는 우리 회사가 자랑하는 독자적인 기술입니다."

메모를 하던 기자 중 한명이 키커에 대해 자세히 설명해 달라고 요구하자, 부사장은 용의주도하게 준비해 온 해설 그림 패널을 내보이며 자세하게 기술적인 설명을 했다.

"그러나 서독이 채택한 F-104G는 추락 사고가 빈발하여 '과부제조기'라고 불리울 정도가 아닙니까. 그 점에 대해……"

니혼신문의 노련해 보이는 기자가 물었다.

"그건 록히드 F-104G의 성능이 뒤떨어지기 때문이 아니라, 악천후라든가 조종 미스 또는 그 밖에 추락을 피할 수 없는 여러 가지 상황 때문에 그렇게 된 겁니다."

"그 점을 좀 더 명확히 설명해 주실 수 있겠습니까?"

깊이 파고들어가자, 브라운 사장은 농담처럼 대꾸했다.

"서독은 우리 회사의 소중한 고객이므로 그 이상은 여러분의 상상에 맡기겠습니다."

"그럼 일본에 팔 전투기로는 어떤 개량형을 만들 생각입니까?"

기자단의 질문이 활발해졌다.

"미국이나 서독용 기체는 대지(對地) 공격용으로 쓰이므로 관성항법장치가 필요하지만, 요격용인 일본용 기체에는 그것이 필요하지 않습니다. 따라서 폭탄투하 장치는 간단한 것이 장착되지만 그 대신 어떤 악천후에서라도 상대기를 추적할 수 있는 개량형 레이더를 장착할 생각입니다."

"가격은 한 대에 얼마쯤이나 될까요?"

"그건 기업 비밀에 속하는 문제이니 방위청에 문의해 주십시오."

"브라운 사장께선 방위청 및 총리관저를 방문하실 생각인가요?"

"록히드로 결정된다면 꼭 방문할 겁니다."

브라운 사장의 농담에 와아 하고 웃음이 터졌다. 그걸 계기로 홍보부장은 능란하게 회견을 끝냈다.

"그럼 이로써 질의응답 기자회견을 마치고, 점심식사와 가벼운 음료를 준비했으니 함께 드시면서 허물없이 이야기를 나누도록 합시다."

기자단 뒤쪽의 문이 활짝 열리자, 뷔페 상이 차려져 있었다.

록히드의 수입 대리점인 깅키상사의 항공기부에서는 지나치게 두드러지지 않도록 몇 명만 참석시켰다. 그런 가운데서 이키는 브라운 사장의 모습을 눈으로 쫓으며, 과연 미국 정상급 기업의 경영자다운 멋진 매스컴 대책이라고 생각했다.

"흥, 록히드사를 접대하느라 오지 못한다고? 고이데도 배짱이로구나."

항공막료부 방위과 계획반장인 아시다 구니오는 아카사카의 꽃마차 클럽 박스에서 거칠게 술잔을 비우며 조금 전에 고이데가 걸어온 전화를 받고 화를 내고 있었다.

"어머, 오늘밤은 굉장히 마셔대네요. 이왕이면 스트레이트로 하실까요?"

낯익은 호스티스가 자리에 와서 앉았다.

"좋아, 스트레이트로 하지. 너도 한 잔 마셔."

위스키 두 잔이 나오자, 아시다는 퀴퀴한 술 냄새를 풍기며 얇은 드레스 밑의 통통한 허벅지로 손을 뻗었다.

"오늘 영업이 끝난 후 생선초밥이라도 먹으러 가지 않겠어?"

"미안하지만, 오늘밤은 엄마가 와 계셔서 일찍 들어가 봐야 해요."

"흥, 어머니가 아니라 머리가 벗겨진 아버지겠지. 외상술이나 마시는 가난한 월급쟁이 공무원이라고 우습게 보는 거야?"

시비를 걸듯이 말하자, 가까운 박스에서 아시다 쪽을 슬며시 지켜보던 눈에 점이 있는 나이 지긋한 호스티스가 아시다 앞으로 다가왔다. 도쿄상사의 사메지마 부장의 부탁을 받고 가게에 나타나는 아시다와 고이데의 동정을 지켜보고 있는 호스티스였다.

"어서 오세요. 항상 젊고 예쁘장한 아이가 아니면 거들떠보지 않는군요. 저도 술 좀 주시겠어요?"

요염하게 눈을 흘기며 말하자, 아시다는 얼큰히 취한 얼굴을 들었다.

"대단한 글래머로군. 뭘 좋아하나? 난 이 깜찍한 애한테 채였어."

그러자 젊은 호스티스는 난처한 표정을 지었다.

"아이, 아시다 씨, 무슨 말씀을 그렇게 하세요? 오늘은 정말 엄마가 와 계시단 말이에요."

"이 손님 성함이 아시다 씬가? 변호사 아니세요?"

아시다는 변호사라는 말에 기분이 좋아져 젊은 호스티스에게 들뜬 어조로 말했다.

"이봐, 보관소에 맡겨 둔 내 가방 좀 갖다 줘."

그 순간 카운터에서 오랫동안 혼자 술잔을 핥으며 버티고 있던 사나이의 눈이 날카롭게 움직였다. 그는 젊은 호스티스의 손에 들려 나오는 검은 가방을 꼼짝도 하지 않고 노리듯이 바라보았다. 그러나 취기가 돈 아시다는 화려한 밤의 세계에서 자기를 감시하는 자가 있으리라곤 생각조차 못했다. 눈앞에 가방이 놓이자 아시다는 취해서 맥이 빠진 손으로 가방을 열었다. 어두컴컴한 간접조명 아래서도 주권이 보였다. 젊은 호스티스의 눈이 빛났다.

"아니, 그게 모두 주권이에요?"

"그래. 주주 이름을 좀 봐. 다 내 명의지."

"이야, 굉장히 많군요. 5천 주?"

"바보, 1만 주야. 잘만 굴리면 네게 작은 가게 하나쯤 내주는 건 문제없어."

젊은 호스티스의 환심을 사보려는 마음으로 지껄이다보니, 시가로 쳐서 76만 엔이나 되는 주권을 처음 손에 넣은 흥분으로 아시다 자신도 목소리가 커졌다.

"1만 주! 어디 거예요?"

눈에 점이 있는 호스티스가 야단스럽게 놀라며 들여다보자, 아시다는 반쯤 열린 가방을 활짝 열어젖혔다.

"어머 깅키상사로군요. 우량자산주예요."

호스티스가 더욱 부러운 기색을 드러내며 말했을 때, 카운터에서 처음부터 끝까지 이 광경을 지켜보고 있던 사나이가 벌떡 일어나 화장실에 가는 척하며 아시다의 박스 옆을 지나갔다. 그 순간 그는 드러난 주권다발에 빨려들 듯한 시선을 던졌다. 이상한 기척을 느끼고 아시다가 고개를 들자, 그 사나이는 슬쩍 고개를 돌렸다. 어디선가 본 얼굴이었으나 얼른 기억이 나지 않았다. 아시다는 다시 주권을 보이며 자랑을 했다. 그때 등 뒤에서 힐책하는 목소리가 들렸다.

"그게 무슨 짓이오?"

"어어, 고이데! 그렇게 혼자만 돌아다니긴가?"

아시다가 불끈해서 말하자, 고이데는 호스티스가 술을 주문하기 위해 자리를 비운 틈을 타 주의를 주었다.

"미국 실업가들은 내가 생각했던 것과는 다르더군. 그보다도 어째서 이런 걸 펼쳐놓고 있는 거요? 혹시 적군이 보기라도 보면 어쩌려고……."

그 순간 아시다는 퍼뜩 제정신이 들어 가게 안을 둘러보았다. 그러나 조금 전에 아시다 옆을 지나치며 주권을 내려다보던 사나이의 모습은 보이지 않았다.

"고이데, 조금 전에 이상한 사나이가 있었소. 간혹 지하철 안이나 기차역에서 보았던 것 같은 녀석인데, 주권이 든 가방을 여는 것을 보더니 쓱 지나치며 들여다본 것 같아."

"뭐라구요? 오늘 내가 준 주권을……"

고이데는 말을 잇지 못하고 입을 다물었다. 고이데는 올해 안으로 다마 강변의 독채를 사야 하기 때문에 입주보증금이 필요하다고 졸라대는 아시다에게 요 1년 안으로 집을 마련하면 금방 들통 난다고 만류했다. 하지만 아시다는 FX 선정이 종료되기 전에 결정해 달라며 듣지 않았다. 그래서 사토이 상무와 상의해서 상당액의 주권을 넘겨주었던 것이다.

"자, 어서 나갑시다."

고이데는 주권이 든 가방을 들고 아시다의 팔을 끌며 서둘러 밖으로 나왔다. 완전히 술이 깬 아시다는 살갗을 파고드는 밤바람에 몸을 부르르 떨며 낭패한 목소리로 말했다.

"아무래도 나는 경무대의 감시를 받고 있는 것 같아. 큰일 났어."

"꼭 그렇게 생각할 건 없어요. 하지만 만일의 경우를 생각해서 이키 씨한테 이 얘기를 해두는 편이 좋겠소."

이럴 때 냉정한 판단 아래 적절한 지시를 해주기엔 사토이 상무나 마쓰모토 부장보다 이키가 더 나을 것 같았다.

고이데는 아시다와 함께 지나는 택시를 세워 가키노키사카의 이키 집으로 달렸다.

욕탕에서 나온 이키는 잠옷 차림으로 아내가 갖다 준 차를 마시고,

록히드사장의 기자회견 내용이 보도된 석간을 집어 들며 일어섰다.

"내일은 일찍 나가야 하니 이제 그만 잡시다. 6시 20분에 깨워 주구려."

"꽤 일찍 나가시는군요. 록히드사장은 언제까지 일본에 머무르시나요?"

"글쎄, 아직 잘 모르겠소."

이키는 애매하게 대답했으나, 록히드의 브라운 사장은 사토이 상무한 사람만을 데리고 내일 아침 6시 30분에 낭페이다이(南平台)의 총리자택을 방문, '제2차 방위계획용 전투기에 대한 결정을 빨리 내려주기 바란다'는 내용의 미국 대통령 서한을 건네주고, 그 길로 하네다공항으로 가서 8시 40분발 팬 아메리칸 편으로 돌아갈 예정이었다. 록히드사장이 가져갈 서한은 록히드를 잘 부탁한다는 내용이 담겨 있다. 만약 국방회의에서 록히드를 정식으로 결정한다면, 일본이 대미수출입에서 골치를 썩고 있는 철강 수출수량 규제완화며 자동차 수입제한 철폐 등의 조건을 고려하겠다는 뜻이 담긴 것으로 이키는 듣고 있었다.

"요즘 거의 매일 늦어 당신도 피곤할 테니, 일찍 자구려."

그러자 요시코는 마음에 걸리는 일이 있는 듯,

"당신이 지금 하고 계신 일은 언제쯤 끝나나요?"

하고 물었다.

"금방 끝날 거요. 걱정하지 않아도 괜찮아."

"말은 그렇게 하지만, 요전에만 해도 시내에 있으면서 집에 올 수 없었다니 아무래도 걱정하지 않을 수가 없군요……"

그때 현관 벨이 울렸다.

"이렇게 늦은 시간에 누굴까요?"

두 개의 날개

"신문기자거든 아직 안 들어왔다고 해요."

요시코는 고개를 끄덕이며 나가더니, 금방 돌아왔다.

"여보, 회사의 고이데 씨가 어떤 분을 데리고 왔어요. 급한 일인가 봐요."

이키는 급히 현관으로 나갔다. 고이데와 롯폰기의 맨션에서 만났던 아시다가 서 있었다.

"이키 씨, 밤늦게 죄송합니다만……"

고이데는 당황한 목소리로 앞서의 일을 이야기했다. 이키는 묵묵히 다 듣고 나서 술 냄새를 풍기는 아시다 쪽을 보며 물었다.

"경무대 사람인지 아닌지 분명한 건 아니죠?"

"두 달 전쯤부터 미행당하는 듯한 느낌이 들어 실은 항공막료부의 경무관 이름과 얼굴을 모두 생각해 보았습니다. 하지만 내가 기억하는 얼굴은 없는 것 같아서 마음을 놓고 있었습니다. 그렇지만 다른 부내의 경무관을 보낼 수도 있을 듯싶어서……"

"다른 부대의 경무관이 미행하는 경우가 지금까지 있었나요?"

"글쎄, 없었죠."

"아카사카 클럽에서 여기까지 오는 동안 누가 미행하지는 않았나요?"

이키가 확인차 물어보자, 고이데와 아사다는 깜짝 놀란 듯 서로 얼굴을 마주보았다.

인간의 취약성

텔레비전에서 7시를 알리는 시보와 함께 아침 뉴스가 시작되자, 아시다 구니오의 가족은 모두 일어났다.

된장국 끓이는 냄새가 부엌에서 온 집안으로 풍겨 나왔다. 6조, 4조 반의 방 두 칸에 부엌, 현관, 목욕탕, 화장실 등 모두 합쳐 12평 반으로 자위대 관사이니 만큼 별 수 없는 일이지만, 고교생을 맏이로 세 자녀가 있는 가정으론 너무 좁았다. 그리하여 요즈음 관사에서 빨리 벗어나 내 집을 지어 살도록 해주겠다는 아시다의 입버릇 같은 말에, 아내와 아이들은 천진스레 기뻐하며 그 날만을 기다리고 있다.

"당신 뭘 하고 계세요? 밥상 들여가요!"

부엌에서 아내가 소리쳤으나, 아시다는 깅키상사의 주권 일만 주가 든 가방을 안고 6조 방 벽장 앞에서 서성대고 있었다.

"아빠, 뭘 찾아요? 빨리 식사하셔야지, 안 그러면 출근시간에 늦겠어요."

중학교에 다니는 딸이 다가왔으나 아시다는 먼저 먹으라고 말했다. 그러면서 오늘 아침 아내가 일어나자마자 부엌 뒤주에 설날에 쓸 떡쌀을 퍼 넣던 것을 생각해냈다. 그 속에 가방을 감춰두는 게 안전할 것 같았다.

아시다는 주권을 비닐주머니에 넣었다. 그러고는 한창 자라나는 아이들이 왕성한 식욕으로 식사하고 있는 틈을 타 풍로 밑의 뒤주에 태연히 주권을 집어넣은 뒤 재빨리 그 위에 쌀을 덮었다.

그런 뒤에야 텔레비전 앞 식탁에 앉아 젓가락을 들었다. 검소한 관사 살림과 조화가 안되는, 이웃집에 없는 텔레비전은 깅키상사에 졸라 얻어온 것이었다.

"실례합니다……"

텔레비전의 큰소리에 섞여 현관에 누군가 온 듯했다. 아시다의 아내가 급하게 달려나갔다 돌아왔다.

"이루마(入間) 기지에 있는 사람이래요. 부하인가 봐요."

"출근길에 귀찮게 누구지?"

아시다는 밥을 먹다 말고 현관으로 나갔다. 양복 차림의 남자 둘이 서 있었는데, 코트를 말아 쥔 젊은 사람을 보고 아시다는 그만 멈칫했다. 그는 어젯밤 꽃마차클럽에서 주권을 펼쳐놓고 있던 자기 곁을 지나쳐간 사람이었다. 그는 멍청하게 서 있는 아시다에게 명함을 내밀었다.

"아시다 구니오 씨지요? 난 이런 사람입니다."

이루마 기지 경무분견대장
일등공위 오자키 세이치

순간 아시다는 뒷문으로 달아나버리고 싶은 충동에 사로잡혔다. 오자키 경무관이 그런 눈치를 알아챈 듯 바싹 다가섰다.

"좀 물어볼 게 있으니 같이 가주셨으면 하는데요."

"네? 무얼 말입니까? 난 아무것도……"
사나이는 거실 쪽을 흘낏 보며 말했다.
"아무튼 같이 갑시다. 식구들한테는 폐를 끼치지 않겠습니다."
같이 동행하지 않으면 신상에 좋지 않을 거라고 위협하는 말투였다. 아시다는 가슴이 방망이질치는 것을 억누르며 아이들 시중을 드느라 분주한 아내에게 말했다.
"이루마 기지에 바쁜 일이 생겨서 지금 나가봐야겠소."
그는 재빨리 옷을 차려입고 집을 나섰다. 아시다의 집과 같은 크기의 관사가 양쪽에 쭉 늘어선 길을 빠져나가자, 광장의 전화박스 옆에 경무대의 엷은 남빛 지프가 한 대 서 있었다.

도코로자와에서 더 들어간 사이타마현 도요오카에 있는 이루마 기지에 닿은 것은 1시간 뒤인 오전 8시 30분이었다.
항공자위대의 기지인 이루마 기지의 비행장 주변 일부에는 관동평야의 잡목림이 펼쳐져 있었다. 지프는 바로 정문 초입에 세워진 철근 콘크리트로 된 사령부 앞을 그대로 지나쳐 그 뒤편의 낡아빠진 별채 목조건물 앞에서 멎었다. 이 건물 안에 경무분견 대장실과 취조실이 있다.
경무대는 자위관의 범죄조사와 행동을 감시함과 동시에 사법 경찰관으로 체포권을 가지고 있었다.
아시다는 삐걱거리는 어두컴컴한 복도로 연행되어 가며, 자기가 왜 히노키 거리의 항공막료부가 아닌 이런 이루마의 지방기지로 끌려오게 되었는지 알 수 없어 더욱 불안했다.
문을 제외한 삼면이 흰 벽이고 책상과 의자밖에 없는 2평 반 정도의 취조실로 들어섰다. 그러자 두 사람 중 오자키 경무분견대장이 취조하기 위해 아시다의 맞은편에 앉았다.

아직 서른 대여섯 살로 보이는 일위(一尉 · 옛 군대의 대위)인 오자키 분견대장은 살결이 희어 언뜻 싹싹하고 부드러운 인상을 주었다. 그러나 그 눈은 거의 움직이지 않고 있어 기분 나빴다. 그가 입을 열었다.

"내 쪽에선 이미 당신에 대한 조사를 다 끝냈소만, 참고삼아 몇 가지 물어보겠소. 무슨 일이든 솔직히 대답해 주지 않으면 나중에 귀찮은 일이 생길지도 모르니 그 점 명심해 주시기 바랍니다."

아시다는 저도 모르게 불끈 화가 치밀었다.

"그보다 먼저, 항공막료부 방위부의 나를 왜 이런 지방기지로 끌고 왔는지 그걸 알고 싶다. 상관에게 연락해 다오."

이좌인 아시다는 경무관이라고는 하지만 일위인 오자키에게 강경하게 말했다.

"원래 당신을 미행하고 조사하는 일은 항공막료부 중앙경무대의 일이지만, 혹시 당신과 안면이 있어 목적을 이루지 못할 수도 있기 때문에 그럴 염려가 전혀 없는 내가 중앙경무대장의 지시에 따라 임무를 맡은 거요. 따라서 당신 상관에게 연락할 필요는 없소."

오자키는 쌀쌀맞게 쏘아붙이고는 의젓한 태도로 인정심문을 시작했다.

"어쨌든 항공막료부에 연락해 줘. 그렇잖으면 질문엔 한마디도 응할 수 없어."

그러자 오자키 경무관의 눈가에 엷은 웃음이 번졌다.

"아시다 씨, 좀 전에 우리가 당신 집을 찾아갔을 때의 배려를 생각해 주시지요. 당신은 임의동행 형식으로 온 것이니 말하고 싶지 않다면 강요하지는 않겠습니다. 그러나 움직일 수 없는 확증을 쥐고 있는 이상, 설령 오늘 당신을 돌려보내드린다 해도 신속히 도쿄지검에 구속영장을 청구해서, 내일 댁으로 갈 때는 수갑을 가져갈 겁니다. 그래도 괜찮겠습니까?"

오자키는 안주머니에서 검은 가죽을 씌운 경찰신분증을 꺼내어 얼핏 보여주었다.

"나는 의심받을 만한 짓은 전혀 안 했소. 대체 무슨 일로 그러는지 그것부터 먼저 설명해 줘야 되지 않겠나?"

아시다가 간신히 되묻자, 오자키는 그 말을 무시하고 말했다.

"어젯밤 8시부터 9시 반경까지 당신은 아카사카 꽃마차 클럽에서 호스티스를 상대로 술을 마셨지요. 계산은 얼마가 나왔습니까?"

그러나 아시다로선 언제나 고이데가 외상으로 긋고 사주어, 하이볼 한 잔이 얼마인지, 호스티스에게 주는 돈이 얼마인지 짐작조차 할 수 없어 첫마디부터 막혔다.

"모른다는 건 당신이 내지 않았기 때문이 아니요?"

"그러고 보니 어젯밤에는 너무 취해서…… 기억이 잘 나지 않는데. 자리에서 그만 일어나려는데 마침 친구를 만나 그 친구가 대신 낸 것 같기도 하고……"

"그 친구란 깅키상사 항공기부의 고이데 히로시라는 사람이 아니오?"

"그런데요…… 하지만 그는 2년 전까지 항공막료부 조사과에서 함께 근무하던 동료라 옛정을 못 잊어 가끔 만나고 있을 뿐입니다."

아시다는 무의식중에 저보다 나이가 아래인 하급직 경무관에게 존댓말을 쓰기 시작했다.

"고이데 씨하고는 그 전에도 꽃마차 클럽에서 술을 마셨더랬지요? 그때도 계산은 고이데 씨가 했습니까?"

"그런 것도…… 같은데요."

"참고로 우리 쪽에서 조사한 술값을 말씀드린다면, 당신은 이 달에 세 번 꽃마차에 갔으며, 유흥음식세를 비롯한 청구액은 합계 12만 5,238엔이오. 당신의 급료는 다 제하고 나면 6만 5,090엔이니까, 두 달치 월급을 단 사흘 밤만에 마셔버린 셈이오. 하지만 그 청구서는 깅키상사 항공기부 앞으로 나가게 되어 있었는데, 당신은 그걸 당연히 알고 있었겠지요?"

날카롭게 찌르는 듯한 말투였다.

"더욱이 당신은 어젯밤, 깅키상사의 주권 1만 주, 시가로 75만 엔 상당의 주권을 취득하셨더군요. 주를 사들인 자금의 출처를 밝혀 주십시오."

경무관은 움직임이 없는 눈으로 아시다를 쏘아보았다. 아시다의 겨드랑이 밑에서 진땀이 났다.

"깅키상사의 주권이니 하는 건 전혀 모르는 일이오. 누가 그따위 터무니없는 말을 합니까?"

증권이 뒤주에서 발견되지 않는 이상, 아무리 경무관에게 들켰다 해도 증거가 없는 일이라서 아시다는 딱 잡아뗐다.

"당신은 내 질문에 대답만 하면 돼요. 출처는?"

"모르는 걸 어떻게 대답하겠소?"

"그럼 잘 생각해 봐요. 75만 엔이 어디서 생겼소."

아시다는 아무리 부정을 해도 오자키 경무관은 거듭 되풀이해서 물었다. 아시다는 차츰 머리가 이상해지는 것 같아 그 자리를 모면하려고 경무관의 시선을 피했다. 그러나 삼면의 벽이 더욱더 아시다를 몰아치는 것 같았다.

"그만하시오. 그렇게 알고 싶다면 깅키상사에 물어보면 될 게 아니오?"
 아시다는 갑자기 흥분되어 아우성치다시피 소리를 질렀다.
 "그러면 주는 깅키상사로부터 증여받은 것이로군요. 현재 그 주권은 당신 집에 있습니까? 아니면 꽃마차에서 급히 택시를 타고 간 깅키상사 항공기부 촉탁 이키 다다시라는 사람 집에 있습니까?"
 역시 미행했던 것이다. 아시다는 잠자코 있다가 일부러 결심한 것 같은 표정으로 말했다.
 "……실은 말씀하셨듯이 깅키상사로부터 받은 것이오. 하지만 난 그럴 만한 교제상의 관계가 없는 터라 고이데한테 곤란하다고 강경하게 되돌려주었소. 그랬더니 자기는 회사에서 시킨 일이라서 이키 씨에게 상의해 보겠다며 날 그 사람 집으로 데려가더군요. 난 그 자리에서 고스란히 돌려주고 나왔습니다."
 "그렇습니까? 그래도 일단 확인하기 위해 영장을 발부받아 당신 관사도 가택수색을 하겠습니다. 혹시 당신 집의 뒤주 속에서 나올지도 모르니까요."
 순간 아시다의 안색이 싹 달라졌다.
 "당신들은 남의 집 안까지 엿보나! 이건 과잉수사야, 인권유린이란 말이야."
 "엘리트답지 않게 이성을 잃으셨군요. 난 당신의 손톱 사이에 쌀겨가 껴 있길래 혹시하고 추측했을 뿐이오."
 경무관은 아시다의 길게 자란 손톱을 턱으로 가리키며 말했다.
 "경시청에서 관사로 가택수사 가는 걸 원치 않는다면, 이제 이쯤에서 당신이 깅키상사에 누설한 방위청의 기밀서류를 처음부터 차례로 말해 주시오. 깅키상사가 빌려 쓰는 롯폰기의 맨션에서 당신이 난잡한 직업여성과 관계한 것만 보아도, 당신이 얼마나 떳떳치 못한 취미를 갖고 있는지 우리는 모두 파악하고 있습니다."

경무관의 무표정한 눈이 약간 움직였다.

아시다는 잇따라 여자를 소개받는 사이에 예사롭지 않게 된 자신의 섹스에 얼굴이 붉어져 더 이상 버틸 수가 없게 되었다. 그는 무릎을 떨면서 자백하기 시작했다.

"죄송합니다. 처음부터 의식적으로 누설할 생각은 없었는데, 다른 사람들이 크든 작든 간에 상사나 메이커들에게 조금씩 퍼뜨리는 것을 보고 나도 가벼운 마음으로 그만……"

상사가 가장 바라는 것은 방대한 자료를 바탕으로 몇 번이나 퇴고를 거듭하여 작성된 제2차 방위계획의 기초가 되는 최종안이다. 상사 쪽에서는 그걸 보고 전투기며 장비품의 수, 발주와 수주의 연도, 조사단의 멤버, 출발 시기 등을 알아내어 거기에 맞춰 인원 배치며 매출 예정표를 만드는 것이다.

오자키 경무관은 알루미늄 주전자에서 차를 따르며,

"그런 것 이외에도 최근에 당신은 그랜트사의 가격표를 깅키상사에게 누설했지요?"

하고 덮어씌우듯 물었다.

"……네…… 그러나 가격의 견적 같은 건 알고 보면 방위비밀에 저촉되지 않고, 또 그리 중요한 서류라고는……"

"대단한 것이 아닐지라도 자위관의 기밀누설은 국가 공무원법으로 금지되어 있는 사항이오. 더구나 그 가격표 뒤에 붙어 있는 2백여 개 품목에 이르는 무기의 장비표는 엄연히 방위비밀로 지정되어 있소. 당신은 이 일련의 기밀누설을 혼자의 판단으로 했습니까, 아니면 상관이 시켜서 했습니까?"

"나는…… 저, 고이데한테……"

아시다가 맥 빠진 듯 대답하려는데,

"만약 윗사람이 시켜서 했다면 당신이 추궁 받고 있는 죄의 성질은 아주 달라지는데요."

하고 윗사람을 걸고 들어가라는 듯한 묘한 말투로 경무관이 말했다.

아시다는 그때 문득 경무대가 조사하고 싶어 하는 것은 자기 같은 졸자가 아니라 가이즈카 관방장을 중심으로 하는 가와마타 방위부장이 아닌가 생각했다. 그렇지 않고서야 이토록 확고한 증거를 잡고 있음에도 임의취조를 할 리가 없다. 만약 가와마타의 명령을 받았다고 한다면, 자기는 살아날 수 있을 것 같았다.

그는 지푸라기라도 잡은 심정이 되어 말했다.

"실은 말씀하신 대로, 가와마타 방위부장에게 깅키상사의 편의를 봐주면 좋겠다는 말을 들었기에……"

아시다는 구원을 바라듯 오자키 경무관의 얼굴을 쳐다보았다.

물론 그것으로 아시다 구니오가 구속을 면할 수는 없었지만, 조서에는 가와마타 이사오라는 이름이 뚜렷이 적히게 되었다.

밤 9시가 지난 깅키상사의 '분실' 롯폰기의 맨션에서는 창마다 커튼을 빈틈없이 내리고 5명의 항공기부원들이 말 한마디 없이 팬터마임처럼 움직이고 있었다.

고이데의 지시로 방위청의 기밀문서를 복사한 복사기와 사무용 책상, 의자를 몰래 내가고 있는 것이었다.

고이데는 오늘 아침 아시다 구니오의 아내에게서 아시다가 경무대에 붙잡혀 갔다는 소식을 듣자마자, 곧바로 깅키상사의 고문변호사와 함께 사토이 상무, 마쓰모토 부장, 이키 등에게 알려 긴급대책을 강구했다. 그 결과 무엇보다 먼저 롯폰기의 맨션에서 아시다로부터 비밀문서를 받아 복사했던 증거를 없애버리는 것이 선결문제라는 결론이 났다.

간신히 사무책상을 해체하자, 한 사원이 1층 입구 옆에 있는 관리인실로 내려갔다.

관리인에게 4층에 비어 있는 방을 보여 달래서 안내받는 사이에 해체할 수 없는 복사기를 들고 나오기로 했다.

이윽고 엘리베이터가 4층에 도착하자, 고이데의 신호로 사원들은 시트를 씌운 복사기를 엘리베이터로 아래층으로 운반했다. 그러고는 관리인실 앞을 지나 밖으로 들어내니, 모퉁이에서 숨어서 기다리고 있던 소형트럭이 재빨리 후진해 왔다. 복사기를 짐칸에 싣자 사원 하나가 타고는 바람같이 사라져갔다.

남은 사원들과 고이데는 다시 남의 눈에 띄지 않도록 몰래 방에 들어와 뜯어 헤친 사무책상과 의자를 다른 소형트럭으로 재차 실어냈다. 그런 뒤 청소를 하기 시작했다.

융단에 청소기를 대 먼지를 빨아들이고, 복사기와 책상을 놓아두었던 자리의 흔적은 딱딱한 나일론 솔로 털을 긁어 일으켰다. 감광액이 묻은 자리도 주의 깊게 세척제로 닦아냈으며, 응접세트의 위치를 한가운데로 옮겨 화려한 테이블보를 씌웠다. 홈 바에도 체코제 글라스를 죽 세워놓으니 과연 손님접대용으로 쓰고 있는 방다운 호화로운 분위기가 갖추어졌다.

고이데를 비롯한 사원들이 안도의 숨을 내쉬며 소파에 걸터앉는데 문 두드리는 소리가 나고 이키가 들어왔다.

"뭐, 새로운 소식이라도……"

고이데가 놀라며 이키의 귓가에 대고 물었다.

"아니오, 그저 어떻게 해놓았나 보러 왔을 뿐이오. 썩 잘 됐군. 방

안이 아주 몰라보게 바뀌었어."

이키는 평소랑 똑같은 조용한 표정으로 말했다. 고이데는 실내가 충분히 정돈되었음을 확인하고 젊은 사원들을 먼저 돌려보냈다.

이키와 단둘이 남게 된 고이데는 마음에 걸리던 일을 물었다.

"그 뒤, 아시다에 대한 이야기가 가와마타 방위부장한테서라도 들어오지 않았는지요?"

"아직 아무런 소식이 없소. 그런데 아시다의 성격은 어떤가요?"

"성실한 편입니다만, 마음이 약하고 겁이 좀 많지요."

"그렇다면 이쪽도 무슨 일을 당할지 모르니 상당한 각오를 하고 있어야겠군요."

"그래서 나로서는 미국으로 출장을 보내줬으면 싶어요. 이키 씨가 FX 담당자는 만일을 대비해서 예방주사와 여권을 받아두는 편이 좋다고 하시길래 모두 준비해 놨었거든요. 내일이라도 당장 떠날 수 있는 몸입니다."

"당신 마음은 잘 알겠소. 회사도 그쪽 방향으로 검토하고 있는 중이오."

"검토 중이라고요? 나로서는 한시가 급한 문제가 아닙니까!"

고이데는 벌컥 화를 내더니 곧 마음을 진정시키고 물었다.

"그런데 이키 씨, 경찰이 취조해 오면 무얼 가장 주의해야 할까요?"

"앞뒤를 맞추려고 변명하다가 어디 한 군데 어긋나면 모두 와르르 무너져버리고 말 테니까 되도록 묵비권을 행사해야 해요. 그건 당신의 의지력에 달렸소."

"그러나 나는 이키 씨처럼 전범으로 취조 받은 경험이 없으니, 어디까지 버틸 수 있을지……"

"고이데, 우리가 뒤에 있으니까 마음을 굳게 가져야 해요. 자, 빨리 갑시다."

이키는 서둘러 현관까지 갔다가 문득 걸음을 멈추고 마음 놓이지 않는 듯이 물었다.

"휴지통이나 목욕탕에라도 아시다의 물건은 남아 있지 않겠지요?"

그 목소리는 방금 고이데를 격려하던 때와는 달리 아주 냉랭했다. 이키가 여기 온 것은 자기를 격려하기 위해서라기보다는 그것 때문이었던가, 하는 서운함이 고이데의 가슴속을 스쳐갔.

다음 날 아침, 고이데는 여느 때보다 일찍 일어났다. 그는 두 개의 조간신문에 아시다 구니오에 관한 기사가 나지 않았음을 확인하자, 잠이 모자란 얼굴의 긴장을 풀고 아침식사를 했다.

"여보, 어제 친정에다 갖다 놓은 복사기, 그거 꽤 크더군요. 맡아두긴 하겠지만 되도록 빨리 가져가달라고 아까 전화 왔었어요."

고이데의 아내는 홍차를 따르면서 난처한 듯 말했다.

"하지만 어젯밤에도 말했듯이 아무한테도 말하지 말고 잠시만 맡아달라고 당신이 다시 한 번 부탁하구려."

고이데가 식탁에서 일어나려는데, 화장실에서 딸들이 세수하는 소리가 들렸다. 아이들의 모습을 그리면서 출근하려고 막 옷을 갈아입는데 초인종 소리가 들렸다. 고이데의 얼굴이 무섭게 굳어졌다.

"경시청에서 왔는데, 주인 계십니까?"

유리 미닫이 너머로 들려오는 목소리. 고이데는 한순간 당황했지만, 아이들에게 그 기미를 보이고 싶지 않아 셔츠 차림으로 현관에 얼굴을 내밀었다. 현관에는 사복형사 두 사람이 우뚝 서 있었다.

"고이데 히로시 씨지요? 경시청 2과에서 나왔습니다. 임의출두로 같이 좀 가주시겠습니까?"

말투는 공손했지만, 그 눈은 용의자를 연행하는 눈초리였다. 아내는 어리둥절한 채 잠자코 서 있을 뿐이었다.

"알겠습니다. 곧 옷을 갈아입고 나갈 테니, 아이들한테는 아무 말 마십시오."

고이데는 늘 입고 있는 목면 셔츠와 바지 위에다, 오늘밤 유치될 경우를 생각해서 아내에게 두툼한 털옷을 가져오게 하여 껴입고 양말을 두 켤레 신었다. 그때 막내아이가 기웃거리며 말했다.

"아빠, 오늘은 그리 춥지 않아요."

"응, 하지만 감기기운이 있어서 말이야. 얘야, 빨리 밥먹지 않으면 학교에 늦을라."

고이데는 아이를 식탁으로 쫓아 보내고는 급히 양복을 입고 눈치 채이지 않도록 현관으로 나갔다.

"여보……"

등 뒤에서 아내의 울음 섞인 목소리가 났다.

"걱정 안 해도 되오. 곧 돌아올 테니까."

"하지만 당신……"

아내의 목소리가 뒤에서 매달리듯이 들려왔으나, 고이데는 이를 악물고 두 형사 사이에 끼여 밖으로 나왔다. 그때 이웃집 문이 드르륵 열리며,

"안녕하십니까?"

하고 그 집 주인이 아무 눈치도 못 채고 상냥하게 인사했다. 고이데는 어색한 표정으로 간신히 답례하고는, 집에서 약간 떨어진 모퉁이에서 기다리는 자동차에 올라탔다.

경시청의 지하 취조실은 복도를 향해 난 작은 창이 있을 뿐 동굴 속 같은 좁은 방이었다. 고이데는 아침부터 계속 조사를 받았다. 불이 들어오자 책상을 사이에 두고 고이데와 마주앉은 쉰살 남짓한 부장형사

와 37세쯤 된 경부보(警部補)는 한숨 돌리려는 듯 담배를 피워 물고 고이데에게도 권했다.

"다시 한 번 되풀이하여 묻겠는데, 아시다와는 방위청 시절의 동료로 이따금 술을 마시거나 식사를 같이 하긴 했지만, 그 이상의 접촉은 없고 주권에 대해서도 모른다 그거요?"

부장형사는 확인하듯 물었다. 고이데가 고개를 끄덕이자 젊은 경부보가 조급한 듯 거칠게 소리쳤다.

"아침부터 열 시간 동안 조사한 답이 겨우 그거야!"

그러나 부장형사는 침착하게 고이데의 얼굴을 빤히 쳐다보면서 타이르듯이 말했다.

"당신도 어지간히 지쳤을 거요. 점심도 안 먹었고 저녁은 아직 멀었으니 배도 고플 거요. 누구나 처음엔 말하지 않겠다고 버텨도 마지막엔 반드시 실토하게 마련이오. 쓸데없이 고집부리거나 의리를 지키려 하지 말고, 모두 털어놓는 편이 집에도 일찍 돌아갈 수 있소. 그래야 가족도 안심할 게 아니오!"

그러자 젊은 경부보가 덮어씌우듯 말했다.

"벌써 여러 번 물었지만, 롯폰기의 맨션에서 아시다와 무엇을 했는지 솔직하게 말해 봐요."

"그곳은 일반적인 접대를 하는 곳으로, 방 안의 홈 바에서 술을 마시거나 마작을 하는 등 이를테면 회사의 숙소 같은 곳입니다."

"접대용 숙소에 어째서 복사기를 놓았지요?"

"그런 건 없습니다."

"그래요? 복사기가 없는데 어떻게 아시다가 당신에게 넘긴 그랜트의 가격견적서와 2백여 개 병장품 목록이 적힌 기밀문서를 복사할 수 있었소?"

"그러니까 제가 그런 기밀문서 따위는 본 적이 없다고 하잖소."

고이데는 물 먹은 솜처럼 지쳐서 같은 대답만 되풀이하며 혐의 사실을 부인했다.

"이봐요, 아시다는 틀림없이 롯폰기의 맨션에 있는 복사기로 당신이 기밀문서를 복사했다고 자백했소. 그러니 더 이상 우리들의 조사 결과를 시인하는 게 몸을 위하는 길이오."

부장형사는 거듭 달래듯 말했다.

"기억이 없는 건 하는 수 없지요. 아시다 씨가 다른 상사와 착각하고 있는 건 아닌지……"

고이데가 딱 잡아떼자 경부보의 성난 목소리가 쩡쩡 울리면서 책상 위의 불이 정면으로 고이데의 얼굴에 비추어졌다.

"허튼 수작하지 마! 똑똑히 눈을 뜨고 아시다와의 접촉을 생각해봐. 아시다는 모든 걸 자백해서 경무대로부터 지검으로 넘어갈 거야."

고이데는 크게 동요되었다. 거기에 쐐기를 박는 듯한 목소리가 들렸다.

"복사기는 어디다 숨겼지?"

"없는 걸 낸들 어찌 알겠소. 난 아시다 씨한테서 그런 비밀서류를 받아 복사한 적이 전혀 없습니다. 물론 방위청을 담당한 상사원이니만큼 줄곧 방위청을 드나들며 아시다 씨 말고도 여러 사람을 만나 방위청이 다음에 어떤 것을 필요로 하는지 눈치를 살피기는 합니다. 그러나 기밀문서를 빼돌리다니요."

고이데는 맥없이 허물어질 것처럼 보이면서도 끝내 부인했다.

"하지만 아시다의 자백은 그렇지 않았소. 아시다는 그랜트의 가격 견적서 및 병장품목 말고도 좀 더 이전부터 제2차 방위정비계획 관계의 기초자료를 당신에게 다 내주었다고 말했소. 또한 당신은 방위청의 FX조사단이 도미하는 일정도 아시다를 통해 발빠르게 알아내어 현지에서 완벽히 준비하고 있지 않았소?"

험상궂은 경부보 쪽이 주로 심문하면서 윽박질렀다.

"제2차 방위계획의 대체적인 움직임은 날마다 항공막료부 같은 곳을 드나들고 있으므로 저절로 알게 되기 마련입니다. FX조사단의 도미 예정만 하더라도 상사원이면 무리 없이 그럭저럭 아무데서나 알아낼 수 있어요. 실제로 정부 방미단이 오는 날이면 뉴욕이나 로스앤젤레스 공항에는 예닐곱 곳의 상사가 앞다투어 마중을 나가고 있습니다. 모든 상사가 다 알고 있는 것이 어떻게 비밀입니까?"

"전에 항공막료부의 조사반장을 지내며 사람을 조사하는 직무에 있어서 그런지 중요하지 않은 것에는 쓸데없는 변명을 늘어놓으면서 역습하는군."

경부보가 코웃음을 쳤다.

"그럼 아시다가 갖고 있는 깅키상사의 주권 1만 주는 어디서 난 것인지 설명해 보시오."

"우리 회사의 주는 증권시장 어디에서나 누구든 살 수 있는 것입니다. 아시다 씨가 그걸 어떻게 입수했는지 내가 어떻게 압니까?"

"아시다는 기밀문서를 제공한 대가로 주권 1만 주를 당신한테 받았다고 했소!"

경부보는 책상을 내려쳤다.

"아시다 씨의 착각이라고 밖에 생각할 수 없습니다."

그 말을 마지막으로 고이데는 일절 입을 열지 않았다.

밤 9시가 지나자 젊은 경부보는 물론 부장형사의 얼굴에도 초조한 빛이 보이기 시작했다.

"좋아, 언제까지나 묵비권을 행사하겠다면 오늘밤은 여기서 자고 내일 다시 천천히 이야기하지."

부장형사가 말하자 경부보는 고이데의 몸에서 넥타이와 바지의 허리띠를 압수하더니 경관을 불러 데려가라고 말했다.

쇠창살이 쳐진 좁은 독방은 어두컴컴한데다 다다미 한 장이 깔려 있을 뿐, 단내와 습기로 가득차 있었다.

"이봐, 식사야!"

식어빠진 야채조림과 알루미늄 그릇에 담긴 밥이었다. 지금쯤 저녁 식사를 지어놓고 자기가 돌아오길 기다리고 있을 아내와 아이들을 생각하니 가엾은 생각이 들고, 자신도 처량했다. 자기가 중간에 채용된 사원이므로 공을 세우려고 초조했던 것은 사실이지만 같은 중도채용이라도 이키의 경우 위험한 짓은 전혀 하지 않았다.

이번만 해도 그랜트 관계의 기밀문서를 얻어내라고 은근히 암시한 것은 이키였다. 그런데 그는 지금쯤 뻔뻔스럽게도 따뜻한 이불 속에서 자고 있을 거라고 생각하니, 고이데는 이키에 대해 음험한 증오심이 솟구쳐 올랐다.

이키만큼 빛나는 경력이 없는 자기 따위는 쓸모 있을 때 편하게 부려먹다가 내팽개쳐지는 것은 아닐까? 하는 불안이 스쳤다.

같은 시각, 이키는 세다가야의 노자와에 있는 히사마쓰 경제기획청 장관 저택의 다실에서 히사마쓰와 마주앉아 있었다.

이키는 이틀 전 아시다 이좌가 항공자위대 경무대에 의해 취조를 받고, 오늘 아침엔 고이데가 경시청에 임의출두를 요구받아 그대로 구류되어 버린 전후 사정을 주욱 얘기했다.

"장관님께는 앞서 마이초신문이 폭로하려 했던 록히드 F-104의 기사를 싣지 못하게 해주신 지 얼마 되지도 않았는데, 또 이런 사태를 일으켜 뵐 면목도 없습니다. 그러나 수사가 시작된 이상 어떻게든 록히드가 정식 결정될 때까지 위기를 넘겨야만 하겠습니다. 아무쪼록 좀 도와주십시오.”

이키는 히사마쓰의 얼굴을 바로 쳐다보지 못하고 깊이 머리를 숙였다. 히사마쓰는 팔짱을 낀 채 몹시 언짢은 듯 이마에 주름을 잡으며 불쾌한 표정으로 말했다.

“하필 킹키상사의 주권 때문에 단서가 잡히다니 자네 회사도 너무 서투르구먼. 얼마 전 일본에 온 록히드사의 사장이 총리 앞으로 ‘록히드를 잘 부탁합니다’ 라는 대통령 서한을 건네주지만 않았더라도 난 더 이상 킹키상사와 관계하고 싶지 않은 심정일세.”

히사마쓰는 잠시 말을 끊었다가 이었다.

“자네가 오기 전에 우선 전화로 미시마 간사장에게 말했더니 어처구니없는 실수를 했다면서 격노하시더군. 이번 문제는 어떻게 해서든 잘 무마해야 하겠어. 다행히 친척 가운데 대장성에서 방위청 내국의 경리국장으로 파견되어 있는 사람이 있어, 전화로 아시다 이좌가 경무대에서 어떻게 처리될 건지를 알아보게 했네. 그는 어제 날짜로 방위부 방위과의 계획 반장 자리에서 이루마의 항공자위대 근무로 전출돼 자위대법 59조 1항의 ‘비밀을 지킬 의무’를 위반한 혐의로 도쿄지검에 고발키로 내정된 모양이더군.”

아시다의 신분상의 이동이나 도쿄지검에 고발될 거라는 소식은 처음 듣는 정보였다. 방위부장인 가와마타는 아시다의 상관임에도 불구하고, 같은 히노키 거리의 항공막료부에 있는 중앙경무대장한테서도 한마디 보고나 상담을 받지 못하는 위치에 놓여 있었다. 그리하여 경무대의 취조에서 아시다 이좌가 어느 정도 자백했고, 어떤 처분을 받게 될 것인지 전혀 알지 못했던 것이다.

그러나 록히드파인 가와마타를 그러한 위치로 내몰았고 신속하게 아시다의 소속을 이루마 기지로 옮겨서 기밀누설로 고발할 방침을 굳힌 이면에는, 가이즈카 관방장의 의도가 강하게 작용하고 있음을 똑똑히 알 수 있었다.
 이키는 무의식중에 앞으로 다가앉으며 물었다.
 "앞서 미시마 간사장한테 전화하셨을 때, 가이즈카 관방장 쪽에서 이 건에 관한 연락이 이미 들어온 것 같았습니까?"
 히사마쓰는 난로의 숯불을 긁어 일으키면서 대꾸했다.
 "아니, 야마시로 방위청 장관은 지금 도쿠시마(德島) 선거구에 가 있는데, 아무리 가이즈카라 해도 야마시로 장관을 제쳐놓고 곧바로 간사장한테 보고할 수는 없지. 또 지금 단계에서 서투르게 알리거나 하다가는 자신의 감독이 소홀했던 것을 문책 당할지도 모르니까 깅키상사에 구속자가 생기기를 기다리고 있는 게 아닌가 하네."
 이키는 방위청 실권을 한손에 쥐고 있는 '독사'라는 별명의 가이즈카 관방장이 상사 측에서 구속자가 생기기를 목을 길게 빼고 기다리고 있다고 생각하니 등줄기가 오싹했다.
 "장관님, 그러나 아시다 이좌의 관사에서 압수된 주권은 상사 소유의 주가 아닙니다. 그것은 지금 경시청에서 취조 받고 있는 저희 회사의 고이데가 회사의 기밀비로 가부토 거리의 증권회사를 두어 군데 돌아다니며 사 모은 것을 아시다 이좌에게 넘겨준 것입니다. 그러므로 고이데가 입을 열지 않는 한 증수뢰혐의 입증은 곤란할 것입니다. 또한 기밀누설만 하더라도 그 증거가 나타나지 않는 이상은 혐의를 뒷받침할만한 게 없습니다. 방위청은 그런 점에서 뭔가 파악하고 있습니까?"
 "글쎄, 거기까지는 모르겠네. 그런데 고이데라는 사람은 믿을 만한

가?"

히사마쓰가 날카로운 눈초리로 이키를 쳐다보았다. 이키는 한순간 대답을 망설였다.

"네, 그는 전에 항공막료부의 조사과에 있었습니다. 입이 무겁고 게다가 연행되기 전에 담당 중역과 변호사와도 충분히 상의했으므로 회사의 방침을 밀고나가리라고 생각합니다."

"회사의 방침은 어떤가?"

"만일 저희 회사로 수색을 온다고 해도 방위청의 기밀서류라고 의심받을 만한 서류가 나오지 않게 완전히 처리해 두었습니다."

그래서 복사기를 고이데의 처가에 맡긴 것인데, 그런 것까지 일일이 히사마쓰에게 말할 수 없어 이키는 입을 다물었다. 히사마쓰가 못을 박듯이 말했다.

"흐음, 사정은 대충 알겠네. 미시마 간사장과는 내일 9시 반에 원내에서 만나 검찰청 공작을 상의하겠네. 록히드 결정에 영향을 미치지 않게 하는 것을 최우선으로 생각하고 신속하게 손을 쓰겠네. 그런 줄 알고 이쪽에서 시키는 대로 움직여주기 바라네."

그것은 킹키상사의 기업 이익에 다소 어긋나는 일이 생기더라도 정치적 해결에 따르라는 의미인 것 같았다.

"그런데 가이즈카 관방장은 어떻게 배려해 줄 작정일까요?"

"방위청 내에서 더는 권세를 못 휘두르게 해야 될 사람이지만 차관으로 승격시키는 것으로 누를 수밖에 딴 도리가 없을 걸세."

그때 다실로 통하는 작은 문의 미닫이에 사람 그림자가 비쳤다.

"누구냐?"

히사마쓰가 묻자 서생이 미닫이를 열고 난처한 얼굴로 알렸다.

"말씀 중에 죄송합니다만, 아까부터 도쿄상사의 사메지마 다쓰조라는 분이 선생님을 꼭 만나 뵙겠다고 하면서 현관에서 꼼짝도 않고 있습니다."

이키의 얼굴이 무의식중에 굳어졌다.

"도쿄상사의 사메지마라면 바다의 갱이 아닌 하늘의 갱이라 불리는 항공기부장이 아닌가? 그 사람이 이 시간에 무슨 볼일이 있다는 거야?"

히사마쓰가 언짢다는 듯이 묻고 11시를 가리키고 있는 손목시계를 보았다. 사람 따돌리는 데는 익숙한 서생은 애가 타는 듯 말했다.

"선생님은 내일 일찍 나가셔야 하기 때문에 벌써 주무신다고 했습니다만, 밖에 손님이 타고 온 듯한 자동차가 있는 걸 보았다면서 누워 계신다면 베갯머리의 미닫이나 병풍 너머에서라도 좋으니 한마디 꼭 전해드릴 게 있다며 도무지 돌아갈 생각도 않고 있습니다. 어떻게 할까요?"

"뭐라고 하던지 자고 있으니까 돌아가라고 해."

히사마쓰가 불쾌하게 말했다. 그때 이키가 끼어들었다.

"장관님, 과히 무리한 일이 아니라면 사메지마를 만나보실 수 없겠습니까?"

"하지만 이런 때에……"

"이런 때니까 만나서 그랜트파의 움직임을 알아내는 것도 괜찮을 것 같습니다만……"

이키가 히사마쓰의 눈을 똑바로 쳐다보며 말하자, 히사마쓰는 잠자코 끄덕이며 다실에서 나갔다.

그동안 이키는 난로 위에서 끓고 있는 주전자를 꼼짝도 안 하고 바라보고 있었다. 피 냄새를 맡은 상어처럼 사메지마는 벌써 방위청과 깅키상사의 기밀누설사건을 알아차렸음이 틀림없었다. 그리고 그것을 발판으로 록히드를 밀어내기 위해 국방회의 참석멤버들 사이를 민첩하게 헤집고 다니는 것이 틀림없었다.

15분쯤 지나자 마당의 징검돌을 밟는 발소리가 들렸다.

"이름 못지않은 인물이더군. 대통령 서한에 대해 냄새를 맡은 모양인지, 대통령의 문장(紋章)은 잊어버려 주시고 국방회의에선 그랜트를 잘 부탁한다더군. 그 말만 하고는 미사일급 실탄을 놓고 갔네."

제자리로 돌아와 앉은 히사마쓰가 말했다. 미사일급 실탄이 상당액의 헌금이라는 것은 짐작이 갔다. 이키는 표정을 움직이지 않고 마음속에 새기듯 말했다.

"지장이 없으시다면 그 미사일이라는 것을 가르쳐주실 수 없겠습니까? 저도 연구를 좀 해야겠기에…… 그건 그렇고 장관님, 국방회의는 고이데의 임의취조 중에 열 수 있을까요?"

"그건 뭐라고 대답할 수 없네. 야마시로 방위청 장관은 내일 도쿄로 돌아오지만, 총리의 예정은 알 수 없으니까."

"그러나 총리라 할지라도 오후 10시 이후라면 시간을 내실 수 있지 않을까요?"

"심야에 국방회의를 열라는 건가? 종전시의 어전회의를 본뜬 발상이로군."

히사마쓰는 처음으로 소리 없이 조용히 웃었다.

히사마쓰의 집을 나와 대기시켜 놓은 차에 올라타자, 일단 멈추었던 비가 진눈깨비로 바뀌어 세차게 내리기 시작했다.

남의 눈을 피한 이른 아침이나 혹은 늦은 밤에 몰래 히사마쓰 집을 찾는 자기를, 정치가로서의 경력을 쌓아가는 히사마쓰가 어떻게 생각하고 있을까. 그런 생각을 하던 이키는 이번 일이 너무 서투른 짓이었다고 하던 히사마쓰의 나무람이 새삼 부끄러웠다.

차가 멈추자 바로 현관문이 열리며 우산을 받쳐든 아내가 나왔다.

"늦으셨군요. 비바람이 강해져서 걱정하고 있었어요."

그녀는 이키의 어깨에 흘러내린 물방울을 털며 남편을 맞이했다.

집 안에 들어서니 나오코와 마코토의 모습은 거실에 없었다. 방은 따뜻했고 식탁에 야식이 차려져 있었다.

"여보, 춥거들랑 목욕 먼저 하시죠."

"아냐, 목욕도 안 하고 야식도 안 먹을래."

지칠 대로 지친 이키에겐 무엇이든 다 귀찮았다. 침실로 들어가 옷을 벗으려는데, 아내 요시코가 내일 아침에 입을 옷을 챙기면서 말했다.

"8시쯤 회사의 고이데 씨 부인한테서 전화가 왔었어요. 늦게 오실 거라고 했더니 난처해하더군요. 그리고 내일 아침 다시 전화하겠다고 했어요."

"그랬어? 그럼 내일 아침 혹시 자고 있더라도 깨워서 바꿔줘요."

"그러죠. 그런데 당신 요즘 퍽 이상해요. 회사에 무슨 일이라도 생겼나요?"

요시코는 불안감을 감추지 못하고 물었다.

"아니, 아무 일도 없소. 신경 쓰지 않아도 돼."

"그렇게 숨기지 마시고…… 고이데 씨가 오늘 아침 경시청에 끌려 갔는데 돌아올 수 있겠냐면서, 그 부인은 떨리는 목소리로, '아주머니 어쩌면 좋지요? 부장님 댁을 찾아가기도 뭣하고' 하면서 울더군요."

이키는 순간 말문이 막혔다.

"대체 고이데 씨의 신상에 무슨 일이 생겼나요? 그 부인은 회사일로 잡혀갔다고 하던데요."

"지금은 말할 수 없지만, 회사의 고문 변호사가 일을 처리하고 있으니 괜찮아."

"하지만 문제는 경시청에 연행되었다는 거예요. 부인이 우는 줄 알면서도 진심으로 위로의 말 한마디 해줄 수 없어 난처했어요. 무슨 일인지 가르쳐 주세요."

"그런 건 몰라도 돼. 여자들이 걱정할 필요 없어."

이키는 내뱉듯이 말했다.

"아녜요, 고이데 씨가 왜 경시청에 연행되었는지도 알고 싶고 당신도 거기에 관련이 있는지도 알고 싶어요. 아내로서의 당연한 마음가짐을 왜 그런 식으로 모른 척하세요?"

요시코는 마음의 각오를 한 듯 물었다.

"정말 끈덕지군. 아까도 말했지만 당신은 걱정 안 해도 돼. 나는 피곤해서 그냥 자야겠소."

"아니, 기다리세요. 요전날 밤에 고이데 씨가 허둥대며 누군가와 함께 찾아와 현관에서 당신과 이야기할 때, 미행당했다느니 어쩌니 하는 얘기를 들었어요. 그 전에도 마이초신문 기자가 밤에 갑자기 찾아오고, 당신은 뭔가 저에게 숨기고 있는 게 틀림없어요."

"숨기는 건 없어. 내가 밖의 일에 대해 말하지 않는 건 지금 새삼스러운 일이 아니잖소."

이키의 표정이 험악해졌다.

"알고 있어요. 하지만 저도 열심히 아이들을 키워 왔어요. 당신이 만에 하나 고이데 씨처럼 된다면 큰일이에요. 난 당신이 과장이나 부장이 되어 출세하리라고는 기대하지 않아요. 중도에 입사한 당신이니 단지 평온무사하게 지내도록 해주기만을 바라고 있어요."

"꽤 끈질기군. 다 아는 소리는 그만둬!"

이키가 거칠게 말하자 요시코는 물끄러미 이키의 얼굴을 쳐다보며 말했다.

"당신은 11년 동안 당신이 돌아오기만을 기다린 가족들의 심정을 정말 모르고 계세요. 저도 그렇고 아이들도 말할 수 없는 고생을 했어요."

"툭하면 고생, 고생하고 그놈의 고생을 들추지 마! 당신은 11년간 여자의 몸으로 집안을 지킨 것과 귀환 후 2년 동안이나 실직상태에 있던 나를 부양한 게 내게 큰 은혜라도 입힌 줄 알고 있는 모양이지? 당신은 매일 아침 직장에 나갈 때마다 잘 다녀오라는 말을 듣고 싶었던 거야!"

"어쩜 당신…… 난 그런 식으로 말씀드리는 게……"

"그럼 무슨 말이 하고 싶다는 거야? 항상 정숙한 체하고 그럴듯한 말만 지껄이지 마! 언짢아!"

이키는 큰소리로 화를 냈다. 자기 자신도 어떻게 할 수 없는 초조감이 몸속에 부풀어 올랐다. 엊그제 밤 이후로 사태수습을 위해 모든 감정을 억누르고 평정하려 애써온 정신의 균형이 한꺼번에 무너져 내리는 것 같았다. 그 조급해진 마음을 누르지 못해 이키는 책상 위의 재떨이를 움켜쥐자마자 힘껏 내던졌다. 푸른 파편이 튀기면서 재떨이는 산산조각이 났다.

"당신, 나한테……"

요시코는 놀라 창백해진 얼굴을 돌리고 말했다.

"그건 아키츠 중장의 명복을 빌어준 답례품이에요."

이키는 비로소 그것이 아키츠 지사토가 죽은 아버지의 명복을 빌어준 데 대한 답례로 만든 재떨이로, 자기가 애용하고 있던 것임을 깨달았다. 다다미 위에 흩어진 재떨이 조각을 조용히 줍고 있는 요시코의 두 어깨가 애처롭게 떨리고 있었다.

"아빠, 무슨 일이에요?"

나오코의 목소리가 들렸다. 훨씬 전에 잠자리에 든 줄 알았던 나오코가 아직 스웨터차림 그대로 서 있었다.

"아직 안 자고 있었니? 어서 자거라."

이키는 화를 가라앉히며 억지로 부드럽게 말했다.

"시험공부를 하고 있어요. 그런데 아빠가 갑자기……"

나오코는 잠깐 말을 끊었다가 야무지게 입을 열었다.

"아빠, 저는 초등학생 때 엄마 손을 붙잡고 파란 눈의 사람들이 있는 기오이 거리로 아빠를 만나러 갔다가 못 만났을 때 굉장히 슬펐어요. 좀 더 자란 뒤 그것이 소련 숙사이고, 극동재판에 끌려오신 아빠가 쭉 연금되어 있었던 것을 알게 되었어요. 그때 엄마는 줄곧 울고 계셨어요. 그러니 무슨 일이 있어도 엄마를 소중하게 보살펴주세요."

말을 마친 나오코는 홱 몸을 돌리더니 2층으로 뛰어올라갔다. 이키는 나오코의 말에 몸의 흥분이 사라지며 마음의 평정을 되찾을 수 있었다.

유치장에서 하룻밤을 잔 고이데는, 아침에 유치장과 가까운 면회실에서 깅키상사의 고문 변호사인 가마카리와 만나고 있었다. 허리띠가 없어 흘러내릴 것 같은 바지를 두 손으로 움켜쥐고, 창문 하나 없는 어두컴컴한 방에서 쇠그물 너머로 남과 얘기하는 것은 마치 범죄자가 된 것 같은 비참함을 느끼게 했다.

"고이데 씨, 고생이 많겠지만 회사는 당신의 장래를 끝까지 책임질 생각이며, 가족들한테도 걱정을 끼치지 않을 테니 마음 놓으십시오."

초로의 가마카리 변호사는 어젯밤 잠들지 못해 어지간히 피로한 빛을 보이고 있는 고이데를 위로했다.

"취조에서는 무엇을 묻던가요?"

"롯폰기의 맨션에서 아시다에게 비밀문서를 받아 복사하고, 그 대가로 깅키상사의 주를 1만 주 주지 않았느냐는 것입니다."

"그 밖에 특별히 대답하기 어려웠던 것은?"

"비밀문서를 복사한 복사기를 어디다 숨겼는지 내놓으라고 다그쳤는데, 기억에 없는 일이라서 모른다고 대답했지요."

고이데가 주위를 의식하면서 말하자, 변호사도 알았다는 표정으로 못 박듯이 말했다.

"그야 자기가 안한 일은 끝까지 안한 것이지요. 결코 당국에 영합하는 식의 대답을 하면 안돼요. 조서에 한번 실리면, 나중에 큰 코를 다치게 되니까요."

고이데는 고개를 끄덕이며 아시다의 소식을 물었다.

"그런데 밖의 움직임은?"

"그는 아직 이루마 기지의 경무대에 있는데 곧 지검으로 송치될 모양이오. 그리고 마쓰모토 항공기부장이 오늘 아침 소환 당했소."

"네? 마쓰모토 부장님이……"

고이데는 사람 좋은 마쓰모토의 얼굴을 생각하며 마음에 걸리는 듯 되물었다.

"어디까지나 참고인으로서 사정을 들으려는 것이니 걱정할 필요는 없소. 그보다 당신이 꺼림칙하게 생각하는 거라든지 우리가 해주길 바라는 것은?"

"별로 없습니다만, 아이들은 제대로 학교에 다니고 있겠지요?"

고이데는 두 딸의 일이 걱정스러웠다.

"아이들과 부인께서는 잘 있어요. 부인은 이곳에 오고 싶어 하지만,

이런 곳은 여자들에겐 상상 외로 정신이 피로해지는 데라서 경찰과의 연락은 모두 내가 하겠습니다. 지금도 점심식사와 담요를 가지고 와서 차입계에 맡기고 왔어요."

고이데도 그쪽이 훨씬 낫다고 생각했다.

"그럼 아까 말한 점을 부디……"

가마카리는 시계를 보니 시간이 다 된 듯, 고이데에게 어디까지나 버티기만 하면 된다고 거듭 주의시키고 면회실을 떠났다. 고이데도 다시 유치장으로 돌아갔다.

고이데가 다시 취조실에 불려나간 건 점심 전이었다. 어제와 똑같이 부장형사와 경부보가 책상 옆에 앉아 있었다.

"어디 오늘은 사실을 바른대로 말할 생각이 들었소? 당신은 회사를 감싸고 들려고 하지만, 어떤 약속을 받았건 어차피 헛된 노력이야. 회사 일보다는 좀 더 자신의 일을 생각하는 편이 몸에 이로울 거요."

부장형사가 하룻밤 유치를 당해 마음이 약해져 있을 인간의 심리를 찌르듯 말했다. 그러자 젊은 경부보도 한 마디했다.

"정말 그래요. 이렇게 말하면 좀 뭣하지만, 회사를 위해서라고 하더라도 상사는 메이커가 만든 물품을 은행에서 빌려온 돈으로 움직이고 있잖소. 이를테면 '남의 훈도시(남자의 음부를 가리는 폭이 좁고 긴 천)로 씨름을 하는'(일본 속담으로 '재주는 곰이 부리고 돈은 왕서방이 번다' 라는 뜻) 인색하고 교활한 곳으로, 당신처럼 공무원 출신이 다닐 만한 직장이 못돼요. 그 증거로, 당신의 옛 직장인 방위청에서 상사로 뽑혀 간 사람치고 잘된 사람이 있소? 있다면 어디 한 사람만이라도 이름을 말해 봐요."

고이데는 말문이 막혔다. 그 말을 듣고 보니, 방위청에서 상사로 내려온 이들은 장보급(將補級)으로 뽑혀 왔다 하더라도 처음 이삼 년 동안 그 인맥을 이용할 수 있을 동안만 중용하고, 그 다음은 버리는 셈 치고 주는 월급이나 받는 곳으로 밀려나고 있었다.

"그것 봐, 할 말이 없지. 그래서 회사의 문제보다는 오늘도 집에 못 들어가면 '아빠는 어딜 갔을까' 하고 몹시 기다리고 있을 아이들을 생각하라는 게 아니오?"

아이들을 들먹이는 바람에 고이데의 얼굴이 약간 일그러졌다. 경부보는 그때를 놓치지 않겠다는 듯 다그쳐 물었다.

"복사기는 어디 있소?"

"그건 어제도 몇 번씩이나 말하지 않았소. 복사기 같은 건 처음부터 없었으니 숨길 것도, 밝힐 것도 없습니다."

그 다음부터는 어제와 마찬가지로 고이데는 몇 시간이 지나도록 입을 열지 않았다. 두 형사는 번갈아가며 똑같은 질문을 되풀이하고 차츰 조급해지자 책상을 쾅쾅 내려쳤지만, 고이데는 계속 묵비권을 지켰다.

저녁때가 되자 고이데는 피로와 졸음 때문에 머리를 끄덕거리며 졸았다. 그러면 형사는 그의 얼굴을 쓰윽 치켜올리고는 또다시 복사기의 행방을 엄하게 추궁하는 것이었다.

갑자기 취조실 문이 열리더니 제복경관이 부장형사를 불러내어 귀엣말로 뭐라고 속삭이자, 부장형사는 힐끔 고이데를 쳐다보고는 자리를 떴고, 젊은 경부보는 다시 추궁했다.

"당신도 상당하구먼. 그러나 언제까지든 버티겠다면, 구속영장을 발부받아 20일간 구류해서 꼭 자백시키고야 말 테다!"

그때 부장형사가 돌아와 고이데의 얼굴을 가볍게 두드렸다.

"밖에 당신 부인이 와 있소."

"네? 처가 왔어요? 그럴 리가 없는데."

가마카리 변호사에게 아내는 오지 않기로 했다는 말을 들었기 때문이었다.

"회사의 변호사는 부인은 오지 않는다고 했겠지. 그러나 당신 부인은 회사의 높은 사람과 변호사한테 경찰엔 가지 말고 모든 걸 회사에 맡겨두라는 말을 들었지만, 안절부절 못하고 찾아온 거요."

"그래 무슨 급한 일이라도……"

"아냐, 남편이 도대체 무슨 짓을 했는지, 만약 신문이나 텔레비전에 나온다면 아이들이 학교에서 놀림을 받게 돼 그게 걱정되어 왔다는군. 그러기에 회사가 나쁜데 당신 남편은 회사를 감싸며 경찰이 찾고 있는 복사기의 행방을 밝히지 않는다고 설명했더니 부인은 울더군. 자, 고이데. 이제 그만 복사기가 있는 곳을 불어버리지, 응?"

부장형사는 인정에 호소하듯 말했지만 고이데는 꾹 참고 견디려는 것처럼 입을 악물었다.

"고이데, 부인이 죄다 얘기했네."

조용한 단 한마디 말에 고이데는 뛰어오를 듯이 큰소리로 외쳐댔다.

"거짓말! 아내는 아무것도 몰라! 엉터리 수작 마!"

"엉터리가 아냐! 부인 말대로 지바 현의 친정집에 전화로 확인해 봤더니 복사기를 맡아두고 있다는 거야. 그래서 지금 압수하러 갔어. 부인한테는 되도록 빨리 주인을 돌려보낼 테니 안심하고 가시라고 했어. 복사기는 나왔으니, 이제 비밀문서 복사 서류가 나오면 당신은 돌아갈 수 있소. 그 복사서류는 어디 있소? 담당 중역인 사토이 상무한테 있나?"

"글쎄……"

고이데는 다시금 완강하게 묵비권을 행사했다.

"복사기가 나왔는데도 아직 불지 않겠다면, 당신에게 한 가지 새로운 사실을 알려주지. 오늘 마쓰모토 항공기부장을 참고인으로 불러 얘기를 들었더니, 당신이 필사적으로 감싸는 회사의 부장은 '난 아무 것도 몰라요. 당사로서는 그런 법에 어긋나는 위험한 짓까지 해야 할 업무상의 필요가 전혀 없습니다. 따라서 모두 고이데가 독단적으로 한 짓이고, 회사는 오히려 피해를 입고 있다'라고 하더군."

그는 고이데를 불쌍히 여기는 것처럼 말했다. 고이데는 순간 부글부글 끓어오르는 울분을 누르지 못하고 소리쳤다.

"아냐, 마쓰모토 씨가 아니야! 나쁜 건 이키야. 그 자식이 배후의 항공기부장이야, 모두 그놈 짓이었어!"

순식간에 이키의 이름이 입에서 튀어나왔다.

"뭐, 이키라고? 그자에 대해 자세히 말해 봐."

그러자 고이데는 창백한 얼굴을 굳히면서 입을 열었다.

"일개 촉탁 주제에 사장, 상무와 직결되어 그놈의 제안으로 일이 정해졌습니다. 그리고 자기 자신은 위험한 다리를 건너지 않으면서 위험한 일은 모두 나한테 떠맡기고, 게다가 내가 고생 끝에 수집해 온 극비자료는 모두 그 자식이 어딘가에 보관해 버렸어요. 이번만 해도 그놈의 지시로 그랜트의 견적서와 병장품목 일람표를 얻어내어, 그걸 복사해서 미국 록히드사에 보냈지요. 미국 록히드사는 그것들을 참조해서 입찰가격을 내려 기종 결정을 역전시키려고 하고요. 이게 다 이키의 구상입니다. 요전에 록히드사장이 이곳에 온 것도 다 그런 뜻이 숨겨진 연출이었습니다."

지금까지의 이키에 대한 증오가 한꺼번에 폭발한 듯, 고이데는 지껄여대기 시작했다.

"알았어, 이키란 자를 조만간 참고인으로 소환하지."

부장형사는 경쾌하게 말했다.

록히드

그 다음 날 이키는 경시청 수사2과장의 호출을 받았다. 산반 거리에 있는 과학경찰연구소의 한 방에서 참고인으로 사정 청취가 이루어졌다.

과경연(科警研·과학경찰연구소의 약칭)에의 호출은 경시청을 출입하는 신문기자가 수사를 냄새 맡지 못하도록 하기 위한 배려였다. 이미 사건 관계자로서 마쓰모토 항공기부장과 사토이 상무가 불려왔었지만, 그때의 장소는 나카노의 경찰학교였다.

황궁의 도랑가에 잇닿은 3층 회의실의 책상 앞에 마주앉자, 마흔 안팎의 머리가 좋고 날렵해 보이는 수사2과장이 조용히 입을 열었다.

"매우 바쁘실 텐데 오시라고 해서 죄송합니다. 아무튼 신중을 기해야 하는 수사가 되어 놔서 많은 관계자로부터 얘기를 듣고 있습니다. 그래서……"

"아닙니다. 수사당국 입장으로선 당연한 조치가 아닌가 생각합니다."

이키는 조용히 목례하고 말했다.

짤막하지만 또렷하게 대꾸하면서, 예민한 수사2과장이 사건과 자기와의 관계를 상당히 무겁게 보고 있다는 것을 알아차렸다.

"이키 씨는 깅키상사 항공기부의 촉탁인 모양이신데, 어떤 일을 담당하고 계십니까?"

"담당이라 할 정도의 일은 아직 맡지 못하고 있습니다. 그저 일본 방위력의 추이라든지 각국의 전력 보유량, 국지전이 일어났을 때의 전황의 예상 등, 내외의 자료를 바탕으로 부장에게 올리는 보고서를 쓰거나 하고 있지요."

"그동안 물론 방위청 관계의 일로 무관들과 만나기도 했겠군요?"

수사2과장은 대단치 않은 일처럼 물었다.

"생각하는 바가 있어서 누구하고든 일절 만나지 않고 있습니다."

"그래요…… 회사라는 조직 속에서는 그와 같은 개인적인 신조가 통할 것 같지는 않은데요?"

"이상하시겠지만, 깅키상사에 입사할 때 그런 류의 기대엔 응할 수 없다는 뜻을 서면으로 제출했고 양해를 받았습니다."

이키는 막힘없이 말했다.

"헌데, 오늘 이렇게 출두하시라고 한 것은 다방면에 걸친 수사 결과 방위청의 전투기 도입에 관한 깅키상사의 실질적인 항공기부장은 이키 씨라는 심증을 굳혔기 때문입니다."

수사2과장은 날카롭게 말했다. 그러나 그러한 심문의 테크닉에 이키는 조금도 동요하는 빛을 보이지 않았다.

"괴문서 같은 데에도 그런 식으로 적혀 있더라는 말을 남한테 전해 듣고 있습니다. 그러나 유언비어입니다. 나의 단순한 군사지식만으로 경험 많은 상사의 항공기부원이 움직일 까닭이 없으니까요."

"겸손의 말씀이실 테죠. 실제로 지금 취조 중에 있는 고이데 히로시 씨가 당신을 가리켜 '배후의 항공기부장'이라고 딱 잘라 말했어요. 이번에 고이데 씨가 항공막료부의 아시다 이좌에게 얻어낸 그랜트의 수퍼드래곤 F-11의 견적서 및 병장 2백 품목의 리스트는 록히드의 입찰가를 조정해 방위청에 재입찰하는데 쓰였다는 것을 알고 있습니다. 방위청에서 이 서류들을 빼오라고 지시한 것은 당신이고 2부를 복사해서 1부는 깅키상사에, 1부는 로스앤젤레스의 록히드 본사로 보냈다는 것도 알고 있습니다."

수사2과장은 한참동안 이키의 눈을 쏘아보면서 말했다. 고이데가 자백하기 시작했구나, 하는 것을 이키는 언뜻 느꼈다.

"그 그랜트 가격표 말인데, 록히드사의 누구에게 언제 보냈습니까?"

"난 그런 짓을 지시한 기억도, 록히드사에 발송한 일도 없습니다."

"이키 씨, 거짓말은 되도록 안하시는 편이 좋습니다. 어제 고이데의 처가에서 방위청의 비밀문서를 복사하는 데 썼던 복사기를 찾아내어 압수했습니다. 그곳에 숨긴 것도 당신의 지시에 따른 것이라고 고이데가 자백했습니다."

수사2과장은 고이데라고 함부로 부르면서 단번에 이키까지 쓰러뜨리려는 것처럼 큰소리로 윽박질렀다.

"그렇게 말씀하시지만, 고이데가 그처럼 근거도 없는 얘기를 했으리라고는 믿고 싶지 않습니다."

이키는 마음속의 동요를 드러내 보이지 않으려고 애써 냉정하게 말하고는 시선을 천천히 창밖으로 돌렸다.

황궁의 도랑가 벤치에는 사람 그림자 하나 없고, 잎이 진 나무들이 무겁게 가라앉은 하늘을 향해 철사줄 같은 가지를 뻗치고 있었다. 이키의 뇌리에 문득 시베리아의 황야가 스쳐갔다. 날이면 날마다 굶주림과 불면으로 비실거리면서도 전범 취조를 받으러 감옥과 내무성의 취조실을 번갈아 끌려 다녔다. 또 일방적으로 작성된 조서에 서명하기를 거부하자 몸을 조금도 움직일 수 없는 상자에 차렷 자세로 들어가 있어야 하는 옷장고문을 당해 의식불명이 되기도 했었다. 그래도 이키는 계속 버텨냈다.

"무슨 결심이라도 하셨습니까?"

이키의 오랜 침묵을 수사2과장은 자백하기 전의 침묵으로 받아들였는지 유도하듯 말을 걸었다.

"아니오, 실은 지금 시베리아에서 전범으로 취조 받던 때의 일이 생각나서……."

"참, 당신은 11년 동안 억류되셨더군요. 대본영에서 종전의 특사로서 관동군에 가신 것뿐이니 그냥 돌아올 수 있는 몸인데도, 관동군과 행동을 같이하면서 훼절하지 않고 버틴 데 대해서는 경의를 표합니다. 그럴수록 나는 당신 같은 위치에서 방위청의 기밀문서를 누설하고 미국 기업에 정보를 넘기는 일을 지시했다는 게 심히 유감스럽습니다."

수사2과장은 짐짓 뜻밖이라는 투로 말했다. 그 한 마디의 말이 이키의 가슴을 사정없이 찔러댔지만, 이키는 무표정하게 침묵을 지켰다.

"이키 씨, 왜 잠자코 있는 거요?"

이키의 마음속에서 검붉은 피가 솟아오름을 꿰뚫어본 듯 2과장은 소리를 높였다.

"질문이 아닌 것 같아 굳이 대답하지 않았습니다. 방금 말씀하신 어떤 점에 대해 대답해 드려야 될까요?"

마음의 혼란 같은 건 전혀 드러내지 않고 태연히, 알면서도 모르는 척했다. 정평이 나 있는 2과장도 그 뛰어난 솜씨에 잠시 말문이 막혔다. 그러나 그는 곧 공격의 방향을 바꿔서 물었다.

"12월 20일 오후 10시 5분경, 아시다 이좌와 고이데가 가키노키사카의 당신 집을 찾아갔었지요. 항공자위대 경무대가 아시다를 미행해서 당국에도 보고했습니다. 두 사람은 굉장히 허둥댔던 모양인데, 용건은 무엇이었습니까?"

"확실히 고이데는 집에 왔었습니다. 그러나 고이데와 함께 온 사람이 술에 몹시 취한 상태로 알 수 없는 말을 큰소리로 떠들길래, 저희 집엔 잠들어 있는 아이들도 있는데다가 이웃집에도 폐가 되므로, 할 말이 있으면 다음 날 술이 깬 다음에 다시 오라고 하고는 돌려보냈습니다."

눈 하나 깜짝하지 않고 천연덕스럽게 말하자, 2과장은 입을 씰룩거리며 웃었다.

"당신답지 않게 서투른 거짓말이군요. 그들이 당신 집으로 달려간 것은 아시다가 깅키상사의 주권을 경무대원에게 들켰기 때문에 혼이 나서 상의하러 갔던 거라던데요? 아시다 이좌도 고이데도 모두 그렇게 자백했습니다."

"우리 사의 주…… 그런 걸 갖고 있었다는 건 금시초문인데요."

"금시초문인 당신이 왜 그때 아시다에게 주권을 일단 회사에 되돌려달라면서, 오늘밤은 내가 맡아두겠다고 했습니까? 아시다는 집을 지을 때 보증금으로 쓸 주권을 당신한테 넘겨주면 다시 찾기 어렵잖겠는가 하는 생각으로 거절하고, 고가나이의 관사로 가지고 가서 부엌 뒤주 속에 숨겼다고 하던데요."

2과장은 이키가 빠져나갈 구멍을 막아버릴 기세로 추궁했다.

"어떻게 말씀하시든 사실무근입니다."

이키는 딱 잡아뗐다.

"사실무근이라고요? 그렇다면 고이데도 아시다도 책임을 회피하기 위해 있지도 않은 말을 했다는 겁니까?"

"난 두 사람의 취조에 입회한 것도 아니니 믿을 수 없다는 것이 솔직한 심정입니다."

어떻게 추궁하든 조각처럼 표정 하나 달라지지 않고 잡아떼는 이키에게 2과장은 어쩔 줄 몰라 하며 잠시 침묵하더니 이윽고 담배를 피워 물며 말했다.

"그런 것을 소련에서 배웠나요? 감탄할 만큼 취조를 견뎌내던 고이데가 마쓰모토 항공기부장이 나쁘다는 말을 듣더니, 갑자기 '정말 나쁜 것은 이키 다다시다!' 하고 외치면서 그대로 나가떨어진 심정을 알 것 같습니다."

그 말이 다시금 이키의 가슴을 쿡 찔렀다. 2과장은 박차를 가하듯 담배를 비벼 끄고 다시 물었다.

"그런데 다이몬 사장은 얼마 전 록히드사장이 일본에 왔을 때, 국방회의 멤버 각료와 당 3역을 찾아다녔었지요?"

"아시는 바와 같이 나는 항공기부의 촉탁이라서 사장의 스케줄은 전혀 모릅니다."

이키가 굳게 입을 다물자, 2과장은 화가 치미는 듯이 말했다.

"촉탁이기는 하지만 당신은 사장 직속이 아닙니까? 다이몬 사장이 록히드사의 브라운 사장의 일본 방문에 행동을 같이하면서 그런 사람들을 찾아다닌 건 FX를 록히드 F-104로 결정케 하기 위한 이면공작이었지요?"

"그런지 아닌지, 나로서는 대답할 길이 없습니다."

"다이몬 사장은 그때 어떤 각료만은 당신한테 맡겼음이 당국의 조사로 밝혀졌습니다. 그게 누굽니까?"

"난 정치가들과 접촉도 않고 교제도 하지 않습니다."

"착각하고 계신 건 아닐까요? 전쟁 전부터 세다가야에 사는 분으로 당신이 항공기부 촉탁이 된 뒤 급속히 친밀해졌고, 국방회의에서 기종결정에 발언권을 갖고 계신 분이 있을 텐데요."

날카롭게 파고들었으나 이키는 끄떡도 하지 않았다.

"당신이 끝까지 그 각료의 이름을 대지 않겠다면 다이몬 사장에게 출두해 달라고 해서 일정을 듣겠습니다. 그러나 그 전에 방위청에서 당신 회사로 유출된 비밀문서를 제공해 주셔야겠습니다. 물론 응해 주시겠지요?"

"그 점은 촉탁인 내가 대답할 성질의 것이 못됩니다. 그리고 없는 것을 제출하는 게 가능할 리 없잖습니까?"

"귀사가 자진해서 제출하지 않을 경우에는 가택수색 영장을 발부받아 항공기부와 경리부를 수색하겠습니다. 그래도 무방하겠지요?"

2과장은 매듭을 짓듯이 말했다.

"잘 모르겠습니다만, 항공기부 말고도 경리부를 수색하신다는 건 무슨 뜻입니까?"

"당국은 본 건을 방위청-깅키상사-록히드사로 유출된 기밀 사건으로 수사함과 동시에 깅키상사-공막 모 간부-국방회의 멤버인 세다가야의 모 각료 사이에 수뢰 혐의가 있다고 보고, 그것을 밝혀낼 방침입니다."

이키는 얼굴에서 핏기가 가시는 느낌이 들었다.

어젯밤 히사마쓰 경제기획청 장관의 얘기로는, 록히드사 사장이 갖고 온 대통령 서한을 총리가 받은 이상, 지금 이 사건은 미시마 간사장과 상의해서 정치적으로 해결해야 한다고 했다. 그러니 오늘 아침에는 그 얘기가 실천에 옮겨지고 있을 터였다.

그럼에도 불구하고 경시청이 이처럼 강경하게 나오는 것은 혹시 방위청의 가이즈카 관방장과 도쿄상사의 사메지마가 미시마 간사장을 부추겨서 히사마쓰의 절충이 실패로 끝났기 때문이 아닐까. 어젯밤 히사마쓰의 집에 찾아와서 국방회의에서 그랜트의 수퍼드래곤을 잘 부탁드린다고 한마디하고는 미사일급 실탄을 놓고 간 사메지마의 일이 음산하게 떠올랐다.

"이키 씨, 당국이 이것까지 사전에 말하는 것은 당신이 묵비권을 행사함으로써 깅키상사뿐 아니라 방위청과 정계에까지 사건이 크게 파급되었을 때에 예상되는 사태를 우려하기 때문입니다. 다시 한 번 묻겠는데 모든 걸 털어놓을 생각은 없으십니까?"

2과장은 사건이 미칠 영향의 중대성을 강조해서 이키의 마음을 돌리려는 듯 말소리를 낮추었다.

이키는 설마, 하는 한편 만약 그것이 현실화된다면 어쩌나 하는 마음의 망설임이 머리를 들었다. 그러나 여기서 일단 결정된 깅키상사의 기본방침을 바꾼다면 록히드를 제2차 방위계획의 전투기로 밀고 있는 모든 작전이 무너져버리고 만다.

"입사한 지 얼마 안 되는 나로서는 말씀드릴 만한 것이 아무것도 없습니다."

이키는 2과장의 눈을 똑바로 쳐다보며 조금도 머뭇거리지 않고 잘라 말했다.

과학경찰연구소에서의 사정청취가 끝나고 교바시의 회사로 돌아오자, 이키는 온몸을 짓누르던 긴장감이 비로소 풀리는 것 같았다. 이키는 4층의 항공기부로 올라가지 않고 사토이 상무가 기다리고 있는 6층의 지사장실로 올라갔다.

외부인을 경계하여 굳게 닫혀 있는 문을 막 두드리려는데, 사토이의 비서가 급히 뛰어나와 당황한 표정으로 문을 열었다.

"아, 이키 씨였습니까. 어서……"

"누가 오실 예정이라도?"

"아니…… 저어…… 상무님이 아까부터 기다리고 계십니다. 어서 안으로."

비서는 말을 마치자마자 바로 물러갔다.

방에 들어가자, 사토이 상무는 높직한 서류를 보자기에 싸고 있었다.

"방금 돌아왔습니다. 모두 기본 방침에서 밀고 나갔습니다."

이키가 보고하려는데 사토이 상무는 불안정한 표정으로 대답했다.

"수고했소. 잠깐 기다리시오."

그는 자물쇠를 채운 금고에서 서류 몇 장을 꺼내 보자기에 넣었다. 그것은 모두 방위청의 제2차 방위계획에 관련된 서류였다.

"상무님, 그 서류를 어쩌시려고?"

이키는 예사롭지 않은 기색에 놀라 물었다.

"바로 조금 전에 경시청의 수사2과장한테서 전화가 왔었소. 방위청에서 유출된 서류는 전부 제출해 달라는 요청이었소. 만약 거부하면 가택수색을 하고, 사장도 참고인으로 소환하겠다는 거요."

완전히 낭패한 말투였다.

"그래서 상무님은 이걸 넘겨주려는 겁니까?"

이키는 날카로운 눈길을 서류로 돌리며 물었다.

"어쩔 수 없구먼. 다이몬 사장과도 상의하고 결정한 일이오."

"그런 어리석은! 나는 2과장의 사정청취 때에도 똑같은 문제를 추궁당했지만, 우리 회사엔 그런 게 없다고 철두철미하게 잡아뗐습니다. 그쪽이 시키는 대로 내놓는다면, 그거야말로 그들의 예상대로 들어맞아 빼도 박도 못하게 됩니다."

"하지만 거부해서 가택수색을 당하면, 지금까지 부인해왔던 혐의가 모두 사실로 밝혀져 그때는 어떻게 할 수도 없게 될 거요. 곧 경시청에서 서류를 가지러 올 거요."

"상무님, 사태가 이렇게 된 이상, 우리 회사만 생각하고 경거망동하는 것은 불리한 결과만 빚을 뿐입니다. 오카와 이치로 씨라든가 히사마쓰 세이조 씨한테 기밀문서를 내놓지 않아도 되는 방법을 생각해 달라고 상의한 다음에, 어쩔 수 없이 제출해야 한다면 그때 내놓아도 될 것입니다."

이키가 붙잡듯이 말하자 사토이는 무테안경을 번뜩이면서 흥분된 목소리로 말했다.

"내게 명령할 작정이오? 입사한 지 1년도 안 되는 당신한테는 킹키상사의 입장보다 정치가의 의향이 더 중요할 테지!"

이키는 불끈 화가 치밀었다.

"말이 나왔으니 말입니다만, 나는 아까 과경연에서 돌아와 회사의 현관에 들어선 순간, 형언키 어려운 안도감을 느꼈습니다. 그러면서 나 자신이 킹키상사의 사원이란 걸 새삼스레 강하게 깨달았습니다."

생각지도 않던 말이 터져 나왔다.

사토이는 잠시 잠자코 있더니 아까보다 가라앉은 목소리로 말했다.

"알겠소. 경시청에서 사람이 오거든 좀 기다리라고 하지."

그가 인터폰으로 비서에게 그 뜻을 엄한 목소리로 명령하고 나자, 직통전화가 바로 울렸다.

"사장님한테서 온 걸 거요. 마침 잘됐군."

그러나 수화기를 든 사토이의 표정은 이내 긴장되면서 자세를 바로 잡았다.

"네, 제가 사토이입니다만. 뭐? 미시마 간사장한테서…… 네, 여보세요? 아, 네, 미시마 선생님께서 직접…… 네, 실은 저도 그 건으로 선생님께 상의하려던 참이었습니다. 실정에 대해선 히사마쓰 선생님한테 들으신 것으로 알고 있습니다만, 그걸 어떻게 좀 잘 말씀해 주셔서 가능하면 제출치 않아도 괜찮도록 처리해 주시길……"

미시마 간사장이 직접 걸어온 전화에 사토이는 얼굴에 비지땀을 잔뜩 흘리고 있었다. 이키도 침을 삼키며 귀를 기울이니 미시마 간사장의 목소리가 울려왔다.

"어쨌든 불을 끄는 게 너무 늦었소. 검찰청은 복사기가 물증으로 입수된 이상, 수사를 중단할 수 없다고 완강히 버티고 있소. 또 방위청도 가이즈카 관방장이 격앙되어 있어 당신네한테 유출된 서류를 전부 임의 제출하는 것으로 납득시키고 손을 썼소."

"그러나 선생님, 그걸 좀 어떻게……"

사토이가 간청하려는데,

"당신네한테도 여러 가지 사정은 있겠지만, 서류를 깨끗이 내놓는 거요. 그 대신 며칠 안에 국방회의를 비상소집해서 록히드를 정식 결정하겠소."

라고 잘라 말하고 미시마 간사장은 전화를 끊었다. 사토이는 곧바로 오사카 본사에 있는 사장에게 직통전화를 걸었다.

"여보세요, 사장님이십니까. 방금 미시마 간사장한테서 전화가 왔는데, 방위청에서 유출된 서류를 전부 제출한다면 수일 내에 록히드로 정식 결정하겠다고 합니다."

사토이는 흥분된 높은 목소리로 미시마 간사장으로부터의 전화를 보고했다. 이키는 사토이의 보고가 끝나자 그 수화기에 손을 뻗었다.

"이키입니다. 임의 제출해야만 되는 상황은 알았습니다만, 이미 제출이 형식적이라는 게 확실해졌으니 저의 판단으로 취사선택해 제출해도 괜찮겠지요?"

"글쎄, 하지만 경무대 쪽에서 우리 사에 유출되어 있는 서류를 모두 파악하고 있으니, 몇 가지를 뺀다면 가이즈카 관방장이 또 흥분할 거야. 그러니 결국 전부 제출하는 편이 승부가 빠르지."

다이몬이 전화 저편에서 대꾸했다.

"그러나 서류 중엔 방위청의 누구에게서 흘러나온 것인지 출처가 드러나는 것도 있을 겁니다. 적어도 그런 서류는 빼는 것이 지금까지 협력해준 방위청 내부 분들에 대한 신의가 아닐까요?"

중요도는 제쳐놓고라도 그것만은 고려해야 될 거라고 이키는 생각했다.

"이키, 방위청은 우리 회사에게 있어서 제3차, 제4차 방위계획 등으로 앞으로도 영구히 이어질 소중한 고객임과 동시에, 우리 회사도 민간기업인 이상 경찰의 수색을 받거나 하는 일이 있어서는 안 되네. 그게 회사를 이어받아 경영할 사람이 알아두어야 할 점이야. 시끄럽지 않도록 모두 제출하세."

다이몬의 목소리가 귀를 쩡쩡 울릴 때, 인터폰이 울리고 경시청 수사2과의 경부가 왔음을 알렸다.

사토이는 보자기로 싼 꾸러미를 들고 일어섰다.

전화를 끊은 가이즈카 관방장은 창밖으로 시선을 돌렸다. 방위청 내국에 있는 관방장실에서는 낡아빠진 항공막료부 건물이 비스듬히 보이기 때문에, 전화로 부른 가와마타 방위부장이 이쪽으로 오는 모습이 보일 것이다.

그러나 가와마타의 모습은 좀처럼 보이지 않았다. 가이즈카는 자신의 위엄이 손상된 것 같아 혀를 찼다. 53세에 이마가 살짝 벗겨지고, 안경 속의 눈은 경찰 특유의 의심이 번뜩였다. 그는 가와마타를 불러 들여 말하려는 내용을 생각하면서 입맛을 다시며 쾌감을 느끼고 있었 다.

20분 후 가와마타는 큼직한 발걸음으로 들어왔다.

"꽤 늦어진 것 같군."

가이즈카는 가와마타의 얼굴을 훑듯이 뜯어보며 말했다.

"금방 빠져나올 수 없는 회의라서……"

"아아, 그렇소? 실은 요전번에 당신더러 서부항공대로 나가라고 했 던 지시 말이오, 중지하기로 했소."

"그거 정말……"

가와마타는 안심하면서도, 가이즈카가 갑자기 자기의 의사를 받아 들여 서부항공방면대 사령관 전출을 취소한 데 대해 이상한 느낌이 들었다.

"그런데 아시다의 태도는 어떻소? 도쿄지검으로 옮겨져 모두 자백 했소?"

가이즈카 자신이 고발했으면서도 시치미 뗀 얼굴로 물었다.

"면회를 갔어도 면회금지로 못 만났습니다. 중앙경무대장에게 설명 을 요구했습니다만 회답이 없더니, 순식간에 체포라는 사태로 발전하 고 말았습니다. 아무리 경무대가 독립된 사법권을 갖고 있다고는 하 나 너무 부자연스럽습니다."

"그런 식으로 항공막료부 방위부장인 당신한테 보고가 없는 건 무 슨 이유라고 생각하오?"

"아마 관방장 당신의 막후 조정이 아닐까요?"

가와마타가 커다란 눈을 더욱 크게 뜨고 반격하듯 되묻자, 가이즈카

는 뜻밖에도 두터운 입을 여자처럼 오므리며,

"오호호호……"

하고 기묘하게 웃었다. 그러더니 상대방을 우롱하는 투로 말했다.

"이건 또 이상한 말이로구먼. 항공막료부의 중앙경무대에서 아시다의 직속상관인 당신에게 어떤 혐의를 갖고 당신 신변을 조사하고 있기 때문이 아닐까?"

"그것을 지시한 것도 관방장이겠죠. 당신이란 사람은 끝까지 내무성 출신의 나쁜 버릇을 고치지 못하는군요."

가와마타는 모멸하는 투로 대꾸했다.

"건방진 소리 마! 기밀누설을 금하는 자위대법 59조 1항의 조문은 알고 있겠지? 외워봐요."

가이즈카가 신경질적으로 명령했으나 가와마타는 묵살해 버렸다.

"잊어버렸다면 가르쳐주겠소. '자위관은 직무상 알게 된 기밀을 누설해서는 안 된다. 그 직을 떠난 뒤에도 또한 같다' 어떻소, 생각이 나오?"

"자위대법의 비밀을 지킬 의무가 나와 무슨 관계가 있다는 거요?"

그러자 가이즈카는 불쑥 책상서랍을 열고 한 묶음의 서류를 가와마타 쪽으로 휙 밀어던졌다. 그것은 그랜트의 견적서와 병장 2백 품목의 리스트가 덧붙여진 비밀문서의 카피였다. 가와마타는 두어 페이지를 대충 넘기면서 읽어보다가 갑자기 얼굴빛이 변하더니, 다시 5페이지에 와서 아연실색했다. 표지에는 아무것도 적혀 있지 않으나, 눈을 멈춘 페이지에는 몇 군데 지우개로 지운 흔적이 있고, 미처 지워지지 않은 글씨는 틀림없이 가와마타의 글씨였다.

"방위부장에게 배부된 서류임을 나타내는 표지의 3/10이란 넘버는 빼놓고 복사했는데, 지우개로 지운 자리에 남아있는 글씨는 당신 글씨더군. 확인하기 위해 작전실 금고에 보관돼 있는 3/10의 서류와 대조해 봤더니, 어김없이 일치했소."

가와마타는 순간 대꾸할 말을 잃었다.

"더구나 이 비밀문서가 하필이면 로스앤젤레스의 록히드사의 손에 넘어가 있었소. 그걸 알게 된 그랜트사는 미 국방성에 보고해서 문제 삼겠다고 말해 왔소."

"설마 그런 일이……"

가와마타는 사태의 중대성에 어안이 벙벙해졌다.

"시치미 떼지 말아요. 아시다는 당신의 지시로 3/10의 서류를 들고 나가 깅키상사에게 복사를 시키고, 그것이 록히드사로 흘러간 거요. 더구나 아시다는 이 서류 외에도 2년 전으로 거슬러 올라가 제2차 방위정비계획을 작성하는 기초자료까지 당신의 지시로 깅키상사에 누설했다고 자백했소. 이래도 모른다고 하겠소? 안 그렇소!"

가이즈카는 갑자기 심문하는 투로 소리를 꽥 질렀다.

"나는 확실히 록히드 F-104를 밀기 위해 상사원과 만나기는 했소. 그러나 아시다에게 어떤 특별한 지시를 한 적은 전혀 없소."

"당신의 3/10의 서류가 외부에 누설되어 있소. 이처럼 확고한 증거가 있는데도 모른다, 알지 못한다고만 하면 통할 것 같소? 평소 국방관(國防觀)이 어떻고 제1선 대원의 고충이 어떻다느니 잘난 척하면서 되지도 않은 이론을 지껄여대더니, 이게 무슨 꼴이오! 3년 전에도 일·미 군사협정에 관계된 극비서류가 사민당에 흘러나가 국회에서 문제가 될 뻔한 것을 방위청이 백만 엔으로 사들인 것도 불씨는 당신한테서 나온 게 아니오?"

두터운 입술을 일그러뜨리며 가이즈카는 시의심을 온통 드러내고 소리 질렀다. 가와마타의 얼굴에 노기가 번졌다.

"가만히 있으니까 근거도 없는 말을 멋대로 지껄이는군! 당신이야말로 아직 두 대밖에 제작해 놓지 못한 그랜트를 도쿄상사와 결탁해서 강력하게 밀고 있는 건 어찌된 노릇인지 말해봐!"

가와마타는 가이즈카의 비만한 멱살을 와락 움켜쥐면서 말했다.

"이게 무슨 짓이야!"

가이즈카는 가와마타의 손아귀에서 벗어나려고 허우적거렸다. 그러나 몸을 마음대로 움직일 수 없어 더욱 죄어들었다.

"가와마타, 미쳤나! 비상벨을 누를 테다!"

그는 이마에 비지땀을 뻘뻘 흘리며 떠들어댔다. 가와마타는 그를 불쌍히 여기듯 손을 떼며 말했다.

"당신 같은 사람이 관방장 자리에 앉아 있는 것부터가 자위대의 비극이야."

가와마타가 돌아서서 방을 나오려는데 가이즈카의 목소리가 들렸다.

"잠깐, 얘기가 아직 안 끝났어!"

가이즈카는 손으로 이마의 땀을 훔치고 흐트러진 옷을 바로 입으며 등 뒤에서 위압하듯 말했다.

"시나가와(品川) 오오이(大井)에 있는 당신 집은 깅키상사로부터 증여받은 거지?"

가와마타는 뒤를 돌아보았다.

"그것도 모자라서 그런 비열한 트집을 잡으려는 거요? 지금 집은 확실히 3년 전, 깅키상사의 부동산부에서 편의를 봐주어 구입했지만, 금전상의 비리가 있는 것은 절대 아니오. 그거야말로 경무대한테 조사를 시키는 게 좋을 거요."

"내가 지시하기 전에 이미 경무대에서 조사를 마쳤소. 오오이의 당신 집은 대지 57평, 건평 21.5평, 3년 전의 가격이 380만. 그중 보증금 30퍼센트 114만 엔은 즉시 지불했고, 나머지는 방위청 공제조합에서 빌려온 모양이지만, 문제는 114만 엔의 보증금이오. 경무대 조사에 의하면, 깅키상사가 변통해 준 것 같더군. 그게 수뢰가 아니고 뭐요!"

가이즈카는 소리를 높여 힐문했다.

"공제조합의 추천을 못 받아 어려움을 겪고 있던 차에 우리의 편의를 봐주려고 깅키상사가 공제조합 수준의 금리와 상환기관으로 대부해 준 것이오. 지금도 매달 월급에서 갚아나가고 있소."

"그게 비록 사실이라도, 상사가 특정 개인에게 돈을 융통해 주는 것 자체가 편의를 넘의 일종의 증여가 아니겠소. 어쨌든 당신의 신변엔 의혹이 너무 많아, 내일 부로 방위부장에서 해임하고 이치가야 보급 통제처에 근무케 했소. 그리고 중앙경무대장이 직접 조사하게 될 거요. 따라서 내일 오후부터는 이치가야로 갈 작정으로 집을 나서야 할 거요. 뒷일은 다음 방위부장에게 벌써 지시해 놓았으니 걱정하지 않아도 되오."

가이즈카는 말을 마치자 회전의자를 뒤로 빙그르르 돌렸다.

가와마타는 온몸의 피가 거꾸로 솟는 듯했으나, 사정을 밝히기가 어려운 궁지에 몰려 있음을 깨달았다. 그는 분노와 치욕을 느끼면서 회전의자에서 비어져 나온 가이즈카의 퉁퉁한 뒷모습을 쏘아보다가 방을 나왔다.

항공막료부 건물로 돌아오니, 정문 현관에 손질이 잘된 검은색 자동차가 서 있었다. 막료장의 전용차였다.

급히 현관에 들어서니, 수위가 거수자세를 취하고 있었고 하라다 막료장이 등을 꼿꼿하게 세우고 걸어 나오고 있었다.

"무슨 일이 있었소?"

가와마타의 심상치 않은 표정에 의아스럽다는 눈으로 물었다.

"아닙니다. 말씀드릴 게 있는데, 언제쯤 시간이 나시겠습니까?"

"지금 미국 대사관에 가는 중이고, 그 뒤 대장성에 예산 건으로 다시 한 번 절충하러 가야 하는데 못 돌아올지도 모르겠소. 급한 일이오?"

"아닙니다. 그러시다면 내일……"

"자, 그럼 내일 만납시다. 실은 나도 당신한테 할 말이 있고 하니."

말을 마치자마자 하라다는 대기시켜 두었던 자동차에 올라탔다. 가와마타는 하라다 막료장이 자기에게 뭔가 설득하려는 것이 아닐까 생각하면서 방위부장실로 돌아왔다.

일찍 문단속을 끝낸 이키의 집을 밤늦게 찾아든 사람이 있었다. 이키가 직접 문을 열고 보니 가와마타 이사오가 서 있었다.

"아니, 웬일인가! 어서 들어오게."

집 안으로 데리고 들어오자, 가와마타는 평소의 그답지 않게 아주 조심스럽게 말했다.

"이렇게 늦게 폐가 안 될까?"

"이제 겨우 8시 좀 지났는데 뭘. 어질러놓긴 했지만, 거실이 더 훈훈하니 그쪽으로 가지."

이키는 식후에 조용히 앉아 있는 자기 방으로 가와마타를 안내했다.

"어머, 가와마타 씨. 어서 오세요."

요시코는 붙임성 있게 맞이하면서도, 가와마타가 무슨 일로 찾아온 것인지 알아내려는 듯한 눈길을 하고 있었다. 이키는 요시코에게 술을 따끈하게 데워오라고 시킨 다음 미닫이를 닫았다.

"무슨 일이 있었군? 안색이 아주 나빠 보이는데."

이키는 풀이 죽어 있는 가와마타의 얼굴을 쳐다보며 물었다.

"응, 지금 아시다의 집에 들렀다 오는 길이야. 부인이 남편은 이제 어떻게 되는 거냐고 울고불고하는 바람에 괴로웠어…… 경무대에서 지검으로 옮겨져 구속된 것을 아직도 알려주지 않았더군."

가와마타는 어깨를 축 늘어뜨리고 크게 한숨을 쉬었다.

"방위부장직에 있으면서도 이런 일을 당하다니, 내가 너무 소홀했어. 아시다는 물론이고 모두에게 폐를 끼쳐 면목이 없어."

그가 자책감을 못 이겨 머리를 떨구고 있을 때, 술상을 든 요시코가 들어왔다. 그녀는 방 안 분위기를 눈치 채고 물러갔다.

"자아, 한잔하자."

이키가 가와마타의 잔에 술을 따르자 가와마타는 고뇌를 삼키듯 단숨에 잔을 비웠다. 그러고는 예리한 눈에 울분 어린 빛을 띠며 말했다.

"이키, 나 오늘 사표를 내고 왔어."

이키는 저도 모르게 숨을 삼켰다.

"가이즈카 관방장에게 당한 건가?"

"응, 오늘 그자의 방에 불려가서 서부항공 사령관에 내정된 것을 취소하고 이치가야의 보급통제처로 가라는 명령을 받았어. 깅키상사에 대한 기밀누설 교사와 수뢰 혐의로 경무대가 나를 조사하기 위해서라는 거야."

가와마타는 이를 부드득 갈며 말했다.

"설마 너까지……"

"하지만 가이즈카가 지적하는 것 중에는 내가 보고도 못 본 척했던 것도 더러 있어. 바로 얼마 전 자네 회사에서 유출되어 록히드사의 손에 들어간 그랜트의 가격표와 병장품목 일람표처럼, 나는 전혀 모르는 일인데도, 지우개로 지운 뒤에 남은 흔적만으로 내가 유출했다고 지목된 적도 있지. 무엇보다 3년 전 오오이에 집을 지을 때 깅키상사가 편의를 봐주었는데, 수뢰혐의가 있다고 조사하겠다니 참을 수 없어."

치욕스러워 못 견디겠다는 듯이 가와마타는 몸을 떨었다.

"미안해, 가와마타. 우리 회사가 미시마 간사장의 문서제출 요청을 차마 거절하지 못했던 탓에 일을 그 지경까지 몰아넣었으니. 그랜트의 가격표를 빼내오라고 고이데에게 지시한 사람도 바로 나야."

"그런 건 아무래도 좋아. 내가 견딜 수 없는 건 주택에 대한 편의를 수뢰로 취급하려는 점이야."

"그건 우리 회사에서 분명히 그렇지 않다고 설명하면 흑백이 가려질 문제야. 자네의 호방한 성격으로 볼 때, 경무대 같은 데서 조사를 받아야 하는 것이 참기 힘든 일일 줄은 알아. 그러나 지금 사표를 낸다는 건 너무 경솔해. 적어도 며칠 내에 국방회의가 열려 록히드를 정식으로 결정할 것이 확실하니까."

이키는 히사마쓰와의 면담, 그리고 미시마 간사장과 의논해 비밀문서를 제출하는 대신 더 이상의 수사는 중지하고 신속하게 국방회의를 열기로 결정했다는 것을 자세히 설명했다.

"나는 정치가가 말로만 약속하는 것 따윈 오랜 방위청 생활을 통해 믿지 않고 있어. 그러나 가령 자네의 말처럼 록히드로 결정된다 하더라도, 방위청엔 이미 내가 앉을 곳이 없어졌어. 방위부장 후임은 벌써 임명되었어."

잠자코 술을 마시며 이키의 말을 듣고 있던 가와마타는 불현듯 적적하게 가라앉은 상념을 띠고 말했다. 이키는 순간 말문이 막혔지만, 재차 그의 마음을 돌리기 위해 물었다.

"하라다 씨와 상의해서 결정한 건가?"

가와마타는 조용히 고개를 흔들었다.

"하라다 씨는 몹시 바빠 외출 중이었어. 사표는 막료장의 책상 위에 놓고 왔어. 설령 하라다 씨와 얘기한다 해도, '가이즈카 천황'이라 불리는 그 녀석이 인사권과 예산 배분을 한손에 쥐고 방위청 살림을 도맡아하는 이상, 난 자위관으로서의 목숨을 빼앗긴 거나 다름없어."

가와마타의 마음을 충분히 이해할 수 있는 이키는 목구멍으로 뜨거운 것이 치미는 것을 느꼈다.

"가와마타, 방위청을 그만두면 당장 내일부터 어떻게 할 작정인가……"

"뭐, 별로."

"너만 좋다면 6개월이나 1년쯤 있다가 깅키상사에 들어오는 방법도 있지만…… 다이몬 사장은 틀림없이 받아줄 거야."

"아냐, 그 마음은 고맙지만 난 장사꾼 짓은 절대로 안 하겠다는 주의네."

"그럼 어떻게 할 건가? 인생은 아직도 먼데."

"다행히 자식이 없으니 어떻게 되겠지."

가와마타는 남의 일처럼 말했다.

"가와마타, 역시 방위청을 그만두는 건 다시 생각해 봐. FX가 일단락될 때까진 하라다 씨를 만나지 않을 생각이었네만 내일이라도 만나 상의해 보겠어."

이키는 무슨 수를 써서라도 말리고 싶었다.

"이키, 난 이미 방위청에 대해선 미련이 없어. 하라다 씨처럼 막료장 자리가 보장되었을 때라야 의미가 있지."

가와마타는 술잔을 상 위에 올려놓으며 말을 이었다.

"내가 막료장이 되고 싶은 건 단지 별이 늘어나 남들이 경례해 준다든가 봉급이 늘어나기 때문이 아니야. 내가 애당초 방위청에 들어갔던 것은 경찰예비대 이래 맥아더의 편지 한 장으로 만들어진 자위대를, 일본 국민의 지지를 받는 자위대로 키워보겠다는 이상이 있어서였어. 군국주의의 앞잡이라느니 세금낭비라느니 하는 비난이나 받는 자위대가 된다면 의미가 없지. 아무리 그럴 듯한 말을 늘어놓더라도, 독립국으로서 국제사회 속에서 어깨를 나란히 하고 걸어가려면 아무래도 최소한의 무장은 필요한 거야. 그래서 전쟁은 하지 않는, 아니 그보다는 전쟁을 일으키지 못하게 하는 데 자위대가 얼마나 쓸모가 있는지, 그것을 정치가며 방위청 사람들에게 강력히 호소해서 국민들도 납득할 수 있는 자위대를 만들고 싶었어. 그런데 이건 내가 막료장이라는 지위를 가져야만 가능한 일이야. 때문에 내가 막료장만 된다면, 하고 기개에 불타서 그리고 있던 항공자위대의 이상은 이제 산산조각으로 깨져버리고 만 거야."

가와마타는 항공자위대에 걸고 있던 자신의 이상을 열렬히 말했다.

이키는 그 한마디 한마디에 감동했다.

가와마타는 다시 술잔을 들면서 말을 이었다.

"전투기를 선정하는 것 하나만 보더라도 난 지금 되어나가는 일에 의문을 갖고 있어. 예산범위와 전투기의 도입목적만 명확하게 정해진다면 어떤 기종을 선정할 것인가는 항공자위대가 주도권을 쥐고 직접 미 공군 혹은 항공기 메이커와 담판하여 결정하는 시스템을 만들어야 될 거야. 그리한다면 여러 상사가 비행기의 '비' 자도 모르는 정치가를 의식하고, 무의미하면서도 격심한 장사 싸움을 벌일 필요 같은 건 없지."

"그건 나도 깊이 통감하고 있어."

이키는 고개를 끄덕이며 가와마타의 잔에 술을 따랐다.

"내 술도 좀 받아."

가와마타는 이키의 손에서 술병을 빼앗아 이키의 잔에도 찰찰 넘치게 술을 붓고는 함께 들이켰다.

얼마 후 가와마타는 아까 찾아왔을 때와는 다르게 편안한 표정으로 10시를 가리키고 있는 시계를 쳐다보며 말했다.

"아, 오늘밤은 오랜만에 기분 좋게 마셨군. 이제 슬슬 가볼까."

"왜 좀 더 앉아 있지 않고…… 요즘은 나도 골치가 아퍼."

이키가 붙잡으며 술을 더 내오라고 시키려 하자,

"아니, 아주머니에게 폐가 되니 이제 그만 가봐야겠어."

하며 막았다.

"그래? 그럼, 택시를 부르지."

"아니, 기분도 좋고 하니 역까지 걸어가서 전차를 타겠네. 잠깐 집에 전화 좀 걸고……"

가와마타는 자리에서 일어나 식당에 있는 전화 다이얼을 돌렸다.

"이봐, 나야. 이키 집에서 한잔하고 늦었는데, 곧 들어갈게. 음, 그래 불조심하고, 문단속 잘 하고 먼저 자요. 그럼……"

가와마타는 말꼬리를 길게 끄는 것처럼 말하고는 전화를 끊었다.

"이제 곧 돌아갈 텐데 문단속은 또 뭐야. 어디 들를 데라도 있어?"

이키 말에 가와마타는 아주 순간적으로 표정을 움직였다.

"이 시간에 어딜 들르겠어? 우리 집사람은 화류계에서 자란 탓인지 아직도 살림이 서툴러. 마음이 안 놓여 큰일이야."

가와마타는 기생 출신인 아내가 딱하다는 듯이 말했다.

"그럼 역까지 바래다주지."

이키는 아내에게 코트를 가져오게 하고는 가와마타와 함께 꽁꽁 얼어붙은 밤길을 나란히 걷기 시작했다.

"이키, 시베리아의 밤은 어땠나?"

가와마타는 바둑무늬 목도리를 고쳐 감으며 물었다.

"글쎄, 뭐라고 할까…… 오늘밤은 그만두자. 생각하고 싶지 않아."

"그런가, 미안해…… 헌데 너란 사람은 어쩌면 그렇게도 기구한 운명을 걸고 있는지 모르겠어."

가와마타는 중얼대듯 말했다.

인적이 드문, 종이 부스러기가 바람에 날리는 상점가에 나서자 그들은 묵묵히 역으로 걸어갔다.

"고마워. 폐 많이 끼쳤어."

가와마타는 표를 산 뒤, 개찰구 앞에서 걸음을 멈추고 예의바르게 말했다.

"원, 별소리를! 그보다 내일은 방위청에 나갈 거지?"

"응, 하라다 씨한테 안 들를 수 없지. 부하들한테 작별인사라도 해야 할 테고."

"가와마타, 잔소리로 듣지 말고, 집요한 것 같지만 다시 한 번 잘 생각해 봐."

이키는 지금 집에 들어가면 하라다 막료장 집으로 전화를 걸어봐야겠다고 생각하며 말했다.

그때 전차가 들어왔다. 가와마타는 이키의 말에 대꾸도 하지 않고 서둘러 전차에 올라탔다.

이윽고 전차가 이키의 눈앞을 지나갔다. 가와마타는 유리창 너머로 이키를 향해 가볍게 손을 흔들었다.

밤의 어둠 속을 꼬리등을 켜고 멀리 사라져가는 전차를 보내면서, 군인시절처럼 경례하듯 손을 들어 작별을 고한 가와마타의 모습이 이키의 마음에 걸려 지워지지 않았다.

　가와마타 이사오는 취한 김에 기분 좋게 선로 위를 비틀거리며 걸으며 이 늦은 시간에 자기가 왜 이런 선로 위를 걷고 있는지 잘 이해가 가지 않았다.
　하라다 막료장의 책상 위에 사표를 놓아두고 히노키 거리의 방위청을 정각 5시에 나온 뒤, 체포된 부하 아시다 이좌의 집을 찾아가서 가족을 위로한 다음 가키노키사카의 이키 집에 들러 오랜만에 같이 술을 마신 것은 똑똑히 기억하고 있다.
　그러다가 10시가 넘어 돌아가려고 하자 이키는 택시를 부르겠다고 했다. 전철을 타고 가겠다고 거절했더니, 가장 가까운 도쿄 선의 도립대학 역까지 함께 걸어가서, 전차가 움직이기 시작할 때까지 배웅해 주었던 것도 기억하고 있다. 그리고 또 자기 집이 시나가와의 오오이 거리이므로 첫 정거장인 지유가와카에서 오오이선으로 전차를 갈아탄 것도 기억났다.
　그러나 그 다음 일은 도저히 자신도 이해할 수 없는 노릇이었다. 그는 자기가 내려야 할 오오이역 한 정거장 전인 화물전용선과 교차하는 시모신메이역에서, 전차가 신호대기를 위해 멈춰 섰을 때 무엇이 자기를 끌어당기기라도 하듯 전차에서 내린 것이다. 그리고는 개찰구를 나와 시나가와~요코하마·쓰루미 사이를 달리는 화물전용선인 힝카쿠선의 선로 위를 다마 강 쪽을 향해 무심히 걷고 있는 것이다.
　이키의 집에서 마신 술이 결코 의식이 몽롱해질 만큼의 양은 아니었다. 본디부터 술에는 강한 편이어서 술에 녹초가 되어 제정신을 잃거나 하는 일은 지금까지 한 번도 없었다. 그럼에도 불구하고 가와마타는 스스로 까닭을 알 수 없는 행동에 어리둥절해하면서 집과는 반대

방향으로 자꾸만 걸어가고 있었다.

기온은 오래전에 빙점 밑으로 내려갔을 텐데도 가와마타는 이상하게도 추위를 느끼지 못했다. 그는 외투주머니에 손을 찔러 넣고 밤하늘을 올려다보며 이토록 별이 아름답게 여겨지는 것은 몇 년 만일까 하고 생각했다.

얼어붙은 겨울 하늘의 별은 얼음조각처럼 냉랭한 빛을 발하고 있었다. 가와마타에겐 그것이 남방 군사령부의 작전참모였던 무렵, 잇따라 패주를 거듭하던 부대와 함께 적도 바로 밑의 밀림에 틀어박혀서 호 속에서 올려다보던, 남십자성이 빛나는 남방의 하늘처럼 느껴졌다.

걸음을 옮길 때마다 발밑에서 선로의 작은 돌이 달그락달그락 소리를 냈다. 가와마타는 그것을 남의 발소리처럼 들으면서, 2시간 전에 이키가 하던 말을 다시 생각해 보았다.

"방위청을 그만둔다면 앞으로 무슨 계획이라도 있나? 인생은 아직도 먼데."

이전에는 똑같이 태평양전쟁 작전계획에 참여했던 사이이면서도, 이키처럼 상사원으로 살아갈 의지도 없거니와 또 하라다 막료장처럼 정치가로 변신할 재주도 없는 자기한테는 그것은 잔혹한 말이었다. 그렇기는 하지만 가족을 부양하면서 살기 위해서는 당연히 생각해야만 하는 문제였다.

47세의 가와마타는 심신이 모두 건강한 자기의 나이를 원망했다. 군인세계 밖에서는 살 수 없는 자기에게는 패전한 일본에 돌아온 뒤에도 제2의 인생은 자위대 밖에 없었다. 그렇기에 항공자위대에 들어가 하늘의 방위계획에 매달려 왔다. 육상자위대, 해상자위대에는 구 육군, 해군의 병기체제 등 작전입안의 기본이 될 만한 것이 있었지만,

항공자위대는 완전히 맨땅에서 출발하지 않으면 안 되었다. 계측기 하나 만족스럽게 갖추어지지 않았고, 미군이 제공해 준 고물이나 다름없는 전투기 때문에 적지 않은 조종사의 생명을 희생시키다 가까스로 초음속 전투기를 도입할 수 있게된 제2차 방위정비계획이 실시 직전에 와 있게 된 지금, 항공자위대를 그만둔다는 것은 정신적으로 헛되이 죽는 것을 의미했다.

울분 어린 상념이 통곡이 되어 목구멍에서 치밀어 오르려는 것을 가와마타는 간신히 누르면서 앞을 뚫어지게 바라보았다. 어느 사이엔가 양쪽에 인가가 끊기고, 아득히 먼 별빛 밑에서 선로가 은빛으로 빛나며 곧바로 뻗어 있었다. 그 앞에 다마 강에 걸린 철교가 검고 큰 그림자를 드리우고 있었다.

그 검은 음영 속에, 이마가 벗겨지고 뱀 같은 음흉한 눈을 가진 가이즈카 관방장이 소리 높여 비웃는 얼굴이 클로즈업되는 것 같았다.

"너 이놈 가이즈카!"

가와마타는 주먹을 불끈 쥐었다.

제2차 방위계획안의 FX에 대해 자신은 확실히 깅키상사와 특별한 관계를 가지고 록히드 공작을 했다. 그랬기 때문에 부하인 방위과 계획반장 아시다 구니오가 언제부터인가 기밀문서를 깅키상사에게 누설하고 있는 걸 어렴풋이 눈치 챘으면서도, 그것을 굳이 탓하지 않고 묵인하고 있었던 것이다. 만약 그것을 막는다면, 현재의 기종 결정체제로서는 가이즈카 관방장과 도쿄상사가 결탁해서 밀고 있는 그랜트로 결정될 것이기 때문이었다.

"아시다, 퍽 괴로울 거야."

가와마타는 나지막하게 중얼거렸다. 아무리 분수에 넘치는 접대를 깅키상사에서 받았다 한들, 아시다도 처음엔 그 나름대로의 생각이 있어 기밀문서를 넘겨주었을 것이고, 또 도중에 그러한 자신이 두려워졌을는지 모른다. 그러나 일단 말려들어간 1천억 엔이 걸린 장사싸움 속에서 아시다는 쳇바퀴 속을 달리는 다람쥐처럼 허우적거리고 있었는지 모른다.

그렇지만 자신이 아시다처럼 경무대의 취조를 받게 된다는 것은 도저히 참을 수 없는 일이다. 더구나 집의 신축 건으로, 사실과는 전혀 다른 깅키상사와의 증수뢰 혐의를 추궁 받게 될 처지에 있다.

가이즈카 놈! 제 부정은 문제 삼지 않고! 가와마타는 꽉 움켜쥔 주먹 속에 비지땀이 배는 걸 의식하면서 다시금 분한 생각에 치를 떨었다.

막료장이 되어 오랜 이상의 하나라도 실현시키려던 소망은 무참히 깨져 버리고 말았지만, 내일 아침 9시인 등청시간까지 방위부장을 맡고 있는 자신이 무엇이건 할 수 있는 일이 있다면…… 가와마타는 바로 앞에 다가오는 철교의 거대한 음영을 응시하면서 계속 걸었다. 문득 구두 밑창을 통해 희미한 진동이 전해져 왔다. 그것이 무엇인지 모를 리 없건만, 가와마타의 뇌리에 떠오른 것은 엉뚱하게도 아내의 흰 발바닥이었다. 화류계 시절의 습관 탓인지 아내는 여름에도 다비를 신었다. 목욕을 하고 나왔을 때나 이불 속에서 보게 되는 아내의 발은 발가락 끝에서 발바닥까지 겨를 넣은 주머니로 잘 닦아서 도저히 40살 여자라고는 여길 수 없을 만큼 요염한 데가 있었다. 하지만 불쌍한 여자다. 자식 복이 없어 아이도 낳지 못하고, 가까운 살붙이와도 인연이 없어 자기 하나만을 의지하며 사는 아내를 생각하니, 주위의 온갖 반대를 물리치고 억지로 데려오다시피 한 것이 지금은 가엾어서 견딜 수 없었다.

선로의 진동음이 뚜렷이 들려왔다. 그것이 앞쪽인지 뒤쪽인지 판단할 수는 없었다. 가와마타는 선로의 침목을 하나하나 세듯 천천히 걸어갔다.

새벽 1시가 되었는데도 잠이 오지 않아, 이키는 엎치락뒤치락하고 있었다. 가와마타와 함께 마신 술은 말끔히 깨어 있었다. 잠을 자려고 애쓰며 또다시 부스럭거리는데, 식당의 전화가 울렸다. 아내가 일어나려 했으나, 이키는 자기가 나가보겠다며 잠옷 위에 겉옷을 걸치고 나가 수화기를 들었다.

"여보세요, 이키 씨인가요? 가와마타의 처되는 사람인데요, 저희 남편이 아직도 거기 계신가요?"

미안해하는 목소리였다.

"아니오, 가와마타는 10시가 지나 아주머니에게 전화를 걸고는 바로 돌아갔습니다. 여기서 전차가 10시 15분에 떠났으니, 늦어도 11시엔 댁에……"

어디 들를 곳은 없다고 했지만, 역 근처의 어디 꼬치집에서 또 마시고 있지나 않나 생각하면서 대답했다.

"그럼, 저희 남편은?"

깜짝 놀라는 기색이더니 가와마타의 아내의 목소리가 커졌다.

"아주머니, 무슨 일이 생겼습니까?"

이키는 놀라며 되물었다.

"방금 경찰에서 전화가 왔는데, 남편이 돌아왔냐고 묻더군요…… 온다고 하긴 했어도 다시 주저앉아 계속 마셔대는 게 틀림없는 것 같기에 자세히 물어보진 않았는데요, 다마 강에서 열차사고가 일어났대요. 가와 뭐라 하는 사람이 부상당해서, 전화부를 뒤져 한 사람씩 쭉 조회하고 있다는 거예요."

가와마타의 아내는 몹시 떨고 있는 듯했다.

"이키 씨, 그 사람이 혹시 저희 남편이 아닐는지……"

그녀는 매달리는 것처럼 말했다. 이키의 마음속에 불길한 예감이 스쳐갔다. 그러나 가와마타의 처를 안심시키기 위해 말했다.

"다마 강이면 댁과는 반대방향이니 만약 가와마타라는 성일지라도 다른 사람일 것입니다. 일단 제가 시나가와 경찰서에 전화를 걸어 확인해 본 뒤 다시 알려드리지요. 조금 기다려 주십시오."

이키는 전화부에서 시나가와 서의 번호를 찾아 다이얼을 돌렸다. 다마 강의 철도사고에 대해 묻자, 담당경찰관에게 연결시켜 주었다.

"여보세요, 사고를 당한 사람의 신원은 밝혀졌습니까?"

담당경찰관은 이키의 성명을 묻더니 말했다.

"아무튼 심야 화물전용선에서 일어난 사고인데, 다마 강 철교 앞의 상황은 처참하더군요. 본인 것 같은 명함도 피로 얼룩져서 잘 읽을 수가 없는 형편입니다. 누군지는 아직 밝혀지지 않았습니다."

"그럼 그 사람은 상당한 중상……"

"중상이라니요, 아주 깔려 죽었어요."

"죽었다고요…… 그 사람의 특징은?"

"현장으로 달려간 형사와 감식계원이 아직 들어오지 않아 잘 모르겠으나, 회색 외투와 바둑무늬 목도리 조각만을 식별할 수 있을 정도라서……"

이키는 전화를 들고 있을 수가 없었다. 틀림없는 가와마타 이사오였다.

"뭐 짚이는 거라도 있습니까?"

"내 친구……입니다."

이키는 수화기를 떨어뜨렸다.

심야에 택시를 타고 다마 강 철교 앞까지 오자, 어둠 속에 회중전등 불빛이 고기잡이배들이 켜놓은 불처럼 점점이 움직이고 있었다.

이키는 택시를 세웠다.

이미 현장검증을 위해 새끼줄이 쳐졌고, 제복경관인 듯한 네댓 명의 사람들과 흰 옷을 입은 감식계원 두어 명이 검증하고 있는 광경이 눈에 들어왔다.

"출입금지입니다. 누구십니까?"

이키가 현장 가까이 다가가자 제복경관이 가로막았다.

"사고당한 사람을 알 것 같아 달려왔습니다."

그러자 46세의 부장형사가 힐끔 이키를 바라보더니 말했다.

"당신, 역사체의 신원확인을 해줄 수 있겠어요? 객차와는 달리 화물차에 깔려 죽으면 우리도 다랑어라 부를 정도로 살덩어리가 갈가리 찢겨 흔적도 남지 않아요. 그래도 괜찮겠어요?"

그는 다시 한 번 다짐을 받고는 칸델라 불빛에 훤히 드러난 선로 위를 눈으로 가리켰다. 순간 이키는 멈칫했다.

선로 위에 비틀어 잘라낸 듯한 크고 작은 살점이 다랑어의 살점처럼 마구 흩어져 있고 대소변 냄새와 피비린내가 엉켜 풍겨서 토할 것 같았다.

"차에 튕긴 충격으로 대소변을 보거든요."

형사는 많이 다루어봐서 아무렇지도 않다는 투로 말하고는 여기저기 흩어진 살점을 기다란 집게로 집어 올려 통에 담기도 하고, 큰 살점이나 유류품이 있던 곳을 백묵으로 표시하면서 감식계원에게 물었다.

"지금 신원을 확인하러 온 사람이 있는데, 아무거나 확인시켜 볼 만한 게 있을까?"

그러자 화판 끈을 어깨에 걸고 현장을 능숙하게 그리고 있던 젊은 감식계원이 대답했다.

"50미터쯤 뒤쪽 접촉현장에 비교적 큰 살덩이와 오른손이 있고, 옷자락 떨어진 것도 있는데요."

"그럼, 어디 수고 좀 해주실까요?"

부장형사는 회중전등을 비추며, 발밑에 그려놓은 백묵자리와 살점을 밟지 않도록 조심하며 걷기 시작했다. 선로 위의 피는 이미 땅 속으로 스며든 모양이어서 별빛만으로는 잘 알 수 없었지만, 침목이 패인 곳에 약간의 피가 고여 있었다. 아직도 가와마타의 체온이 남아 있는 듯 생생했다.

이키는 무참한 친구의 유체를 바로 쳐다볼 수 없을 것 같은 기분과, 이 세상에서 가와마타의 마지막을 확인해 줄 사람은 자기밖에 없다는 생각으로 형사의 뒤를 따라 50미터쯤 걸어갔다.

선로 옆에 거적을 덮어씌운 작은 유체가 놓여 있었다.

"이런 사고 시체를 전에 보신 적 있어요?"

거적 앞에 서자 부장형사가 물었다.

"없습니다만, 옛날 싸움터에서 전사자를……"

"총에 맞아 죽은 건 깨끗한 편이지요. 20량 정도 연결한 화물열차에 치이면, 석류처럼 으깨져버려서 눈알은 튀어나가고, 몸뚱이든 어디든 죄다 아까 본 것처럼 다랑어를 긁어모은 것처럼 되지요. 그러니 신원확인은 형태가 남아 있는 오른손과 입은 옷으로 해야 할 겁니다."

형사부장이 거적을 들췄다.

거기에는 아직도 혈맥이 고동치고 있는 듯한 오른손이 허공을 움켜쥐고 있고, 톱니모양으로 끊긴 손목 언저리에서 신경이 실오라기처럼 밑으로 늘어져 있었다.

"다음에 이게 머리인데, 머리카락은 레일 옆으로 툭 날아가고 나머지는 두개골이건 살이건 모두 가루가 된 거요."

형사는 긴 집게로 머리카락만 남은 가발과 같은 것을 보여주었다. 약간 곱슬곱슬한, 눈에 익은 가와마타의 머리카락이었다.

"입은 옷도 걸레조각처럼 잘려 날아갔는데, 이건 본 적이 있소?"

끈적끈적한 피로 거무스름해져 있지만 어김없이 가와마타가 목에 둘렀던 바둑무늬의 목도리였다.

"가와마타 이사오가 틀림없습니다."

이키는 목이 죄어드는 듯한 느낌으로 대답한 뒤 마른 침을 삼키며 물었다.

"이건 사고입니까, 아니면……"

부장형사는 거적을 바로 씌우면서 설명했다.

"사고인지 자살인지 그건 죽은 부처님에게 물어보지 않고는 모르겠어요. 고인을 친 화물열차의 기관사 얘기로는, 다마 강 철교에 접어들 때 앞에서 뭔가 검은 그림자가 보인 듯해서 경적을 울리고 지나갔다고 합니다. 쇼크는 별로 없었으나 조금 꺼림칙해서 무사시노역에서 역원한테 연락했고 역원은 일단 알아보려고 현장에 왔다가 사체를 발견하고 우리 서에 급히 알려왔어요."

충격으로 멍청히 서 있는 이키에게 부장형사가 물었다.

"그런데 가와마타라고 했지요? 이 사람의 근무처는 어디인가요?"

이키는 퍼뜩 이성을 되찾느라고 스스로를 채찍질했다. 이제부터의 대답이 록히드의 운명에 크게 영향을 미치게 됨을 생각해야만 하는 자신의 소임이 이키는 소름끼치도록 저주스러웠다.

"방위청 항공막료 간부, 방위부장입니다."

그 순간 부장형사의 눈이 번쩍 빛나고, 옆에서 젊은 형사가 수첩을 꺼내 적기 시작했다.

"그러면 당신도 방위청 사람입니까?"

"아니, 난 민간회사에 다니는 사람으로 가와마타와는 개인적인 친구 관계입니다."

"민간회사라는 말투로 미루어 당신도 전엔 군인이었군요. 근무하는 회사는?"

얼마 전과는 싹 달라진 부장형사의 달려드는 듯한 표정에, 이키는 일순 망설이다가 깅키상사의 계열회사 이름을 댔다.

"도토섬유회사입니다."

가와마타의 신원이 드러난 이상, 사고의 수사에 경시청이 개입할 것이 틀림없어 상층부에서 공작한 효과가 나타날 때까지는 깅키상사라는 회사 이름을 덮어두어야겠다고 판단한 것이다.

"아무리 친한 친구라곤 하나 가족도 아닌 당신이, 이 깊은 밤에 항공막료부 방위부장의 사고를 제일 먼저 알고 달려온 것은 어찌된 일입니까?"

부장형사는 추위에 어깨를 움츠리면서 수상쩍다는 듯 물었다. 그가 경시청 수사2과에서 은밀히 진행되고 있는 방위청의 기밀누설 사건에 대해서는 전혀 모르고 있는 것이 정말 다행이었다.

"그건 오늘밤 8시쯤 가와마타가 불쑥 내 집을 찾아와 10시경까지 함께 술을 마시고, 그 뒤 역까지 배웅해 주었기 때문에……"

부장형사는 이키의 눈을 시종 뚫어져라 쳐다보며 듣고 있다가 말이 끝나기도 전에 물었다.

"그러면 고인은 도중에 전차에서 내려 집과는 반대방향으로 걸어갔다 그거군요. 상당히 취했었나요?"

"둘이서 7홉쯤 마셨습니다. 그러나 술은 원래 말술을 사양치 않을 만큼 세기 때문에, 그 정도로 취해서 역을 착각한다는 건 좀……"

"만나서 주로 어떤 얘기를 했습니까?"

갑자기 심문하는 투로 물었다.

"뭐, 별로…… 가와마타와 만나면 으레 처음부터 끝까지 옛날 군인 시절의 얘기를 하게 마련이지요."

"그래도 밤 8시에 찾아갔다는 건 좀 이상하군요. 지금 차기 전투기 문제 때문에 여러 가지 소문이 자자한데, 그런 일로 인해 무슨 고민이 있었던 건 아닙니까?"

"그렇진 않아요. 그는 방위청 얘기를 외부 사람에게 말하는 사람이 아닙니다."

"어이, 왼쪽 발목을 찾았어!"

갑자기 선로 밑 30미터쯤 떨어진 숲속에서 감식계원의 목소리가 들리고, 사진을 찍는 플래시가 터졌다.

언뜻 그쪽으로 돌아다보니, 플래시의 섬광 속에서 피 묻은 발목이 이끼의 눈에 들어왔다. 2시간 전에 이키의 집을 찾아왔다가 돌아간 가와마타의 발이었다.

"가와마타!"

그때까지 억제하고 있던 이성이 무너져 내리고 이키는 힘없이 그 자리에서 털썩 주저앉았다.

가와마타의 유체가 초라한 관에 담겨 오오이의 자택으로 돌아온 것은 그날 새벽 5시였다.

가와마타의 시신을 맞이한 사람은 경찰의 통지를 받고 가마쿠라에서 달려온 가와마타의 동생 부부와 몇몇 친척뿐이었다. 그 다음은 친족에게도 사정을 들으러 온 시나가와 서의 사복형사였다.

관은 아직 제단이 만들어지지 않은 썰렁한 작은 방에 내려졌다. 관의 한쪽 가장자리를 짊어지고 있던 이키는 관을 내려놓자마자 맥없이 쓰러질 것 같은 기분을 누르고 가와마타의 아내인 히사요(久代)를 돌봐주었다.

시나가와 서에서 남편의 시체 곁으로 자꾸만 가려고 하는 것을, 너무도 무참한 모습을 보여줄 수가 없어서 이키가 가로막았다. 그러나 히사요는, "저리 비켜요! 제 남편이에요!" 하면서 이키의 손을 뿌리치고 시체 옆으로 다가섰다. 그러더니 한 순간 "앗"하고 찢어지는 비명을 지르며 공포에 질린 얼굴로 뒤로 물러났다. 너무 큰 충격을 받은 나머지 울지도 못하고 있다가, 쓰러질 것 같은 몸을 이키에게 부축 받아서 간신히 집에 돌아온 것이다. 그녀는 미친 사람처럼 얼빠진 눈으로 멍하니 관 앞에 주저앉아 있었다.

"아주머님, 좀 쉬십시오."

이키는 가와마타의 관 가장자리에 희미하게 피가 번져 있는 것을 보이고 싶지 않아 그렇게 말했다. 그러자 히사요는 창백해진 얼굴을 들고,

"나도 남편을 따라가겠어요…… 나 하나 남겨두고 이토록 비참하게 돌아가시다니……"

하고 충격에서 깨어난 듯 비로소 말문을 열었다.

"아주머님, 그러시면 가와마타가 슬퍼할 겁니다. 어서 저리 가서 좀 쉬십시오."

"이키 씨, 제발 소원이니 가르쳐주세요. 남편은 왜 자살을 한 거지요?"

히사요는 고쳐 앉으며 눈물이 말라붙은 눈을 치켜뜨면서 물었다.

"자살이 아닙니다. 저희 집에서 같이 술을 마실 때만 해도 그런 기

색 같은 건 통 없었거든요. 내가 그 사람을 택시에 태워 보내기만 했어도……"

"아녜요, 거짓말하지 마세요. 왜 아내인 저한테 솔직하게 말씀해 주시지 않으세요? 그이가 돌아오겠다는 전화를 한 것부터가 이상해요. 그분은 전시 중 근무로 바쁘거나 전선시찰을 가서 한 달씩 못 돌아올 때도, 언제쯤 집에 가게 될 거라는 소식조차 보낸 적이 없었어요. 그런데도 문단속 잘하고 불조심하라는 등…… 제가 조금만 더 정신을 차렸다면 알 수 있었을 텐데, 제가 어리석었지요……"

히사요는 못내 아쉬운 듯 다다미를 치면서 통곡했다.

이키가 달랠 길이 없어 잠자코 서 있자니 가와마타의 동생이 다가왔다.

"형수님, 형님이 죽은 건 경찰이 말하는 것처럼 아직 사고사인지 자살인지 모르고 있으니, 말씀 좀 삼가주세요. 이제부터 밤도 새워야 하고 장례 때문에 바빠질 테니까 2층에 올라가서 쉬시지요."

그러고는 자기 아내를 불러 히사요를 데려가도록 했는데, 동생 부부와 히사요 사이는 어쩐지 서먹해 보였다.

이키는 다시 가와마타의 관 옆에 단정히 앉아 있었다. 그때 큰 키의 하라다 막료장이 방 안으로 들어섰다.

"이키 군……"

일찍이 대본영 참모로서 바다와 육지와의 사이를 분담했었던 두 사람이 이런 자리에서 이런 식으로 만나게 되다니 잠시 쳐다보면서 서로의 상념을 읽었다.

이키는 격해지는 감정을 누르고, 관 앞의 경을 읽는 책상 앞에서 분향할 것을 권했다. 하라다는 아직 제단도 마련되어 있지 않은 관 앞에 무릎걸음으로 다가가서 긴 묵념을 끝낸 뒤 분향했다.

분향이 끝나자 이키와 하라다는 누가 먼저랄 것도 없이 함께 자리를 떠나, 조문객이 없는 빈 방으로 들어갔다. 하라다는 이키와 마주앉자 바른 자세로 입을 열었다.

"이키 군, 여러모로 수고가 많았소. 방위청의 숙직자가 시나가와 서에서 연락을 받고 나한테 긴급보고를 해 왔소. 맨 먼저 이키 군이 현장에 달려가 신원을 확인해 준 건 무엇보다 잘한 일이오."

가와마타의 시체가 발견되면서부터 이키가 계속 수고한 데 대한 치사와 함께, 가와마타의 죽음이 미묘한 단계를 맞고 있는 FX문제에 이용당하지 않게 되어 다행이라는 뜻을 곁들여 표현했다.

"아닙니다. 2시간이나 함께 술을 마시면서도 가와마타의 태도가 이상한 것을 깨닫지 못하고 억지로라도 택시에 태워보내지 못한 제가……"

자책감에 쫓기듯 말하자, 하라다는 깊게 패인 눈으로 쳐다보면서 말했다.

"가와마타 정도의 주호가 취해서 사고를 당했다고는 여겨지지 않지만, 그렇다고 자살이라고 생각할 수도 없구려."

하라다는 골똘히 생각에 잠기더니 다시 말을 이었다.

"실은 어제 오후, 가이즈카 관방장한테 불려갔다가 돌아오는 가와마타를 현관에서 만났어요. 뭔가 할 말이 있다는 것을 때마침 볼일 때문에 외출하던 참이라, 내일 얘기하자고 하고는 헤어졌지요. 내가 가와마타에게 얘기하려 했던 것은 가이즈카 관방장이 무슨 말을 하든 거역하지 말고 꾹 참고 잠시만 기다려준다면, 나는 가와마타를 막료장으로 승진시키겠다는 약속을 받아내고 퇴관할 작정이라는 것이었소. 내가 선거에만 정신이 팔려 있던 나머지 내일 얘기하자고 미루었고, 그런데다가 10시 반쯤 당신이 집으로 전화했을 때만 해도 집을 비워두었으니…… 내가 가와마타의 죽음을 못 본 채한 거나 다름없소……."

갑자기 미닫이 밖에서 나직한 목소리가 들렸다.

"실례합니다, 하라다 막료장님이 여기 계신가요?"

"누구요?"

이키가 묻자, 미닫이를 열면서 눈매가 날카로운 30대의 남자가 쑥 들어왔다.

"가이즈카 관방장님의 비서관인 가와히가시입니다."

정중하긴 했지만 어딘가 오만한 기색이 엿보였다.

그는 가이즈카 관방장의 오른팔 역할을 한다고 일컬어지는 세력가로, 관방장의 권위를 업고 육·해·공막의 부장급을 대수롭지 않게 말 한마디로 내국에 불러들이는가 하면, 출입하는 방위청 담당 상사원들 사이에서도 공포의 대상이 되었다는 것은 이키도 들어서 알고 있었다. 가와히가시는 하라다 곁에 바싹 다가앉더니 조용히 말했다.

"가이즈카 관방장님의 지시로 찾아왔습니다. 관방장님께서 직접 오시는 게 당연하겠습니다만, 이번 일은 공무사(公務死)가 아니라서 저를 대신 보내셨습니다. 따라서 장례는 자위대장이 아니고, 친지와 친척끼리의 가족장으로 해달라는 전업입니다."

그러고는 아직도 남아 있을지 모르는 시나가와서 형사들의 기색을 살피는 듯 미닫이 밖에 귀를 기울이더니 다시 작은 목소리로 물었다.

"관할 경찰의 검시결과는 어떻게 나왔습니까?"

"힝카쿠선의 화물열차에 의한 역사요."

하라다는 무뚝뚝하게 대꾸했다.

"그건 이미 들었습니다만, 사고사입니까 아니면 자살……"

목소리를 한층 낮추어 물었다.

"사고사라는 말도 있지만 자살이라는 설도 아직 무시할 수 없는 모양인데, 혹시 자살인 경우 가이즈카 관방장 쪽에서 무슨 짐작이 가는 일이라도 있나요?"

하라다가 묻자 가와히가시의 얼굴빛이 싹 변했다.

"천만의 말씀을! 관방장님이 가와마타 방위부장의 사고사 소식을 들은 것은 새벽 3시였는데, 바로 저희 집에 전화를 주시더니 왜 그런 사고가 일어났는지 모르겠다면서 놀라고 계시더군요. 그래도 불행 중 다행이라고나 할까요? 가와마타 씨의 사망시간은 새벽 1시경이라 신문기자들한테는 알려지지 않아 조간에 실리지 않았으니 말입니다. 그러니 지금 극비리에 진행되고 있는 FX결정에 지장을 주지 않게끔, 부디 우리가 요령껏 움직여 시나가와 서에 눈치 채이지 않도록 해달라고 말씀하셨습니다. 그렇지만 때가 때이니만큼 참고삼아 경찰청 관방장한테는 일단 알려드렸다고 합니다."

그는 이미 경찰청 관방장한테 손을 썼다는 것을 알렸다.

"그건 그렇고, 가와마타 씨는 방위청을 제시간에 퇴정하신 모양인데, 새벽 1시가 지날 때까지 어디 계셨던가요? 경찰 얘기로는 이키 씨 집에 들러 오랫동안 얘기하고 있었다는데, 실례입니다만 가와마타 씨는 무슨 말을 하던가요?"

가와히가시는 이키 쪽으로 시선을 돌리며 알아내겠다는 듯 말했다. 그것은 가이즈카와 공통된 경찰계 출신의 시의심에 찬 눈초리였다.

"그건 비서관인 당신한테 말씀드릴 수가 없습니다."

이키는 조용한 표정으로 말했다. 그러자 가와히가시는 불끈하면서 위협하듯 말했다.

"저는 가이즈카 관방장님의 대리로 온 것이니만큼, 제 질문은 관방장님의 질문이라 여기시고, 꼭 말씀해 주셔야겠습니다. 깅키상사에선 고이데란 사람이, 그리고 항공막료부방위부의 계획과에선 아시다 구니오가 체포당했으니까요."

"뭐라고 하든지 당신에게 할 말은 없습니다만 꼭 듣고 싶다면, 가와마타는 오늘날의 방위청 실태를 걱정하면서 엄하게 비판했지요. 관방장님에게 그렇게 전해 주시면 모든 것을 알 겁니다."

타오르는 분노를 억누르며 이키가 말했다.

"그럼 무슨 유서 같은 걸 당신한테 건네주었다든가, 자택에 남겨두어 경찰의 손에 넘어가거나 하지는 않았습니까?"

가와히가시는 낭패한 빛을 띠며 하라다 쪽으로 시선을 옮겼다.

"당신은 관방장님을 대리해서 조문 온 것처럼 가장하고 무슨 짓을 하려는 거요? 그래도 조금은 죽은 이의 넋에 대해 삼가는 점이 있어야 할 게 아니겠소! 당장 돌아가시오."

하라다가 가까스로 누르고 있던 감정을 폭발시키자, 가와히가시는 그만 말을 잇지 못하고 총총히 자리를 떴다.

다시 두 사람만 남게 되자 하라다가 말했다.

"면목없는 일을 보여드려서 미안하오…… 공무사가 아닌 경우는 남은 유족이 매우 딱하게 됩니다. 물론 나의 입장에서도 최선을 다하겠으나, 이키 군, 미안하지만 그쪽에서도 부인의 뒤를 좀 돌봐줄 수 없을까요? 화류계 출신이라 하여 가와마타의 친척들이 살뜰히 생각지 않은 모양이오. 앞으로 고생이 말도 못할 게요."

"옳은 말씀입니다. 그 점에 대해서는 제 힘 닿는 대로 돌봐드릴 작정입니다. 회사를 떠나서라도 가와마타와 나는 육사, 육대의 동기입니다."

"오늘 아침은 조기회의가 있기 때문에, 괴롭지만 난 이만 실례해야겠소. 가와마타의 죽음을 결코 헛되게 하지는 않을 작정이오."

하라다는 뭔가 뜻이 있는 말을 남기고는 관 앞에서 다시 한 번 합장하고 돌아갔다. 조기회의라는 것은 아무래도 차기 전투기를 결정하는 국방회의를 가리키는 것인 듯했다.

이키의 가슴을 국방회의라는 네 글자가 날카롭게 찔렀다. 그 국방회의는 깅키상사가 지금까지 가지고 있던 방위청 관계의 서류를 모두 수사당국에 제출한다는 교환조건으로 열리는 회의이다. 깅키상사가 제출한 서류 중에 가와마타 자신은 유출되었는지 모르고 있었는데도 불구하고 가와마타의 필적이 남은 비밀문서가 있었던 탓으로 그를 궁지에 몰아버리고 만 것이다.

경찰은 아직껏 사고사인지 자살인지 단정하지 못하고 있었다. 그러나 그 어느 편이든, 가와마타를 죽음으로 몰아넣은 근본원인은 바로 깅키상사가 당국에 제출한 서류임에 틀림없었다.

이키는 가슴이 아파 자리에서 일어나 인적이 없는 마당으로 나갔다. 어느 사이엔가 날이 희부옇게 밝아오고 있었다.

그때까지 꽉 막혀 있던 마음이 갑자기 풀어지며, 녹아드는 것처럼 흐느낌이 솟구쳐 올랐다.

"가와마타, 미안하다. 용서해 줘……"

이키의 눈에서 그치지 않고 눈물이 흘러내렸다.

오전 9시, 깅키상사의 차가 가와마타의 집에 있는 이키를 데리러왔다. 사장이 급히 찾는다는 것이었다.

교바시의 깅키상사 도쿄지사에 도착하자, 이키는 곧장 4층의 항공기부로 올라갔다. 마쓰모토 부장의 모습은 보이지 않았으나 부원들은 아직 아무것도 모르고 여느 때처럼 활발하게 일하고 있었다. 이키는 홀로 뚝 떨어져 창가의 자리에 앉았다. 문득 시선을 고이데의 책상 쪽으로 돌리니, 깨끗이 정돈되어 있었다.

아직도 경시청에 유치되어 있는 고이데는 앞으로 어떻게 될 것인가. 자기를 '배후의 항공기부장'이라고 경시청에 진술했던 고이데의 원망에 찬 목소리가 들려오는 것 같았다.

"이키 군, 어젯밤엔 여러 가지로 애를 많이 썼겠구먼."

얼굴을 드니 마쓰모토 부장이 서 있었다.

"사장님이 당신이 출근하면 바로 와달라고 아까부터 몇 번씩이나 재촉하고 있소. 피곤하겠지만 사장실로……"

이키는 목례하고, 무거운 발걸음으로 6층 사장실로 올라갔다. 사토이 상무의 지사장실 맞은편에 있는 사장실에 들어서자, 다이몬 사장이 회전의자에서 일어났다.

"이키 군, 수고했네. 지금 국방회의에서 차기 전투기는 F-104로 결정되었네."

그는 회심의 웃음을 띠면서 온 방이 울릴 정도의 큰소리로 말했다.

"자네의 공이 컸네. 뭐든지 자네의 희망을 말해 보게."

이키는 그렇게 말하는 다이몬 사장의 얼굴을 빤히 쳐다보며, 마음에 다짐하듯 말했다.

"그러면 이번 기회에 사직하고 싶습니다."

"뭐? 사직…… 깅키상사를 그만두겠다는 건가?"

"네, 군인출신인 제가 상사에 들어온 건 잘못이라 생각했기 때문입니다. 오늘 사직원을 내려고 합니다."

"이유는 그것뿐인가?"

이키가 수긍하자, 다이몬의 정력적인 눈이 번쩍 빛났다.

"자네가 대본영 참모로 있을 때, 자네가 세운 작전으로 몇천, 몇만의 병사가 죽은 적도 있었겠지. 그때도 자네는 사직원을 썼던가?"

"아닙니다. 군에는 사직 같은 건 있을 수 없습니다."

"바로 그걸세, 이키 군. 지금 내가 자네에게 하고 싶은 말은."

다이몬은 이키를 날카롭게 쏘아보았다.

"이번 건으로, 자네가 친구인 가와마타 공장보를 잃고, 동료인 고이데가 체포당했다 해서 자책하고 있는 기분은 잘 아네. 하지만 그 일로 회사를 그만둔다는 것은 기업의 냉엄함을 너무 모르는 일이야. 기업의 싸움에 있어서도 안이한 사직원은 허용될 수 없네."

다이몬은 잘라 말했다.

그때 창밖으로 하늘 높이 날아가는 제트기의 모습과 맑게 갠 아침 하늘에 비행운이 크게 활을 그리고 있는 모습이 보였다.

갑자기 이키의 눈에 6개월 전 캘리포니아 에드워드 공군기지에서 보았던 록히드 F-104의 모습이 뚜렷하게 되살아났다.

관제탑에서 가와마타 등 항공막료부의 조사단이 지켜보는 가운데, 록히드 F-104는 로켓탄 같은 긴 동체에 면도날보다 얇고 바다표범의 손처럼 작은 날개를 반짝이면서 바싹 마른 대기를 가르기라도 하듯 쿵 하고 괴조와 같은 음산한 소리를 내며 짙푸르고 넓은 하늘을 초음속으로 멀리 날아가 버렸다. 그 괴조 같은 초음속 제트기 때문에 가와마타는 목숨을 잃었고, 이키 자신은 씻을 수 없는 마음의 상처를 입은 것이다.

시베리아 억류생활 11년의 쓰라림은 군인으로서의 대의를 위해 목숨을 바치겠다는 한마음으로 견뎌내 왔었다. 그러나 상사원으로서 록히드와 그랜트의 장사싸움에 놀아난 자신은 대체 무엇이었던가? 아무리 우국지정에서 나온 일이라 하더라도, 가와마타가 죽고 아시다와 고이데가 구속된 것은 결코 용서받을 수 없는 일이라고 여겨졌다.

"이키, 아직도 뭘 망설이고 있나? 도쿄상사의 사메지마 항공기 부장은 오늘 아침 록히드로 결정되었다는 소식을 듣자마자 제3차 전투기 도입자료를 모으기 위해 미국으로 날아갔다고 하네. 자네도 가와마타의 넋을 위로하는 싸움을 벌인다는 각오로 크게 힘내 주게나."

다이몬은 쩡쩡거리는 목소리로 격려하듯 말했다.

"말씀은 고맙습니다만, 군에서는 보복을 위한 작전은 이성을 잃기 때문에 실패한다고 엄하게 금지하고 있습니다. 앞으론 가와마타의 넋에 꽃을 바칠 수 있는 일거리를 생각해 주십시오."

이키는 피를 토하는 듯한 심정으로 대답했다.

신생

이키는 키 큰 몸을 파르스름한 와이셔츠와 눈에 띄지 않는 짙은 감색 줄무늬 양복을 입고 생각을 집중시키려는 듯 벽을 마주한 책상 앞에 앉아 있었다.

제2차 FX 판매작전이 있은 지 7년 남짓 지난 1967년 봄, 이키는 전례 없는 승진을 하여 깅키상사의 상무이사 자리에 앉아 있었다.

가까운 궁성의 숲에는 벚꽃이 활짝 피었으나, 마루노우치 2가에 새로 지은 지 얼마 안 되는 도쿄본사 13층의 중역실에는 국내외 은행이며, 증권회사, 철강 메이커와 같은 고층빌딩이 숲을 이루듯 들어차 메마른 광경밖에 볼 수 없었다. 그러나 새로운 경영 전략을 생각하고 있는 이키에게는 창밖의 풍경 따위는 관심 밖의 일이었다. 이키의 방은 같은 층에 있는 다른 중역실과는 분위기가 전혀 달랐다. 벽에 바짝 붙인 책상과 세계 주요도시의 현지 시간을 한눈에 알아볼 수 있는 월드타임 시계 외에는, 유명 화가의 그림이나 장식물도 없었다. 응접 소파 옆에 꽂아놓은 꽃이 다소나마 중역실다운 분위기를 풍길 뿐이었다. 그러나 그나마 그 뒤에 있는 회의용 테이블에 이키가 맡고 있는 업무본부의 스태프들이 앉으면 꽃의 모양도 향기도 희미해져버린다.

업무본부, 그것은 3년 전 이키가 이어받은 기획조사실을 질적으로 크게 발전시키기 위해 회사 안의 뛰어난 젊은이들만을 골라서 만든 깅키상사의 두뇌집단으로, 회사 전체적인 경영 전략과 각 영업부문에 걸친 새 전략을 토의, 분석, 작성하는 사내에 하나밖에 없는 사장 직속 부서였다.

1959년 수렁에 빠진 록히드 그랜트 전(戰)을 승리로 이끈 이키였으나 양심의 가책 때문에 일단은 사직서를 냈었다. 그러나 그 뒤 불과 7년 사이에 한낱 촉탁에서 철강부 차장과 부장을 거쳐 초대 업무본부장에 취임, 이사가 되고, 나아가서는 작년 11월의 이사 인선에서 상무로 발탁된 전례에 없는 승진을 거듭했다. 그 결과로 업무본부에 주어진 권한과 함께 이키의 주변에는 두려움과 선망과 질투가 소용돌이치고 있었다.

그러나 이키는 그러한 승진이 스스로 원해서 이루어진 것이 아니라 다이몬 사장의 독단으로 결정된 일이었기 때문에 기쁨이나 남에게 지지 않으려는 오기는 없었지만, 현재 하고 있는 업무본부의 일로 해서 활기를 되찾은 것만은 사실이었다.

이키는 눈앞의 벽면에서 시선을 떼고 담배를 물었다. 새로운 차기 3개년 경영계획을 실행함에 있어 아무래도 피할 수 없는 것은 섬유부문의 재축소였다.

3년 전 업무본부를 설립함에 있어 처음으로 회사 전체의 경영이라는 문제를 다루었을 때, 상사의 경영과 군의 전략이 아주 비슷하다는 것을 깨달았다. 그 첫째는 우선 목적을 명확하게 정하고 나서 목적달성을 위한 방법을 생각하고 실행하기 위한 부서를 만들 것, 둘째 적재적소에 인원을 배치하고 팀워크를 짜게 할 것, 셋째는 어떠한 사태에 대해서나 신속하게 총력을 발휘할 수 있는 조직의 유연성이 중요하다는 것이었다.

그러나 군과 상사의 차이는, 군에서는 국가 목표를 달성하기 위해서 명령만 내리면 되지만, 상사원들은 자유의사를 가진 인간 집단이기 때문에 본인이 스스로 납득하고 자각하여 안건을 자발적으로 수행하도록 해야만 한다.

그것을 느낀 것은 업무본부 발족 후 얼마 되지 않아서였다. 업무본부가 내놓은 섬유부문 축소계획에 비난의 소리가 빗발치듯 쏟아져 목표의 반도 이루지 못했다.

인터폰이 울렸다. 비서에게는 미리 오늘 오후 2시부터 4시까지는 어디서 전화가 오거나 누가 찾아오더라도 시간을 빼앗기는 일이 없도록 해달라고 일러두었다.

"급한 일인가?"

이키는 짧게 물었다.

"방금 다이몬 사장님께서 사장실로 오시라는 말씀이 있었습니다."

미안해하는 비서의 목소리가 들려왔다.

다이몬 이치조가 사장에 취임한 지 10년째가 되었다. 위험 많은 상사를 과감한 결단력으로 경영해 자본금 172억 엔, 종업원 7천 3백 명의 회사를 이룩한 관록 있는 기업가가 되었다.

이키는 방에서 나왔다. 신임상무 이키의 방은 중역실 구역에서 제일 안쪽에 있는 사장실과는 많이 떨어져 있어, 긴 복도를 지나 사장실로 향하면 반드시 두세 명의 중역비서가 자기들 방에서 이키의 행선지를 엿보는 듯한 시선을 보냈다.

중역실 구역의 중앙에 있는 비서과 접수구 근처까지 왔을 때, 나카바야시(中林) 감사와 만났다.

"아, 이키 군인가."

나카바야시는 대범한 듯하면서도 험악해 보이는 얼굴을 이키에게로 돌렸다. 그는 이키가 항공기부에서 철강부장으로 임명되었을 때 금속 담당 전무였다.

이키는 빠른 걸음으로 다가가,

"요즘 건강이 좋지 못하시다는 말을 들었는데, 좀 어떠신가요?"

하고 걱정스러운 듯이 물었다. 그러자 그는 흘낏 쳐다보며 아주 불쾌하게 내뱉었다.

"관련 회사로 전출된 사람의 당뇨까지 알고 있다니 역시 정보가 빠르군. 그것도 업무본부의 정보부원이 알려주던가?"

다이몬 사장이 이키를 철강부장으로 임명한 것은 철강부문을 강화하기 위해서였다. 당시 철강 거래는 데이코쿠제철과 후지야마제철 두 회사의 중개상이 되지 않고서는 큰 장사를 할 수 없었다. 철의 상권은 전쟁 전의 관영제철소 때부터 계승되고 있는 튼튼한 것으로 관서의 섬유부문 출신인 깅키상사 따위는 상대조차 해주지 않아 상권을 쥐고 있는 대규모 중개상을 산하에 두는 수밖에 다른 길이 없었다.

그 후보로 나카바야시는 생긴 지 1백 년이나 된 철강 전문 중개상이면서도 경영주의 경영부실로 허덕이고 있던 오카자키흥업(岡崎興業)을 생각한 데 반해, 이키는 인도네시아에 대한 배상으로 일약 그 이름을 떨치고 있던 야마시타산상(山下産商)을 내세워 정면으로 의견이 대립되었다. 결국 이키가 내세운 전략대로 야마시타산상이 흡수 합병됨으로써 업계를 놀라게 했고, 다이몬 사장의 집념이었던 철강부의 강화를 이루었던 것이다. 그 뒤 이키는 이사 겸 업무본부장이 되었다. 나아가 작년 11월 이키의 상무 취임 때에 나카바야시는 전무에서 감사로 목숨을 부지했다고는 하나, 깅키상사 계열 하에 있는 아연 철판메이커의 사장으로 쫓겨나, 이키에게 음험한 원한을 품고 있는 인물이었다.

이키도 그 사실은 잘 알고 있었으나,

"날씨도 좋지 않으니 부디 몸조심하십시오."

하고 목례를 한 다음 사장실로 향했다.

20평의 넓은 공간에 융단을 깐 사장실로 들어서자, 다이몬은 손님이 금방 돌아간 듯한 응접 소파에 앉아 방문객이 두고 간 두툼한 자료를 검토하고 있었다. 65세가 되었으나 머리털이 눈에 띄게 성겨졌을 뿐, 혈색 좋은 안색이며 호담하고 맑은 눈빛은 조금도 달라지지 않았다.

다이몬은 이키를 보자,

"자네가 있는 업무본부에서 나온 '1970년대를 향한 깅키상사의 경영전략'이라는 품의서 말인데, 요점은 섬유부문을 더욱 축소하고 앞으로 3년 동안 다시 2백 명을 줄여 비섬유부문으로 보내라는 게 아닌가?"

"네, 시급히 검토해야 할 중요 안건입니다."

"2백 명이 아니라 1백 명으로 하면 안될까? 지난 2년 동안 2백 명을 내보내 군살은 빠졌을 텐데. 섬유를 벗어나려는 방향은 좋으나, 우리 회사의 섬유 거래액은 세계 제일이고, 무엇보다도 인간이 계속 존재하는 한 호황이든 불황이든 연 8퍼센트에서 10퍼센트 정도 성장하는 부문이니까 경시하면 안 되네."

이키는 다이몬으로부터 조금 떨어진 소파에 앉았다.

"사장님의 의견은 지당하십니다. 업무본부로서는 섬유를 잘라버리는 것이 아니라 섬유는 섬유대로 뻗어나가게 하면서 비섬유부문을 확충시켜 갈 것을 이상으로 하고 있습니다만, 그렇게 해서는 백날 있어도 종합상사로 체질전환을 할 수가 없습니다. 앞으로 산업계의 성장

률에 적응해 가려면 비섬유를 15 내지 20퍼센트 신장시켜야 하는데 현재의 자금과 인력으로는 달성 불가능합니다."

"군대식으로 말하면 병력과 탄약이 문제라는 것이로군."

"그러나 군대에는 예비군이라는 게 있습니다만, 상사에는 그게 없습니다. 그러니까 전략 전술을 실행하는 방법이 달라집니다."

잠시 입을 다물고 있던 다이몬이 나직이 말했다.

"6월 경영회의에 올리기까지는 아직 시간이 있으니까 다시 한 번 신중히 생각해 주게. 섬유부문에서는 맹렬히 반대하니까."

"알겠습니다. 그럼……"

다이몬은 이야기가 끝나 나가려 하는 이키를 다시 불러 세웠다.

"이키 군, 잠깐만. 요즘 자네에 대한 비판이 여러 형태로 나오더군. 그것은 내가 자네를 지나치게 중용한다는 반발과 질투도 있네만, 회사란 한마디로 종업원의 집합이라고 말할 수 있네. 따라서 깅키상사 7천 3백 명 종업원의 인화를 염두에 두면서 자네 식의 전략을 전개해야 한다는 것을 잊지 말아야 하네."

다이몬은 대수롭지 않은 투로 말했으나 이키는 큰 조직 개혁 시에 직면해야 할 두터운 사람의 벽을 느꼈다.

방금 이키와 엇갈려 지나온 나카바야시는 작년까지 있었던 전무실 앞을 지나 감사실 쪽으로 발걸음을 옮겼다. 10평의 감사실엔 네 명의 감사 책상이 나란히 놓여 있다. 결재서류는 없고, 깨끗이 닦은 책상 위에는 거의 벨이 울리지 않는 전화기가 놓여 있을 뿐, 마치 할 일 없는 중역의 집합소 같았다. 저마다 깅키상사 자회사(子會社)의 중역이고, 매일 출근하는 자리가 아니었기 때문에 주주총회가 있기 전에는 네 사람이 모이는 일은 없으며 대개 한두 명 정도 얼굴을 마주칠 정도였다.

오늘도 그러려니 하고 나카바야시가 문을 열자, 이상하게도 재작년까지 섬유담당 전무였던 와다노와, 다음 주주총회 때 감사에서 고문으로 추대될 듯한 전 경리담당 상무인 쓰지의 모습이 보였다.

"아니, 두 분이 함께 있다니 이상한 일이군요. 와다노 씨는 언제 이리로?"

오사카 본사에 있는 와다노에게 우선 말을 걸었다.

"어제부터 다이몬 사장님을 모시고 나왔소."

"그랬군요, 사실은 방금 보기 싫은 자를 만나서."

나카바야시는 다시금 불쾌하다는 표정을 지었다.

"나카바야시 씨가 보기 싫다는 얼굴이라면 그 특진상무 이키를 말하는 거겠지."

와다노는 거침없이 말했다.

"맞았어요. 또 부리나케 사장실로 들어가는 꼴이 한낱 촉탁에서 벼락출세한 영락없는 시중꾼 꼴이라니까. 정말 입맛이 써서."

나카바야시는 내뱉듯이 말하고는 다시 말을 이었다.

"내가 이키에게 철강부장을 맡아달라고 했을 때, 그는 '도저히 나 같은 무능한 풋내기는 철강부장의 중책을 맡을 수가 없습니다' 하고 마치 숫처녀처럼 사퇴했지요. 그런 걸, 자네라면 해낼 수 있네, 자네가 아니고는 해낼 수 있는 자가 없네, 하며 떠맡겼었어요. 그런데 그 뒤로는 무사(武士)의 장삿술이라도 쓰는지 그 녀석은 우리 상고 출신 상사원 뺨치는 장사꾼이 더라니까요. 그 예로 상권과 함께 전원을 받아들인다는 약속으로 흡수 합병한 야마시타산상의 사원들을 불과 5년쯤 사이에 방계회사나 보잘것없는 자회사로 쫓아내서 남은 자라야 야마시타일족의 중추였던 7, 8명뿐이잖소. 목자르기의 대단한 명수지

뭐요."

와다노는 신바람이 나서 맞장구를 쳤다.

"어쨌든 깅키상사의 오랜 역사를 모르니 장님이 뱀 무서운 줄 모르는 격이지 뭐요. 그런 작자니까 이사 겸 업무본부장이 되자마자 '섬유사냥'에 혈안이 되어 나나 지금의 전무 이치마루가 애써 단련시켜 키운 뛰어난 부하들을 소리개 병아리 채가듯 연달아 2년 동안 2백 명이나 빼앗아 갔잖아요. 다이몬 사장으로부터 회사를 위해 협력해 달라는 부탁이 있어 나는 울며 겨자먹기로 계속 우수한 인재를 내주고 그로 인해 섬유부의 매상이 줄어도 군말하지 않았소. 오늘날의 비섬유부문의 눈부신 발전은 그때 섬유부문의 피나는 희생을 바탕으로 이루어진 것이오. 그동안 나는 힘들여 키운 부하들로부터 섬유를 죽이고 말 것이냐고 얼마나 원망을 들었는지 몰라요. 그때의 쓰라림은 일생을 두고 잊지 못할 거요."

섬유 축소의 인사에 스스로가 피를 흘려야 했던 와다노는 지금 생각해도 몸이 떨린다는 듯이 말했다.

경리담당 상무에서 감사로 밀려났지만, 1기만 간신히 채우고 감사에서도 쫓겨날 처지에 놓인 쓰지는 궁기 서린 어깨를 치켜올리며 말했다.

"나는 임원 상여금 일로 이키와 대판 싸움을 한 일이 있지. 지난 1965년의 불황 때, 금융 긴축 분위기에서도 밤낮으로 피나는 자금대책을 세워, 임원들도 급료 1할 감봉과 상여금을 반납하는 일심동체의 협력으로 가까스로 위기를 극복하여 숨을 돌렸었어. 그때 임원의 통상 상여에 조금이나마 뒷배당을 하려니까 그런 음성 상여는 안 된다, 사내의 기강 문제라고 몰아세우기에 과거의 예를 보아도 어려울 때에 감봉과 상여금 반납을 해줬을 경우에는 약간의 보상을 해준 관례가 있다고 일러두었지. 그랬더니 관례라면 더욱 고쳐야 한다고 해서 의견이 충돌, 결국은 보기 좋게 내가 감사로 밀려난 꼴이 되었어. 도대체 사장은 뭐 때문에 그자의 의견만을 받아들이는지 모르겠단 말이야. 분명히 그자의 경영전략으로 실적이 급속히 향상되어, 주가로 따지면 20엔 쯤의 값어치는 있겠지. 그렇다 해도 사장은 뭔가 약점이라도 잡히고 있는 게 아닐까?"

전 경리담당 임원답게 깅키상사의 주가 140엔 중, 이키의 활약이 20엔은 넘는다고 평가하면서도 속에서 솟아오르는 증오를 참기 어렵다는 듯이 말했다.

나카바야시도 동감을 표하며 말했다.

"이런 상태로 나가다가는 다이몬 사장의 후계자인 사토이 부사장도 언젠가는 이키에게 밀려나 위태로워지는 게 아닐까. 7년 전 록히드 그랜트의 상전에서 사람 하나 죽였을 때에는 자살이라도 할 듯이 기가 죽어 사직원까지 내더니, 일단 삼키고 나면 어떻다는 식으로, 지금 와서는 조용한 신사인 척하고 속을 알 수 없는 기분 나쁜 녀석이야."

불과 7년 동안에 촉탁에서 상무자리까지 이례적인 승진을 한 이키에 대한 강한 반감과 동시에 그 헤아릴 길 없는 힘을 두려워하는 것이다.

사장실을 나온 이키는 상무실로 돌아가지 않고 그 길로 9층 업무본부로 내려갔다.

업무본부는 9층의 동쪽 모퉁이에 있는 35명의 작은 살림이지만, 이키 자신이 인재를 엄선하여 훈련한 스태프로 중견층 이하의 젊은 사원들로부터 행동하는 두뇌집단이라는 평가를 받아, 뉴욕이나 런던 주재원으로 나가기보다 업무본부의 스태프로 뽑히기를 은근히 바라고 있는 자도 있을 정도였다.

이키는 안쪽에 있는 본부장석에 앉아 지시를 바라는 스태프들의 메모와 보고서를 훑어보았다.

소련목재와 기계, 레일류의 교환거래에 관하여
사업부 가이베 가나메

결론 적극 추진
이유 1. 목재부는 작금의 시황으로 보아 지속적인 손실이 있으므로 반대.
2. 기계 철강부는 장래의 유망 시장임을 고려하여 약간의 손실이 있어도 취급해 보고 싶은 의향.
3. 소련 시장 확대의 포석으로 목재부의 손실 보전은 전사적 입장에서 고려되어야 함.
보다 상세한 것은 별표 참조

한 장의 메모용지에 간단하면서도 요령 있게 써넣고, 뒷면에는 수입 목재의 수량, 금액, 손익과 수출기계인 벌채기, 트랙터, 크레인, 레일 등의 품목, 수량, 추정이익을 한눈에 볼 수 있도록 표로 만들어 붙여놓았다.

그러한 독특한 메모 양식은 이키가 일찍이 참모본부에서 전선을 전진시키거나 철수시키는 양자택일의 군 작전을 입안할 때 배운 방식을 도입한 것으로, 아무리 복잡한 요소가 얽혀 있는 사태라도 문제점을 다섯 가지 이내로 요약하여 그 근거만 제시하면 결론이 나온다는 것이 이키의 지론이었다. 때문에 구두로 할 때도 모두 시간을 압축하여 먼저 결론부터 말한다는 방식을 철저히 이행시키고 있었다.

이키는 뒷면에 붙인 도표의 숫자를 훑어본 뒤, 'OK, 이키'라고 사인했다.

업무본부는 회사 경영의 단기, 중기, 장기에 걸친 계획을 세우거나, 각 영업부에 걸쳐 있는 신사업 정리를 담당하는 부문이었기 때문에 부원을 기능적으로 움직이기 위해 사업부, 해외총괄부, 조사정보부의 3부로 나누고 있었다. 사업부는 섬유를 비롯해 기계, 금속, 식량물자, 가스, 석유, 건설로 나누어져 있는 사내 6개 영업부문의 그날의 동향이나 문제점을 파악케 하기 위해 한 부문을 두세 명의 스태프들이 담당케 하고 매일 한 번은 그 영업부문의 부·과장이나 본부장을 찾아가게 했다.

해외총괄부는 북미, 남미, 소련, 동구, 유럽, 아프리카, 아시아, 호주 6대륙별로 한두 명의 담당자를 붙여 해외지사의 경영관리, 해외시장 진출을 위한 기획과 입안을 맡게 하며, 조사정보부는 일반경제, 외교, 정치, 산업동향의 정세분석을 하게 함과 동시에 다이몬 사장과 이키의 특명사항을 담당하게 했다.

따라서 담당자가 입수한 회사 내외의 정보는 모두 업무본부장인 이키 앞으로 모여, 업무본부에서 나오는 회사 경영 비전은 담당 스태프를 통해 국내 30개소의 지점과 출장소, 해외 54개소의 지사와 사무소에 철저히 시달되도록 되어 있었다. 그러한 업무본부의 기능이 고참 임원들로 하여금 '참모본부'라고 비꼬게 하는 까닭이기도 하지만, 눈앞의 수익 경쟁에 혈안이 되어 같은 회사이면서도 이해관계가 상반되면 서로 적대시하고 상대방을 치려는 구태의연한 영업실태는 업무본부의 발족으로써 급속히 근대화의 방향으로 나아가고 있었다.

"본부장님, 메모 보셨습니까?"

가이베 가나메가 이키 앞에 섰다. 이키가 입사한 지 4개월 만에 다이몬 사장을 수행하여 미국으로 출장을 갔을 때, 그는 뉴욕 지사에서 곡물을 담당하고 있었으며 그 뒤 본사로 돌아오자 곧 다시 멜버른 지사의 주재원이 되어 나간 것을 업무본부 발족에 맞춰 불러들였던 것이다.

"목재부의 손실 보충에 대해 재무부와는 이미 교섭을 했던가?"

이키의 질문에 가이베는 흰 얼굴에 로이드안경을 쓴, 언뜻 보기에 차가운 얼굴로,

"아까 교섭했습니다만, 결론적으로 철강, 기계부에 5, 6퍼센트의 이익이 더 있다면 하는 떨떠름한 얼굴로 좀처럼 OK해 주지 않습니다. 이번 안건은 일·소 무역의 수출공단에서 정해진 연간 목재협정의 범위와는 별도로, 마쓰바라제작소의 사장이 자기네 회사의 기계를 지속적으로 팔기 위해 별도 케이스로 취해진 교환입니다. 그렇기 때문에 소련 시장으로 깊숙이 파고들어가는 데에는 더없이 좋은 기회인데 손익계산만 따질 수는 없죠."

하고 어깨를 움츠리며 말했다.

"어느 단계에서 걸려 있나?"

시베리아 개발 프로젝트는 이키 개인적으로는 딱 질색이었으나, 그런 감정은 조금도 보이지 않고 물었다.

"부부장에서 걸려 있습니다. 그분은 목재부장과 동기로 여러 가지 인연이 있는 모양입니다."

"동기와 비즈니스하고는 관계없는 일이야. 초조히 굴지도 말고, 억지로 밀어붙일 것도 없이 가이베 군 재량으로 적정선에서 조정해 보게. 하지만 내일 안으로 해야 해."

"내일 안으로 하라고요? 알겠습니다."

가이베는 이키의 엄격한 날짜 기한에 두 손 들었다는 듯한 표정을 지었으나 자타가 모두 인정하는 실력가답게 활기찬 걸음으로 나갔다.

가이베와 교대하듯이 조사정보부의 후와 슈우사쿠(不破秀作)가 소리 없이 앞에 와서 섰다. 그는 원래 상해의 동아동문서원(東亞同文書院)에서 공부하다가 패전으로 도쿄외국어대학으로 편입한 인물이었다. 깅키상사 입사 이후로는 오로지 기획조사 분야만을 걸어왔다. 평범하게 생긴 얼굴 중에서도 이마가 뛰어나게 넓어, 상사원이라기보다는 이공계의 학구파처럼 보였다.

"4월 1일부로 분부하셨던 특명사항의 보고입니다."

나지막한 목소리로 말을 꺼냈다. 최근 임원회의 내용이 특정신문과 주간지에 너무 빨리 흘러나가기에 그 루트를 후와에게 조사시켰던 것이다. 그러나 그 일을 명할 때, 이키는 조사목적은 말하지 않고 가스와 석유를 담당하는 나쓰카와(夏川) 전무의 매스컴 관계 교우에 관한 조사라고만 말했을 뿐이었다.

"나쓰카와 전무는 신문기자로는 마이초신문 경제부의 오카 기자, 주간지로는 슈칸니혼(週刊日本)의 편집부장인 유지마 씨와 아주 친밀한 사이라는 것이 뚜렷해졌습니다. 오카 기자가 한 달 전에 남미 취재를 떠날 때 5백 달러의 전별금을 준 것이 전표로 확인되었으며, 일전 중역회의가 있었던 다음 날도 오카와 유지마, 두 기자를 고가나이 골프장으로 초대하고 밤에는 긴자의 클럽을 여러 집 다녔으니 분명히 과잉접대로 판단됩니다. 이 봉투 속에 지난 반년 동안 마이초신문과 슈칸니혼에 실렸던 우리 회사 관계의 스크랩 복사가 들어 있습니다."

다른 사람이 보고하면 목소리가 높아질 것 같은 사항을, 후와는 여느 때의 경제, 외교관계의 정보를 보고하듯 차분하게 말하고는,

"이 건에 관한 새로운 지시는?"

하고 물었다. 그만하면 되었다는 말 대신 이키가 고개를 약간 끄덕이자, 후와는 절을 하고 물러나 아무 일도 없었던 것처럼 무표정하게 책상 앞에 앉았다.

업무 자체 외에, 특정한 사원과 임원의 일상적인 언동까지도 업무본부가 은밀히 조사한다고 해서, 업무본부가 마치 특무기관 같다는 비난의 소리가 회사 안에서 일고 있다는 것을 이키는 알고 있었다. 그러나 구태여 변명하지 않고 한 귀로 흘려버리고 있었다.

현재의 깅키상사를 명실공히 종합상사로 발전시키기 위해서는 회사 내외는 물론이고 국내외의 모든 곳에서 정보를 수집해야 한다.

그러한 뜻에서 업무본부의 스태프들은 정보라는 먹이를 모으기 위해 물 속에 들어가는 가마우지이며 그 먹이를 토해내게 하는 업무본부장 이키는 가마우지를 길들이는 부장 같기도 했다.

다시 메모에 눈길을 돌리려 할 때, 지금까지 보이지 않던 해외총괄부의 효도 싱이치로가 이키의 책상 쪽으로 걸어왔다. 철강부장 시절에 잠시 이키의 밑에 있었으나 그 뒤로는 런던 지사에 있었다. 그러다가 업무본부가 발족하기 직전에 돌아왔던 것이다. 큰 스케일의 사고방식을 지닌 효도는 마흔을 넘긴 요즘 그 풍모와 도량이 한층 성숙해졌다.

"조금 마음에 걸리는 텔렉스가 들어왔습니다."

효도는 그렇게 말하고, 첫머리에 'Attention Mr. HYODO'라고 적힌 텔렉스를 내밀었다.

이키는 재빨리 훑어보았다. '수에즈 운하의 준설공사 입찰, 갑자기 중지'라는 글귀만으로, 그 이유는 적혀 있지 않았다. 이키는 후와를 불러 텔렉스를 보인 뒤,

"단순한 공사연기로 인한 입찰 중지라면 문제가 없는데 분쟁으로

인한 입찰 중지라면 이건 중요한 텔렉스구만? 중동의 군사정세는 일반적으로 아랍 군사력이 이스라엘보다 우세하게 평가되어 사소한 분쟁이 발생하더라도 팔레스타인 전쟁, 수에즈 전쟁의 뒤를 잇는 제3차 중동전쟁으로 발전할 가능성은 없다고들 하더군. 하지만 최근 이스라엘의 전력증강과 이스라엘과 아랍국들이 휴전선에서 벌이고 있는 분쟁으로 보아 내 개인적으로는 제3차 중동전쟁은 피할 수 없는 것으로 보네. 앞으로는 중동 정세에 대해서 충분히 주의하여, 교전이 시작될 경우엔 그 시기, 승패, 수에즈 운하 봉쇄의 유무 등을 미리 살펴두도록 하게."

하고 조용한 목소리로 명했다.

일본의 상사로서는 중동전쟁과 직접적인 관계는 없지만, 수에즈 운하가 봉쇄되면 유럽 항로는 남아프리카의 케이프타운을 돌게 되므로 단번에 운임이 폭등하여 선박을 확보하기가 어려워진다. 그런 사태를 피하려면 업무본부가 정확한 정세 분석을 하여 각 영업부문에 제공해서 선박이 남아돌고 있을 때에 미리 확보해 두어야만 했다.

6시가 지나 이키는 전에 없이 일찍 퇴근했다.

회사와 가키노키사카의 자택 사이의 통근은 상무 승진과 함께 차가 배당되어 러시아워는 피할 수 있었으나 퇴근을 일찍 할 때에는 시부야까지만 회사차를 타고 가고, 시부야에서 주로 도요코선을 이용하고 있었다.

그러나 마루노우치 2가의 회사에서 나온 이키의 차는 시부야와 반대 방향인 긴자를 향해 달리고 있었다. 해자(垓字) 너머 황궁의 숲에는 벚꽃이 저녁해를 받아 흐드러지게 피었고, 소나무의 푸르름도 아름다웠다.

이키는 차창 밖으로 눈을 돌려, 긴자의 레스토랑에서 만나기로 약속한 교토의 아키츠 지사토를 생각했다.

이윽고 자동차는 히비야에서 스키야바시의 교차로에 이르러 빨간 신호로 정차했다. 보도를 건너는 퇴근길의 사람들 옷차림은 완연한 봄처럼 경쾌해졌으나, 그 보행자 속에 꾀죄죄한 레인코트를 입고 두 손을 호주머니에 찌른 채 왠지 타락한 것 같은 느낌이 드는 중년남자를 보고 이키는 시선을 집중했다. 나이로 보나 모습으로 보나 고이데 히로시와 똑같아, 창문을 열고 말을 붙이려는데 그 순간 신호는 파란 불로 바뀌어 차가 움직이기 시작했다.

"저, 멈출까요?"

운전사가 이키의 기색을 눈치 채고 백미러 너머로 물었다.

"아니, 됐네…… 사람을 잘못 본 모양이야."

이키는 아무 일도 아니라는 듯 고개를 저었으나 붐비는 사람들 사이로 사라져간 약간 구부정한 뒷모습은 고이데 히로시가 틀림없었다.

고이데 히로시는 7년 전 방위청 기밀누설 사건으로 체포된 뒤 기소 유예가 되어 깅키상사의 관련회사인 전자기기 메이커로 갔으나, 3년쯤 다니다 그만둬 버렸다. 고이데가 퇴직한 것을 안 이키 쪽에서 자택으로 연락했지만 이미 이사를 가버린 뒤였었다. 그 뒤 고이데가 수상한 정보 브로커 노릇을 하고 있다는 말을 소문으로 들었으나, 이키 앞에는 나타나지 않았었다. 그런 만큼 이키는 늘 고이데의 소식이 마음에 걸렸고 가와마타의 죽음과 함께 이키의 뇌리를 떠나지 않았다.

가와마타가 기차에 치여 죽던 날 석간신문 1면 톱에는 'FX 록히드로 결정'이라는 기사가 화려하게 지면을 장식했다. 한편 가와마타의 죽음은 정치적인 압력에 의해 단순한 사고사로, 사회면 한구석에 조그맣게 보도되었다. FX 결정 앞에서는 한 인간의 죽음의 경위나 의미

따위는 말살되어 버렸으나, 록히드 결정과 가와마타의 죽음을 보도한 신문의 축쇄판은 영원히 남고, 이키의 마음에 깊은 상처로 남았다.

긴자 6가 모퉁이에서 차를 내려, 프랑스 요리점 에스카르고로 들어가 웨이터의 안내로 2층 벽쪽 자리에 앉았다. 지사토가 아직 와 있지 않은 것이 다행이었다. 깊은 생각에 잠긴 채, 담배를 물고 테이블 위의 성냥을 집으려고 손을 내밀다가 이키는 흠칫 숨을 삼켰다. 옆 테이블에서 먹고 있는, 피가 뚝뚝 흐를 것 같은 비프스테이크가 다랑어 살점처럼 사방으로 흩어진 기찻길 위의 가와마타의 살점처럼 보였던 것이다. 이키는 저도 모르게 눈을 돌렸다.

샹들리에가 반짝이고 몇 테이블에서 프랑스 요리를 즐기고 있는 사람들 사이에 있으면서도, 가와마타의 사체를 생각하고 있는 자기 마음속의 황량한 어두움, 그것은 시베리아 툰드라와도 흡사한 가혹하고 떨쳐버릴 수 없는 생각이었다.

"이키 씨, 오래 기다리셨어요?"

그 소리에 퍼뜩 정신을 차린 듯 얼굴을 들자, 아키츠 지사토가 서 있었다.

"왜 그러시지요, 무슨 걱정거리라도?"

로케쓰조메(염색의 한 가지. 백랍과 수지를 섞어 천에 무늬를 그려 염색하는 것)로 물들인 남색 옷을 어울리게 입고, 눈꼬리가 위로 올라간 큰 눈에는 근심스러운 빛을 띠고 있었다. 서른을 넘으면서, 그때까지의 발랄함에 무르익은 아름다움이 더해져 있었다.

"아니, 오늘은 굉장히 바빴기 때문에 피로를 좀 풀고 있었을 뿐입니다."

이키는 지사토의 염려를 대수로운 게 아니라는 듯 말했지만 지사토는 근심스러운 빛을 감추지 못했다.

"바쁘신 이키 씨에게 무리한 부탁을 여쭤 폐를 끼친 게 아닌지요?"

아키츠 지사토는 도예협회의 월례회 일로 상경하여, 어제 회사에 있는 이키에게 꼭 의논할 말이 있다고 전화를 걸었던 것이다.

"이키 씨처럼 1분을 다투어 일하시는 바쁜 분에게 사적인 말씀까지 드리게 되어……"

지사토가 미안하다는 듯이 말했다.

"아닙니다. 늘 바빠서 아무것도 해드리지 못했으니까, 어쩌다 시간이 났을 때는 천천히 의논 말씀을 듣겠습니다."

"실은 저 혼자서는 어쩔 수 없는 일이 생겨서……"

지사토의 얼굴에 근심스런 빛이 떠올랐을 때, 웨이터가 주문을 받으러 왔다.

"뭘 좋아하시는지요?"

이키가 묻자 지사토는 메뉴를 펼쳐들고,

"에스카르고(달팽이) 오븐구이를, 그 밖에는 이키 씨에게 맡기겠어요."

하고 말했다. 이키는 아페리티프(식사하기 전에 드는 술)로 셰리 주를, 수프는 비리비라는 홍합 크림 포타쥬를 주문했다.

아페리티프가 채워지자 이키는 잔에 입을 대고는,

"그래, 지사토 양 혼자서는 어쩔 수 없다는 일이 무슨 일인가요?"

하고 지사토의 마음을 누그러뜨리려는 듯 웃는 얼굴로 물었다.

"실은 히에이산에 들어가 있는 오빠 일이에요. 결핵에 걸려 상당히 나빠진 모양이에요. 최근에 산에서 내려온 분으로부터, 객혈도 한두 번이 아니었던 모양이니까 하산해서 치료해야 한다는 말을 듣고 너무 놀라서……"

이키는 놀라 잔을 놓았다.

"그래, 오빠는 만나셨나요?"

"물론 찾아갔습니다만, 오빠는 심한 게 아니니까 하산할 생각은 추호도 없다는 고집만 피우고 상대하려고도 않는 거예요. 여위고 쇠약함이 눈에 띄게 두드러져 도저히 그대로 발길을 돌릴 수가 없어서 오빠가 받들어 모시는 다이아쟈리님을 찾아뵙고, 치료를 권해 주십사 하고 부탁을 드렸어요."

지사토는 술잔에 입을 대는 시늉만 하고는 그때 일을 이야기했다.

그러자 다이아쟈리는 조금만 더 본인의 뜻에 맡기는 게 좋겠다면서, 법명이 겐초인 오빠를 맡기라고 했다는 것이다.

"다이아쟈리님은 오빠가 갑자기 입산하였을 때 신원을 보증해 주신 고승입니다. 저는 그분을 믿고는 있습니다만 시간이 흐를수록 점점 불안해집니다. 또 니시징의 숙부님도 몹시 걱정하고 계십니다. 그래서 앞으로 어떻게 해야 좋을지 그것을 이키 씨에게 의논드리고 싶어서요."

지사토는 로케쓰조메의 옷깃에 흰 얼굴을 묻었다.

"굉장히 어려운 문제군요. 세이키 씨하고는 직접 뵌 일도 없고, 17년 동안 승적에서 천태의 가르침을 깊이 연구하시는 분이 어떤 생각으로 수행을 계속하려고 마음먹고 있는지, 저는 그분의 마음을 헤아릴 수가 없군요. 그러나 지금은 세이키 씨의 병세가 어느 정도 진행되었느냐가 가장 걱정스러운 일입니다."

이키는 지사토가 자기를 믿고 온 이상 어떻게든지 힘이 돼줘야 한다고 생각했다.

그것은 시베리아 억류 중 극동군사재판의 소련 측 증인으로 다케무라, 이키와 함께 도쿄로 연행되어 도착했던 그날 밤, 청산가리로 자결했던 고 아키츠 중장에 대한 살아남은 자신의 의무였다. 그리고 지사토에 대한 묘한 마음의 움직임이기도 했다.

비리비 포타쥬가 나오고 이윽고 그 레스토랑의 자랑인 에스카르고의 오븐구이가 테이블 위에 놓였다.

"식사하는 자리에서 이런 의논을 드리다니 저, 몰상식하지요?"

지사토는 답답한 이야기만 늘어놓은 데 대해 사과를 했다.

"아닙니다. 상관없어요. 오빠 일은 지금 여기서 이것저것 생각해봐야 해결책은 떠오르지 않아요. 다음에 내가 오사카로 출장 갈 때 시간을 내서 히에이산을 찾기로 하지요. 아버님의 임종을 지켰던 사람이라고 하면 세이키 씨도 만나주시겠지요."

이키가 마음을 결정하듯이 말하자 지사토는,

"어머, 이키 씨의 호의에 기대는 것 같아 죄송합니다만, 그렇게만 해주신다면 정말 마음 든든하겠어요."

하고 기쁜 듯이 말했다.

촉촉이 젖은 지사토의 눈에 안도의 빛이 떠올랐다. 이키는 그러한 지사토를 사랑스러운 듯이 지켜보다가 얼른 화제를 돌렸다.

"그런데 도예일은 잘 되어 갑니까? 전람회의 안내장을 받고도 별로 가보지 못해서……"

그러자 지사토는 두 갈래 포크로 달팽이 껍질에서 능숙하게 속살을 꺼내며 말했다.

"덕분에 빨리 신인상을 받았고 비교적 순탄한 길을 걸어왔습니다만, 최근에 앞이 막힌 것같이 느껴져요."

"가끔 신문 같은 데 나는 평은 좋던데요."

"하지만 저 자신을 납득할 수 없어요. 요 5년 동안 오로지 청자에만 힘을 기울여 중국에서 청자의 이상적인 빛깔로 알려진 천청(天靑)에 접근하려고, 몇 번이고 실패를 거듭하며 조금씩 기공을 습득해왔어요. 그러나 송나라 때 이미 완성된 형태와 빛깔 속에 자기의 독창성과 개성을 나타낸다는 것이 얼마나 어려운가를 뼈저리게 느껴요. 게다가 흙 이기기와 가마 넣기, 연료로 쓸 장작패기, 불 조절 등, 힘을 써야 하는 일이기 때문에 다른 분야와 달리 여자의 한계 같은 것이 느껴져서……"

한숨을 쉬듯이 말했다.

"그러한 핸디캡을 미리 다 감수하시고, 숙부님의 완강한 반대도 무릅쓰고 택한 길이니까 이제 새삼 우는 소리를 하면서 물러설 수도 없잖습니까. 식사가 끝나면 오늘밤엔 당신을 격려하는 뜻에서 좀 마시러 갈까요?"

이키의 말에 지사토의 얼굴이 밝아졌다.

레스토랑을 나와 서긴자의 클럽 르보아로 향하면서 이키는 지사토와 걷고 있다는 것에 새삼 열없음을 느꼈다.

거의 말다운 말 한마디 나누는 일도 없이, 그러면서도 깊은 정을 서로 느끼면서 서긴자까지 걸어가, 빌딩 지하에 있는 클럽 르보아의 문을 열었다.

간접조명으로 희미하게 밝힌 홀 안은 알맞게 붐비고 한 손님이 플로어의 피아노 앞에 앉아 쇼팽을 치고 있었다.

카운터 앞에 나란히 앉아 이키가 무엇을 마시겠느냐고 묻자,

"진피즈를…… 아주 멋진 가게군요."

하며 지사토는 홀 안을 둘러보았다.

그때 마담인 하마다 교코가 박스에서 일어나 곁으로 다가오더니 요염하게 웃으며 그들을 맞았다.

"어서 오세요, 오래간만이네요……"

"요즈음 바빠서 연회석에 참석하는 일만도 힘들 정도지요."

이키의 말에 마담은 옷깃이 깊이 파인 가슴에 손을 대며 말했다.

"효도 씨나 가이베 씨의 말을 들으니 이키 씨는 너무 바쁘신 것 같더군요. 하지만 오늘밤엔 이렇게 아름다운 분과 함께 오시고. 정말 잘 오셨어요."

하마다 교코는 젊은 날에 이키가 맞선을 본 상대로 당시의 연대장이 적극적으로 권한 대장의 딸이었다.

하마다 교코는 육군 중장의 장남에게 시집을 갔으나, 그 남편이 남방에서 전사하여 전쟁이 끝난 뒤 네덜란드 영사로 부임하는 외교관과 재혼했다. 하지만 타고난 자유분방한 성격 탓에 일본이 아직 어깨를 움츠리고 있어야 할 네덜란드의 영사관 안에 차분히 들어앉아 있지 못하여 이혼을 하고 그 후로 어떤 경위를 거쳤는지 클럽 르보아의 경영자가 되어 있었던 것이다.

"이분은 그전 상관님의 따님이십니다."

이키가 지사토를 소개했다.

"그전 상관이라면 군인의?"

"그래요. 전 만주대륙철도 사령관이었던 아키츠 중장의 따님이십니다."

"그럼 그 극동재판에서……"

말을 하다 말고 하마다 교코는 뒷말을 흐려 버렸으나 지사토는 눈초리가 긴 큰 눈을 올려 뜨며,

"아버지를 아시고 계셨던가요?"

하고 물었다.

"아녜요, 존함만. 저의 아버지도 군인으로 패전 시에 퇴역했지만 그 뒤의 인생은 빈껍데기 같았어요."

지사토는 잠자코 고개를 끄덕였다. 하마다 쿄코와는 나이 차이가 있지만 군인 아버지를 가졌다는 같은 처지의 사람이 느끼는 유대감이 있었다.

"그래, 아키츠 씨는 지금 무엇을 하고 계시나요?"

가라앉으려는 분위기를 띄우려는 듯이, 하마다 쿄코는 요염하게 웃는 본디의 얼굴로 돌아가 있었다.

"이분도 마담네 베니코(紅子) 양처럼 좀 색다른 데가 있어 도예를 하신답니다."

이키가 말했다.

"어머 여자분이 도예를. 우리집 베니코와는 딴판이네요. 베니코는 하필이면."

하고 쿄코가 쓴 것이라도 삼키듯이 막 말을 꺼내려는데,

"마마라는 분이 가게에서 딸에 대해 험담을 늘어놓다니 그리 보기 좋은 일은 아니군요."

하는 소리가 들리고 가지런히 앞단발로 자른 머리에 양옆 솔기를 대담하게 튼 차이나드레스의 자락 사이로 날씬한 다리를 드러낸 베니코가 다가왔다.

"아니, 베니코 양. 자카르타에선 언제 돌아왔지요?"

이키는 놀라 베니코를 보았다.

"바로 사흘 전에요. 그쪽은 아직 장마철이어서 날마다 비만 오거든요. 따분해서 잠깐 친정으로 돌아와본 거예요."

26세의 베니코는 페르시아 고양이 같은 눈에 장난기 어린 웃음을 띠고, 나긋한 몸놀림으로 이키 옆에 앉았다.

"아무리 따분하다 해도 자카르타와 도쿄 사이를 이렇게 간단히 왔다 갔다 하면 남편분이 가엾잖아요."

이키가 베니코를 돌아보며 말하자,

"괜찮아요. 어차피 집안 살림은 첫째 부인이 맡아서 하고 있고, 그 밖의 일은 늘 바뀌는 셋째, 넷째 부인이면 족하고요."

하고 그녀는 대수롭지 않다는 표정으로 대꾸했다.

하마다 교코가 처음 시집간 군인 남편과의 사이에서 태어난 외동딸인 베니코는 어렸을 때 어머니의 재혼으로, 새아버지의 임지인 네덜란드로 가서 어머니가 달아난 뒤에도 줄곧 의부의 임지를 함께 따라다녔는데, 정식으로 이혼 수속이 끝나자 어머니가 있는 일본으로 돌아왔던 것이다.

전문대학을 졸업하고 클럽 르보아를 돕던 중 스카르노 정권 아래서 숨은 정상(政商)으로 자주 일본을 찾던 인도네시아 화교인 후앙 깐천과 알게 되어, 둘째 부인인데도 망설이지 않고 4년 전에 자카르타로 건너가 버렸던 것이다.

이키는 너무나 태연한 베니코의 말에 잠시 말을 잃었으나 위스키 한 잔을 더 주문하고,

"효도는 베니코 양이 돌아와 있는 것을 알고 있나요?"

하고 물었다.

"물론이지요. 돌아오던 날 전화를 했는데도 바빠서 베니코 따위하고는 노닥거리고 있을 틈이 없다는 쌀쌀맞은 대답이었어요. 그보다 이키 씨의 걸프렌드를 뵙기는 처음인데, 소개해 주시겠어요?"

"아키츠 지사토 씨, 역시 전 군인의 따님이고 도예가신데 고생을 하고 계신 것 같기에 오늘밤엔 격려차 모셔 왔어요."

지사토 쪽을 돌아보며 말하자 베니코는,

"처음 뵙겠어요. 댁은 도쿄신가요?"

하고 물었다.

"아녜요. 교토에요."

"그럼 이키 씨하고는 오사카 시절부터 사귀셨군요. 이키 씨는 데이트하실 때 무슨 말씀을 하시는지 꼭 듣고 싶군요."

유연한 몸을 내밀듯이 바짝 다가앉으며 물었다.

"이봐요, 베니코 양. 터무니없는 말을 그렇게 큰소리로 하면 쓰나요."

당황하며 이키가 말을 가로막았다.

"하지만 아키츠 씨는 독신이시잖아요."

베니코는 아무렇지도 않은 듯이 대꾸했다.

"그러니까 실례지."

"어머, 어째서죠? 하지만 이 정도의 사람들이 모였으니 오늘밤은 결국 '군인유족대회'인 셈이군요. 우리 마음껏 마시기로 해요."

베니코는 호기심에 찬 눈길로 다시 한 번 지사토를 유심히 쳐다보면서 말했다.

이키가 르보아에서 가키노키사카의 집으로 돌아간 것은 오후 10시였다.

7년 전과 같은 집이었다. 부장용 사택이었으므로 회사 측에서는 상무가 되었으니 좀 더 여유 있는 집으로 옮기는 게 어떻겠느냐고 두세 집을 골라 권했으나, 그렇게 하려면 회사에 빚을 져야 했으므로 현재 사는 집으로 충분하다고 생각하고 있었다.

"어서 오세요. 피곤하시죠."

아내 요시코는 붓글씨를 쓰던 붓을 놓고 이키를 맞았다. 연갈색 명주옷을 입은 요시코는 침착성이 몸에 배어 있었다. 딸 나오코는 3년 전에 대학을 나와 재팬항공의 홍보과에 근무하고, 아들 마코토는 도

후쿠(東北)대학에 들어가 하숙생활을 하고 있었으므로 요시코는 여가를 살려 젊었을 때 취미로 했던 서예를 시작하고 있었던 것이다.

그러한 아내의 모습을 보고 이키는 아내에게도 남과 같은 행복을 줄 수 있게 되었구나 싶어 마음이 홀가분해졌다.

"꽤 열심인걸."

가나(假名·일본의 음절문자) 문자의 서체를 들여다보면서 이키가 말했다.

"아니에요. 아직 멀었어요. 두루마리에 연필로 써내려가지는 못하니까요. 당신 밤참을 드시겠어요, 아니면 주스를?"

"글쎄, 오늘밤엔 꽤 많이 마셨으니까 야채주스만 먹기로 하지."

이키는 어쩐지 아키츠 지사토와 식사를 같이했다는 말을 꺼내기가 거북해서, 야채주스를 단숨에 들이켰다. 그러다 식탁 위의 흰 봉투에 눈이 멎었다.

"이게 뭐지?"

이키가 물었다.

"나오코의 혼담 사진이에요. 히토츠바시(一橋)대학 출신, 28세로 후고쿠(富國)은행에 근무하는 괜찮은 사람이에요."

요시코는 벼루집을 치우며 즐거운 듯 말했으나 이키는 건성으로 대답했다.

"당신은 나오코의 혼담 이야기만 나오면 건성으로 대답하시는군요. 나오코가 대학에 진학할 때, 여자아이는 전문대학 정도만 나와 빨리 시집가는 것이 행복하다고 하셨으면서, 아직 나오코를 놔주고 싶지 않으신 거죠?"

아내의 말을 듣고 보니 그럴지도 모른다는 생각이 들었다. 아까 헤어진 아키츠 지사토에게 이끌리는 마음과는 다른, 자기의 마음을 쥐

어뜯기는 듯한 느낌, 그것이 혼기를 앞둔 딸을 가진 아버지의 마음이었다.

"나오코는 스물여섯이니까 빠른 건 아니에요. 당신처럼 미적거리고 있다간 모처럼 혼담이 들어와도 놓쳐버려요"

"그래, 당사자는? 아직 돌아오지 않았소? 늦는군."

"오늘밤엔 영화를 보러 가니까 10시 반이나 돼야 돌아오겠다고 미리 말하고 갔어요."

"나이 찬 처녀가 밤에 영화관에 가다니…… 상식 밖의 일이 아니오. 도대체 무슨 영화를 보러 간 거요?"

"그런 것까지 일일이 어떻게 물어봐요. 당신은 나오코가 조금 늦는 것쯤으로 어째서 그렇게 화를 내시죠? 참 이상하군요."

요시코가 웃으며 말했을 때, 바로 집 앞에서 차가 멎는 소리가 나고 곧이어 나오코가 돌아왔다.

"다녀왔어요. 오늘밤은 즐거웠어요."

문지방에 선 나오코는 부드러운 머릿결이 어깨까지 늘어져 넘실거렸으며, 매우 즐거웠던지 싱그러운 젊음이 풍기고 있었다.

이키는 자신에게서 독립해가는 나오코를 보며 쓸쓸함을 느꼈지만,

"처녀가 10시 넘어서 돌아오는 것은 좋지 않다. 영화관은 토요일이나 일요일 낮에 가야지."

하고 말했다.

"아버지는 구식이군요. 학생도 아니고. 늦어도 보이 프랜드가 집 앞까지 차로 데려다 주는데 무슨 걱정이에요? 방금도 사메지마가 요 앞까지 데려다 줬어요."

"아니, 사메지마? 도쿄상사의 사메지마의 아들 말이냐?"

삽시간에 이키의 표정이 험악해졌다.

신생 341

"아버지, 아버지의 비즈니스와 혼동하지 마세요. 사메지마는 고등학교 때부터의 친구고, 아버지도 일본 역사를 잘 모르는 사메지마에게 진주만 이야기도 곧잘 해주셨잖아요."

그 사메지마 도모아쓰는 아메리칸 스쿨을 졸업한 뒤 콜롬비아대학에 유학하여, 일본 IBM사에 취직해 있었다.

"고등학교 때와 지금하고는 경우가 다르잖아. 너는 시집갈 몸이야. 앞으론 사메지마의 아들과 사귀지 말도록 해라."

이키에게 있어 사메지마 다쓰조는 7년 전 록히드·그랜트의 수주경쟁에서 고전을 하여, 말하자면 숙적이라고 할 수 있는 상대였다. 그 뒤 사메지마는 3차 방위의 FX를 쟁취함으로써 설욕하여, 이사 겸 수송기 본부장으로 항공기뿐 아니라 때마침 분 탱커 붐에서도 재빨리 손을 써서 이익을 올려 무서운 기세로 깅키상사를 바싹 뒤따라왔으므로 무시할 수 없는 상대였다.

호텔 오쿠라의 헤이안홀에서는 정오부터 도쿄상사의 신임사장 취임 축하파티가 열리고 있었다.

홀 입구에는 금병풍을 뒤에 두고 전임 사장과 신임 사장이 나란히 앉아 있고 내빈들의 긴 줄이 끊이지 않고 이어져 마치 신임 사장의 실력을 과시하듯 성황을 이루고 있었다.

연회장에는 대장성, 통산성, 농림성 차관, 국장급을 비롯하여 은행, 거래 기업체, 외자계 기업체의 우두머리가 5백 명 가까이 모였으며, 재일 외국공관의 대사며 영사들의 모습도 보였다.

수송기 본부장인 사메지마 다쓰조는 자기 회사의 전무, 상무들 사이에 섞여, 총무부장이 무색할 만큼의 기세로 내빈들에게 인사를 하고 다녔다. 뱅크 오브 아메리카나 IBM의 최고 간부들에겐 자랑거리인

영어로 기분을 맞추면서 게이샤 아가씨를 서비스하라고 밀어붙이고 소중한 거래 기업의 사장이나 전무의 얼굴이 보이면 바싹 달라붙듯이 곁으로 다가가 남이야 어떻게 보건 허풍스럽게 인사를 했다.

사메지마에게 있어 신임 사장 취임 파티는 자기의 출세가 약속된 축하회 같은 것이었다. 전임 사장인 모찌쓰키는 8년 전, 파벌 항쟁이 심한 도쿄상사 사내의 인화를 꾀하기 위해 온화한 인품을 평가받아 사장에 취임했다. 그에 비해 신임 사장인 다마오키 오사무는 젊었을 때부터 '나는 지사장 노릇은 할 수 없지만 사장 노릇은 할 수 있다'고 호언하여 그 때문에 오랫동안 해외근무를 하게 되었었는데 본사에 돌아와서 기계담당 상무에서 인사담당 전무가 되자마자 사메지마를 항공기와 선박, 자동차를 총괄하는 이사 겸 수송기 본부장으로 발탁해 주었던 것이다.

그 다마오키 오사무가 사장에 취임했다는 것은 바로 사메지마의 장래가 밝게 약속된 것이나 다름없었다.

"사메지마 씨, 굉장한 성황이군요."

이쓰이물산의 오하라 전무가 여유 있는 웃음을 띠고 말했다.

"어서 오십시오. 바쁘실 텐데 이렇게 와주셔서 정말 감사합니다. 여러분 덕분에 성황을 이루고 있습니다."

턱이 튀어나온 거무스름한 얼굴에 가느다란 눈을 끔벅이며 사메지마가 정중하게 인사를 했다.

"어디, 사메지마 씨를 위해 건배해 볼까요?"

오하라는 사메지마의 가슴속을 훤히 들여다본 듯이 말했다.

"이거 참, 오하라 전무에게 건배를 받다니 벌 받겠습니다."

"정말 벌을 받았으면 좋겠군. 3차 방위사업에서 FX를 차지하나 했더니, 탱커 붐을 앞질러 주문을 따내는 등 너무 그렇게 설치지 좀 말아주시오."

이쓰이물산다운 여유를 보이며 말했다. 사메지마는 탱커의 필요성을 재빨리 예측하고 선주들에게 그 필요성을 설득했다. 한발 더 나아가 일본의 조선회사에 대형 탱커를 건조할 수 있는 도크를 만들도록 설득하고 있음을 떠올리고 회심의 미소를 지으며 이쓰이물산의 오하라 전무와 건배를 했다. 그때 접대계의 총무부원이 전화가 걸려 왔다고 귀엣말로 알려주었다.

사메지마는 연회장을 나와 선박부장에게서 걸려 온 전화를 받았다.

"런던에서 온 정보인데 해운중개소의 인터스케일 레이트(세계기준운임)가 또 오른 모양입니다."

"그래, 시나이 반도는 불을 뿜는단 말인가?"

사메지마는 수화기를 꽉 움켜쥐었다.

"그건 모르겠습니다만, 운수부의 얘기로는 최근 배의 레이트가 급격하게 오르고 있다니까, 우리 선박부에서도 다른 회사에 눌리기 전에 각 조선소의 선대(船臺)를 시급하게 확보하여 20만 톤급 대형 탱커를 발주해야 할 것으로 생각됩니다. 이제부터 니혼조선회사에 가야 하는데 선대 예약을 늘려도 되겠습니까?"

"오케이. 그러나 중동정세에 대해 확실히 알아두는 게 좋으니까, 그리스의 올림피아해운에 알아보게. 거기는 이 방면의 소식이 가장 빠르니까."

만일 수에즈 운하가 폐쇄되면 유럽으로 가는 항해 거리는 대폭 늘어나 배의 운임이 폭등하는 한편 선편의 수요도 급격히 증가한다. 전화를 끊고 사메지마가 파티 회장으로 돌아오니까 깅키상사의 다이몬 사장이 상무인 이키를 거느리고 들어와 이키를 각계의 중요 인물들에게 소개하며 돌아다니는 모습이 눈에 띄었다.

"우리 회사 상무, 이키입니다. 잘 부탁합니다."

다이몬 사장의 꾸밈없는 인사말이 들리고, 그때마다 이키는 조용히 머리를 숙이고 있었다. 이키는 이제 군인 티를 찾아볼 수 없을 정도로 검은 양복이 잘 어울렸고, 겸손하고 예의바른 태도는 많은 사람들에게 호감을 주었다.

그러나 사메지마의 가슴에는 록히드·그랜트 전에서, 막판에 골탕을 먹었던 기억과 불과 7년 만에 상무까지 올라간 이키라는 인간에게 편치 못한 감정을 느끼고 있었다.

잠시 후 다이몬 사장이 신바시와 아카사카의 미기(美妓)들에게 둘러싸여, 이키가 혼자 따분하게 있는 것을 확인하자 사메지마는 재빨리 옆으로 다가갔다.

"이상한 일이군요. 좀처럼 파티 같은 데 나타나지 않는 분이 이렇게 참석해 주셨으니 정말 고마운 일입니다."

사메지마는 탐색하는 눈초리로 인사를 건넸다.

"다름아닌 도쿄상사의 신임 사장님이 취임하시는 파티니까요. 축하합니다."

이키는 의례적인 인사를 했다. 하지만 파티에 온 진짜 목적은 한 달 전 카이로 지사에서 '수에즈 준설공사, 입찰 중지'라는 텔렉스가 들어온 뒤 공사가 무기연기 상태가 되자 긴장도가 점점 높아지고 있는 중동정세를 기업이나 은행가 및 외교관들이 어떻게 보고 있느냐 하는 것을 알아보기 위해서였다. 사메지마는 틈을 주지 않고,

"때가 때이니만큼 깅키상사의 참모장께서 참모본부를 비워두기란 어려운 일이었을 텐데, 정말 잘 와주셨습니다."

하고 살피듯이 말했다. 그러나 이키는 평소의 조용한 표정으로 말했다.

"참모장이라뇨…… 이래봬도 상사원이라고 생각하고 있는데요."

"그렇고말고요. 7년 만에 상무가 되신 분이니까 우리가 무색할 만큼 뛰어난 솜씨가 아니겠습니까. 그런데 이키 참모장께선 아랍·이스라엘의 긴장상태를 군사적인 면으로 보아 어떻게 생각하십니까?"

"어떻게 생각하느냐고 물으셔도…… 나야말로 선박 운수에 훤하신 사메지마 씨에게 그 계통의 전망을 가르쳐달라고 말하고 싶을 정도입니다."

"아니, 왜 이러십니까. 전쟁이 일어나느냐, 일어난다면 아랍과 이스라엘의 어느 쪽이 이기느냐 하는 문제는 옛 대본영 참모였던 당신의 전문 분야가 아닙니까? 상사 간의 경쟁이라는 시시한 생각은 빼고 국가적 견지에서 분석해 주셨으면 합니다."

"그런 말씀이 어디 있습니까. 이제 나의 군사분석 따위는 과거의 것이 되어 현재에는 통용되지 않는답니다. 그런데 중동에서 무슨?"

이키가 넌지시 묻자 사메지마는 가느다란 눈을 깜박이며,

"아니 아니, 오늘은 딱딱한 이야기는 이 정도로 해두고 천천히 즐기시도록."

하고 화제를 슬쩍 돌렸다.

"재팬항공에 근무하고 계신 댁의 따님 말인데, 재색을 겸비한 아주 사교적인 아가씨인 것 같더군요. 우리 아들하고도 친한 모양입니다만 소중한 외아들이니까 곱게 다뤄주셔야겠어요. 하하하."

하고 사메지마는 묘하게 웃었다.

"이쪽이야말로 잘 부탁드려야겠습니다. 언젠가 댁의 아드님이 우리 딸을 영화관에 데리고 갔다가 저의 집까지 차로 바래다준 모양입니다만, 앞으로는 그런 염려는 하시지 말기를."

이키는 화가 울컥 치밀어 차갑게 말했다.

"우리 아들은 외국생활을 오래 했기 때문에 단순한 에티켓으로 여자를 바래다준 것뿐이니까, 그 이상의 억측은 말아주셨으면 합니다."

하고 말하기가 무섭게 사메지마는 다음 이야기 상대를 찾아 인파 사이를 헤엄치듯이 걸어갔다. 그 민첩한 동작을 바라보던 이키는 문득 사람의 시선을 느꼈다. 바로 가까이에서 이쓰이물산의 오하라 전무가 혼자서 위스키를 마시고 있었다. 아까부터 사메지마와 이키의 이야기를 엿듣고 있었는지도 모른다.

상사에서 으뜸가는 정보망을 자랑하는 이쓰이물산의 전무도 아랍·이스라엘의 긴장상태에 대한 각사의 반응을 알아보려고 하는 모양이었다.

5월 말부터 마루노우치에 있는 깅키상사 업무본부에는 밤 아홉 시가 지나서까지 불이 켜져 있고 중동 정세를 살피는 국제전화와 텔렉스가 끊임없이 울리고 있었다. 중동의 정보 분석은 조사정보부가 담당하고 있으나, 이키의 지령으로 업무본부에 특별반이 짜여 극비리에 정세파악이 진행되고 있었다.

소매를 걷어올린 와이셔츠 차림으로 런던 지사와 줄곧 통화 중인 해외총괄부의 효도 싱이치로가,

"그렇다면 시나이 반도에는 신형 전차와 탄약이 산더미처럼 쌓여있다는 말이군. 최근 2, 3개월 전부터 중동의 항구도시 아덴, 젯다, 수에즈 근처의 유대상인으로부터 무기를 가득 실은 상선이 흑해에서 지중해를 지나 수에즈 운하를 통해 홍해로 들어간다는 정보가 자주 들어와 아랍에 대한 소련의 군사원조가 강화되고 있는 것은 알고 있었지만."

하고 말하자, 런던 주재원은 한층 소리를 높여.

"그러나 영국공군 계통의 정보로는 이스라엘의 공군력도 미국의 원조로 급격히 증강되고 있다고 합니다. 게다가 쌍방이 다 미소의 군사원조만으로는 부족했는지 무기상인과의 거래가 전보다 훨씬 활발해져 스칸디나비아에서의 무기 유입도 상당량에 이르고 있는 것 같습니다."

하고 전했다.

"그럼 런던 쪽에선 전쟁이 날 거라고 하던가 아니면 현 상황이 그대로 유지될 것이라고 하던가?"

"여전히 반반이라고 밖에는 말할 수 없습니다만, 우선 일어나지 않는다고 보는 쪽이 강한 것 같습니다. 그 근거는 이스라엘과 아랍, 저마다의 배경인 미국과 소련이 속으로는 전쟁을 원하지 않습니다. 미국은 베트남 전쟁을 치르고 있어서 그런 여력이 없고, 소련도 지중해에 있는 미 제6함대에 비해 흑해함대는 너무 약해 참전할 생각은 추호도 없습니다. 그런데도 소련이 아랍에의 군사원조를 강화하는 것은, 미국의 베트남 전쟁을 막지 못했다는 이유로 동유럽 여러 나라 사이에서 크렘린의 위신이 형편없이 떨어졌기 때문입니다. 이 기회에 먼 베트남보다 가까운 중동에서 위기를 야기해서 미국과 어떤 거래를 노리는 것이 진짜 목적이고 또한 낫세르를 중국에 접근시키지 않으려는 속셈이 뒤얽혀 아랍원조를 하고 있는 데 불과하다는 견해입니다. 이런 관측은 소련과 이어져 있는 독일에서의 정보를 바탕으로 한 것이기 때문에 거의 확실합니다."

"미국과 소련에 그럴 생각이 없다면 전쟁 돌입의 가능성이란, 이스라엘의 내셔널리즘과 아랍 연합 결속의 충돌인 셈이군. 전쟁이 일어나면 수에즈는 봉쇄될 테니까 선박 확보 방안은 뉴욕과 협의해서 생각할 수 있는 모든 케이스를 상정하여 어떤 사태가 일어나도 바로 대응할 수 있는 체제를 갖추어 두게."

"알았습니다. 그런데 본사에서는 중동이 불을 뿜을 거라는 유력한 자료라도 쥐고 있는 겁니까?"

"아니, 이건 이키 업무본부장의 지령이야. 무슨 일이 있으면 바로 연락해 주게. 그리고 거래 상품의 움직임에 변화가 있으면 극비로 취급해서 텔렉스로 빨리 보내주게. 부호를 틀리지 말게."

효도는 그렇게 말하고 전화를 끊더니 푸우 하고 숨을 크게 내쉬었다. 대각선을 이룬 맞은편 책상에서 전화를 걸고 있는 가이베 가나메는 뉴욕 지사에 선박계통과 은행계통의 정보를 상세히 알아보고 있는 중이었다.

조사정보부의 주임인 후와 슈우사쿠는 튀어나온 넓은 이마를 찡그리며 책상 위에 펼쳐놓은 시나이 반도를 중심으로 한 중동지구의 지도를 들여다보고 있었다.

병력량만으로는 아랍 연합이 압도적으로 우세했다. 그러나 싸움의 승패는 병력량만으로는 결정지을 수 없다. 첫째로 병력량을 꼽는 것은 당연하다 하더라도, 둘째는 작전 지휘자의 통솔력과 작전지도, 셋째는 병력의 동원력, 넷째는 병사들의 사기, 다섯째는 비군사적인 요소로서 경제력 및 배후에 있는 대국의 원조를 고려하고 이 5개 요소의 상호 연계 효과가 높은 쪽이 이기는 것이다. 그러한 사고방식은 업무본부장인 이키에 의해 단련된 것인데, 상해의 동아동문서원 학생이었을 때 왕조명(汪兆銘)의 고문노릇을 한 일이 있던 역사 교수에게서 배운 것과 신기하게도 일치하고 있었다.

후와는 날카로운 시선을 책상 위의 중동지도에 쏟고 있었으나 마음속으로는 곧 걸려올 베이루트로부터의 국제전화를 기다리고 있었다.

깅키상사의 주재원으로부터 걸려올 전화가 아니라 미국의 변호사였고 지금은 로비스트인 제이콥 슈나이더였다.

일반적으로 중동에 관한 베이루트 정보는 직접 이해관계가 얽혀 있기 때문에 신빙성은 낮았으나 제이콥 슈나이더는 CIA(미국 중앙정보국)와 관련된 인물로 그 계통에서 얻은 정보를 석유 메이저나 복합기업에 팔고 있다. 후와도 일본의 극비 경제정책을 그에게 제공한다는 조건으로 무슨 일에서건 접촉을 하고 있었다.

11시가 지나자 벨이 울렸다. 오퍼레이터가 베이루트에서 미스터 후와에게 온 전화라고 알리자 제이콥 슈나이더의 목소리가 들렸다.

"웨이 스 뿌퍼 셴성마. (여보세요, 후와 씨지요?)"

북경어로 말했다. 어디서 배웠는지 말은 안했으나 후와와 처음으로 접촉을 가졌을 때부터 그가 동아동문서원 출신이라는 것을 알고 있었던지, 정보교환 대화는 늘 중국어였다.

"워 정령저 닌더 띠엔화 (당신의 전화를 기다리고 있었습니다), 이스라엘·아랍 전쟁의 발발 가능성은 어떻습니까?"

후와는 단도직입적으로 물었다.

"일본 상사의 안테나가 그렇게 예리하다니 놀랐는걸. 이쪽 정보를 이야기하기 전에, 어떻게 해서 당신네 회사가 중동전쟁을 미리 알았는지 그 이야기부터 들려주시오."

"솔직히 말해 나 자신은 확신을 갖지 못하나 이키 업무본부장이 판단한 일이오. 근거는 우리도 몰라요."

"아하 그랬었군. 미스터 이키라는 말만 들어도 충분하오. 아랍·이스라엘 전은 90퍼센트 가능성이 있소. 왜냐하면 낫세르 대통령이 아카바 만 봉쇄를 결행할 날이 가깝기 때문이오."

후와의 눈이 책상 위 중동지도의 한 지점에서 반짝 빛났다. 홍해를 향해 삼각형으로 튀어나온 시나이 반도의 왼쪽이 수에즈 운하로 통하는 해로이며, 오른쪽이 이스라엘의 에이라트 항구로 통하는 치란 해협으로서, 그 해협 어귀의 아카바 만은 이스라엘의 생명선이었다. 그러나 후와는 제이콥 슈나이더가 유대계 미국인이라는 데 일말의 불안을 느꼈다.

"슈나이더 씨, 석 달 전 이스라엘이 CIA와 공모하여 시리아 좌익정권의 전복을 꾀하고 있다는 정보가 흘러나왔을 때, 그것은 모스크바가 중동의 긴장을 자극하기 위해서 뿌린 유언비어에 불과하다고 당신은 말했었지요. 이번의 아카바 만 봉쇄 정보는 크레믈린에 대한 CIA의 보복공작의 정보는 아니겠지요?"

확인하듯이 말하자 슈나이더의 메마른 웃음소리가 흘러나왔다.

"통찰력이 부족하군. 나의 베이루트 사무소는 각국의 통신사 기자와 계약을 맺고 뉴스를 얻고 있어요. 특히 중동 긴장에 관해서는 가장 믿을 수 있는 게 프랑스의 APV기자요. 그의 말에 따르면 아랍 연합에는 공공연한 반(反) 낫세르 세력은 없지만, 국방비가 연간 예산의 3분의 1이나 되어 일반 국민은 가난하다고 하오. 그래서 1주일에 3일간은 고기를 먹지 못하게 하고 있소. 게다가 한때의 낫세르 예찬도 자취를 감추어, 대중 정치가인 낫세르는 초조해한다는 거요. 한편 이스라엘은 국가 건설까지는 이룩했으나, 북쪽은 시리아, 동쪽은 요르단, 남쪽은 아랍 연합에 포위되어 생활은커녕 생존의 위기에 봉착했기 때문에 여성에게도 징병제가 실시되어 48시간이면 전면 동원할 수 있는 긴급체제를 갖추고 있소. 즉 양국은 이미 배후의 속셈 따위는 상관없이 언제 교전할지 모른다는 게 그곳 실정이오."

슈나이더의 중국어는 전에 없이 흥분되어 있었다.

"마헌닌(수고하셨습니다). 다음 연락은 어디로 하면 될까요?"

"이제부터 워싱턴으로 날아갈 거요. 연락은 그쪽으로."

슈나이더는 전화를 끊었다. 수화기를 놓자마자 후와는 이키 본부장에게 제출할 중간보고서를 쓰기 위해 펜을 들었다. 이키는 어디에 있는지 행선지는 알 수 없었으나, 11시 무렵이면 회사에 돌아오기로 되어 있었다.

"그럼 사장님, 그 건은 맡겨주신 범위 안에서 교섭하겠습니다. 이제 약속시간이 다 되었으므로."

"음, 일단 자네에게 맡긴 일이니까 이러쿵저러쿵 말은 않겠네만 중개역인 다케나카 간지 같은 좌익 전향파는 이유야 어찌됐든 비위에 안 맞네."

"그러나 업무본부가 온힘을 다하여 정보 수집을 해도, 이스라엘측의 정보는 아랍측에 비해 매우 적어 발발 여부를 판단하기에는 곤란합니다. 그러므로 다른 상사를 앞질러 우리가 유리한 고지를 차지하려면 이 루트를 잡는 길밖에 없습니다. 그럼 또 나중에……"

오사카 자택에 있는 다이몬 사장과의 전화를 마치자, 이키는 장지문을 열고 손뼉을 쳐서 사람을 불렀다.

회사에서 자주 이용하는 아카사카에 있는 요정의 한 방으로, 거래은행 사람을 접대한 뒤, 약속 시간을 맞추느라 이키 혼자 남아 있었던 것이다.

이키는 얼굴을 내민 종업원에게 물었다.

"늦게까지 주책없이 오래 있었소. 차는 와 있소?"

"네, 아까부터."

종업원은 알았다는 듯이 고개를 끄덕이고 눈에 띄지 않도록 이키를 배웅했다.

차가 움직이기 시작하자 이키는 운전사에게 유라쿠쵸 역 근처에 있는 빌딩 이름을 댔다. 11시가 다 된 시간이었으므로 유라쿠쵸까지는 불과 10분도 걸리지 않았다.

빌딩 뒤쪽의 야간 수위실 수위에게 상대방과 미리 약속한 대로 찾아온 뜻을 전하자, 밤이 늦었는데도 의심치 않고 들여보내주어 엘리베이터의 옆계단을 통해 3층으로 올라갔다. 맘모스 빌딩의 복도 양쪽에 줄지어 있는 사무실은 모두 불이 꺼졌고, 방범등이 군데군데 켜져 있을 뿐인데, 딱 한 군데 중간쯤에 있는 사무실 문에서 희미한 형광등 불빛이 새어나오고 있었다. 이키는 문 앞에서 걸음을 멈추고, 문짝 유리에 적힌 닛토교역(日東交易)이라는 회사 이름을 확인하고서 노크를 했다. 대답은 없었으나, 잠시 후 문에 사람 그림자가 비치더니 안에서 문을 따는 소리가 나고 마흔 대여섯 가량의 사나이가 얼굴을 내밀었다.

"이키입니다만……"

하고 이름을 대자 그 사나이는 안으로 맞아들이며 말했다.

"어서 오십시오. 이렇게 밤중에 미안합니다만, 사무실을 비울 수가 없어서."

언뜻 보기에는 키며 살 빛깔도 일본 사람과 똑같았으나 일본어의 악센트, 움푹 패인 큰 눈과 매부리코로 보아 그가 일본인과 유대인의 피를 이어받은 닛토교역의 안비루 고이치라는 것을 알았다.

첫대면 인사를 나누고 명함을 주고받는데 안에서 전화가 울렸다.

"텔아비브에 전화를 신청해 두었습니다. 죄송하지만 잠깐만 기다려주십시오."

그는 급히 자리를 뜨더니 이윽고 상대방이 나왔는지 아라비아어로 말하기 시작했다.

이키는 방 한복판의 소파에 앉아 사무실 안을 둘러보았다. 무역상사답게 항공우편과 해상우편, 사무봉투에 든 서류가 어수선하게 쌓여 있고, 몇 개국의 달력이 걸려있었다. 책상에는 외교, 군사관계의 서적과 아라비아어로 된 책이 잔뜩 꽂혀 있고 벽에는 이스라엘의 모세 다얀 국방상의 사진이 걸려 있다.

닛토교역은 2년 전까지 중근동 무역을 주로 하는 아주 평범한 무역회사에 지나지 않았다. 하지만 근동 지구 게릴라들에게 일본 경찰 제복을 팔아서 일약 이름을 떨친 전임 사장이 레바논에서 객사하고, 텔아비브 주재원이었던 안비루 고이치가 사장으로 부임한 뒤부터, 닛토교역의 사업은 이스라엘 무역에만 집중해 일본에서 중동사정에 훤하기로 첫손 꼽히는 다케나카 간지와 이스라엘의 전 참모장의 이름을 고문으로 내세운 특수한 상사로 변모했던 것이다.

이키는 군복 차림의 다얀 국방상의 정력적인 얼굴을 올려다보았다. 팔레스티나에서 태어나 소년시절부터 이스라엘의 건국을 위해 목숨을 걸고 조국 방위를 위해 싸워온 다얀은 '이스라엘의 매'로 불리며 국민의 신망을 받고 있었다. 그중에서도 이키의 관심이 쏠리는 것은 다얀의 기습 전략으로, 일본군의 진주만과 싱가포르 기습도 참으로 깊이 연구하였음을 엿볼 수 있었다.

텔아비브와 계속 통화 중이던 안비루의 목소리가 더욱 크게 울려왔다. 말뜻은 전혀 알 수 없었으나 아카바라는 지명이 두세 번 되풀이되고 있다.

이윽고 안비루는 전화를 마치고 책상 뒤의 장식장에서 브랜디 병과 잔을 꺼내어 이키 앞 테이블에 놓았다.

"오래 기다리셨습니다. 우선 이키 씨의 용건부터 듣기로 할까요."

"아니, 저는 다케나카 간지 씨의 소개로 닛토교역 사장님께서 하실 말씀이 있다는 말을 들었는데, 때마침 저희 쪽에서도 몇 가지 여쭈어 보고 싶은 말이 있어 찾아뵙게 된 것입니다. 그러니 안비루 씨가 먼저."

이키가 먼저 말을 꺼내자, 안비루는 매부리코 양쪽에 주름이 생기도록 묘하게 웃으며,

"그렇다면 단도직입적으로 부탁드리겠습니다. 잘 알고 계시리라 믿습니다만 우리 회사는 주로 이스라엘의 키부츠(집단 입주 농장)에서 나오는 농산물을 사들이고 있습니다. 그런데 이스라엘의 요청으로 대량의 주석과 고무를 확보해야만 하게 되었습니다. 그러나 보시다시피 닛토교역의 규모로는 도저히 그런 요청을 받아들일 수 없기에 고문이신 다케나카 간지 씨에게 의논했더니 깅키상사라면 확보해 줄 수 있을 거라고 하시던데 어떻습니까?"

하고 말했다.

전쟁의 전 자 한마디하지 않았지만 주석과 고무는 둘 다 전략물자로 중동전쟁이 터지면 일제히 폭등할 국제적인 거래상품이며, 실제로 동란을 내다보고 서서히 값이 오르고 있었다.

"대량이라니, 어느 정도의 양을 말하는 겁니까?"

"주석은 40톤, 고무는 3천 톤입니다."

둘 다 상당한 수량이었으나, 해외지사망을 동원하여 주석은 런던의 금속거래소를 비롯하여 유럽의 금속판매업자로부터 끌어 모으고, 고무는 말레이시아와 인도네시아 현지에서 사면 어떻게든 확보할 수 있을 것 같았다.

"회사에 돌아가면 바로 대책을 세우겠습니다. 그러면 이제 제가 여쭤보겠습니다. 중동전쟁은 앞으로 1주일 안에 일어날 것으로 보아도 되겠습니까?"

직접적인 질문에 큰 눈을 휘둥그렇게 뜨더니 이내 낮은 목소리로,
"그렇게 될 가능성이 큽니다."
하고 고개를 끄덕였다.
"그 근거는?"
"낫세르가 아카바 만을 곧 봉쇄한다는 정보가 들어와 있습니다. 아카바 만은 이스라엘로 석유를 보내는 생명선이니까 봉쇄당하면 힘으로 뚫는 수밖에 없겠지요."
"그러면 이번에도 다얀 국방상의 전략은 단기결전을 목표로 하는 전격전이 되겠군요."
재차 확인하듯이 묻자, 안비루는 고개를 끄덕였다.
"그러면 전략목표는 골란 고원과 시나이 반도의 양면작전이 아니라 시나이 반도 하나라고 생각할 수 있겠군요?"
이키는 다시 한 번 다그치듯 물었다.
"통찰력이 대단하시군요. 실은 방금 제가 전화를 했던 상대는 이스라엘의 엔시리코 전 참모장입니다만, 만일 전투가 시작되면 아카바 만 어귀의 요충지인 샬룸에르세이크는 48시간 안에 점령할 계획이라고 말하더군요."
하고 안비루는 조심스럽게 전했다.
"아하, 48시간 안이라. 그렇다만 만일 이스라엘이 유리한 전투를 전개하면 중동전쟁은 10일 안에 끝날 공산도 있겠군요."
이키는 10일 내지 2주일 정도로 예측했던 자기의 분석을 확인하듯이 물었다.
"10일까지 끌지 않고 단시일 안에 종결시킨다는 것이 다얀 국방상의 작전입니다."
안비루는 단언하듯이 말했다.

"그러나 반대로 만일 오래 끌게 된다면 아랍이 유리하게 될 것은 뻔하고, 낫세르 대통령으로서도 당연히 그것을 노린 전략을 전개하겠지요."

이키의 말에 안비루의 눈이 번쩍 빛났다.

"아랍에 포위된, 인구 3백만도 안 되는 이스라엘은 한순간의 방심도 허용할 수 없습니다. 아랍은 백 번 패전하더라도 견딜 수 있지만 이스라엘은 단 한 번의 패배도 허용할 수 없습니다. 만일 아랍으로 하여금 이스라엘은 무서워할 존재가 못 된다는 자만심을 갖게 한다면, 그대로 이스라엘의 멸망과 직결되기 때문입니다."

"알았습니다. 그럼 아까 그 건에 관해서는 이제부터 회사로 가서 손을 써보기로 하겠습니다."

하며 이키는 자리에서 일어났다.

"잠깐만 기다려 주십시오."

안비루는 이키를 불러 세우고는 얼른 책상 옆 골판지 상자 속에서 오렌지를 꺼냈다.

"이것은 몇 년 전부터 키부츠에서 장려하여 재배하고 있는 오렌지입니다. 캘리포니아의 선키스트 오렌지만은 못합니다만, 아주 맛이 좋습니다. 시식해 보십시오."

이키가 그 뜻을 얼른 이해하지 못하고 있자,

"우리 회사에서 수입하여 일본 국내에 싸게 팔려고 하였습니다만, 캘리포니아 오렌지의 판로에 막혀 아무리 애써도 파고들어갈 수가 없어 아주 난처합니다. 귀사의 유통기구를 통하게 해주실 수 없을는지요? 이스라엘 오렌지라서 이미지가 좋지 않다면 포장은 그쪽에서 적당히 생각해 주십시오."

하고 조금 전까지 열렬하게 이스라엘의 운명을 말하던 어조와는 전

혀 다르게, 극히 사무적인 말투로 말했다. 이키는 잠시 생각하다가,

"좋습니다. 우리가 맡겠습니다."

하고 대답하면서 껍질이 두꺼운 주황색 이스라엘 오렌지를 들여다 보았다.

이 오렌지에 이스라엘의 군사정보와 전략물자가 얽혀 있으리라고는 아무도 상상할 수 없겠지 하는 복잡한 생각이 머릿속에 뒤섞여갔다.

베니코는 인도 실크 가운을 걸치고 보석 상자 속을 들여다보며 혼자서 기뻐하고 있었다.

페르시아 고양이 눈을 생각나게 하는 묘안석을 자기 손가락에 낄 생각을 하니 베니코는 등골이 오싹해질 정도로 즐거웠다.

현관의 버저가 울리고, 긴자 클럽 르보아에서 돌아오는 어머니 교코의 기척이 났다.

"어서 오세요. 오늘밤에는 일찍 오셨군요. 효도 씨들은 나타났어요?"

"미안하다만 안 왔다. 베니코처럼 깅키상사 사람들에게만 서비스하는 건 곤란해. 도쿄상사의 사메지마 씨도 우리 가게의 소중한 손님이시고, 또 같은 맨션에 사는 분이시니까."

교코는 선염(渲染)한 린즈(비단의 일종)로 지은 일본옷을 입은 채 소파에 앉아 위층을 눈으로 가리켰다. 사메지마 다쓰조는 처음엔 같은 9층에 있었는데, 이사로 취임하자마자 제일 위층인 10층으로 옮겨 베니코네보다 한 층 위에 살고 있었다.

"그렇다면 다른 맨션으로 이사를 가요. 도쿄상사 밑에 있다는 것만 생각해도 속이 메스꺼워져요."

베니코는 단발머리로 가지런히 자른 고집스러운 얼굴을 잔뜩 찡그

렸다.

"꼭 깅키상사의 사원과 같은 말투구나. 우리가 이사를 가지 않아도 사메지마 씨는 어차피 상무가 되어 뎅엥조후나 세다가야의 호화저택으로 옮기실 거야."

"천만에요. 사메지마 씨는 전에 살고 있던 뎅엥조후가 멀어서, 히토츠바시의 도쿄상사까지 15분이면 되는 이 요쓰야의 맨션으로 왔다는 사람인데 이사를 가겠어요? 절대로 안 갈 거예요. 그러기는커녕 오히려 사장이 되면 회사 옥상에 중역합숙소를 지을지도 몰라요."

"아무리 그렇다 하더라도 설마 중역합숙소에 들어가기야 하겠니?"

교코가 웃음을 터뜨리자 베니코는 진지한 얼굴로 말했다.

"사메지마 씨는 외교관 따님인 부인만 좋다고 하면 금방이라도 그렇게 하고 싶은 심정이 들 거예요. 가게에서 호스티스와 아슬아슬한 이야기를 태연하게 하기도 하고, 여자를 좋아하는 체하고 바람도 피우지만 본심은 여자한테 전혀 흥미없는 사람인가 봐요."

"그러면 그 점은 이키 씨와 같단 말이냐?"

"으응, 이키 씨는 좀 다르다고 생각해요. 상사원으로서 자신감을 가진 것 같기도 하고 조금 위험스러운 느낌이 들어요."

베니코는 흥미롭다는 듯이 말했다.

"그건, 언젠가 함께 가게에 오셨던 아키츠 지사토 씨를 두고 하는 말이냐?"

"그래요. 내가 보기에 이키 씨는 아직도 자기감정을 억제하고 있는 것 같았지만, 그 여류 도예가인 아키츠 씨는 언뜻 보기엔 얌전해 보이지만 눈초리에 외곬인 데가 있어요. 두 남녀의 이성(理性)의 밸런스가 허물어지면 심각한 문제가 일어날 거예요."

베니코는 다이아 반지며 에머럴드 반지를 하나하나 손가락에 끼면

서 장난스럽게 말했다. 딸의 어처구니없는 이야기 상대를 하고 있던 교교가 어머니다운 표정을 지으며,

"그건 그렇고, 이번에는 언제까지 일본에 있을 거냐. 남의 이야기만 하고 있을 게 아니라 너도 참 어기찬 짓을 했구나."

하고 교코는 이제 새삼스럽게 베니코가 인도네시아로 가기로 결정했을 때의 일이 생각난 듯이 말했다.

베니코가 인도네시아 화교의 4대 재벌의 한 사람으로 꼽히는 후앙공사(黃公司)의 후앙 깐천의 둘째부인이 된 것은 4년 전이었다. 후앙 깐천의 아버지 후앙 야오천은 중국의 복건성 출신으로 13살 때 맨주먹으로 수마트라에 건너가 고무농장의 쿨리부터 시작하여 조그만 밑천이 마련되자 농촌으로 행상을 다니며 일용잡화와 농산물을 교환하여 이익을 남기기도 하고 또 이자놀이도 했다. 그리하여 수확기가 되면 금리를 가산한 액수를 쌀과 설탕으로 현물 결제하다가 행상으로 자본이 커지자 쌀, 설탕, 고무 등을 취급하는 업자가 되어 땅을 사고, 정미소와 고무농장을 소유하게 되어 1대에 천만장자가 되었던 것이다.

45세의 후앙 깐천은 심장병으로 몸져누운 아버지를 대신하여 후앙공사를 이어받은 후 스카르노 정권 하에서 일본의 배상무역에 교묘히 파고들어 한층 재산을 불렸다.

그 뒤에도 1년에 서너 번은 일본에 드나들던 후앙은 우연히 클럽 르보아에 술을 마시러 와, 영어에 능숙한 베니코와 이야기를 나누다 외교관인 의부를 따라 인도네시아에서도 살았던 적이 있는 베니코에게 흥미를 갖게 되어 청혼했던 것이다.

어머니 교코는 아무리 화교 재벌이라 해도 둘째부인이라는 데 반대했으나 사치하기 좋아하고 호기심이 강한 베니코는 세계를 무대로 삼

는 화교의 어마어마하게 큰 경제력에 흥미를 가져 승낙했던 것이다.

자카르타 시내에서 남쪽으로 10킬로미터, 야자수에 둘러싸여 밖에서는 들여다볼 수 없는 널따란 저택 안에 재산을 이룩한 후앙의 아버지 야오천을 비롯하여 후앙의 처자며 일가붙이들의 대가족이 살고 있다. 후앙의 아버지는 엄연히 가장의 자리에 앉아 있고, 집안 살림은 이미 병으로 죽은 후앙의 어머니를 대신하여 홍콩 명문 화교집안에서 시집온 아내가 시아버지의 지시를 받아서 맡아하고 있었다.

"그런 대가족제도의 집안이니까 베니코처럼 멋대로 굴면 곧 이혼당하고 말 거다."

교코의 말에 베니코는 태연한 얼굴로,

"괜찮아요. 화교 상법을 다 익혔고, 내 재산은 스위스와 싱가포르에 분산시켜 놓았으니까 문제없어요. 나는 전부터 남자로 태어나 상사원이 되고 싶다고 했잖아요."

하고 천연덕스럽게 말했다.

"정말 너 같은 말괄량이도 없을 거다. 나는 목욕이나 해야겠다."

교코가 어이없는 얼굴로 소파에서 일어서는데 전화벨이 울렸다.

베니코가 수화기를 들었다. 방금 이야기했던 후앙 깐천에게서 온 국제전화였다.

"베니코, 잘 있었어? 지금 카이로야."

"어머, 베이루트가 아니고요?"

"베이루트에서 어제 카이로로 왔는데 오늘 아침 일찍 미국 정찰기가 카이로 상공을 날았다고 법석이어서 일을 빨리 마치고 모레는 일본으로 갈 거야. 비행기편과 도착시간은 나중에 알릴게."

"그럼 손꼽아 기다리겠어요."

전화를 끊은 베니코의 눈동자가 갑자기 반짝였다. 방금 전화로 들은 카이로에 미국의 정찰기가 날아왔다는 이야기가 베니코의 가슴을 설레게 했던 것이다. 베니코는 수화기를 들어 효도의 자택으로 전화를 걸었다. 아직 돌아오지 않았다는 대답이었다. 베니코는 곧 깅키상사 업무본부의 직통전화번호를 돌렸으나, 통화 중이어서 세 번째에서야 가까스로 걸려 효도가 받았다.

"효짱, 나 베니코예요."

"아, 베니코짱. 지금은 곤란한데. 바빠."

효도는 퉁명스럽게 말하고는 전화를 끊으려고 했다.

"어머, 끊으면 안돼요. 방금 카이로의 후앙에게서 전화가 왔었어요."

하고 말하자 효도는 긴장한 듯 잠자코 있었다.

"후앙의 이야기로는, 오늘 아침 미국 정찰기가 날아와 대단한 소동이 벌어졌대요."

"카이로에 미국 정찰기가? 후앙 씨는 전쟁이 일어날 것 같다고 하던가?"

"그런 말은 못 들었지만, 후앙이 모레 일본에 온다니까 만나보시지 않겠어요?"

"물론 만나야지. 후앙 씨의 연락처는?"

"어머, 할 말이 그것뿐이에요? 효짱의 도움이 되고 싶어서 이렇게 상사원처럼 전화를 걸어드리고 있는데, 여전히 무신경한 분이군요. 그런 말 하지 않아도 후앙이 도착하면 제일 먼저 효짱과 만나게 해드릴 게요."

베니코가 시원하게 받아넘기자 효도는,

"테레마카시."

하고 인도네시아 말로 고맙다는 인사를 한 후 재빨리 전화를 끊았다.

사메지마 다쓰조는 양복 자켓도 벗지 않고 마치 근무의 연속인 것처럼 자택의 거실전화로 아르헨티나의 부에노스 아이레스 지사장에게서 온 전화를 받고 있었다.

"아하, 그 쪽에선 곡물을 운반할 선박의 확보가 비싸서 안 된다고? 음, 뉴욕 시장의 세계기준 선박운임이 80이라고? 알았네, 어쨌든 도쿄에서 내일 아침 일찍 선박회사에 수배하여 그쪽으로 연락하도록 하겠네."

사메지마는 떠맡겠다는 듯이 말하고는 전화를 끊었으나, 눈은 이상하게 빛나고 있었다. 중동 정세의 영향이 선박의 운임에 나타나기 시작한 참에, 베테랑인 운수부장이 출장 간 싱가포르에서 쓰러져 현지 병원에 입원, 핀치히터로 원래 해운업계에 강한 사메지마가 운수부의 톱으로서 지휘를 맡게 된 것이다.

뉴욕의 운임이 비싸다는 말을 듣자, 사메지마는 곧 런던으로 국제전화를 신청했다. 런던은 지금 오전 11시가 조금 지났을 테니까 해운 중개소는 열었을 것이다.

사메지마는 런던 지사의 선박 담당자를 불러냈다.

"나 사메지마요. 배의 움직임은 어떤가? 뭐, 팍팍하다고…… 음, 그리스의 올림피아 해운의 거래가 눈에 띈다고? 그렇다면 틀림없이 수에즈 봉쇄를 내다본 오나시스의 투기가 시작된 걸세. 뉴욕의 선박운임이 80이라니까 더욱 수상쩍은걸. 런던에서 확보할 수 있는 배는 얼마든지 계약해 두게, 뭐? 수에즈 봉쇄가 없으면 크게 손해를 본다고? 손해를 보면 또 벌 생각을 하면 되잖나. 겁내지 말게, 마지막은 이 사메지마가 책임질 테니까!"

격려하듯이 말하고는 수화기를 놓았다. 상사의 운수부는 실제로 짐을 실을 선박을 확보하는 외에, 앞으로 값이 오를 전망이 보이면 계속 계약을 해두었다가 가장 값이 비쌀 때 팔아서 그 차액을 버는 투기가 큰 비중을 차지하고 있었다.

중동의 수상쩍은 전운을 재빨리 포착하여 대형 탱커의 선대대(船臺隊)를 제일 먼저 확보하여 싼 값에 예약해 버린 일이며, 운수부장의 핀치히터로 총지휘를 해야 할 입장에 놓인 일 등 요즘 자기는 재수가 좋다고 사메지마는 회심의 미소를 지었다. 두 대의 전화 옆에서 일어서니 가운을 걸친 아내 미치코가 험악한 얼굴로 서 있었다.

"여보! 적당히 좀 해둬요. 아침엔 8시에 출근, 밤엔 11시가 넘어서 돌아오는가 하면 돌아오자마자 국제전화니, 사무실과 집을 분명히 구별해 줬으면 좋겠어요."

"너무 그러지 말아요. 급한 일이 생겨서 그러는 거니. 그렇다고 밤중에 30분마다 전화가 걸려오는 것도 아닌데……"

사메지마가 변명하듯 말하자,

"30분마다가 아니면 괜찮단 말인가요? 그렇게 하지 않고는 출세를 못한다면 못해도 좋아요. 집에 돌아와 옷도 갈아입지 않고 전화통에 매달려 있는 꼴이라니, 차마 눈 뜨고 볼 수가 없군요. 정말이지 상사원과 결혼하는 게 아닌데 그랬어요!"

하고 아내는 신경질적으로 퍼붓고는 침실로 들어가 문을 꽝 닫았다.

"아빠는 전 대사 따님인 엄마에게 걸리면 꼼짝 못하신다니까."

외아들인 도모아쓰가 아버지를 꼭 닮은 빨판상어 같은 얼굴을 내밀었다.

"건방진 소리 말아라. 그보다도 요전에 네 여자 친구의 아버지와 파티에서 만났기에, 외아들을 유혹하지 말라고 엄중히 항의해 두었다.

캘리포니아 대학 출신에 일본 IBM사원인 너에게는 옛 직업군인의 딸보다 더 훌륭한 상대를 아빠가 찾아주마."

사메지마가 아버지답게 말했다.

"쓸데없는 참견 마세요. 제 여자 친구 일에 간섭하시다니, 아빠도 약간 욕구불만이 있으신 것 같군요."

도모아쓰는 싱글싱글 웃으며,

"아빠, 르보아의 베니코 씨가 돌아와 있어요. 엘리베이터에서 만났어요. 차이나드레스를 입었는데 아주 미인이던데요."

하고 말했다. 그 순간 사메지마는 베니코의 남편이 인도네시아 화교의 4대 재벌의 한 사람임을 생각해냈다.

국제정세의 변동에 관해선 유대인은 라디오 뉴스의 부호를 쓰고, 화교는 전화로 세계 각처에 흩어져 있는 그들 특유의 조직을 통해 정보를 보내어, 그 빠르기는 첫째가 유대인, 둘째가 화교, 셋째가 일본 상사라는 말이 있을 정도였다.

사메지마는 즉시 9층 베니코 방에 전화를 걸어,

"베니코 씨, 오랜만이군. 사메지마요. 만나고 싶군. 위아래니까 지금 곧 가겠소. 어머니도 계시지? 어때, 한 10분이면 되겠는데."

하고 낮은 목소리로 말하더니, 재미있다는 듯이 듣고 있는 아들에게 일렀다.

"잠깐 갔다 오겠다. 이것도 일이야. 엄마에게는 아무 말 마라."

그리고 굳게 닫혀 있는 침실을 슬쩍 쳐다보더니 산책에 데려갈 줄 알고 꼬리치며 매달리는 요크셔테리아를 달래더니, 양복차림 그대로 엘리베이터를 타고 9층으로 내려가 905호실을 노크했다.

"어머나 사메지마 씨, 르보아가 아닌 우리 집에 오시다니 취하신 것 아녜요?"

교코가 문을 열고 맞아들이자,

"아니 아니, 베니코 씨하고는 오래간만이라 보고 싶기도 해서."

하며 들어오란 말도 하기 전에 성큼성큼 거실로 들어와 인도 실크 가운을 걸치고 있는 베니코의 맞은편 소파에 앉았다.

"베니코 씨, 정말 오래간만이야. 점점 더 예뻐지는군. 아니, 굉장히 큰 다이아 반지네? 만날 때마다 커지잖아. 그래, 후앙 씨는 안녕한가요?"

하고 부드럽게 말했다.

그러자 무뚝뚝하게 앉아 있는 베니코를 대신해서 교코가,

"아까 카이로에서 전화가 걸려왔는데, 모레 일본에 온대요."

하고 말했다. 사메지마는 잘 되었다는 듯이,

"모레 이리로요? 그러면 우리 자카르타 지사가 여러 가지로 신세도 지고 있으니까 하네다로 마중을 나가야겠군요."

하고 바싹 달려들었으나 베니코는 웃지도 않고 말했다.

"아니에요, 괜찮아요. 후앙은 저 혼자 마중나오는 것을 더 좋아해요."

"그렇다면 마중은 삼가기로 하지요. 호텔은 늘 이용하시는 데이코쿠호텔이겠고, 후앙 씨가 좋아하는 꽃은 호접란……"

베니코의 환심을 사려는 듯이 말하자,

"그것도 호의만 받겠어요. 후앙은 도착하자마자 비즈니스를 하는 그런 멋없는 사람은 아니에요. 나하고 마음껏 일본의 휴일을 즐기러 온 것이니까 도쿄상사가 보내는 꽃을 받을 순 없을 것 같네요."

하고 차갑게 말했다.

"그렇지만 비즈니스는 빼기로 하고, 오랜만에 저녁식사라도 함께."

"미안하지만 선약이 있어요."

조금 전에 깅키상사의 효도에게 전화했던 말투와는 딴판으로 베니코는 쌀쌀하게 사메지마의 요청을 딱 거절했다.

"아니, 이렇게 모두 거절당하다니 할 수 없군. 하지만 후앙 씨한테는 여기 머무르실 동안에 꼭 뵙고 싶어 하더라고 전해 주시오. 베니코 씨가 좋아하는 깅키상사만이 르보아의 단골은 아닐 테니까."

사메지마는 웃으면서 못을 박듯이 말하고는,

"그럼 편히 쉬시오."

하고 지체 없이 10층 자기네 방으로 올라갔다.

에어 프랑스 편으로 카이로에서 하네다 공항에 도착한 후앙 깐천은 살집 좋은 얼굴에 대인다운 웃음을 띠고 있었지만 눈빛만은 날카롭게 빛나고 있었다. 세계를 무대로 삼고 있는 이런 화교 풍모가 베니코에게는 매력적이었다.

작은 서류가방과 트렁크 하나를 든 가벼운 차림의 후앙이 세관에서 나와 모습을 드러냈다.

"어서 오세요."

하고 오렌지색 원피스에 금팔찌를 낀 베니코는 붐비는 출영자들 속에서 손을 흔들었다. 그때였다.

"후앙 선생, 오랜만입니다. 도쿄상사의 사메지마입니다."

키가 큰 사메지마가 베니코의 옆에서 불쑥 나타나 상냥하게 인사를 건넸다.

"어마, 마중 나오시지 않아도 된다고 그랬잖아요."

베니코가 귀찮다는 듯이 내뱉었다.

"하지만 후앙 선생께서 일본에 오신다는 말을 들은 이상, 후앙공사에는 늘 신세를 지고 있기 때문에, 한마디 인사말씀이라도 올릴까 하고요. 후앙 선생, 카이로는 어떻던가요?"

사메지마는 상어 같은 가느다란 눈을 반짝 빛내며 카이로의 상황을 물었다. 후앙 깐천은 여유 있는 웃음을 띠며,

"더위에 익숙합니다만, 그곳 더위에는 두 손 들었습니다. 현지인의 이야기로는, 올해 이상고온이라 하더군요."

하고 유창한 일본어로 태연히 대답했다. 기세등등하던 사메지마는 한 대 크게 얻어맞은 셈이나 조금도 당황하지 않았다.

"분명히 그 지방의 더위는 프라이팬으로 볶는 듯한 더위이니까요. 그런데 카이로에서는 도쿄까지 오는 JAL이나 PANAM편도 있는데, 가장 불편한 AF로 오시다니, 뜻밖인데요?"

그는 중동의 심상치 않은 냄새를 맡듯이 말했다.

"나는 에어프랑스의 와인을 좋아하는데다 스튜어디스도 매력적이어서 일에 지친 비즈니스맨에게는 더없이 좋은 것 같아요. 사메지마 씨는 그렇게 생각지 않습니까?"

"동감입니다. 그런데 오늘밤 저녁식사에 초대할까 했습니다만 베니코 부인 말씀이 선약이 있다고 하시더군요. 내일 식사를 했으면 합니다만, 형편이 어떠신지요?"

인사만 하러 나왔다는 사람답지 않게 사메지마는 강제로 약속을 받아내려고 했다.

"미안합니다만, 내일 점심은 이곳 화상회(華商會)와 약속이 있어요."

"그러면 밤에 모시러 가겠습니다. 우리 회사의 신임 사장도 동석하고자 하오니 잘 부탁드리겠습니다. 우선 오늘 데이코쿠호텔까지 모시도록 하겠습니다."

사메지마는 재빨리 후앙의 트렁크를 받아들려고 했다.

"괜찮아요. 제가 차를 몰고 왔으니까요."

베니코는 쌀쌀맞게 말했으나 후앙은,

"사메지마 씨, 호의는 감사합니다만 오늘은 이만."

하고 예의 바르게 사절했다.

"그러면 내일 오후 5시 반에 모시러 가기로 하고, 한발 먼저 실례하겠습니다."

사메지마도 질세라 허리를 깊숙이 구부려 절을 하고는 붐비는 인파 속으로 재빨리 사라져 버렸다.

베니코는 자기의 스포츠카를 주차장에서 끌고 나와 익숙한 운전솜씨로 고속도로를 달렸다.

"정말 골치 아픈 사람이에요. 마중 나온다는 것을 그만큼 거절했는데도 꼭 상어처럼 물고 늘어져 놓질 않으니."

베니코가 거리낌 없이 지껄이자, 후앙은 베니코의 잘록하게 들어간 허리에 팔을 두르며 말했다.

"아니, 그는 대단한 비즈니스맨이야. 내가 JAL이나 PANAM을 타지 않고 남쪽으로 도는 에어프랑스를 타고 왔다는 것을 확인한 것만으로도 그로선 큰 수확이라고 생각해."

"그게 무슨 뜻이지요?"

앞에 가는 차를 몰아내듯이 클랙슨을 울리며 베니코는 물었다.

"전에 이스라엘과 시리아 사이에 작은 분쟁이 있었을 때 시리아 공군이 PANAM을 나포하려던 사건이 있었거든. 이스라엘에 군사원조를 하고 있는 미국의 항공사는 물론이고 표면적으로는 중립인 일본이지만 미국에 가까우니 일본 항공사도 언제 표적이 될지 모르지. 하지만 프랑스는 아랍과 이스라엘 양쪽에 무기를 팔고 있으니까 위험이 적은 셈이지. 사메지마는 내가 에어프랑스를 탔다는 것으로 양국 간의 긴장이 상당히 높아졌다는 것을 알아차렸을 거야."

"그래요? 그러면 그쪽 정세가 이상해지면 비행기도 잘 생각해서 타야겠군요."

베니코는 그렇게 말하면서 수상한 낌새가 보이면 재빨리 현지로 날아가 스케일이 큰 비즈니스를 목숨을 걸고 매듭짓고 오는 후앙의 정력적인 사업 수완에 새삼 이끌리는 듯 그 옆얼굴을 보았다.

차가 데이코쿠호텔에 이르자 베니코는 보이에게 차 열쇠를 주어 주차장에 넣게 한 다음 5층 스위트룸으로 들어갔다. 창 밑에 죽순대와 파란 숫돌을 배열한 일본식 정원이 있는데, 후앙은 그 정원에서 아버지가 버린 조국을 그리워하듯 잠시 바라보고 있더니 베니코가 옆으로 다가오자 굵은 팔을 내밀어 베니코를 끌어안았다.

어느 결에 베니코는 사향 냄새가 밴 나이트로브로 갈아입고 있었다. 후앙의 넓은 가슴에서 단발로 짧게 자른 베니코의 새카만 머리칼이 격렬하게 흔들렸다.

"2주일 만이군. 샤워하고 자자."

끈적한 목소리로 인도네시아의 습관을 속삭이고 베니코의 상체에서 거의 흘러내려간 매미 날개 같은 얇은 나이트로브를 벗겼다.

샤워를 하며 후앙은 베니코의 몸 구석구석까지 애무하고, 베니코는 젊고 유연한 몸을 샤워기물로 적시며 헐떡이고 비틀었다. 그 몸부림이 후앙을 더욱 흥분시켜, 물이 뚝뚝 떨어지는 베니코의 몸을 갑자기 목욕타월로 싸 그대로 침대로 안고 갔다.

자카르타의 저택에서 가진 긴 교합보다 더 길고 짙은 섹스가 계속되다가, 겨우 지쳐 쓰러지듯 몸을 떼어낸 두 사람은 그대로 잠들어버렸다. 베니코가 눈을 떴을 때는 벌써 5시 반이었다. 후앙은 꽤 지쳤던지 살집 좋은 체구를 축 늘어뜨리고 엎드려 자고 있었다. 베니코는 욕실에 들어가 농후한 정사의 냄새를 지우려는 듯이 다시 한 번 샤워를 하고 후앙을 깨웠다. 후앙은 다시 베니코를 끌어당겼다.

"안 돼요. 6시 반에 깅키상사의 효도 씨가 찾아와서 식사를 하기로 약속이 되어 있어요."

그러자 후앙은 벌떡 일어났다.

"그러면 먼저 비즈니스 이야기를 마치고 난 뒤에 식사를 하기로 하지. 메뉴는 베니코에게 맡기겠어."

하고 옷을 찾아 입으며 웃옷 주머니에서 작은 종이꾸러미를 꺼내어 베니코의 손바닥 위에 놓았다. 작지만 손바닥에 닿는 감촉으로 베니코는 그것이 보석이라는 것을 곧 알아차렸다.

"고마워요. 보석 선물이군요."

밝은 목소리로 말하고는 종이 꾸러미를 풀어 보석 상자를 열었다.

"어머, 멋있어라! 묘안석이군요. 13캐럿은 되겠네요!"

베니코는 약지에 끼고 있던 다이아 반지 옆에 묘안석 반지를 끼었다. 페르시아 고양이 눈처럼 요염한 빛을 내며 손가락을 움직일 때마다 녹색을 띤 금빛 눈이 반짝였다. 베니코는 한동안 시간을 잊은 듯이 황홀하게 묘안석이 지니는 요염한 아름다움에 넋을 잃고 있었다. 농후한 정사와 값비싼 보석으로 베니코는 쾌감을 느꼈다.

스위트룸의 응접실에서 후앙 깐천과 깅키상사의 효도 싱이치로는 아까부터 아랍과 이스라엘 사이의 긴장상태에 대해 정보를 나누고 있었다.

"분명히 낫세르의 초조함은 동구 여러 나라에 대한 위신 저하를 초조하게 여기는 크렘린과 상통하는 데가 있다고 보는데, 후앙 씨가 가까이서 보신 카이로 거리의 모습은 어떻던가요?"

효도는 평소의 시원스런 풍모 중에서도 긴장된 눈으로 물었다. 후앙은 실크로 만든 짙은 정장을 커프스버튼을 엿보이면서 말했다.

"카이로에는 사흘 동안 있었습니다. 나일 강의 철교며, 관공서, 박물관의 건물 주위에는 흙 포대를 쌓아올렸고, 유리창에는 나무테나 테이프를 붙여 놓았습니다. 보초병이 있었습니다만, 거리 전체는 한가하여 현재로는 야간 외출금지령도 내려지지 않았습니다. 그러나 카이로 교외의 수에즈 운하 기슭으로 조금만 차를 몰고 가면 통행을 제한하고 있습니다. 나는 거래처의 현지 이집트인, 프랑스인 토목업자와 함께였으므로 통행허가가 나와 계속 갈 수 있었지요. 그런데 운하 주변에는 병영이 눈에 띄게 많아졌고 언덕을 이룬 사막의 비탈면에는 전차와 중포진지 같은 군사시설도 볼 수 있어 아무래도 평소의 연습으로는 생각할 수 없었습니다. 동행한 프랑스인 토목업자의 이야기로는 만일 전쟁이 일어나면 수에즈 운하는 봉쇄된다고 하던데, 당신네들의 전망은 어떻습니까?"

애용하는 네덜란드 여송연에 불을 붙이면서 후앙이 물었다.

"실은 우리 회사에서는 수에즈 운하의 준설공사 입찰에 가담했었는데 한 달 반 전에 갑자기 입찰이 중지되어 그 뒤 무기연기라는 사태로 바뀌었으므로 봉쇄된다고 보고 있습니다. 하지만 해외에서 들어오는 정보로는 중동전쟁은 일어나지 않으리라는 관측이 강하답니다."

효도는 잠시 생각하다가 다시 말을 이었다.

"가령 전쟁이 일어나도 낫세르는 11년 전의 수에즈 동란 때처럼 수에즈 운하 봉쇄 전략을 쓰진 않겠죠? 그때는 영국과의 교전으로 수에즈 운하를 지나는 배의 태반이 영국선박이어서 봉쇄가 효과적인 전략이었지만 이번 상대는 이스라엘이기 때문에 직접적인 타격이 되지는 않는다는 겁니다."

후앙은 후우 연기를 내뿜으면서 말했다.

"과연 일리가 있습니다. 프랑스인 토목업자의 이야기가 아주 강렬하게 남아 있었으므로 대령인 모 각료와 식사할 때에 타진해 보았습니다만 그는 강한 부정은 하지 않았습니다. 그것으로 단정을 내리기엔 조금 비약이 있습니다만 나는 수에즈는 반드시 봉쇄되리라 봅니다. 이것은 카이로에 사흘 동안 있었던 나의 육감이랄까, 이를테면 도박입니다."

후앙의 말에는 오랫동안 화교로서 단련된 자기의 직감력에 대한 자신감이 넘쳐있었다.

"그래서 말인데요. 효도 씨, 수에즈가 봉쇄되면 케이프타운으로 돌게 되어 10일이나 항해 날짜가 늘어나게 되어 그만큼 배가 부족할 것입니다. 깅키상사의 선박부에서 배를 확보해 주었으면 하는데요."

"우리도 바라는 일입니다만 몇 톤 정도의 배를?"

"내가 원하는 것은 중고 1만 톤급 전표선 5척인데 한 척에 40만 달러로 5척입니다."

전표선이란 제2차대전 때 미·영의 전시표준선을 말하는 것으로 현재는 7할 정도가 이미 폐선으로 처리되었으나 아직도 화물선으로 매매되어 운항하고 있는 배도 있었다. 효도는 그 아이디어에 과연 화교답다고 생각했다.

"그러나 만일 수에즈가 봉쇄되지 않을 경우에는 배는 남아돌아 전표선의 판매가는 폐선 수준으로 내려갈 텐데요."

효도가 말하자,

"내려가면 오를 때까지 가지고 있으면 될 것 아닙니까?"

하고 후앙은 대수로운 일이 아니라는 듯 대꾸하고 식사를 하기 위해 베니코를 불렀다.

그날 밤, 신바시역 근처 술집에서 효도는 가이베 가나메와 술을 마셨다.

"아랍·이스라엘 전이 일어나면 수에즈가 봉쇄된다니, 아무리 후앙 씨의 육감이 날카롭다 해도 납득이 안 가는군."

가이베는 카운터에 팔꿈치를 짚고 풋콩 안주를 입에 넣으며 고개를 갸우뚱거렸다.

"굉장히 자신 있어 보이더군. 어째서일까?"

효도는 위스키를 밀어 넣듯이 스트레이트로 마시면서 물었다.

"뻔한 이야기지. 수에즈를 통과하는 배는 연간 2만 3백 척, 그중 석유를 실은 탱커가 9천 7백 척으로 아랍으로 들어가는 통행료는 2억 6천만 달러가 넘어. 그런 귀중한 재원(財源)을 경제 악화로 괴로워하는 낫세르 대통령이 잘라버릴 리가 없다고 보는 거야."

가이베는 그렇게 말하고 야해 보이는 로이드안경을 벗고 벌겋게 충혈된 눈을 비볐다. 연일 밤늦게까지 해외지사망과 연락을 취하고, 국제거래 상품의 변화를 체크하고 그 일이 끝나면 회사 밖의 군사평론가며, 석유 및 선박회사의 조사부원과 접촉하여 슬며시 중동정세를 알아내는 등 심신이 모두 지쳐 있었다. 그러면서도 집으로 바로 돌아가지 않고 술집이 문을 닫은 뒤까지도 술을 마시는 것은, 런던 뉴욕 베이루트 혹은 파리에서 어떤 최신 뉴스가 들어올지도 모른다는 기대와 긴장 때문이었다.

"파리에 전화를 걸어볼까?"

가이베는 안경을 다시 쓰고 효도에게 말했다. 업무본부에서 가장 젊은 스태프 한 사람이 집이 멀어 돌아가는 게 성가시다면서 국제 전화의 전화당번을 겸해 숙직하고 있었다.

효도는 위스키 잔을 입에 대고 말했다.

"그 친구가 하는 일이니까, 무슨 일이 있으면 이리로 연락하겠지. 어제부터 무리하게 일을 해서 지금쯤 책상 위에서 코를 골며 자고 있을 텐데, 깨우지 마."

가이베는 위스키를 비우고는,

"그것도 그래. 하지만 이키 본부장은 정말 알 수 없는 사람이야. 7년 전 내가 뉴욕에 주재하고 있을 때 처음으로 미국에 왔었지. 그때 특히 너한테 잘 부탁한다는 텔렉스가 와 있었기 때문에 바쁜 시간을 쪼개 다운타운의 거래처며 월스트리트의 금융가를 안내했었어. 그런데 설마 하니 이렇게 갑자기 승진해서 내가 그 밑에서 일하며 배우게 될 줄 꿈엔들 생각했겠나."

하고 새삼스러운 듯이 감개어린 목소리로 말했다.

"하지만 그때 이키 씨는 네가 곡물시세와 선박 확보에 쫓겨, 점심식사를 하러 나갈 틈도 없어서 참치 샌드위치와 종이컵에 든 수프를 시켜다 먹는 게 굉장히 인상깊었나 봐. 지금도 이키 씨를 따라 뉴욕에 가면 그 이야기가 나와."

"그 말이 나오면 식은땀이 나. 그때는 주재원의 생활도 알아봐야겠다고 하기에 우리 집에서 저녁식사를 대접했는데, 젊은 혈기에 어줍잖은 상사론(商事論)을 늘어놓으면서 베테랑 상사원인 체했지. 글쎄 그게……"

"그런 일은 너만 했던 게 아니니까 신경 쓸 것 없어. 이키 씨가 오사카의 섬유부에 입사할 당시 이키 씨를 보살펴주던 사람이 바로 지금 방콕 지사에 있는 이시하라 신지였는데, 그는 이키 씨에게, 상업용어도 제대로 이해하지 못한대서야 상사원이 되기엔 적합하지 못하니 일찌감치 다른 취직자리를 구하는 게 본인을 위해서도 좋을 거라고 설교했었다니까."

"야아! 기는 놈 위에 나는 놈이 있었군. 하지만 감탄할 만한 것은 이키 씨의 사람 다루는 솜씨야. 별로 큰소리로 나무라는 것도 아닌데, 어느 결에 우리는 장기의 말처럼 시키는 대로 움직이고, 그러면서도 불평도 못한 채 결국 저마다 의욕적으로 밤낮을 가리지 않고 일을 하거든. 이것도 옛 군대시절의 작전요무령(作戰要務令)에 용병의 방법이라는 항목이라도 있어 그것을 응용한 것일까?"

가이베는 육사 출신인 효도에게 물었다.

"글쎄, 하기야 450만의 육군에서 15만, 20만이라는 부대를 움직였던 작전참모였으니까 기껏해야 35명의 업무본부 직원을 움직이는 일쯤은 식은 죽 먹기겠지 뭐. 그보다 나는 이키 씨가 사흘 전 밤 12시에 회사에 나타날 때까지 어디에 가 있었는지 그게 더 흥미로운 걸. 혹시 너는 짐작되는 곳이라도 있어?"

효도는 넥타이를 느슨하게 하며 물었다.

"아니, 전혀 모르겠어. 하지만 중동전쟁의 정보와 교환으로 이스라엘 오렌지의 수입건을 가지고 오는 등 약간 미스터리지 뭔가. 나는 곧 식품부로 그 건을 가지고 갔었는데, 왜 이스라엘 오렌지를 받아들여야 하는지 이유를 말할 수 없어서, 그곳 부장을 이해시키는 데 애를 먹었어. 캘리포니아 오렌지를 일괄해서 다루는 로스앤젤레스 지사장으로부터도 도대체 어찌된 일이냐고 텔렉스로 대단한 불평이 들어왔는데, 값싼 이스라엘 오렌지가 대량으로 수입되면 두 달 후엔 백화점에 나와 있는 오렌지의 한 개당 판매가가 1백 엔은 쉽게 떨어질 모양이야."

"소비자에겐 좋은 일이겠지. 포장은 어떻게 할 거야?"

"설마 이스라엘 오렌지라고는 쓸 수 없을 테고, 그렇다고 해서 캘리포니아 오렌지라고도 할 수 없는 일이니까, 근사한 포장지로 위장한

다나 봐. 난 그런 곡절 많은 오렌지는 먹을 마음이 안 들어."

"그렇게 말하지 마. 내일은 10시부터 경영 3개년 계획의 마무리를 지을 회의가 있으니까 이제 슬슬 일어나자."

효도는 새벽 1시가 되어가는 시계를 보며 자리에서 일어섰다.

다음 날 아침, 업무본부에서는 다음 경영회의에 내놓을 3개년 계획의 마지막 마무리를 지을 회의가 이키를 중심으로 열렸다.

문제가 되는 것은 다이몬 사장이 좀 더 신중히 검토해 보라고 한 섬유축소계획이었다.

논의가 백출하며 열기를 띠기 시작했을 때 전화가 울리고 젊은 사원이 전화를 받았다.

"본부장님, 전화왔습니다."

"자리를 뜰 수 없는 회의 중이라 하고 용건을 물어두게."

이키가 짧게 대답했다.

"그런데 서툰 일본말로 무슨 일이 있어도 급히 연락을 해달라고 하는데요."

하고 젊은 직원은 전화를 걸어온 상대방에게 호기심이 이는 듯 거듭 말했다. 이키는 할 수 없이 전화를 받았다.

"여보세요, 나, 닛토교역의 안비루입니다."

뜻밖의 사람에게서 온 전화였다.

"아, 예, 요전엔 여러 가지로……"

주위의 스태프들이 알아듣지 못하도록 짤막하게 대답하자, 안비루도 눈치를 챈 모양이었다.

"이키 씨, 이스라엘의 생명선 아카바 만은 마침내 아랍연합에 봉쇄되었습니다."

일본인과 유대인 혼혈인 안비루의 분노에 찬 목소리가 나직하게 들려왔다. 이키는 흥분되는 목소리를 억제하며 물었다.

"그게 언제 일입니까?"

"현지 시간 새벽 3시 10분이니까, 일본 시간으로는 바로 20분 전이군요."

"바로 20분 전, 그렇게 짧은 시간에 어떻게 당신 귀에?"

"이키 씨, 우리는 이런 정보를 국제전화로 연락하지 않고 BOAE의 라디오 방송을 이용해서, 시보나 프로그램 사이에 암호를 넣어 세계에 흩어져 있는 유대인에게 알린답니다. 그럼 이키 씨, 알려드렸으니까 전번에 약속한 건은 잘 부탁합니다."

안비루는 더욱 낮은 목소리로 말하더니 전화를 끊었다.

"본부장님, 중동에서 무슨 일이 일어났습니까?"

가이베 가나메가 말을 걸자, 스태프들의 시선이 이키에게로 쏠렸다.

"20분 전에 아카바 만이 봉쇄됐어. 그렇다고 즉시 교전상태로 들어가리라고는 볼 수 없지만 이스라엘로 가는 석유 공급로는 차단되었어. 그러니 중동전쟁은 이스라엘의 선제공격으로 시작될 것이 확실해. 회의 중이지만 다이몬 사장님이 이쪽에 와 계시니까 영업담당 중역에게 긴급회의를 열어달라고 전해 주게."

이키는 자리에서 일어나 13층 사장실로 올라가며, 태평양전쟁 직전에 일본이 처했던 상태를 생각했다.

이스라엘이 놓인 상황은 그 무렵의 일본과 같으며, 다얀 국방상이 취할 작전을 이키는 손바닥을 들여다보듯 훤히 알 수 있었다.

다이몬 사장은 이키의 설명을 듣더니,

"음, 아카바 만 봉쇄가 20분 전에 있었다구? 소문으로는 듣고 있었지만, 유대인이 라디오의 시보나 프로그램 앞뒤 사이나 일기예보에 암호를 넣어 세계에 정보를 보낸다는 말은 사실이었군."

하며 회전의자에서 몸을 일으켰다. 마침 사장실에 와 있던 부사장 사토이는 세련된 옷차림으로 발을 꼬며 냉담한 어조로 물었다.

"문제는 중동전쟁이 터졌을 경우 전세겠는데, 그건 어떤가?"

이키가 항공기부 촉탁이었을 때, 담당상무였던 사토이는 고참인 감사나 고문만큼 노골적으로 반감을 드러내지는 않았지만, 중도 채용된 이키를 7년 만에 상무로 발탁한 다이몬의 인사 조치를 달갑게 생각하고 있지 않았다.

이키는 감정이 느껴지는 사토이 부사장의 말을 슬쩍 흘려버리면서 입을 열었다.

"우리 부의 분석으로는 중동전쟁은 이스라엘의 선제공격으로 가까운 시일 안에 터질 가능성이 크며, 1주일 안에 이스라엘이 압도적인 우세로 이길 것으로 추측하고 있습니다. 그러나 아랍은 수에즈 운하를 봉쇄하고 외교전략을 전개해 나갈 생각이므로, 이스라엘이 이겼을 경우 수에즈 봉쇄는 장기화될 가능성이 큽니다. 일본의 유럽에 대한 무역은 반드시 큰 영향을 받을 것으로 봅니다."

그러자 다이몬의 눈에 강한 흥분이 괴었다.

"좋아. 그렇다면 이제 바로 긴급 중역회의를 소집하고 영업부문에 이키의 분석을 알려서 대응조처를 생각하기로 하세. 사토이, 당분간은 눈코 뜰 새 없이 움직여야겠네."

몰아치듯이 말하자 사토이는,

"하지만 잘못된 분석은 영업면에서 위아래로 대단한 손실을 가져오게 되므로, 좀 더 많은 의견을 들은 후에 신중하게……"

하고 머쓱한 듯이 말끝을 흐렸다.

"부사장님, 지금 내린 중동전쟁의 분석은 제 개인적 분석이 아니라,

업무본부가 온힘을 기울여 판단한 결론이므로, 이제는 영업면에서 신속한 대응책이 있기를 바랍니다."

이키는 사토이의 감정을 자극하지 않도록 애써 부드러운 표정으로 말했지만 사토이는 불쾌한 듯 안색이 달라졌다.

"여전히 은밀작전 솜씨는 훌륭하다고 할 수밖에는 없네만, 까닭을 알 수 없는 주석과 고무의 긴급조달이 어떠니, 정말 이스라엘산 오렌지를 받아들여야 하느냐는 등, 영업부에서 투덜댄 데엔 업무본부의 그런 속셈이 있었구먼. 그러나 이키, 우리 회사는 군수물자 조달상사가 아니니까, 담당중역을 배제하고 혼자 설쳐대는 일은 곤란하네."

사토이는 한껏 비꼬아 말하더니 다이몬 사장에겐,

"그러면 시급히 중역을 모으겠습니다. 해외출장 중인 사람도 있고 업계의 모임이나 관청에 진정을 하러 간 사람도 있으므로 대리 출석자가 많겠지만 어쩔 수 없는 일이죠."

하고 비서과로 통하는 인터폰을 눌렀다.

서긴자 빌딩 지하에 있는 클럽 르보아는 손님이 알맞게 붐볐다. 마담인 교코는 호스티스들의 움직임을 눈여겨보면서도 단골손님들에게 인사하기 바빴으나, 9시경에 오기로 되어 있는 후앙 깐천을 위해 안쪽 자리를 비워두고 있었다.

베니코는 플로어의 피아노 앞에 앉아 마음 내키는 대로 인도네시아의 민요를 연주하고 있었는데, 어머니 교코가 옆으로 지나가자 피아노를 치던 손을 멈추고,

"늦네요. 9시 반이나 되었는데, 어떻게 된 걸까. 틀림없이 지금쯤 그 상어처럼 생긴 사나이가 기생이 있는 자리에서 후앙을 자기네 회사 사장과 만나게 하면서 알랑거리고 있을 거야."

하고 화가 나는 듯 말했다.

도쿄상사의 사메지마는 아카사카의 요정에서 후앙 깐천을 한 달 전에 취임한 신임사장과 만나게 하고 있었다.

"베니코, 무슨 말버릇이 그러니? 실례야. 도쿄상사분들은 우리 집의 소중한 단골손님이야. 너는 후앙 재벌이 있어서 팔자가 좋겠지만, 여기는 내 가게니까 여기 오면 우리 손님을 우선적으로 생각해야지, 안 그러면 곤란하다."

"엄마는 오늘밤엔 이상하게 신경질을 부리시네요."

"아니, 무슨 말을 그렇게 하니? 여기는 내 가게니까 내 방식대로 해달라는 것뿐이잖아."

모녀 싸움이 작은 불꽃을 튀기고 있는데 후앙 깐천과 사메지마가 들어왔다.

교코는 금방 상냥한 웃음으로 맞아들였다.

"어서 오세요, 기다리고 있었어요. 이리로 오세요."

안쪽 자리로 안내하고 베니코가 후앙의 곁에 바싹 몸을 기대듯이 붙어 앉자, 사메지마는 재빨리 베니코의 손가락에 빛나고 있는 묘안석을 보고,

"아이구, 굉장하군요! 크기며 광채며 정말 대단하군요. 하지만 우리 마누라한테는 보여주지 마십시오. 보잘것없는 상사원과 결혼하는 게 아니었다고 또 시달릴 테니까요."

하고 추켜세우듯이 말했다. 베니코는 예쁘게 생긴 코를 살짝 젖히는 듯했으나 교코는 후앙을 보고,

"베니코는 아직 어리니까 너무 사치하지 못하게 해주세요. 그렇지 않아도 늘 자기 뜻대로 안되면 직성이 풀리지 않는 아이니까요."

하고 어머니답게 사과하듯 말했다. 후앙은 너그러운 웃음을 띠었다.

"어머니, 걱정 마십시오. 우리 집안의 어려운 일은 모두 인도네시아에 있는 아내가 시아버지의 지시에 따라 처리해 나가고 있으니까, 집 밖에서는 베니코처럼 자유분방한 편이 저도 마음이 편해 좋답니다."

"그런 식으로 말하니까, 어리광만 늘고…… 하지만 베니코에게도 일단은 후앙 집안의 가풍을 가르쳐 주세요."

젊은 호스티스가 위스키를 가지고 오자, 사메지마는 잔을 들며 말했다.

"후앙 선생, 오늘밤은 정말 감사합니다. 덕분에 신임 사장인 다마오키도 후앙공사의 인도네시아에서의 숨은 실력과 정부 관계에 대한 정치력에 크게 감탄하여 앞으로의 인도네시아 무역은 후앙공사의 힘을 빌려야겠다고 말하더군요."

수하르트 정권 후, 대부분의 인도네시아 무역회사는 표면상으로는 인도네시아인이 경영하고 있는 것으로 되어 있으나, 실제론 화교가 운영하는 위장 회사로서 실질적인 상담은 화교와 외국기업 간에 이루어지고 있었다. 특히 쌀, 옥수수 등의 농산물과 고무 등의 농원 생산물 수출에는 오랫동안 농민과 밀착해서 농산물 집하와 농촌 금융을 지배해 온 화교가 뿌리 깊은 힘을 지니고 있었다. 그래서 일본의 상사도 화교의 유통기구를 통해야만 하는 것이 현실이었다. 그중에서도 후앙공사는 위장 회사를 이용하지 않고 본인들이 직접 고무농원을 가지고 있어, 채취, 제조, 수출을 일괄하여 취급하는 보기 드문 큰 공사였다.

"그런데 후앙 선생은 모 상사를 통해서 중고 전표선을 사신다던데, 그런 일이라면 부디 우리 회사에 하명하여 주십시오. 우리 쪽에서 리베리아나 파나마에 선적을 둔 편의치적선(便宜置籍船)을 잘 용달해 드리겠습니다."

파나마나 리베리아에선 현지인 명의로 된 유령회사를 통해 선적을 파나마나 리베리아에 두어 세금을 피하는 선주가 많았다.

"사메지마 씨, 당신은 훌륭한 비즈니스맨이군요. 기회가 있으면 꼭 한번 함께 일해 봅시다."

후앙은 사메지마의 요청에 즉답은 않고 태연히 웃었다.

"후앙 선생의 보증을 받아 영광입니다. 자, 건배!"

후앙의 웃음에 응하듯이 사메지마가 잔을 높이 들었을 때, 이키의 모습이 나타났다. 베니코가 재빨리 보고 말했다.

"이키 씨가 오셨네요. 이리 오시라고 해서 자리를 같이하면 어떨까요?"

베니코는 아무렇지도 않은 듯이 말했으나, 후앙이 오늘밤 도쿄상사의 다마오카 사장과 아카사카의 요정에서 만난 다음 르보아로 온다는 것을 효도를 통해 상세히 알려두었다.

"후앙 선생, 오랜만입니다. 늘 자카르타 지사에서 신세만 지고 있는데, 이번에도 여러 가지로……"

이키가 간단히 인사하자 후앙도 인사를 건넸다.

"나야말로 많은 신세를 지고 있습니다. 사메지마 씨와 함께입니다만, 어서 이리로."

"아니, 이키 씨, 이런 시간에 혼자서? 아니면 약속이 있으셨던가요?"

사메지마는 이키를 보고 의외라는 표정으로 말했다.

"아니, 그저 잠깐 들른 건데…… 그럼 말씀대로 한자리 차지하겠습니다."

후앙 맞은편 자리에 앉은 이키는,

"대만에 계신 아우님은 안녕하신가요?"

하고 후앙 깐천의 남동생으로 대만의 정부관계에 깊숙이 관여하고 있는 후앙 안스(黃安石)의 안부를 물었다.

"잘 있습니다. 장총통의 총애를 받고 있지요. 총통이 일본 육군학교 출신이어서 이키 씨 이야기가 나왔는데, 동생은 당신을 굉장히 존경하고 있더군요."

"그렇게 말씀하시니 낯이 뜨겁습니다. 그보다 최근 인도네시아의 정세는 인플레가 좀 가라앉았는지요?"

이키가 후앙의 입을 통해 현지의 생생한 감촉을 잡으려는 듯 묻자 후앙은 고개를 가로저었다.

"아직 멀었습니다. 스카르노 시대의 낭비 후유증이 뿌리 깊게 꼬리를 끌고 있어, 27억 달러에 이르는 대외부채를 안은 채, 국내는 건국 이래 처음이라고 할 만큼 심한 인플레에 허덕이고 있습니다. 글쎄요, 지금의 인도네시아 경제는 아무리 수하르트 정권이 화교를 압박해도 결국은 우리의 힘을 빌리지 않곤 재건을 못합니다."

화교다운 패기와 자신에 찬 목소리로 말하자 사메지마가 옆에서 맞장구쳤다.

"당연한 일이지요. 수하르트 정권 이후로 국영상사에 주력하고 있지만 결국 국내 유통기구는 화교의 방(幇) 조직에 의존해야만 되고, 무역업무의 수속 하나만 해도 국영상사 직원들은 아직 능력부족이니까요."

그때 호스티스가 사메지마에게 회사에서 전화가 걸려왔다고 전했다.

사메지마는 전화를 받고 오더니,

"아무래도 이키 씨에게 앞지름을 당한 것 같군요."

하고 가느다란 눈을 치켜뜨며 이를 가는 듯한 얼굴로 말했다. 그러고는 후앙 쪽을 보고는 한껏 웃어 보이며 인사를 했다.

"참으로 죄송합니다만 급한 일이 생겨서 먼저 실례하겠습니다."

그리고 그는 황급히 자리를 떴다. 후앙은 굵은 팔에 찬 시계가 10시 40분을 가리키고 있는 것을 확인하자,

"이키 씨, 오늘 아침 아카바 만 봉쇄에 대한 전화는 고마웠습니다. 사메지마 씨는 이제야 그 정보를 들은 모양입니다. 험상궂은 얼굴로 노려보더군요."

"우리 회사와 13시간 차이가 있군요. 그러나 그 사람이 하는 일이니 어떤 기발한 술책으로 역전시킬지 모릅니다."

아랍·이스라엘 전쟁 발발에 대한 대응책을 완전히 끝마친 이키였으나, 낮에 있었던 중역회의에서의 반응이 시원찮던 일을 생각하니 초조했다.

수에즈운하

사메지마 다쓰조는 부엌 냉장고에서 큰 병우유를 꺼내 컵에 따라 단숨에 들이키더니 냉장고에 들어 있는 아침식사용 샌드위치를 웃옷 속주머니에 쑤셔 넣고, 세 가지 신문과 서류가방을 들고 거실에서 현관으로 나왔다.

맨 꼭대기인 10층에서 엘리베이터로 내려오면, 아침 일찍 출근하는 날만 맨션 앞에 회사 차가 데리러 와 있다. 사메지마의 이른 출근은 딱 점찍어 둔 여당과 야당의 실력 정치가들의 집을 찾아가기 위한 것이다. 낮에는 좀처럼 만나기 힘든 국회의원이나, 도쿄상사의 밤 접대 따위는 거들떠보지도 않는 각료급 거물도 아침이면 대개 부담 없이 만날 수 있었다.

사메지마가 차에 오르자 운전사는,

"오늘 아침은 낭페이다이인가요, 아니면 아오야마의 의원 숙사 쪽인가요?"

하고 제법 눈치 빠르게 물었다.

"아니, 신주쿠의 가이즈카 선생 댁으로 가주게."

전 방위관료로 현재 중의원 의원인 가이즈카 도세이의 자택으로 가라고 이르고, 사메지마는 시트에 벌렁 드러누워 어느새 코를 골기 시작했다.

어젯밤 후앙과 이키와 더불어 긴자의 르보아에서 술을 마시고 있을 때, 선박부장에게서 아랍연합이 아카바 만을 봉쇄했다는 소식을 듣고 회사로 갔다가 새벽 2시에 집으로 돌아왔다. 53세의 나이로 불과 네 시간만 자고도 쓰러지지 않고 정력적으로 일할 수 있는 것은, 언제 어디서나 바로 잠들 수 있는 특기 덕분이었다.

운전사의 목소리에 눈을 번쩍 뜨니, 차는 우시고메 거리로 접어들고 있었다. 가이즈카의 집까지는 약 3분 거리밖에 남지 않았다. 사메지마는 급히 샌드위치를 먹기 시작했다.

1백 미터쯤 떨어진 다른 집 담 앞에 차를 세워놓고 대문의 초인종을 누르려고 하는데, 안에서 쪽문이 열리면서 선객(先客)이 나왔다. 그는 사메지마와 시선이 마주치자 어색한 듯이 가볍게 인사를 했다. 방위청 내국의 조사2과장이었다.

"아니, 미쓰다 씨, 이렇게 일찍 무슨 일이 있습니까?"

사메지마는 자기가 일찍 찾아온 것은 제쳐놓고, 좀 허풍스럽게 목소리를 낮추었다. 조사 2과장은 굳은 표정으로,

"아니오, 별로. 오늘 열릴 중의원 국방분과위원회에서 가이즈카 의원님이 필요로 하는 자료가 어제까지 준비되지 못해 그걸 전하러 왔을 뿐입니다. 급해서 이만 실례."

하고 사메지마가 캐묻는 말을 대충 얼버무리더니 역을 향해 바쁜 걸음으로 가버렸다. 사메지마는 그 뒷모습을 쓱 보고는 대문 안으로 들어갔다. 그 집 고용인이 쪽문을 닫고 있는 사이에 익숙한 발걸음으로 안으로 들어가 응접실 미닫이 문 앞에서 인기척을 냈다.

"사메지만가, 들어오게."

넓직한 일본식 방에 융단을 깔고 소파와 테이블을 놓은, 일본식과 양식을 절충한 응접실 정면에 가이즈카 도세이가 일본 옷차림으로 앉아 있었다. 훌렁 벗겨진 대머리를 소파에 기대고, 인사를 해도 거만한 표정으로 눈썹하나 까딱하지 않았다. 방위차관까지 올라갔다가 관직에서 물러난 뒤 처음으로 나선 중의원 선거에서 가까스로 당선은 하였지만 사상 최대의 선거법 위반자를 내어 한동안 죽은 듯이 근신하고 있었다. 그러더니 타고난 교활한 솜씨로 교묘히 정계에서 부상하더니, 전 항공막료장으로 참의원 의원이 된 하라다 마사루와 나란히 국회에선 국방문제 권위자로서 눈부시게 활약하고 있다.

사메지마는 가이즈카 자리에서 가장 가까운 소파에 앉으며,

"선생님, 오늘은 국방분과위원회에서 어떤 질문을 하실 겁니까?"

하고 지나가는 말투로 물었다. 가이즈카는 국회의원이 되었어도 상대방을 살피는 듯한 경찰 출신 특유의 눈초리를 하고 있었다.

"국방분과위원회의는 어제였네. 그게 무슨 문제라도 있나?"

"아닙니다. 실은 방금 문 앞에서 내국의 조사2과장과 마주쳤기에 국회용 브리핑을 하기 위해 들렀나 했습니다만, 그게 아니라면 아랍의 아카바 만 봉쇄에 얽힌 중동의 군사정제 보고입니까?"

핵심으로 파고들었다.

가이즈카는 흐흥하고 코웃음을 치고는,

"자네들 상사원은 여전히 소식이 빠르군. 중동의 화약 냄새를 벌써 맡고 또 한바탕 돈이나 벌어보자는 속셈이군."

하고 깔보는 투로 지껄였다.

"선생님도 무슨 말씀을. 중동분쟁은 장사거리가 되기는커녕, 수에즈 운하가 봉쇄되면 배 운임은 폭등하고 선박도 귀해져서 타격이 큽니다. 그래서 조금이라도 손실을 막기 위해 그쪽 정세를 현지 방위주

재관은 어떻게 보고 있는지 전문가들의 분석을 알고 싶을 따름입니다."

가이즈카는 안에서 내온 차를 한 모금 꿀꺽 마시고는,

"중동에 대한 것은 지리적인 거리를 비롯한 모든 면에서 일본과 너무 동떨어져 있어서 모르는 게 너무 많아. 첫째, 시나이 반도가 어디 있는지, 아카바 만 봉쇄가 군사적으로 어떤 뜻을 갖는지, 국회의원들 중에서 대답할 수 있는 자는 한 사람도 없어. 그런데다 외무성의 관리조차도 담당자 외에는 전혀 아는 바가 없다고 해도 틀린 말은 아니지. 하물며 중동에 방위주재관을 두지도 않은 방위청이 자네들 상사원을 만족시킬 만한 정보를 가지고 있을 리가 없지 않은가."

하고 슬그머니 한걸음 물러서듯이 말했다.

"하기야 대부분의 국회의원이나 외무성 관리들은 그럴지 모르지만, 방위청에서는 런던 파리 워싱턴에 일좌(一佐·자위대의 계급. 대령에 해당)급 엘리트 방위주재관이 있어, 세계의 군사정세를 관망하고 있으니까, 제3차 세계대전으로 발전할지도 모르는 중동분쟁에 대해서는 상세한 리포트가 와 있을 게 아닙니까."

사메지마는 다시 물고 늘어지듯이 말했다.

"아니, 그렇지도 않아. 전쟁 전의 무관이라면 몰라도 요즘 친구들에겐 언어의 장벽이 큰데다 예산에도 압박이 심해. 그래서 일껏 보내오는 정보라도 그 나라 신문이나 군사전문지에 실려 있는 기사를 스크랩하는 정도야. 군사정보 담당관 본래의 실무인 첩보활동은 꿈도 못 꾸고 있어. 방금 미쓰다 군이 가지고 온 런던 파리 워싱턴의 방위주재관이 보낸 전보를 보아도, 정세의 진전을 뚜렷이 예측하고 있는 사람이 없단 말이야. 방위청 사정을 속속들이 알고 있는 자네가 그만한 일을 모를 리가 없지 않은가."

가이즈카는 정보를 쉽게 털어놓을 수는 없다는 듯이 말했다.

"그거야 거액의 국방비를 사용하는 나라에 한두 명의 방위주재관밖에 파견되어 있지 않으니까, 그 나라의 일반 군사정세를 커버하는 일만도 힘겹다는 것은 어쩔 수 없다고 봅니다만, 작년에 파리에 파견된 항공막료 방위부 차관인 도리이 일좌는 어떻게 분석하고 있는지요? 금년 초에 파리에서 도리이 주재관과 만났을 때, 프랑스의 미라주 전투기를 이스라엘에서 대량 구매했지만 프랑스 정부는 친아랍 성향의 외교방침을 가지고 있기 때문에 만일 미라주 전투기의 대이스라엘 수출이 금지되면 그때가 아랍·이스라엘 전을 예지할 수 있는 유력한 단서가 될 거라고 하더군요. 그러면서 중동분쟁에 강한 관심을 보이고 있었습니다. 실은 어젯밤 파리의 도리이 주재관에게 전화를 걸었더니, 자기의 분석은 가이즈카 선생님 손에 들어가 있을 것이라며 가이즈카 선생님이 허락하시면 들어보라고 하더군요."

삼좌(三佐·소령에 해당) 무렵부터 눈독을 들였던 도리이 방위주재관과는 해외출장에서 시간만 허락하면 반드시 만나서 유럽 전투기에 대한 정보를 입수했고, 줄곧 접촉해오고 있었다.

사이드 테이블의 인터폰이 울리고, 비서가 국방회의 사무국에서 전화가 왔다는 말을 전했으나, 가이즈카는 용건을 들어두라고만 이르고 사메지마를 바라보며 말했다.

"수많은 방위주재관 중에서 파리의 도리이에 눈독을 들인 것은 과연 자네답군. 도리이는 드골이 무기 수출 금지령을 내렸을 때 재빨리 소식을 알려주었네만, 바로 엊그제도 중동에 대한 의견을 알려왔네. 그의 말로는, 군사력도 이스라엘이 우세하고 병사의 단결력이나 사기 면에서도 이스라엘은 조국 멸망의 위기감 때문에 극도로 높지만, 수에즈 동란 때처럼 이스라엘이 쉽게 이기리라고 볼 수는 없다는 거야."

"그럼 이번에는 아랍이 이긴다고 본단 말인가요?"

하며 사메지마는 상체를 앞으로 쑥 내밀었다. 가이즈카는 그 말에는 대답하지 않고 슬그머니 말머리를 돌렸다.

"소련의 물밑 작업이 대단한 모양이야. 수에즈 동란 때는, 시나이반도에 아랍연합의 병력이 2~3만 정도밖에 없었지 않았는가. 하지만 이번에는 대규모 병력이 투입되어 견고한 방어선이 형성되어 있어 전쟁이 일어나면 전체적으로는 아랍이 우세하여 장기전이 된다는 거야."

"그래요? 실은 우리 지사에서도 런던과 파리에서는 아랍이 우세하다고 보고, 뉴욕 지사는 이스라엘이 우세하여 단기전이 될 것이라고 보고 있어 갈피를 잡을 수가 없어요. 역시 선생님을 찾아뵙기를 잘했습니다."

사메지마가 덕을 많이 본다는 듯이 말하자, 가이즈카는 탁상시계를 힐끗 보았다.

"그러고 보니 워싱턴의 수석 방위주재관도 이도 저도 아닌 말을 하면서 이스라엘 우세설을 취하고 있는데, 파리의 도리이는 최종적으로 어느 쪽이 이기느냐 지느냐는 대단한 문제가 아니고 중동전쟁은 10년에서 20년 가는 장기전이 될 것이라고 확신하고 있어. 그 친구는 약간 신들린 것 같은 면이 있어서 어디까지 믿어야 할지."

"음, 장기전이라……"

사메지마는 의표를 찔린 듯 가느다란 눈에 날카로운 빛을 띠었다.

사메지마가 가이즈카의 집에서 히토츠바시의 도쿄상사에 출근한 것은 오전 8시 40분이었다.

6층 수송기 본부장석에 앉자마자 어젯밤에 들어온 텔렉스를 훑어보고 런던과 뉴욕의 선박시장의 움직임을 쫓았다. 유럽행 걸프 적하 크레인이 톤 당 5달러 안팎이었던 것이 5달러 50센트로 오르고 탱커의 세계 기준운임도 90으로 올라 있었다. 분명히 아카바만 봉쇄의 영향을 받고 있는 것이다.

"쓰쓰미!"

사메지마는 운수부 차장의 이름을, 넓은 6층이 쩌렁쩌렁 울리도록 큰소리로 불렀다. 전화를 받고 있던 쓰쓰미는 과장에게 수화기를 넘겨주고 재빨리 다가왔다.

"나오셨습니까. 지금 런던과 통화했는데요. 어젯밤에 내놓은 배의 수배는 모두 끝냈지만 만일 수에즈운하가 봉쇄되면 뭐니 뭐니 해도 가장 치솟을 것은 탱커의 시황이니까, 매입하는 방향으로 가는 것이 좋을 것 같습니다."

"음, 실은 방금 가이즈카 의원집에 다녀오는 길일세. 방위주재관의 분석은 전쟁에서 아랍이 우세할 것으로 보는 모양인데, 만일 보름이나 한 달 후에 승부가 갈리더라도 앞으로 아랍과 이스라엘 사이의 분쟁은 장기전 양상을 띠게 될 것 같다는 거야. 5만에서 10만 톤급의 탱커로서 되도록 기일이 가까운 것으로 시차를 두고 10척 정도 매입하게. 매입가는 자네에게 일임하겠네. 매입 기간은 1년 내지 3년 범위에서 생각하도록."

사메지마는 차 안에서 생각한 탱커 예매에 대한 구체적인 사항을 빠른 목소리로 지시하고 선박부장을 불렀다.

"이카리다!"

이카리다 부장이 급히 다가왔다.

"어제 말했던 미국의 전표선 말인데, 뉴욕 지사에서 온 회답 전보에 의하면 1만 톤급으로 38만 달러짜리 배는 없다고 하는데 어떻게 안 될까?"

어젯밤 르보아에서 후앙 깐천에게 자기 쪽에서 주선하게 해달라던 전표선 말이었다. 이카리다 선박부장은 사메지마 문하의 거물다운 자세로 시원스럽게 대답했다.

"그 일이라면 아까 제가 직접 뉴욕의 선박 브로커를 몇 사람 접촉해 보았는데 그들 중에서도 최고인 샐린저가 조건은 까다롭지만 주선할 자신이 있다고 하기에 바로 주문해 두었습니다."

전표선은 전시에는 미국의 군사물자를 운반하고 평시에는 허드슨 강 상류에 매어놓는데, 줄지어 늘어선 선열이 마치 창고를 연상케 했다.

"그러나 본부장님. 전표선을 주문받은 것은 깅키상사라고 하시지 않았습니까. 만일 겹치게 되면 우리가 인수하게 되는 겁니까?"

"뭐 그렇게 되겠지. 하지만 쓸 만한 브로커가 없는 깅키상사니까 우리 뉴욕지사에서도 힘들어하는 전표선을 물색해줄 리가 없지. 후앙 씨는 내일쯤 반드시 우리 회사로 부탁하러 올 거야. 그러나 만에 하나라도 샐린저가 주선해 준 배가 붕 뜨게 되면 우리 회사에서 선박회사를 만들어 한번 크게 벌어보면 될 게 아닌가."

"그런데 본부장님, 전표선을 면세로 움직이기 위해 파나마나 리베리아에 재빨리 편의치적회사를 만드는 일은 어떻게든 할 수 있겠습니다만, 중역회의 승인을 얻는 일이 아무래도 힘들 것 같은데요."

걱정스러운 듯 이카리다가 말했다.

"그 점은 생각하고 있네. 자금은 홍콩에 저축해 둔 돈이 있으니까 그것을 쓰도록. 선원도 홍콩이나 대만에서라면 3분의 1정도의 경비면 되니까 문제없지."

지금까지 선박, 해운 시장에서 번 이익금을 전부 일본으로 가져오지 않고 스위스나 홍콩 은행에 저축해 놓고 있었던 것이다.

"그러나 1만 톤급이라면 선원은 약 30명, 5척이면 150명…… 그렇게 간단히 모을 수 있는 머릿수는 아니니까 결국 화교에게 부탁해야 되는데, 그렇게 되면 후앙 씨의 감정을 건드리게 될 게 아닙니까?"

세밀한 곳까지 생각이 미치치 못하는 사메지마를 위해 이카리다가 주의를 환기시켰다.

"그렇겠군. 화교들의 방 조직은 골치 아프니까 후앙 씨의 한마디로 거절당할 가능성이 없지 않겠군. 좋아, 그렇다면 후앙 씨와 반반으로 해서 파나마 국적의 회사를 만들기로 할까. 그렇게 하면 만일의 경우에도 위험부담은 반반이 될 테니까."

차기 상무자리를 은근히 기대하고 있는 사메지마는 후앙과 손을 잡고 선박회사를 만들면 만일의 경우 위험 부담도 반감된다는 것을 재빨리 계산하고, 그 자리에서 데이코쿠호텔에 묵고 있는 후앙에게 전화를 걸었다.

"후앙 선생, 안녕히 주무셨습니까. 사메지마입니다. 어젯밤에 잠깐 말씀드렸던 건으로 30분만 찾아 뵙고 싶은데, 형편이 어떠신지요."

목소리를 높여 말했다.

"사메지마 씨 쪽에서는 전표선이 벌써 수배되었단 말입니까?"

후앙이 굵은 목소리로 되물었다.

"어젯밤에 뵙고 오늘 아침에 전화를 거는 것이니까 아직 확정적이라고는 할 수 없습니다만, 양일간에 5척쯤 마련해서 말씀하신 조건으로 수배될 가망이 섰습니다. 그러나 이쪽도 여러 가지 사정이 있어서 어쨌든 뵙고 말씀드리고 싶은데요."

깅키상사에 먼저 말을 한 후앙은 한순간 당황하는 듯한 눈치를 보였으나,

"과연 사메지마 씨다운 솜씨로군요. 일단 말씀을 들어보기로 하지

요. 이리로 오십시오."

하고 말했다. 사메지마는 후앙의 목소리에서 분명히 놀라는 기색을 느낄 수 있었다. 그것으로 미루어보아 깅키상사 쪽은 아직 윤곽도 잡지 못한 것이 틀림없다. 사메지마는 지금까지 이키가 얼마나 마음을 죄고 있을지 훤히 알 수 있어, 그제야 처음에 골탕 먹은 분이 풀려 신바람 난 얼굴로 자리에서 일어났다.

효도 싱이치로는 후앙 깐천의 전화를 받고 말문이 막혔다.
"예? 전표선 수배는 다른 곳에서 될 것 같으니까 그만두라구요? 하지만 후앙 씨, 우리 선박부는 온힘을 다하여 후앙 씨의 조건에 맞는 배를 뉴욕시장에서 찾고 있습니다."
내일이 약속 기한인데도 불구하고 후앙으로부터 의뢰받았던 전표선 5척의 주문을 취소한다는 전화가 갑자기 걸려온 것이다.
"하지만 효도 씨, 내일까지 기다린다고 깅키상사의 선박부에서 내가 만족할 만한 조건으로 배를 수배할 수 있을까요? 내게는 깅키상사에선 도저히 불가능하다는 정보가 들어와 있는 데다, 방금 이쪽에서 당신 회사의 선박부에 건 문의전화에도 기다려 달라는 말뿐, 어디까지 진전되고 있는지조차 알 수 없으니 말입니다."
불쾌한 듯한 후앙의 목소리가 효도의 귀를 울렸다.
"그러면 제가 직접 조사하여 바로 회답해드리겠습니다. 잠깐만 기다려 주실 수 없겠습니까?"
"효도 씨, 나는 모레면 자카르타로 돌아갑니다. 중동전쟁 발발은 이제 시간문제입니다. 내일 하루 기다렸다가 미안하다는 회답을 들을 여유가 없습니다."
"실례지만 후앙 씨는 왜 우리 회사의 선박부가 전표선 하나도 확보할 수 없다고 단정하시는 겁니까?"

납득할 수 없다는 듯이 효도가 되묻자,

"비즈니스란 예스냐 노냐로 끝나는 거지, 이유를 말해야 할 필요는 없지 않을까요? 지난 이틀 동안의 교섭에서 내가 분명히 알게 된 것은 다른 회사에서 할 수 있는 일이 당신네 회사의 선박부에선 전혀 진전이 없다는 사실입니다."

하고 어지간히 못마땅한 듯, 사석에서와는 전혀 딴사람이 되어 매정하게 말하는 것이었다. 그러나 남이 앉아 있는 방석을 빼앗아 앉듯이 끼어든 회사가 어디인지 알기 전에는 효도로서도 그대로 물러날 수 없었다.

"후앙 씨, 내일 오전까지만 기다려 주십시오. 그때까지도 우리 회사가 도움을 드릴 수 없다면 깨끗이 물러나겠습니다."

효도는 단호한 어조로 말했다. 그러자 후앙은 잠시 침묵하고 있다가,

"그렇게까지 말한다면 기다려 보지요."

하고는 전화를 끊었다.

효도는 수화기를 놓자마자 입을 앙다문 채 업무본부에서 5층 선박부로 향했다.

선박부로 가자 미네 부장은 방금 외출에서 돌아온 듯 부장석 앞에서 서류봉투를 옆구리에 낀 채 다른 부의 부원들과 이야기를 하고 있다가 부지런히 다가오고 있는 효도를 보고 멋진 옷차림으로 돌아보았다.

"나한테 용건이 있나?"

효도가 고개를 끄덕이자, 그는 부장석 회전의자에 앉았다.

"방금 석유업계의 탱커위원회 모임에서 돌아오는 길인데, 자네네

정세분석은 확실한 건가? 위원회에서는 지금의 중동정세가 전쟁으로까지 확대된다고 보는 사람은 아무도 없었는데."

업무본부의 정세분석에 대한 의혹을 노골적으로 드러냈다.

"전쟁에 가장 민감해야 할 석유업계의 탱커위원회가 그렇게 보다니, 묘하군요. 방금 뉴욕에서 온 정보에 따르면 셸 석유는 수에즈봉쇄가 장기화할 것이라고 예측하는 모양이던데, 위원회 위원끼리 서로 견제하고 있는 게 아닐까요?"

"아니야. 늘 세게 나오는 도쿄상사조차도 이번에는 경계태세로 임하지 않으면 크게 다칠 것이라고 하던데. 그건 나도 동감이야. 아카바 만 봉쇄로 자네들은 오늘 내일 당장 전쟁이 터질 것처럼 위기감을 조성했지만 사흘이 지나도 해운시황이 급등한 건 그 직후뿐이고 어제는 오히려 크게 떨어지지 않았나. 대형 탱커발주는 다시 한 번 생각해봐야겠어."

선박부장은 곱상한 얼굴에 엷은 웃음을 띠며 말했다.

"그러나 부장님, 그것은……"

효도가 하도 어이가 없어 말을 막으려 하자, 미네 선박부장은 던힐 담배와 라이터를 꺼내며 말을 이었다.

"내 말 좀 들어보게. 지난 반년 동안 선박은 과잉공급으로 세계의 탱커선 총톤수는 약 5백만 톤이라고도 하고 7백만 톤이라고도 하는데 하루 3만 톤의 탱커를 놀리는 것만으로도 상각비 등의 경비와 손익 등을 합쳐서 약 1백만 엔가량이 날아가 버려. 그래서 그리스의 오나시스 같은 선박주들이 고의로 수요를 자극하는 정보를 퍼뜨리고 있다고 도쿄상사에서 보고 있을 정도야. 그런 노련한 선박주들의 농간에 놀아나 필요 이상으로 탱커선을 발주해 보게. 10만 톤의 석유, 철광석 운반용 탱커선의 건조비는 2, 30억 엔이나 하는데 팔 곳이 없으면 이쪽이 고스란히 그 손해를 떠안아야 해. 게다가 미국이나 소련이라면 또 몰라도 중동에서는 전쟁이 언제 일어날지 당사자들도 잘 모르는 모양인데, 너무 흥분해서 날뛰다가는 업계의 웃음거리가 될거야."

도쿄상사로부터 단단히 세뇌당한 듯, 말없이 서 있는 효도를 앞에 놓고 선박부장은 한바탕 지껄여댔다.

"부장님, 죄송합니다만, 그런 낙관적인 의견에는 따를 수 없습니다. 잘은 모르겠습니다만, 도쿄상사가 진심으로 그런 말을 하고 있다고는 볼 수 없습니다."

하며 효도는 웃고 있는 선박부장을 노려보았다.

"실은 후앙공사에서 전표선 건으로 방금 전화가 걸려왔는데, 다른 곳에서 먼저 확보해 줄 것 같으니 취소하겠다는 겁니다. 제 생각으로는 그런 재주를 부릴 수 있는 건 도쿄상사가 아니곤 없다고 보는데, 어떻게 생각하십니까?"

그러자 미네 선박부장의 안색이 변했다.

"설마, 효도……"

"후앙 씨는 우리 선박부 안의 움직임은 물론 뉴욕 지사에서 부리고 있는 선박 브로커의 움직임도 꽤 상세히 알고 있는 모양입니다. 일본에서 선박관계 정보를 그렇게 세밀한 것까지 입수할 수 있는 곳은 도쿄상사뿐이지 않습니까?"

치밀어오르는 화를 꾹 참고 물으니까, 선박부장은 도쿄상사에게 감쪽같이 속아넘어간 기색을 애써 감추려는 듯이 말했다.

"그런 건 잘 모르겠네만, 후앙공사는 우리 선박부와 절충하고 있는 도중에 업무본부에 그런 전화를 걸다니, 불쾌하군. 그야 우리로선 다른 데서 맡을 용의가 있다면 기꺼이 손을 떼겠네."

"그건 도대체 무슨 뜻이지요?"

"이 사람아, 전표선이 화물선으로 통용되었던 것은 기껏해야 50년대 말까지였어. 따라서 지금 쓸 만한 배가 몇 척이나 될지도 모르는데, 한 척에 40만 달러 이상은 절대로 안 된다느니, 파나마나 리베리아에 현지 회사를 만드는 데 필요한 법률 업무를 대행하라느니, 그렇지 않으면 배 값의 반은 현금, 반은 분할 지불한다는 등, 하는 소리가 너무 야비해. 중고선의 경우에는 계약체결 시에 20%, 배를 인도할 때 잔액을 지불하는 것이 업계의 상식이 아닌가. 화교들은 현금을 쌓아 놓고도 위험부담을 분산시키고 한 푼이라도 더 벌기 위해 혈안이 되어 있어. 너무한다니까."

부장은 내뱉듯이 말했다.

"그렇다면 후앙공사 측과 가장 조건이 맞지 않는 사항이 뭡니까? 후앙 씨에게는 내일 오전 중에 회답을 주기로 했습니다만, 어떻게 해서라도 우리 회사에서 계약을 체결하도록 해주십시오."

그러자 후앙이 업무본부로 취소한다고 통보해 온 것이 어지간히 괘씸한지 부장은 잔뜩 뒤틀린 투로 말했다.

"자네들 후앙, 후앙 하고 이상하게 그쪽 편을 드는데, 업무본부와 후앙공사와 무슨 긴밀한 관계가 있는지 말해 줄 수 없겠나?"

"업무본부와의 관계가 아니라, 회사 전체로 볼 때 후앙 씨와 연관을 갖고 있다는 것은 큰 이익입니다. 수에즈 봉쇄로 대유럽 무역은 지금까지의 비중보다 훨씬 낮아지고 동남아시아와의 무역비중이 높아진다는 것은, 어제 합동회의에서도 논의된 사항입니다. 깅키상사가 동남아시아 무역을 전개해 나가는 데 있어서 인도네시아는 중요한 거점입니다. 그 인도네시아의 4대 화교재벌 중 하나이고 정치적 감각도 날카로운 후앙 씨를 우리 상사의 소중한 인맥으로 여겨야 할 것입니다."

그러자 미네 선박부장의 안면근육이 꿈틀 움직였다.

"바로 그런 것이 업무본부의 독선적인 강요라는 거야. 먼 미래의 꿈과도 같은 청사진 때문에 선박부의 자주성을 침해하는 것은 곤란해. 기어코 하겠다면 업무본부에서 알아서 처리하지 그래."

부장은 잘라 말하고는 얼굴을 홱 돌려버렸다. 속 좁은 계집 같은 녀석이라는 욕이 목까지 치밀어 오르는 것을 꾹 참고 효도는 책상이라도 내려칠 듯한 큰소리로 말했다.

"그게 선박부장님의 결론이란 말씀입니까? 왜 좀 더 회사 전체의 입장에서 생각하지 못하십니까?"

주위의 시선이 일제히 쏠리고, 이어서 선박부장의 얼굴이 벌겋게 상기되었다.

"자네는 지금 부장인 나를 비판하는 건가? 방금 한 말 취소 못하겠어?"

"천만에요! 부장님이야말로 생각을 고쳐야 할 겁니다."

"건방진 소리 집어치워! 너 같은 애송이 녀석이 참모인 척하며 영업에 대해 입을 놀리다니, 주제넘게시리. 단 1센트도 제 손으로 벌어들이지 못하는 업무본부 같은 것은 무용지물이야!"

미네 선박부장은 흥분해서 몸을 부들부들 떨며 고함을 질렀다.

이키는 사토이 부사장 방으로 들어가,

"조금 전에, 저희 부의 효도 싱이치로가 비록 업무관계라고는 하지만 선박부장에게 무례하게 군 점, 깊이 사과드립니다."

하고 머리를 숙였다. 선박부는 기계담당인 사토이 부사장 관할이었다.

"아, 그거 때문인가. 선박부장도 점잖지 못했지만 효도도 꽤 건방졌던 모양이지? 평소에 젊은 사람치고는 의지가 있어 보이는 친구라고 생각하고 있었지만 그런 태도는 곤란해."

"본인은 빨리 성사시키고 싶은 마음에 그만 자기도 모르게 흥분했던 모양입니다. 지금은 자기도 뉘우치고 있습니다. 선박부장에게는 제가 조금 전에······"

효도는 뉘우치거나 반성 같은 건 하지도 않았지만, 일을 원만히 수습하기 위해 그렇게 말한 것이었다.

그러자 사토이는,

"효도뿐만 아니라, 업무본부 친구들에게 영업부문에서 여러 가지로 비판이 일고 있다는 사실을 알고 있나?"

하고 위압적으로 말했다.

"글쎄요, 제가 알기에는 별로······"

"그렇다면 더 곤란한데. 우리 상사의 좋은 점은 일에 관해 의견충돌이 있을 경우 상하관계를 초월해서 쌍방이 납득할 때까지 철저하게 토론하는 것이야. 그것이 바로 우리 상사가 성장한 원동력이었는데 업무본부가 생기고부터는 영업부문의 수지를 무시하고 일을 진행시키곤 해서 거래처나 경비면에서 손실을 보았다는 이야기를 흔히 듣고 있소. 하긴 선박부장처럼 할 말을 분명히 하고 넘어가는 친구는 그래도 괜찮지만 업무본부는 사장 직속기관인 만큼 혹시 사장에게 고자질이라도 하면 어쩌나 하고 적자를 보면서도 그냥 넘어가는 부서도 있는 눈치요. 앞으로도 그런 일이 종종 눈에 띈다면 아무래도 기구개편을 고려해야 되지 않을까?"

부사장의 권한을 은근히 과시하며 말했다.

이키로서는 부사장이 하는 말을 도무지 납득하고 받아들이기 어려웠지만,

"만약 그런 사실이 있었다면, 진심으로 사과드립니다. 앞으로 엄히

경계하겠습니다."

하고 받아넘기고 계속 말을 이었다.

"그런데 후앙공사로부터 주문받은 전표선 말씀인데, 도쿄상사가 끼어들었다는 것은 거의 틀림없는 것 같습니다. 그래서 이 일은 사토이 부사장님의 전결로 시급히 추진해 주시는 게 앞으로 여러 면에서 좋을 것 같습니다만……"

"하지만 선박부장의 이야기로는 후앙공사가 내세우는 조건이 안 좋다고 하던데. 그쪽에서는 한 척에 40만 달러를 제시하고 있다는데, 우리는 적어도 37만 달러로 사지 않고는 계산이 맞지 않아. 뉴욕의 선박시장에서는 40만 달러 이하로는 도저히 수배가 곤란하기 때문에 한척에 대해서 3만 달러, 5척이면 15만 달러 손해를 보게 되고 게다가 배 값의 반은 분할 지불, 더욱이 금리는 은행과 맞먹는 9.5퍼센트라니, 이건 도저히 수지가 안 맞지 않나?"

이키는 일부러 고개를 갸우뚱하며,

"그런데 그렇게 적자가 나는 일을 도쿄상사가 뺏으려는 것은 무슨 꿍꿍이일까요?"

하고 물었다.

"도쿄상사의 선박부는 우리 상사의 섬유부처럼 전쟁 전부터 다져온 튼튼한 기반이 있고 런던이나 뉴욕의 선박 브로커들과 안면이 통하는 데다가, 사메지마가 이제까지 해운시장에서 크게 투기를 해 벌어들인 이익금을 해외에 몇 군데로 나누어 저축해 두고 있다는 소문이 자자한 것으로 미루어보아 나름대로 우리가 모르는 딴 구멍이 있는 것 같아. 그런 친구들과 맞서서 무리할 필요는 없다고 보는데."

처음부터 결론을 내려놓고 하는 말이었다.

"그렇다면 우리 상사도 배를 싸게 살 수 있는 줄을 찾으면 첫 번째

문제는 해결이 되는 것이고, 두 번째 분할지불에 대해서는 아닌 게 아니라 선박부에 그만한 부담을 준다는 것은 지나친 처사니까 본사 계정으로 지원해 주는 방안은 어떨까요? 무엇보다도 후앙 깐천은 싱가포르, 대만에도 기반을 다져놓고 가까운 장래에 대책을 세워야 할 일중무역(日中貿易)에 관해서도 중요한 역할을 할 수 있는 인물이기 때문에 도쿄상사에 뺏긴다면 큰 손실이라고 생각됩니다."

사토이가 담당하고 있는 기계부문에서도 커다란 매력을 가진 장래의 중국 시장에 관한 것을 넌지시 비쳤다.

그러자 사토이는 금방 동요되어 안색이 바뀌면서도,

"그렇지만 40만 달러 이하의 선박을 어떻게 찾아내느냐 그것이 선결문제인데, 당신에게 무슨 묘안이라도 있나?"

하고 시큰둥하게 말했다.

"해봐야 알겠습니다만, 꼭 한 가지 있기는 합니다."

이키는 명확하게 단언하듯 말했다.

"그래? 꽤 단정적으로 말하는군. 아까도 말했지만 방위청의 전투기와는 달라서 선박은 전통이라는 것이 큰 비중을 차지하는 업종이라 정치인한테 달려간다고 해서 다른 일처럼 해결되지 않을 걸세."

"물론 정치인과의 관계를 믿고 말하는 건 아닙니다. 어쨌든 지금부터 교섭에 나서 보겠습니다만, 만약 40만 달러 이하의 배가 수배됐을 경우에는, 분할 지불분은 본사 계정으로 결제해 주실 수 있겠습니까?"

이키가 다짐하듯이 말하자,

"사장님께 이 이야기를 했나?"

하고 사토이는 힐끗 흘겨보며 물었다.

"아니오, 사장님은 오사카 본사에 계시고 또 순서로 봐도 사토이 부사장님께 먼저 결제를 받아야 될 일이기 때문에 보고하지 않았습니다."

"자네는 사장한테 직접 말을 잘하니까 한번 물어본 것뿐이야. 이 정도의 일을 일일이 보고할 필요는 없으니 말일세."

비아냥거리는 투였다. 그러나 이키는 대꾸도 하지 않고 사토이 부사장방을 나와 상무실로 돌아왔다.

이키의 가슴에 조용한 노여움이 치밀기 시작했다. 지난 5일 동안 업무본부는 총력을 기울여 아랍·이스라엘 전에 관한 정보를 분석하여 적어도 도쿄상사보다 13시간은 앞서 그 정보를 영업부문에 제공한 사실 따위는 조금도 평가받지 못하고 있을 뿐만 아니라 그 정보원 가운데 하나였던 후앙공사로부터의 수주조차도 소홀히 취급되고 있는 것이었다. 이것은 자기만이 깅키상사라는 조직 속에서 외톨이가 된 것인지, 깅키상사의 체질 그 자체에 결함이 있는 것인지, 아니면 이례적으로 너무 빨랐던 자기의 승진이 일의 옳고 그름을 떠나, 반감의 표적이 되고 있는지 알 수 없었다. 이키는 혐오감이 엄습하는 것을 느꼈다.

유라쿠쵸역에서 멀지 않은 한 메머드 빌딩 앞에서 차를 세운 이키는 엘리베이터 홀을 향해 서둘러 걸었다.

일전에는 모든 사무실이 불을 끈 가운데 하나만 형광등 불빛이 새어 나오고 있어서 닛토교역이라는 것을 금방 알 수 있었지만, 낮에는 문에 붙어 있는 회사명을 일일이 확인하지 않고서는 자칫 지나쳐버릴 것 같았다.

어쩌면 그것이 이스라엘 전문 특수무역상사이면서도, 눈에 띄지 않는 이점이 될 수도 있었다.

닛토교역의 상호를 찾아내어 문을 열고 들어가자, 입구 가까이에서 타이프를 치고 있던 중년의 여성이 펄 핑크 매니큐어를 칠한 손을 멈추고 살피는 눈으로 바라보았다.

"누구시지요?"

작은 사무실에는 어울리지 않을 정도로 화사한 옷차림을 한 타이피스트였다. 이키가 얼른 대답을 못하고 망설이고 있으려니까,

"어서 오십시오. 자, 이쪽으로……"

하고 안쪽에서 사장인 안비루가 알아보고 자기 책상 바로 옆에 칸막이로 둘러놓은 구석을 굵은 손가락으로 가리켰다.

칸막이 안으로 들어가자 이키는,

"조금 전에는 갑자기 전화로 실례했습니다."

하고 인사했다. 유대인과 일본인의 혼혈인 안비루는 매부리코 양쪽에 주름을 잡으며 미소를 지었다.

"이렇게 빨리 다시 뵙게 될 줄은 생각지도 못했습니다. 그런데 긴급한 용건이란 뭡니까?"

서투른 악센트로 안비루가 물었다.

"배에 관한 일입니다."

"배?"

안비루는 이해할 수 없다는 표정이었다.

"그렇습니다. 미국의 전표선 5척을 급히 물색해야 하는데, 우리 상사의 선박부는 유력한 브로커를 아직 잡고 있지 못해서 교섭이 잘 진행되지 않고 있습니다. 듣자니 뉴욕 해운 관계의 유력자 가운데는 유대계 미국인이 많다고 하던데, 혹시 화물선으로 몇 해 더 쓸 수 있는 배를 한 척당 34만 달러 정도로 물색해 줄 수 있는 길을 알고 있지 않을까 해서 이렇게 찾아왔습니다."

"이번에는 제가 물건을 물색할 차례인가 보군요. 그 전표선을 살 사람은 누군가요?"

"살 사람에 따라서? 무슨……"

"그런 게 아니라 이키 씨 정도의 분이 기껏 전표선 5척 때문에 저를 찾아오셨다는 게 좀 이상해서요. 무슨 말 못할 사정이라도 있으신 것 같은데."

이키는 속으로 뜨끔했지만, 태연하게 말했다.

"보통의 중고 선박과 달리 전표선이기 때문에 도리어 거북하군요. 살 사람은 다름이 아니라 댁에서 부탁하셨던 고무 3천 톤 중에서 반을 조달해 주었던 인도네시아 화교인 후앙 씨입니다. 그래서 이건 아무래도 미국 선박관계를 잘 아는 안비루 씨에게 부탁드려 보는 게 빠를 것 같아서요."

"아, 그 인도네시아 화교! 그 고무 대단히 비쌉니다!"

안비루의 침착하던 표정이 갑자기 험악하게 변했다. 화교에 대한 유대계 사람의 혐오감을 노골적으로 드러냈다.

"하지만 후앙 씨가 카이로까지 가서 전쟁분위기를 직접 느끼고 오는 바람에 이쪽의 급한 약점을 알아냈으니 부득이하다고 할 수밖에 없습니다. 그리고 1천 5백 톤이나 되는 고무를 한 번에 구할 수 있었던 것도 자신이 직접 농장을 가지고 있었기에 가능했던 일입니다. 웬만한 사람 같으면 그처럼 신속하지 못했을 겁니다."

이키가 그렇게 설득하자, 안비루는 어깨를 으쓱해 보이고 나서 말했다.

"그렇다면 후앙공사를 위해서가 아니라 이키 씨를 위해 수배해 보지요. 이제 곧 텔아비브에서 정기 전화가 올 것입니다."

"그거 잘 됐군요. 그런데 아랍연맹의 아카바 만 봉쇄도 오늘로 이틀

째인데, 전쟁 발발이 가까워지고 있다고 보는 게 타당하겠지요?"

"그 봉쇄로 다얀 국방상이 구상하고 있는 선제공격의 대의명분을 찾았기 때문에 국경에서 소규모라도 충돌이 일어나기만 하면 즉각 전면전으로 돌입하게 됩니다. 언제든지 전 병력이 48시간 이내에 출동할 수 있도록 대기상태에 있습니다."

유대인의 피가 끓는 듯한 말이 끝났을 때 전화가 울렸다. 안비루는 자기 책상으로 가서 아랍어로 텔아비브와 통화하기 시작했지만 이키는 중동전쟁이 바야흐로 눈앞에 다가오고 있다는 말을 듣고서도 냉담한 기분이었다. 아무리 신속하게 정보를 캐내서 영업부문에 흘려주어도 사내에서의 반응은 희미하고 도쿄지사 대표인 사토이 부사장으로부터는 노골적인 견제를 받고 있는 형편이었다.

사토이 부사장을 배제할 방책을 강구하지 않으면 안 된다…… 이키는 자신도 전혀 예측치 못했던 말을 속으로 중얼거리고는 스스로 깜짝 놀라 고개를 저었다.

이윽고 텔아비브와의 긴 통화를 끝내고 돌아온 안비루는 이키의 얼굴을 물끄러미 바라보더니 이상한 듯 물었다.

"왜 그러십니까? 안색이 좀……"

"아뇨, 아무것도 아닙니다. 그보다도 선박 이야기는?"

이키는 애써 사무적인 말투로 물었다.

"전표선은 뉴욕의 오션 라인에게 정부의 대 민간 매각 형식으로 지급 수배하도록 부탁해 놓을 테니까, 앞으로의 교섭은 일본측과 오션 라인 사이에서 직접 해달라는 이야기였습니다."

오션 라인은 뉴욕 굴지의 해운회사로서 미 해군 관계자와 밀착되어 있다는 사실은 이키도 알고 있었다.

"오션 라인이라면 마음 든든합니다만 귀사와 직접적으로 거래가 있습니까?"

이키는 문득, 닛토교역이 아무리 특수한 무역회사라고는 하지만 사장인 안비루 이외에는 타이피스트밖에는 없는 눈치인 회사와 세계 굴지의 오션 라인과의 관계에 불안을 느꼈다.

"우리 회사의 이스라엘측 고문인 엔시리코 전 참모장과 오션 라인의 최고 주주인 야리브 씨는 2차 대전까지 함께 게릴라 활동을 했던 사이이고, 다얀 국방상과도 절친한 사이입니다. 야리브 씨가 미국 정부와 교섭하면 매각을 공시하고 또 입찰해야 하는 식의 절차 따위는 일체 생략하고 한 척에 10만 달러 정도로 매각되는 게 가능한 모양입니다."

"한 척에 10만 달러!"

이키는 깜짝 놀랐다. 선박부에서는 40만 달러를 주지 않으면 손에 넣을 수 없다고 강력하게 나오고 있지 않은가.

"그런데 이키 씨, 후앙공사에 대한 인도가격은 35만 달러, 그 이하는 노입니다. 그래도 좋습니까?"

못을 박듯이 다짐했지만, 후앙 깐천이 내놓은 가격보다 싼값이니 이의가 있을 수 없었다. 휴우 하고 한숨을 돌리는 이키에게 안비루는 정색하더니,

"깅키상사와 우리 회사와의 이윤 폭에 대해서는 실제로 배가 확보된 단계에서 다시 상의하기로 하고, 제 쪽에서는 별도의 교환조건이 있습니다. 지난번에 이스라엘의 키부츠에서 수확한 오렌지를 인수한다는 계약을 해주셨는데, 다시 앞으로 3년 동안 수입을 맡아주셔야겠습니다."

하고 요구했다.

"하지만 앞으로 3년간의 계약이라면 저 혼자서는 결정을 내릴 수 없

군요. 뭔가 다른 일로 도와드릴 일이 없을까요?"

　지난번의 계약도 사실은 깅키상사 내에서 물의가 일어난 형편이어서 이키로서는 가급적 그 계약은 피하고 싶었지만 안비루는 고개를 강하게 저었다.

　"오렌지 수입계약을 도와주시지 않는다면 이키 씨, 저도 오션 라인과의 연락을 거절할 수밖엔 없군요."

　"그렇습니까? 그러시다면 지금 상사로 돌아가서 알아보고 전화를 드리도록 하겠습니다."

　이키는 할 수 없이 그렇게 대답했다.

　"이키 씨, 이게 다 이스라엘의 오렌지가 맺어준 인연 아닙니까."

　하며 안비루는 껍질이 두껍고 누렇게 빛나는 이스라엘산 오렌지를 탁자 위에 올려놓았다.

　가키노키사카의 집으로 돌아가는 자동차 속에서 이키는 휴우 하고 무거운 한숨을 내쉬었다.

　닛토교역으로부터 3년 동안 수입해 줄 계약을 요구받았던 이스라엘산 오렌지는, 식품부장이 값이 싸서 판매방법만 잘 연구한다면 괜찮은 장사가 된다며 뜻밖에도 쉽사리 맡아주었다. 하지만 선박부에서는 이키 자신이 닛토 교역의 루트를 통해 싼값으로 배를 얻을 수 있다는 것을 아무리 역설해도 당장 결재자인 사토이 부사장이 오사카로 출장 중인데다 연락마저도 잘 안되고 있다는 핑계로 결정이 나지 않아 공중에 떠 있는 상태였다.

　집 앞에 오자 두 가지 색깔의 차가 서 있었다. 누군가 뜻하지 않은 손님이라도 왔나 싶어 서둘러서 차에서 내려 대문을 열자, 현관 옆 응접실에서 스테레오 소리가 나오고, 나오코의 웃음소리와 함께 남자 목소리가 들렸다.

이키가 자기도 모르게 응접실 앞에서 걸음을 멈추자 아내 요시코가 에이프런 차림으로 나왔다.

"어머, 돌아오셨어요. 언제 오셨어요?"

"방금."

이키는 퉁명스럽게 말하고 차노마(일본식 주택에서 가족의 식사 휴식용으로 쓰는 방. 양옥의 거실과 용도가 비슷하다)로 들어가면서,

"나오코의 손님, 남자야?"

하고 물었다.

"네, 그래요."

"그럼 응접실 문을 열어 놓아야지. 그게 에티켓이라는 거야."

"하지만 집 안인데 어때요."

"집 안이고 밖이고가 어딨어. 혼전의 젊은 여자가 남자와 단둘이 한 방에 있을 때는 문을 열어 놓는 게 정상이야. 게다가 아비가 왔는데 내다보지도 않고 당신 가정교육이 도무지 엉망인데."

"네, 알았어요. 당신 옷 갈아입고 나시면 열어 놓고 올게요."

갈아입을 옷이 들어 있는 바구니를 꺼내려 하는 요시코에게 이키가 다시 말했다.

"옷은 나 혼자 갈아입을 테니까, 먼저 문부터 열어 놓고 와요. 손님은 누구야?"

"도모아쓰예요. 조금 전에 차로 바래다주러 왔어요."

"뭐, 또 그 사메지마 아들 녀석……"

이키는 후앙 깐천이 발주한 전표선을 옆에서 가로채려고 하는 도쿄 상사의 사메지마의 수법이 떠올라 더욱 불쾌해졌다.

"여보, 맥주!"

이키가 화풀이하듯 요시코에게 소리쳤을 때,

"저, 아주머니. 맥주 한 병 더 주세요."

하고 사메지마의 아들 녀석이 차노마로 얼굴을 쑥 들이밀었다. 아버지를 쏙 빼닮은 가무잡잡하고 턱이 뾰족한 얼굴에 상어처럼 가느다란 눈만이 반짝거리고 있었다.

이키가 있는 것을 보자 그는,

"안녕하십니까? 도모아쓰입니다."

하고 활달하게 말했다.

그러나 이키는 잔뜩 찌푸리고 매정하게 말했다.

"오랜만이군."

도모아쓰는 아무렇지도 않게,

"맥주 한 병 가져갈 게요."

하더니 성큼성큼 부엌으로 들어가려 했다.

"이봐, 맥주 같은 걸 마시고 술에 취해 운전하는 건 삼가는 게 좋지 않을까?"

이키가 점잖게 타일렀다.

"천만에요. 맥주 따위는 제게는 물이나 다름없어요. 게다가 나오코 씨를 태우지 않았을 때 좀 들이받은들 대숩니까?"

도모아쓰는 부엌의 냉장고에서 맥주를 꺼내들고 가버렸다. 그 능청스럽고 무신경한 것이 마치 그의 아버지와 꼭 닮았다.

이키는 소름이 끼치고 울화가 치밀었다.

"저 뻔뻔스럽고 천연덕스러운 것 좀 봐. 사내 녀석이 남의 집 부엌까지 마구 들어가는 꼴이라니, 쯔쯧. 나오코가 나와서 가져가든지 해야지. 당장 이리로 불러와!"

"여보, 당신 왜 그렇게 체통 없이 구세요. 도모아쓰 군은 나오코를 바래다주러 와서 잠시 목을 축이고 가는 것뿐이잖아요. 당신이 그렇게 모가 나게 해댄다면 나오코가 창피해하지 않을까요?"

그러고 보니, 자신이 나오코의 남자친구에 관한 일이라면 너무 화를 낸다는 것을 느끼고 이키는 입을 다물었다. 식탁 앞에 앉아 맥주를 마시고 있으려니까, 전화벨이 울렸다.

아내가 수화기를 들고 소리쳤다.

"여보, 효도 씨예요."

이키는 수화기를 받아들었다.

"본부장님, 다시 원점으로 돌아간 상태입니다. 방금 선박부장한테서 전화를 받았는데 전표선 건은 역시 없던 일로 하고 내일 사토이 부사장이 오사카에서 돌아오면 그때 다시 한 번 검토하겠다는 겁니다."

"뭐, 재검토? 하지만 벌써 후앙 씨에게는 한 척에 35만 달러로 수배 가능하다고 회답을 했잖아!"

이키는 저도 모르게 목소리가 커졌다.

"그렇습니다. 그래서 제가 지금 선박부장 댁으로 가겠습니다 라고 했더니 또 싸우러 올 작정이냐고 고함을 치더군요. 일이 이렇게 된 이상 본부장님께서 다이몬 사장님께 직접 말씀드리는 것이 빠를 것 같습니다."

이키는 조용히 아무 말도 하지 않았다.

"선박부장은 사토이 부사장께서는 이 건에 관해서 아직 아무것도 모른다고 말했습니다. 하지만 밑천이 10만 달러밖에 안 드는, 거짓말 같이 수지맞는 장사를 결재할 수 없다고 버티는 것을 보면 사토이 부사장이 배후에 있음이 틀림없습니다. 본부장님 생각은 어떻습니까?"

효도의 목소리에는 노기가 서려있었다.

"자네 말대로 사토이 부사장의 뜻이 작용하고 있는지도 모르고 그렇지 않을지도 모르지. 모든 것은 내일 밝혀지겠지."

이키는 억지로 냉정한 목소리로 대답하면서, 마음속으로 사토이가 이 단계에 와서 무엇을 의도하고 있는지, 자신에 대해 사토이가 펼치고 있는 보이지 않는 움직임을 분명히 감지할 수 있었다.

이키는 오늘 아침 여비서가 갈아준 화병에 꽂혀 있는 참나리 두 송이를 보고 기분이 언짢았다. 주홍색 꽃잎에 검은 반점이 있는 참나리는 꽃의 색과 향기가 너무 강해 옛날부터 썩 좋아하지 않았지만 어제 오후 갑자기 오사카 본사로 출장 간 사토이 부사장이 돌아오길 기다려야 하는 이키에게 유난히 눈에 거슬렸다.

벽시계는 거의 10시 반이 다 되었다. 어제 사토이 부사장은 전표선 건 정도의 일은 일일이 다이몬 사장에게 상의할 필요는 없다고 못 박았지만, 마음을 단단히 먹고 오사카에 있는 다이몬 사장의 직통전화를 돌리려 할 때, 인터폰이 울렸다.

"방금 부사장님께서 돌아오셨다는 연락입니다. 10분 이내로 끝날 일이라면 지금 만나도 좋다는 전갈입니다."

옆방에 있는 비서가 전했다.

"곧 가겠다고 전해 주고 효도에게 전화해서 후앙 씨한테 갈 테니까 대기하고 있으라고 전화하도록."

이키는 급히 사토이 방으로 갔다. 이키를 본 사토이는 영문편지를 받아쓰던 비서에게 말했다.

"이상이야. 타이핑이 끝나면 즉시 사인할 테니까, 서둘러 줘. 그런데 이키, 여러 번 연락한 모양이던데. 용건은?"

무테안경을 쓴 날카로운 얼굴을 이키 쪽으로 돌렸다.

"전에 말씀드린 전표선 문제인데요. 1척에 35만 달러로 후앙공사에게 넘겨줄 수 있는 배를 물색했습니다. 후앙 씨가 제시한 값보다 싼 값이니까 분할지불이라는 조건은 철회시키는 방향으로 교섭을 진행시키고자 합니다."

"그 문제라면 어제 오사카 본사에서 보고받았네."

"그렇습니까, 그거 잘됐군요. 그럼 후앙 씨에게는 오전 중으로 회답하겠다고 약속했기 때문에 급히 다녀오도록 하겠습니다."

급히 되돌아가려고 하는데, 사토이의 음성이 들렸다.

"잠깐! 그 값싼 전표선을 알선해 준다는 게 바로 닛토교역인가 본데, 이스라엘 오렌지를 앞으로 3년간 수입한다는 계약이 교환조건이라며?"

"그렇습니다. 오렌지 이야기는 식품부장선에서 충분히 채산이 맞는 장사가 되니까 맡겠다는 결정이 됐습니다."

"하지만 이키, 자네는 그 잘난 오렌지만으로 닛토교역에 대한 대가가 끝난 걸로 알고 있나?"

사토이는 차갑게 말했다.

"그건 대체 무슨 뜻입니까?"

"다이몬 사장님의 말로는 닛토교역의 고문으로 있는 다케나카 간지에게서 벌써부터 전대미문의 청구서가 왔다고 들었는데."

"다케나카 씨에게서요? 이번 전표선 건은 다케나카 씨를 통하지 않고 닛토교역의 안비루 사장과 직접 교섭했는데요."

"자네는 그렇게 알고 있을지 모르지만, 다케나카 간지는 국제적으로 이름난 로비스트라고 알려져 있지만 실제로는 고급 브로커 비슷한 사람이지. 이쪽에 조금만 빈틈이 있어도 이용하려는 그런 인간이야. 그는 자네가 닛토교역에도 이스라엘 쪽에도 아무런 관계가 없는 전표선 관계를 안비룬지 뭔지 하는 사장에게 사정한 모든 경위를 소상히 알고 있어서, 다이몬 사장에게 몹시 생색을 내더라는군. 사내에서는 머리 숙이는 것을 끔찍하게 생각하는 자네가 밖에 나가서는 희한하게도 머리를 굽혀가며 사정을 하고 다니는군."

사토이는 빈정거리는 듯한 웃음을 보였다. 이키가 굳은 표정으로 입을 열려고 하자,

"어이없다는 표정인데, 사실 이 이야기는 안비루가 다케나카 간지에게 말한 게 아니야. 그렇다고 해도 도청장치가 되어 있었던 것도 아니고. 자네, 뭔가 생각나는 게 없나?"

하고 묘한 미소를 지으며 말했다.

"자네도 짐작이 안 가는 모양인데, 닛토교역에 중년 타이피스트가 있다면서? 그녀는 옛날에 다케나카 간지와 관계가 있던 여자인 모양이야."

그러고 보니, 작은 사무실에 어울리지 않을 만큼 화사한 옷차림을 한 타이피스트가 생각났다. 사토이는 이키의 얼굴 표정의 변화를 읽더니 약 올리듯 말했다.

"어때, 놀랐나? 다케나카 간지는 그런 친구야. 다이몬 사장은 처음에 자네가 닛토교역에 중동정세를 알아보려고 갈 때도 절대로 필요 이상으로 깊이 빠져들지 말라고 했는데, 일개 화교를 위해 두 번씩이나 걸음을 해가며 제멋대로 흥정했다고 몹시 노여워하고 계신다네."

"방금 일개 화교라고 하셨지만, 후앙공사는 인도네시아 4대 재벌 중 하나로 앞으로 동남아시아 전략에 얼마나 유용한 상대인지 다이몬 사장님께 설명해 드렸습니까?"

"자네, 언제부터 나에게 그런 식으로 말하게 됐나? 다이몬 사장에게 어떻게 설명하든 그것은 내가 판단할 일이야. 어쨌든 후앙공사의 전표선을 물색하는 일은 우리 상사에서는 그만두기로 했네. 따라서 닛

토교역이 요구하는 이스라엘 오렌지 수입도 거절한다, 이것이 결론이야."

이키의 가슴에 형언할 수 없는 노여움이 치솟아올랐다.

"저는 이 기회에 후앙공사와 관계를 깊이 맺어둘 필요성을 절실히 느끼고 있습니다. 그런 만큼 재가를 얻지 못해 유감천만입니다."

폭발하려는 감정을 가까스로 누르고 사토이 방에서 나왔다.

부사장실에서 9층에 있는 업무본부로 내려가자, 효도 싱이치로는 웃저고리를 입고 일어섰다. 데이코쿠호텔에 묵고 있는 후앙 깐천에게 가기 위해서였다. 이키는 고개를 흔들고 본부장실을 눈짓으로 가리켰다. 효도는 바로 뒤따라오며 독촉했다.

"벌써 11시니까 지금 출발하지 않으면 늦겠는데요."

"후앙 씨 건은, 사토이 부사장과 협의한 결과 우리 상사에서는 손을 떼기로 했어. 자네가 이리저리 뛰어다닌 것은 잘 알지만, 여러 가지 사내 사정이 있으니 그쯤에서 양보해 주어야겠네."

이키는 효도의 얼굴을 똑바로 보며 말했다.

"사내 사정이라니, 무슨 말씀이십니까? 좀 더 구체적으로 설명해 주십시오."

효도는 화난 목소리로 말했다.

"닛토교역과의 지나친 접촉은 바람직하지 않다는 결론이 내려진 거야."

"그렇다면 다이몬 사장님도 이 건에 대해서 검토하셨다는 말씀인가요?"

"음, 사토이 부사장이 어제 오후 오사카로 출장 간 김에 다이몬 사장에게 이야기했더니, 우리 사에서 맡지 않는 게 좋다고 고개를 저었다는 거야."

"그러니까 사토이 부사장이 갑자기 오사카 출장은 그 일 때문이었군요."

효도는 괘씸하다는 듯이 말했다.

"그런 식으로 단정하는 건 좋지 않아. 그보다도 최고경영자가 결정한 이상 이제 우리가 할 수 있는 일은 후앙 씨에게 폐가 되지 않도록 한시바삐 가서 사과를 하는 일일세. 일이 이렇게 엉뚱하게 돼 버렸으니 나 혼자 다녀오겠네."

이키가 일어서려 하자 효도는,

"본부장님, 이렇게 된 이상 다이몬 사장님께 직접 전화라도 해 보셔야 합니다. 밑져야 본전 아닙니까?"

하고 이대로 물러설 수는 없다는 식으로 말했다.

"아니야. 사토이 부사장이 다이몬 사장과 상의해서 결정된 사항인 만큼, 상무인 내가 그런 행동을 취한다면 조직의 위계질서가 엉망이 돼."

이키는 조용히 고개를 저으며 말했다.

"그럼 우리는 지난 5일 동안 무엇을 위해 밤낮을 가리지 않고 정보를 수집해서 영업부문으로 보내주었단 말입니까? 본부장님의 그런 자세는 업무본부의 스태프들로부터 일할 의욕을 빼앗아버릴 뿐만 아니라, 영업부문에서도 업무본부의 기본노선이 이런 식으로 힘없이 변경되는 것이라면 앞으로는 업무본부의 말을 귀담아 듣지 않는 편이 안전하다는 결론을 내릴 겁니다."

이키의 약한 자세를 비판하듯이 말했지만 이키는 얼굴색을 바꾸지 않고 대꾸했다.

"내가 상무중에서도 제일 말석인 이상 어쩔 수 없네. 한 번 패배에 구애받는다면 사물의 본질을 잃어버리게 돼."

"하지만 본부장님은 사장의 직속기관인 업무본부의 장이 아니십니까. 그런데 무엇 때문에……"

효도는 계속 물고 늘어졌다.

"중간에 채용되어 들어온 나는 항상 사내의 질서를 흩트리는 행동을 해서는 안 된다고 남보다 몇 배나 노력하고 있다네. 회사를 위해서 이롭다고 믿는 일에 전력을 다해도 회사에서 받아주지 않는다면 그때는 어쩔 수 없는 일이지."

이키는 효도를 방에 남겨두고 나가면서 마음속으로 다시금 사토이 부사장을 배제해야겠다는 생각을 했다.

일본항공의 사쿠라 라운지에는 조용한 음악이 흐르고 일등석 승객들은 탑승 전에 가벼운 음료를 마시면서 편하게 쉬고 있었다.

자카르타로 돌아가는 후앙 깐천은 지난 5일 동안 중동전쟁이 발발하리라는 것을 예측하고 정력적으로 뛰어다녔어도 피로한 기색을 전혀 드러내지 않고 푸른색 차이나 드레스를 입은 베니코를 데리고 소파에 앉아 전송 나온 이키와 효도를 마주보고 있었다.

"후앙 선생. 어제 일에 대해서는 무어라 사과의 말씀을 드려야 할지 그저 부끄러울 따름입니다."

이키는 그 이상은 할 말이 없었다. 효도 역시 무거운 표정으로 입을 다물고 있었다. 어제 데이코쿠호텔로 후앙을 찾아가서 깅키상사에서 전표선 일을 맡을 수 없다고 하자, 후앙은 불신의 빛을 노골적으로 드러내며 '막판에 와서 한 척에 35만 달러짜리 배를 수배할 수 있겠다고 해놓고 30분도 채 안 되어 왜 갑자기 불가능하게 됐는지, 그 이유를 분명히 밝혀 달라'고 했다. 하지만 이키는 갑자기 사내에 사정이 생겼다는 답변밖에는 못했다.

그게 이키에게는 여간 마음에 걸리는 일이 아니어서, 출발 전에 후앙을 다시 만나 회사의 입장을 잘 납득시키고 싶었다.

"이번 일로 후앙 선생의 신임을 잃게 되어서 무엇보다도 유감스럽습니다. 이제 제가 바랄 수 있는 것은 오직 앞으로 신뢰를 회복할 기회를 얻을 수 있도록 꾸준한 접촉을 부탁드립니다."

이키가 괴로운 듯 말하자, 후앙은 건강해 보이는 얼굴로 말했다.

"알겠습니다. 그건 하나의 비즈니스에 불과하니까, 하나가 잘못됐다고 해서 제가 이키 씨를 존경하는 마음에 변함이 있는 건 아닙니다."

후앙은 속이야 어떻든지, 중국인답게 마음에 두지 않는 어조로 대답했다. 베니코는 단발머리가 어울리는 얼굴을 돌리면서,

"도쿄상사에게 전표선 5척쯤 새치기 당했다고 해도 별일 아닌데 뭘 그러세요? 꼭 배만 팔아야 장사가 되는 것도 아니니까 말예요. 후앙공사나 깅키상사나 여러 가지 상품을 다루고 있는 이상 앞으로의 거래도 얼마든지 있지 않겠어요?"

하고 후앙과 이키 사이를 누그러뜨리려는 듯 말했다.

"아랍·이스라엘 전쟁은 이제부터입니다. 내일이라도 전쟁만 터진다면 그 전세의 전망에 대해서는 이키 씨로부터 많은 정보를 얻지 않으면 안 됩니다."

후앙이 그렇게 말했을 때, 라운지 입구에 도쿄상사의 사메지마가 나타났다.

그는 후앙을 보자 얼른 다가와 인사했다.

"아이구, 후앙 선생, 좀 더 일찍 달려올 예정이었는데 갑자기 부득이한 일이 생겨 이렇게 늦었습니다."

"사메지마 씨, 이처럼 정중한 전송은 저에게는 과분합니다. 사업은

어제로 완결된 것이니 이제 더 이상 신경 쓰지 말아 주십시오."

그러나 사메지마는,

"그러시다면 후앙 선생의 출발만이라도 전송하게 해주십시오."

하고 말하더니, 그제야 비로소 이키를 본 것처럼 호들갑스럽게 아는 체했다.

"여어, 이키 씨! 누구보다도 바쁘실 업무본부장께서 친히 전송을 나오시다니, 역시 후앙 선생은 알아 모셔야겠습니다."

후앙을 추켜올리면서 실제로는 이키를 야유하는 듯한 그 말에 베니코는 눈을 빛내며,

"후앙 선생과 이키 씨는 사업관계를 떠난 사이지요. 비즈니스가 얽힌 화려한 전송과는 질적으로 다릅니다."

하고 톡 쏘았다.

베니코의 눈매는 무섭게 치켜져 있었다.

"그렇게 말씀하시니 할 말이 없군요. 베니코 씨 앞에서는 나도 두 손을 들었습니다. 그건 그렇고, 이건 조그만 선물입니다. 후앙 선생이 애용하시는 고려인삼입니다. 오늘 아침 한국의 서울에서 항공편으로 막 도착한 겁니다. 아주 잘 듣지요."

하며 사메지마는 외설스럽게 웃었다.

"셰셰, 셰셰, 건강이 제일입니다. 건강하다는 것이 모든 것의 근원이니까요."

후앙이 얼굴에 웃음을 띠고 인삼을 받아들었을 때,

"곧 탑승하실 시간입니다. 안내 말씀을 드리겠습니다."

사쿠라 라운지의 안내원이 안내방송을 했다. 후앙은 베니코의 팔을 부축하고 소파에서 일어났다. 차이나 드레스의 깊숙한 틈으로 쭉 뻗은 베니코의 허벅지가 드러나보이고, 오른손 약지에는 12캐럿짜리 묘

안석이 반짝이고 있었다.

"여러분 이렇게 전송해주셔서 감사합니다."

후앙은 이키와 사메지마 일행에게 공손히 머리를 숙였으나 베니코는,

"이키 씨, 안녕히 계세요. 효도 씨, 동남아시아로 출장오시거든 꼭 자카르타에 들러주세요."

하고 사메지마 쪽은 거들떠보지도 않고 그냥 지나쳐버렸다.

후앙 일행이 세관으로 사라지자, 사메지마가 말을 걸었다.

"이키 씨, 전표선에 관해서는 불초 소생이 땄습니다만, 승부는 이제부터 아닙니까?"

이키는 그 말에 대꾸하지 않았다.

"그럼 실례……"

한마디하고 이키는 효도와 함께 차를 대기시킨 쪽으로 발걸음을 재촉했다. 차에 올라타자, 가요가 멈추면서 임시 뉴스가 흘러나왔다.

카이로 방송은 6월 5일 이른 아침, 이스라엘 군이 카이로를 위시한 아랍 연맹군의 공군기지를 폭격, 전 지역에 공습경보가 발령되었다고 발표했습니다. 한편, 이스라엘 군 대변인은 아랍연맹군이 국경을 넘어 네게브 사막으로 진격을 개시, 양군은 전폭기와 전차를 동원, 전투 중에 있다고 전하고 있습니다.

"본부장님, 드디어 중동이 불을 뿜기 시작했군요!"

효도가 목소리를 높였을 때, 이키가 탄 차 옆으로 사메지마의 차가 맹렬한 스피드를 내며 추월해갔다. 사메지마도 그 뉴스를 듣고 마치 싸움을 거는 듯한 맹렬한 속도로 달리는 것 같았다.

"이봐, 다시 앞질러 버려!"
효도의 눈에 불꽃이 일었다.

중동전쟁 발발과 함께 깅키상사의 텔렉스는 불을 뿜듯이 해외지사망을 향해 마구 정보를 토해내고 있었다.

선박, 고무, 주석, 곡물, 설탕 등 전쟁의 영향이 가장 민감하게 미치는 상품은 매기(買氣)가 쇄도하고 한꺼번에 곱절에서 곱절로 급등했지만, 전쟁이 단기전으로 끝날 것이라고 분석한 깅키상사는 철저한 매도 작전으로 나가 교전 이틀째의 주식시세가 등귀할 고지를 향해 전열을 가다듬고 있었다.

오전 3시…… 해가 뜨려면 아직 한 시간 남짓 남아 하늘에는 별이 희미하게 빛나고 있었지만 런던은 전날 오후 8시, 뉴욕은 역시 전날 오후 3시였다. 선박부를 중심으로 각부 제일선의 영업담당자들은 회사에 꼬박 붙어 앉아, 런던 외환시장 및 각 상품거래소의 최종가를 텔렉스로 받고 그 후의 추이를 국제전화로 들으면서, 이제 곧 끝나는 뉴욕 시장의 최종가를 기다리고 있었다. 이틀째의 매출을 기준으로 쓰고 있던 깅키상사도 런던과 뉴욕의 주식시세를 맞추어보고, 중동지역의 전황을 추가로 참고삼아 어떤 방법으로 팔 것인가, 마지막 검토를 한 다음, 다시금 런던 시장으로 이어가는 것이었다.

효도 싱이치로는 화장실 창문을 활짝 열어젖히고 새벽하늘을 바라보며 심호흡을 했다. 요 며칠 동안 효도의 소변은 붉은색을 띠고 있었다. 연일 계속되는 수면부족과 심신의 피로 탓이었지만 그것은 자기만의 일이 아닐 것이다.

효도의 머릿속에 후앙 깐천으로부터 발주된 전표선을 조달하지 못하고 도쿄상사에게 가로채였던 일이 떠올라 씁쓸했다. 다행히 전쟁 발발 뉴스와 함께 영업부문은 미리 세워놓았던 작전대로 움직이고 있지만 그것도 다이몬 사장이 급히 도쿄 본사로 날아와서 군사령관처럼 영업부문의 중역, 부장들을 직접 독려했기 때문이다. 이키를 이해하고 협조해 주는 중역이 있어야겠다고 효도는 절실히 느꼈다. 35명의 요원 가운데 3분의 1이 어젯밤부터 철야대기로 들어가, 교대로 소파에서 눈을 붙이며 전화나 텔렉스를 지켜보기도 하고 영업부문을 돌기도 했다. 그런데 효도가 책상에 앉자마자 한 젊은 사원이 들어와 보고했다.

"선배님, 방금 선박부에 들렀더니 파리 지사에서 수에즈 운하가 봉쇄된 것 같다는 연락이 왔던데요!"

"파리 지사에서? 틀림없는 정보겠지?"

저도 모르게 목소리가 높아졌다.

"그런데 파리 지사는 알지에 주재원으로부터 연락을 받고, 도쿄 본사에서는 알고 있는지 확인해 온 모양입니다."

빠른 말투로 대답했다.

"그래서 운수부의 움직임은?"

"다케다 과장님이 뉴욕과 연락을 시작했습니다."

"이봐, 그 정보 곡물부 쪽에서는 알고 있나?"

눈을 붙이고 있던 가이베가 얼른 일어나서 다가오며 물었다.

"곡물부도 선박수배 때문에 야단법석이니까 선박 쪽에서 연락하고 있을 겁니다."

"있을 겁니다가 뭐야? 내가 갔다 올게."

가이베는 넥타이를 매면서 뛰어나갔다. 효도는 젊은 사원에게,

"해외지사로 '수에즈 운하 봉쇄로 판단됨'이라고 암호로 즉각 타전하도록."

하고 지시하고 나서 이키에게 전화를 걸었다. 그때 이키는 집으로 들어가지 않고, 언제든지 바로 나올 수 있도록 걸어서 5분 거리인 마루노우치호텔에 묵고 있었다.

전화를 받은 이키에게 수에즈 운하 봉쇄 정보를 효도가 간단히 보고하자,

"알았어, 바로 나갈게."

하고 등을 쭉 펴는 듯한 목소리로 대답했다.

이키에게 연락하고 나서 효도는 5층에 있는 운수부로 내려갔다. 전쟁이 터지면, 특히 수에즈 운하 봉쇄에 가장 민감한 부서인만큼 과장, 계장들이 철야대기 중이라서 오전 5시라는 시간을 잊게 하는 긴박감이 감돌고 있었다. 효도는 자기와 입사동기인 다케다 과장의 책상 앞으로 가 뉴욕 지사와 통화 중인 내용에 귀를 기울였다.

"그래? 드라이카고가 톤당 14달러 80센트, 응, 뭐? 유대계의 오션라인이 탱커뿐만 아니라 드라이카고까지 마구 사들여서, 이쓰이물산과 마루후지상사도 상당히 움직였다고? 그래, 도쿄상사는…… 뭐라고? 탱커를 용선계약하기 시작했다고? 수에즈 봉쇄를 알아챈 것 아냐?"

다케다는 수면 부족으로 가무잡잡해진 얼굴로 수화기를 잡고, 신경을 곤두세워 이야기에 열중하고 있었다.

"……옳지. 하지만 지난 30분 정도에 뉴욕시장에서 유조선의 매물이 일제히 자취를 감췄다면, 이제 틀림없이 값이 치솟겠지. 뭐? 내일 유조선 용선요금이 톤당 7달러를 넘을 거라고? 좋아, 런던 시장이 열리자마자, 나머지 보유분의 80퍼센트를 팔아버릴 거야. 알았어."

다케다는 대기 중인 계장에게 지급전화를 메모하게 하고 담배를 꺼냈다. 효도가 불을 붙여주자 한 모금 맛있게 빨더니,

"업무본부의 분석, 정말로 적중했어. 덕분에 선박부의 작전도 신날

정도로 맞아떨어졌어. 업무본부에 감사해야겠어."

하며 새빨갛게 충혈된 눈에 흐뭇한 미소를 띠었다.

"그렇다면 예상대로 다음 런던 시장이 승패의 기로가 되겠군."

"아마 그렇게 될걸. 수에즈 봉쇄 뉴스가 세계를 한 바퀴 도는 가운데 런던 시장이 열리는 거니까."

만약 이쪽 속셈대로 적중만 한다면, 해운 시황만으로 십수억 엔의 이익이 떨어지게 되고 그 이익으로 아랍·이스라엘 전이 종결해서 시세가 급락할 때 가장 싼 값으로 사면 아마도 3분의 1이나 4분의 1의 값으로 훨씬 더 많은 수송능력을 확보할 수 있게 된다.

효도는 다케다의 충혈된 눈을 바라보면서,

"방금 파리 지사 경유로 알지에 사무소의 주재원이 수에즈 봉쇄를 알려왔다는데 어떻게 된 거야?"

하고 물었다. 다케다는 충혈된 눈에 담배연기가 들어가 매운지 반쯤 피우다 재떨이에 비벼 끄고는 대답했다.

"섬유담당 주재원이 우연히 오사카 본사로 전보를 치러 갔더니, 마르세이유에 본사를 둔 선박회사 사원이 헐레벌떡 달려와서 수에즈 운하를 항해 중이던 화물선이 나포되었다는 지급 전보를 치는 것을 목격했다는 거야."

"나포당한 배가 그런 발신을 할 수는 없을 텐데. 무선은 즉각 봉쇄될 게 아닌가."

효도가 말했다.

"그건 아마 그 배의 통신사가 머리를 써서 어떻게 했겠지. 아무튼 그 섬유담당자는 바로 옆의 국제전화국으로 달려가 알제리에서 도쿄로는 국제전화가 오전에만 연결되니까 창구 직원에게 뇌물을 주고 회선이 통해 있는 파리로 재빨리 선을 연결시켜, 파리 지사가 도쿄 본사로 연락하게 한 모양이야. 그게 마지막으로 알지에의 전화도 불통이 돼버렸다네."

"그렇게 됐군. 그럼 나중에."

효도가 9층 업무본부로 돌아오자, 조금 전에 연락한 이키가 벌써 와 이셔츠 차림으로 전화를 받고 있었다.

"네, 그렇습니다. 수에즈 봉쇄와 관련 없이 아랍·이스라엘 전쟁은 틀림없이 앞으로 5, 6일 이내에 끝날 것이라는 추측에는 변함없습니다. 따라서 일부 탱커가 높은 시세를 한동안 유지해도 해운 시황은 급락할 것입니다. 그러나 페르시아 만 동쪽의 석유는 거의 영향을 받지 않는다는 것이 업무본부의 판단입니다."

가스와 석유부에 정보분석을 해주고 있었다.

어느새 날은 완전히 밝아서, 아침 햇살이 창으로 들이비치고 있었다. 텔레비전 스위치를 틀자, 오늘의 프로를 소개하고 있는 오전 6시 10분 프로 도중에 '뉴스속보'라는 글자에 이어 '중동지구, 전면전 상황으로'라는 글자가 영상 밑에 나왔다. 침을 삼키며 화면을 들여다보고 있는데, 잠시 후 뉴스가 시작되었다.

아랍 연맹, 수에즈 운하 폐쇄

6일자 카이로 방송에 따르면, 아랍 연맹은 6일, 수에즈 운하의 선박 항행을 정지할 것을 결정하고, 미국과의 국교도 단절했다고 발표했습니다. 운하폐쇄에 관한 아랍연맹정부 발표 내용은 미국, 이스라엘 군이 아랍연맹군과 대치하고 있는 일선에서의 공군작전에 미국 항공모함으로부터 출격한 전투기가 공중전에 참가하고 있는 것이 밝혀졌으므로 수에즈 운하의 항행정지를 결정했다고 말하고 있습니다. 한편 이스라엘 방송은 동란 2일째인 6일, 전선은 확대 중이며 이스라엘 군이 예루살렘의 요르단 지구를 점령하고 시나이 반도에 진출하는 등 이스라엘 측에 전세가 유리하게 전개되고 있다고 보도, 주목되고 있습니다.

아나운서의 목소리에 이어, 가자 지구에 진출한 이스라엘 군이 아랍 연맹의 포로를 정렬시키고 있는 사진이 화면에 나왔다.
뉴스를 보고 있던 요원들은 예측대로 사태가 전개되자 흥분하여 소리를 질렀다. 이키만은 냉정한 표정으로 의자에서 일어나 다음 대응책을 생각하는 듯 눈부신 아침햇살이 비쳐들고 있는 창가로 걸어갔다. 효도는 그 뒷모습을 뚫어지게 지켜보았다.

＊ 제3부로 이어집니다.